兩天一課

日語自學速成課本

戰慶勝編著

吉林教育出版社授權

鴻儒堂出版社發行

前　　言

　　本書是爲日語自學者編寫的，屬於普及性讀物。全書共計38單元，182課。每5課爲1單元，每單元前後分別附有"本單元目的"及"本單元小結"。本書起點較低，適合於完全不懂日語或具有一定日語知識但是想從頭重新學習的各種文化層次的讀者。

　　本書在編寫過程中充分考慮了各層次讀者的具體情況，採用課文、詞彙、譯文、注釋、練習同步進行的方法，每一課都圍繞一個語法現象專述一個具體問題，所有課文都是採用會話的方式編寫的，文體基本上都是口語體。

　　由於是自修課本，爲了便於讀者盡快掌握假名的讀音，語音部分中的假名都標示有國際音標，對能讀懂國際音標者來說更爲方便。而且，前40課詞彙表中的單詞全用羅馬字注音，整個詞彙表中的單詞還附有聲調符號，使讀者能準確地掌握單詞的標準讀音。本書中的課文短小明快，兩天可自修1課，182課1年便可修完。學完本書以後，讀者對日語能有一個初步的認識，並可借助辭典閱讀一些簡單的資料，還能進行一些簡單的會話。

　　本書曾由日本著名語言學家、京都大學名譽教授、大連外國語學院名譽教授、現上智大學教授渡邊實先生審閱過，在此表示謝意。

　　另外，本書曾得到日本三菱商事大連事務所小林誠先生和朝山一成先生的大力支持，在此表示感謝。最後對協助本書編寫的全体同仁道一聲辛苦。

編著者

於大連外國語學院

目　　錄

第一單元

一、現代日語的文字

現代日語中所使用的文字主要有漢字、假名和羅馬字母，其中假名又可分為平假名和片假名。

漢字起源於中國。漢字究竟於何時傳到日本，這很難給一個確切的、具體的答案。從考古學的角度來講，漢代王莽鑄造的貨幣"貨泉"（王莽錢）在公元1世紀左右就已傳入日本。從這個意義上講，日本人在公元1世紀前後就已接觸到了漢字。但是漢字真正被運用到日語中、真正做為日語的表達工具卻比"王莽錢"的時代晚了幾個世紀。從歷史學的角度來講，漢字真正有組織地大規模地傳到日本的年代大約是在公元5世紀到6世紀前後。在漢字傳入日本以前，日本人不能將自己的語言用文字表達出來，從這個意義上講，接受並且使用漢字對日本人來說是一場文化上的革命。

日語中漢字的讀法大體上有兩種：一種讀法叫"**音讀**"，一種讀法叫"**訓讀**"。所謂音讀是指模仿漢字原來的讀音（中國人讀漢字時的發音）去讀日語中漢字的讀法。如：

散步〔sampo〕	感動〔kando:〕
期待〔kitai〕	空氣〔kɯ:ki〕

等詞的讀音有的地方與中國人讀漢字時發的音十分相近。所謂訓讀就是指拋開漢字原來的讀音，完全用日本式讀法讀漢字的讀音方法。例如：

南瓜〔kabotʃa〕	大阪〔o:saka〕
入口〔irigɯtʃi〕	傷藥〔kidzɯgɯsuri〕

等詞的讀音與漢字原來的讀音完全不同。

說起漢字，中國人一點也不陌生。但是由於文化背景不同和時代的變遷，目前中日兩國的漢字不論是在形態上還是在意義上都存有很大的差異。我們現在使用的是繁體字，日語中的漢字經過了簡化，與我們現在使用的漢字相比可說是簡化字。另外，兩國的漢字在寫法上也不盡相同。例如：中國的"邊、續、實、賣、譯"等在日語中分別寫做"辺、続、実、売、訳"。

中日兩國的漢字在意義上的差別更為明顯。例如：日語中的"小切手、精進

物、新聞、水素、手紙、天井、勉強、泥棒"等所表示的意義分別是：支票、素食、報紙、氫、信件、天花板、用功（學習）、小偷。

所以，我們在學習日語時應該腳踏實地，切不可望"字"生義。

第二次世界大戰以前，日語中的漢字很多、很雜，日本政府曾幾次制定過《当用漢字表》。1942年日本政府公佈《標準漢字表案》，規定當用漢字字數爲2 528個。1946年11月，戰後的日本政府又公佈了《当用漢字表》，規定出了1850個漢字爲當用漢字。在此之後，日本政府又於1948年公佈了《当用漢字別表》，規定出881個漢字爲義務教育的必修漢字，這881個漢字又叫教育漢字。1981年又公佈了《常用漢字表》，規定常用漢字1945個（在當用漢字的基礎上增加95個字），取代《当用漢字表》，一直沿用至今。

古代日本人把漢字做爲日本的文字加以使用，當時漢字是日語中唯一有體系的文字。這種仍然按照漢文風格使用的、字體字義沒有任何變化的漢字叫"**真名**"、"**真字**"或"**本字**"。"真名"或"真字"雖然仍按漢文風格使用，但其讀法卻完全都是按照日語讀法進行的。由於這種文字讀、寫都比較困難和麻煩，所以日本人便對其進行加工、改進，在漢字的基礎上創造出了表音文字——"**假名**"。所謂"假名"是相對"真名"而言的，這裡的"假"是"借"、"借用"、"假借"的意思，"假名"是"借用的文字"的意思。

假名分"**平假名**"和"**片假名**"二種。平假名是日本人根據漢字的草書體整理出來的，如「あ」來源於漢字"安"的草書體；「い」來源於"以"的草書體；「う」來源於"字"的草書體等。平假名的使用範圍很廣，除可與漢字配合使用外，還可以單獨使用。動詞、形容詞、形容動詞的活用語尾一般都用平假名書寫，副詞、代詞、連體詞、助動詞、助詞等除特殊場合外，一般也都用平假名書寫。

片假名是日本人從漢字的偏旁部首中分化出來的。如「ア」來源於"阿"的偏旁"阝"；「イ」是"伊"中的"イ"旁等。在現代日語中片假名的使用範圍比平假名相對要窄，除用在電報的電文中以外，一般只用來表示外來語，日語中的外來語是指近現代由國外引進的詞，但不包括過去由中國引進的詞，因爲日本人不認爲這些詞是"外來的"。

羅馬字母傳入日本的年代比較晚，大約是在16－17世紀前後隨傳教士一起進入日本的。由於當時日本幕府軍閥採取閉關自守的政策，禁止基督教的傳播，所以羅馬字母一直未能得到廣泛的運用。1868年明治維新以後，由於和歐美的交流不斷擴大，使羅馬字母的地位變得越來越重要了，不使用羅馬字母會給交流帶來

很多不便，因此，羅馬字母在日語中也得到了一席之地。與漢字和假名相比，羅馬字的使用率很低，只限於一些商業性的宣傳廣告等。

二、現代日語的發音

日語的音節大多是由輔音加元音構成的。日語中的元音大體上有五個：【a】【i】【ɯ】【e】【o】。

這五個元音除了能獨立表示「あ」「い」「う」「え」「お」五個音節以外，還可以與【k】【s】【t】等輔音組合構成其它音節。日語的音節全部以假名來表示，也就是說一個假名表示一個音節，表示一個完整的的語音單位。日語的假名按照一定的規則被組合在一個豎五行橫十行的表格內，這種表格叫五十音圖。

平假名

あ	か	さ	た	な	は	ま	や	ら	わ
い	き	し	ち	に	ひ	み		り	
う	く	す	つ	ぬ	ふ	む	ゆ	る	
え	け	せ	て	ね	へ	め		れ	
お	こ	そ	と	の	ほ	も	よ	ろ	を

片假名

ア	カ	サ	タ	ナ	ハ	マ	ヤ	ラ	ワ
イ	キ	シ	チ	ニ	ヒ	ミ		リ	
ウ	ク	ス	ツ	ヌ	フ	ム	ユ	ル	
エ	ケ	セ	テ	ネ	ヘ	メ		レ	
オ	コ	ソ	ト	ノ	ホ	モ	ヨ	ロ	ヲ

五十音圖裡橫著讀的叫段，豎著讀的叫行。「あかさたなはまやらわ」是一個段，這一段最前面的一個假名是「あ」，所以這一段就叫「あ段」。五十音圖裡共有五個段，就是「あ段」「い段」「う段」「え段」和「お段」。「あいうえお」是一個行，這一行最前面的一個假名是「あ」，所以這一行就叫「あ行」。五十音圖裡共有十個行，就是「あ行」「か行」「さ行」「た行」「な行」「は行」「ま行」「や行」「ら行」和「わ行」。五十音圖裡雖然有五十個假名，但由於有些假名重複出現，實際上現代日語的五十音圖裡只有四十四個假名。

五十音圖裡的假名都讀清音，日語中除清音之外還有濁音、半濁音和鼻濁

音。

濁音

平仮名	がざだば ぎじちび ぐずづぶ げぜでべ ごぞどぼ

片仮名	ガザダバ ギジヂビ グズヅブ ゲゼデベ ゴゾドボ

半濁音

片仮名	パピプペポ

平仮名	ぱぴぷぺぽ

日語的鼻濁音主要發生在「か行」上，書寫時也寫做「がぎぐげご」。

此外，日語中還有拗音、撥音、促音、長音等。

所謂拗音就是指讀起來拗口的音。

拗　音

平仮名	きゃぎゃしゃじゃちゃぢゃにゃひゃびゃぴゃみゃりゃ きゅぎゅしゅじゅちゅぢゅにゅひゅびゅぴゅみゅりゅ きょぎょしょじょちょぢょにょひょびょぴょみょりょ

片仮名	キャギャシャジャチャヂャニャヒャビャピャミャリャ キュギュシュジュチュヂュニュヒュビュピュミュリュ キョギョショジョチョヂョニョヒョビョピョミョリョ

日語的撥音只有「ん」一個，「ん」的片假名寫做「ン」。「ん」一般不能單獨使用。

促音是指氣流通過發音器官時受到短暫的堵塞，然後發出的音。現代日語中的促音用小字體「っ」來表示，「っ」的片假名寫做「ッ」。

長音是指將某一音節延長一倍的發音方法。長音的寫法請詳見以下各小節。

發音器官示意圖（如圖1）

①中舌面	②前舌面
③硬顎	④齒齦
⑤上下唇	⑥上下齒
⑦舌尖	⑧下顎
⑨聲帶	⑩氣管
⑪鼻腔	⑫小舌
⑬軟顎	⑭口腔
⑮咽頭	⑯後舌面
⑰舌根	⑱舌
⑲喉頭	⑳聲門

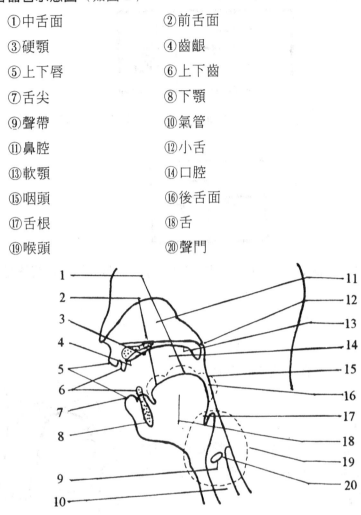

圖　1

（一）「あ」行的發音

「あいうえお」是具有代表性的五個元音。它們的讀音分別是【a】【i】【w】【e】【o】，它們的羅馬字母（日語中的拼音字母）分別是╱a╱、╱i╱、╱u╱、╱e╱、╱o╱。

1.「あ」【a】╱a╱

日語中「あ」的發音相對比較簡單。發音時要將口形張大，但不能張圓；舌尖與下齒齦間略為有點空隙，氣流經過口腔時不受任何阻礙。

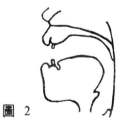

圖　2

平假名「あ」的寫法來源於漢字"安"的草書體。「あ」的筆畫順序如下：

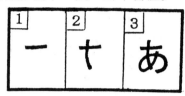

片假名「ア」的寫法來源於漢字"阿"的偏旁"阝"。「ア」的筆畫順序如下：

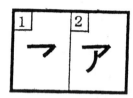

「あ」在發成長音時，把〔a〕音延長一拍即可。「あ」的長音寫法是：

「ああ」 「アー」

【a:】 【a:】

／aa／ ／aa／

長音符號"ー"只用在片假名的後面。

2.「い」【i】／i／

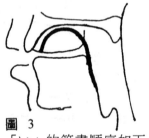

圖3

「い」屬於非圓唇前舌元音。發音時上下嘴唇微微張開，切不可張圓；舌尖向下，頂到下齒上；氣流經過口腔時不受阻礙。

平假名「い」的寫法來源於漢字"以"的草書體。「い」的筆畫順序如下：

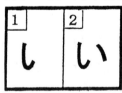

片假名「イ」的寫法來源於漢字"伊"的偏旁"亻"。「イ」的筆畫順序如下：

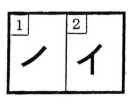

「い」在發成長音時，把〔i〕音延長一拍即可。「い」的長音寫法是：

「いい」	「イー」
【i:】	【i:】
／ii／	／ii／

3.「う」【ɯ】／u／

「う」屬於非圓唇後中舌元音，發音時口略微張開，但嘴角不要向左右使勁。後舌面接近軟顎，氣流經過口腔時不受阻礙。

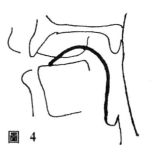

圖 4

平假名「う」的寫法來源於漢字"**字**"的草書體。「う」的筆畫順序如下：

片假名「ウ」的寫法來源於漢字"**字**"的"宀"字蓋。「ウ」的筆畫順序如下：

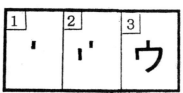

「う」在發成長音時，把〔ɯ〕音延長一拍即可。「う」的長音寫法是：

「う」	「ウー」
【ɯ:】	【ɯ:】
／uu／	／uu／

4.「え」【e】／e／

「え」屬於非圓唇前舌元音。發音時把嘴張開，張開的程度在「あ」和「い」之間。（切不可將嘴張得過大，張得太大，會變成「あ」音。也不可將嘴張得過小，張得太小，會變成「い」音。）前舌面略向上揚，舌兩側略向左右使勁，氣流經過口腔時不受阻

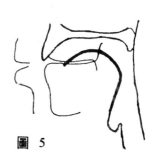

圖 5

礙。

　平假名「え」的寫法來源於漢字"衣"的草書體。「え」的筆畫順序如下：

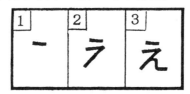

　片假名「エ」的寫法來源於漢字"江"中的"工"。「エ」的筆畫順序如下：

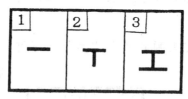

　「え」在發成長音時，把〔e〕音延長一拍即可。「え」的長音寫法是：

「ええ」　　　　　　　「エー」

【e:】　　　　　　　　【e:】

／ee／　　　　　　　　／ee／

　5.「お」【o】／o／

　「お」屬於中圓唇後舌元音。發音時把口張開，張開的程度在「あ」和「う」之間；嘴唇略呈圓形，使之接近軟顎。（盡量將後舌抬得高點，否則會變成「あ」音）。氣流通過口腔時不受阻礙。

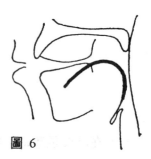

圖6

　平假名「お」的寫法來源於漢字"於"的草書體。「お」的筆畫順序如下：

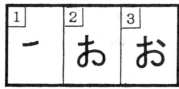

　片假名「オ」的寫法來源於漢字"於"的古體偏旁"方"「オ」的筆畫順序如下：

一　オ

「お」在發成長音時，把〔o〕音延長一拍即可。「お」的長音寫法是：

「おお」 「オー」

【o:】 【o:】

／oo／ ／oo／

(二)「か」行的發音

「かきくけこ」的讀音分別是【ka】【ki】【kɯ】【ke】【ko】。不難看出「かきくけこ」是由輔音〔k〕分別加上元音〔a〕〔i〕〔ɯ〕〔e〕〔o〕構成的。它們的羅馬字母分別寫作／ka／、／ki／、／ku／、／ke／、／ko／。

1.「か」【ka】／ka／

「か」是由輔音〔k〕與元音〔a〕拼成的。〔a〕的發音方法在前邊已做過介紹。〔k〕屬於無聲破裂音；發音時後舌面隆起，並將後舌面接觸到軟顎上以此封住聲道，然後舌面突然離開，讓氣迸出，並迅速把口形過渡到〔a〕的位置上。

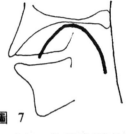

圖 7

平假名「か」的寫法來源於漢字"加"的草書體。「か」的筆畫順序如下：

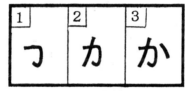

片假名「カ」的寫法來源於漢字"加"中的"力"。「カ」的筆畫順序如下：

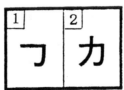

「か」在發成長音時，把〔ka〕中的元音〔a〕延長一拍即可。「か」的長音寫法是：

「かあ」 「カー」

【ka:】 【ka:】

／kaa／ ／kaa／

2.「き」【ki】／ki／

「き」是由輔音〔k〕和元音〔i〕拼成的。發音時，先把後舌面隆起，把它頂到軟顎較靠前的部位上，封住聲道，然後讓氣迸出；最後把口形定在〔i〕的位置上。

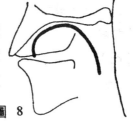

圖 8

平假名「き」的寫法來源於漢字"幾"的草書體。「き」的筆畫順序如下：

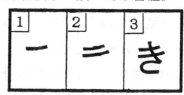

片假名「キ」的寫法來源於漢字"幾"的草書體的減筆。「キ」的筆畫順序如下：

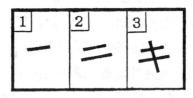

「き」在發成長音時，把〔ki〕中的元音〔i〕延長一拍即可。「き」的長音寫法是：

「きい」　　　　「キー」

【ki:】　　　　　【ki:】

／kii／　　　　　／kii／

3.「く」【kɯ】／ku／

「く」是由輔音〔k〕和元音〔ɯ〕拼成的。發音時，先把後舌面隆起，讓後舌面頂在軟顎上以此封住聲道，然後讓氣迸出；最後把口形定在〔ɯ〕的位置上。

圖 9

平假名「く」的寫法來源於漢字"久"的草書體。「く」的寫法如下：

片假名「ク」的寫法來源於漢字"久"中的"ク"。「ク」的筆畫順序如下：

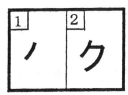

「く」在發成長音時，把〔kɯ〕中的元音〔ɯ〕延長一拍即可。「く」的長音寫法是：

「くう」　　　　　　「クー」

【kɯ:】　　　　　　【kɯ:】

╱kuu╱　　　　　　╱kuu╱

4.「け」【ke】╱ke╱

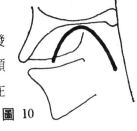

「け」是由輔音〔k〕和元音〔e〕拼成的。發「け」音時，先把後舌面隆起，讓後舌面頂在軟顎上，以此封住聲道，然後讓氣流出；最後把口形定在〔e〕的位置上。

圖 10

平假名「け」的寫法來源於漢字"計"的草書體。「け」的筆畫順序如下：

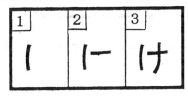

片假名「ケ」的寫法來源於漢字"介"的異體字。「ケ」的筆畫順序如下：

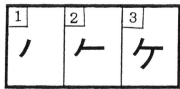

「け」在發成長音時，把〔ke〕中的元音〔e〕延長一拍即可。「け」的長音寫法是：

「けい」　　　　　　「ケー」

【ke:】　　　　　　【ke:】

╱kee╱　　　　　　╱kee╱

「け」的長音雖然讀時是〔e〕，但在書寫時通常寫「い」而不寫「え」。外來語的長音仍用長音符號"ー"來表示。

5.「こ」【ko】／ko／

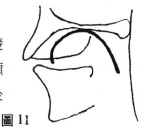

「こ」是由輔音〔k〕和元音〔o〕拼成的。發「こ」音時，先把後舌面隆起，讓後舌面頂在軟顎上，以此封住聲道，然後打開聲道，讓氣流出；最後把口形定在〔o〕的位置上。

圖11

平假名「こ」的寫法來源於漢字"己"的草書體。「こ」的筆畫順序如下：

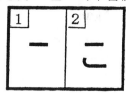

片假名「コ」的寫法來源於漢字"己"的上半部分「コ」。「コ」的筆畫順序如下：

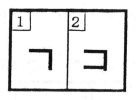

「こ」在發成長音時，把〔ko〕中的元音〔o〕延長一拍即可。「こ」的長音寫法是：

「こう」	「コー」
【ko:】	【ko:】
／koo／	／koo／

「こ」的長音雖然讀時是〔o〕，但在書寫時通常寫「う」而不寫「お」。

(三)「さ」行的發音

「さしすせそ」的讀音分別是【sa】【ʃi:】【sɯ】【se】【so】。「さ」行音是由輔音〔s〕加元音〔a〕〔ɯ〕〔e〕〔o〕和輔音〔ʃ〕加元音〔i〕構成的。「さしすせそ」的羅馬字母分別寫作／sa／、／shi／、／su／、／se／、／so／。

1.「さ」【sa】／sa／

「さ」是由輔音〔.s〕與元音〔a〕構成的。〔s〕是無聲摩擦音，發「さ」音時，舌尖靠近上齒與上齒齦部位，使氣流從舌尖和上齒、上齒齦間的縫隙中通過，最後把口形定在〔a〕的部位上。

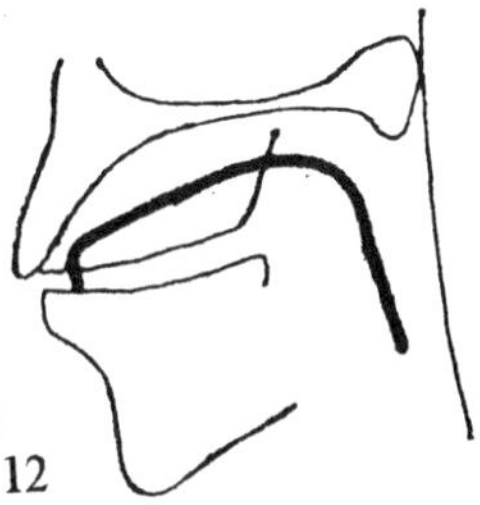

圖12

平假名「さ」的寫法來源於漢字"左"的草書體。「さ」的筆畫順序如下：

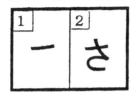

片假名「サ」的寫法來源於漢字"散"中的最初三筆"サ"。「サ」的筆畫順序如下：

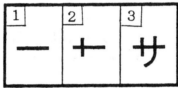

「さ」在發成長音時，把〔sa〕中的元音〔a〕延長一拍即可。「さ」的長音寫法是：

「さあ」　　　　　「サー」
【sa:】　　　　　【sa:】
／saa／　　　　　／saa／

2.「し」〔ʃi〕／shi／

「し」是由輔音〔ʃ〕和元音〔i〕拼成的。〔ʃ〕是無聲摩擦音，發「し」音時，前舌面靠近上齒齦並向硬顎部位接近，以此形成縫隙，使氣流從縫隙中通過；最後把口形定在〔i〕的部位上。

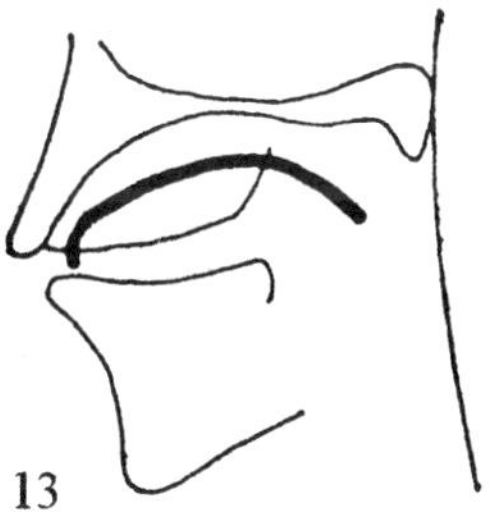

圖13

平假名「し」的寫法來源於漢字"之"的草書體。「し」的寫法如下：

片假名「シ」的寫法來源於漢字"之"的行書體。「シ」的筆畫順序如下：

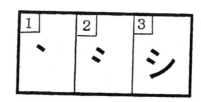

「し」在發成長音時，把〔ʃi〕中的元音〔i〕延長一拍即可。「し」的長音寫法是：

「しい」   「シー」
〔ʃi:〕   〔ʃi:〕
／shii／   ／shii／

3.「す」【suɯ】／su／

「す」是由輔音〔s〕與元音〔ɯ〕拼成的。發音時舌尖靠近上齒與上齒齦部位，使氣流從舌尖和上齒、上齒齦間的縫隙中通過；最後把口形定在〔ɯ〕的位置上。（請參考圖12）

平假名「す」的寫法來源於漢字"寸"的草書體。「す」的筆畫順序如下：

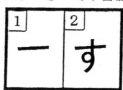

片假名「ス」的寫法來源於漢字"須"中"頁"的草書體。「ス」的筆畫順序如下：

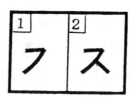

「す」在發成長音時，把〔suɯ〕中的元音〔ɯ〕延長一拍即可。「す」的長音寫法是：

「すう」   「スー」
【suɯ:】   【suɯ:】
／suu／   ／suu／

4.「せ」【se】／se／

「せ」是由輔音〔s〕與元音〔e〕拼成的。發音時舌尖靠近上齒與上齒齦部位，使氣流從舌尖和上齒、上齒齦間的縫隙中通過；最後把口形定在〔e〕的位置上。（請參照圖12）

平假名「せ」的寫法來源於漢字"世"的草書體。「せ」的筆畫順序如下：

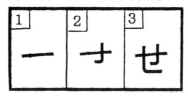

片假名「セ」的寫法也是來源於漢字"世"的草書體。「セ」的筆畫順序如下：

平假名「せ」在發成長音時，把〔se〕中的元音〔e〕延長一拍即可。「せ」的長音寫法是：

「せい」   「セー」

【se:】   【se:】

／see／   ／see／

「せ」的長音雖然發音時是〔e〕，但在書寫時通常寫「い」而不寫「え」。

5.「そ」【so】／so／

「そ」是由輔音〔s〕與元音〔o〕拼成的。發音時舌尖靠近上齒與上齒齦部位，使氣流從舌尖和上齒、上齒齦間的縫隙中通過；最後把口形定在〔o〕的位置上。（請參照圖12）

平假名「そ」的寫法來源於漢字"曾"的草書體。「そ」的寫法如下：

片假名「ソ」的寫法來源於漢字"曾"的最初二筆"ソ"。「ソ」的筆畫順序如下：

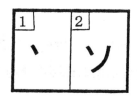

「そ」在發成長音時，把〔so〕中的元音〔o〕延長一拍即可。「そ」的長音寫法是：

「そう」　　　　「ソー」

【so:】　　　　【so:】

／soo／　　　　／soo／

「そ」的長音雖然發音時是〔o〕，但書寫時通常寫「う」而不寫「お」。

（四）「た」行的發音

「たちつてと」的讀音分別是【ta】【tʃi】【tsɯ】【te】【to】。「た」行音是由輔音〔t〕加元音〔a〕〔e〕〔o〕和輔音〔tʃ〕加元音〔i〕、輔音〔ts〕加元音〔ɯ〕構成的。「たちつてと」的羅馬字母分別寫做／ta／、／chi／、／tsu／、／te／、／to／。

1.「た」【ta】／ta／

「た」是由輔音〔t〕和元音〔a〕拼成的。〔t〕屬於無聲破裂音。發「た」音時，先把舌尖接觸到上門齒的根部或上齒齦部，以此堵住氣流，然後舌尖突然離開，使氣流突然迸出；最後把口形定在〔a〕的位置上。

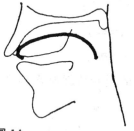

圖 14

平假名「た」的寫法來源於漢字"太"的草書體。「た」的筆畫順序如下：

片假名「タ」的寫法來源於漢字"多"中的"タ"。「タ」的筆畫順序如下：

「た」在發成長音時，把〔ta〕中的元音〔a〕延長一拍即可。「た」的長音寫法是：

「たあ」　　　　　「ター」
【ta:】　　　　　【ta:】
／taa／　　　　　／taa／

2.「ち」【ʧi】／chi／

「ち」是由輔音〔tʃ〕和元音〔i〕拼成的。〔ʧ〕是無聲塞擦音。發「ち」音時，先把舌尖接觸到上齒齦及硬顎的前部，以此堵住氣流，然後讓氣流迸出，發出破裂音，進而轉爲〔ʃ〕的摩擦音；最後把口形定在〔i〕的位置上。

圖 15

平假名「ち」的寫法來源於漢字"知"的草書體。「ち」的筆畫順序如下：

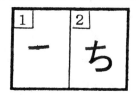

片假名「チ」的寫法來源於漢字"千"的行書體。「チ」的筆畫順序如下：

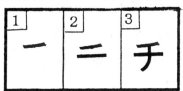

「ち」在發成長音時，把〔tʃi〕中的元音〔i〕延長一拍即可。「ち」的長音寫法是：

「ちい」　　　　　「チー」
【ʧi:】　　　　　【ʧi:】
／chii／　　　　　／chii／

3.「つ」【tsɯ】／tsu／

「つ」是由輔音〔ts〕與元音〔ɯ〕拼成的。〔ts〕也屬無聲塞擦音。發「つ」音時，先把舌尖接觸到上門齒的根部及上齒齦部，以此阻住氣流；然後讓氣流迸出，發出破裂音，進而轉爲〔s〕的摩擦音；最後把口形定在〔ɯ〕的位置

上。

平假名「つ」的寫法來源於漢字"川"的草書體。「つ」的寫法如下：

片假名「ツ」的寫法來源於漢字"川"或"州"的略筆。「ツ」的筆畫順序如下：

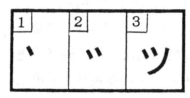

「つ」的發成長音時，把〔tsɯ〕中的元音〔ɯ〕延長一拍即可。「つ」的長音寫法是：

「つう」   「ツー」
【tsɯ:】   【tsɯ:】
／tsuu／   ／tsuu／

4.「て」【te】／te／

「て」是由輔音〔t〕和元音〔e〕拼成的。發「て」音時，先把舌尖接觸到上門齒的根部或上齒齦部，以此堵住氣流，然後舌尖離開，使氣流突然迸出；最後把口形定在〔e〕的位置上。（請參照圖14）

平假名「て」的寫法來源於漢字"天"的草書體。「て」的寫法如下：

片假名「テ」的寫法來源於漢字"天"的前三畫。「テ」的筆畫順序如下：

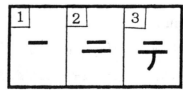

「て」在發成長音時，把〔te〕中的元音〔e〕延長一拍即可。「て」的長音寫法是：

　　　　「てい」　　　　　　　「テー」

　　　　【te:】　　　　　　　【te:】

　　　　／tee／　　　　　　　／tee／

「て」的長音雖然發音時是〔e〕，但書寫時通常寫做「い」而不寫「え」。

　　5.「と」【to】／to／

　　「と」是由輔音〔t〕和元音〔o〕拼成的。發「と」音時，先把舌尖接觸到上門齒的根部或上齒齦部，以此堵住氣流，然後舌尖離開，使氣流突然迸出；最後把口形定在〔o〕的位置上。（請參照圖14）

　　平假名「と」的寫法來源於"止"的草書體。「と」的筆畫順序如下：

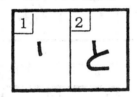

　　片假名「ト」的寫法來源於漢字"止"的頭兩畫。

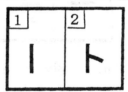

　　「と」在發成長音時，把〔to〕中的元音〔o〕延長一拍即可。「と」的長音寫法是：

　　　　「とう」　　　　　　　「トー」

　　　　【to:】　　　　　　　【to:】

　　　　／too／　　　　　　　／too／

「と」的長音雖然發音時是〔o〕，但書寫時通常寫做「う」。不過在某些詞裡「と」的長音也寫做「お」，「通」，「遠」兩個當用漢字的訓讀都是「とお」，如「通す」「遠い」。

　　（五）「な」行的發音

　　「なにぬねの」的讀音分別是【na】【ɲi】【nɯ】【ne】【no】。

「な」行音是由輔音〔n〕加元音〔a〕〔ɯ〕〔e〕〔o〕和輔音〔ɲ〕加元音〔i〕構成的。「なにぬねの」的羅馬字母分別寫做／**na**／、／**ni**／、／**nu**／、／**ne**／、／**no**／。

1.「な」【**na**】／**na**／

「な」是由輔音〔n〕和元音〔a〕拼成的。〔n〕是有聲鼻音。發「な」音時,先讓小舌尖接觸上門齒和齒齦,然後讓小舌下降,使聲音從鼻中發出;最後把口形定在〔a〕的位置上。　　圖 16

平假名「な」的寫法來源於漢字"**奈**"的草書體。「な」的筆畫順序如下:

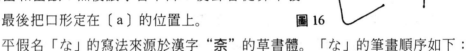

片假名「ナ」的寫法來源於漢字"**奈**"的前兩畫。「ナ」的筆畫順序如下:

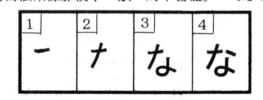

「な」在發成長音時,把〔na〕中的元音〔a〕延長一拍即可。「な」的長音寫法是:

「なあ」	「ナー」
【**na:**】	【**na:**】
／**naa**／	／**naa**／

2.「に」【**ɲi**】／**ni**／

「に」是由輔音〔ɲ〕和元音〔i〕拼成的。〔ɲ〕屬鼻音。發「に」音時,先讓前舌面接觸上門齒的齒齦和前部硬顎,然後使小舌下降,讓聲音從鼻中發出;最後把口形定在〔i〕的位置上。　　圖 17

平假名「に」的寫法來源於漢字"**仁**"的草書體。「に」的筆畫順序如下:

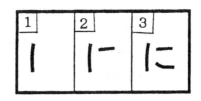

片假名「ニ」的寫法來源於漢字的"二"，「二」的筆畫順序如下：

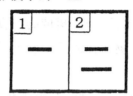

「に」在發成長音時，把〔ni〕中的元音〔i〕延長一拍即可。「に」的長音寫法是：

「にい」 「ニー」

〔ɲi:〕 〔ɲi:〕

／nii／ ／nii／

3.「ぬ」【nɯ】／nu／

「ぬ」是由輔音〔n〕與元音〔ɯ〕拼成的。〔n〕是有聲鼻音。發「ぬ」音時，先把舌尖接觸到上門齒和齒齦上1，然後使小舌下降，讓聲音從鼻中發出；最後把口形定在〔ɯ〕的位置上1。（請參照圖16）·

平假名「ぬ」的寫法來源於漢字"奴"的草書體。「ぬ」的筆畫順序如下：

片假名「ヌ」的寫法來源於漢字"奴"的偏旁"ヌ"。「ヌ」的筆畫順序如下：

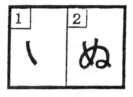

「ぬ」在發成長音時，把〔nɯ〕中的元音〔ɯ〕延長一拍即可。「ぬ」的長音寫法是：

「ぬう」　　　　　　　「ヌー」

【nɯː】　　　　　　【nɯː】

／nuu／　　　　　　／nuu／

4.「ね」【ne】／ne／

「ね」是由輔音〔n〕和元音〔e〕拼成的。發音時，先把舌尖接觸到上門齒和齒齦上，然後使小舌下降，讓聲音從鼻中發出；最後把口形定在〔e〕的位置上。（請參照圖16）

平假名「ね」的寫法來源於漢字"称"的草書體。「ね」的筆畫順序如下：

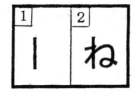

片假名「ネ」的寫法來源於漢字"祢"中的"ネ"。「ネ」的筆畫順序如下：

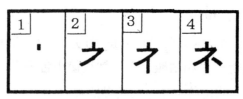

「ね」在發成長音時，把〔ne〕中的元音〔e〕延長一拍即可。「ね」的長音寫法是：

「ねい」　　　　　　「ネー」

【neː】　　　　　　【neː】

／nee／　　　　　　／nee／

「ね」的長音雖然發音時是〔e〕，但書寫時通常寫做「い」；不過有時也寫做「え」，如「姉^{ねえ}さん」。

5.「の」【no】／no／

「の」是由輔音〔n〕與元音〔o〕拼成的。發「の」音時，先讓小舌尖接觸上門齒和齒齦，然後使小舌尖下降，讓聲音從鼻中發出；最後把口形定在〔o〕的位置上。（請參照圖16）

平假名「の」的寫法來源於漢字"乃"的草書體。「の」的寫法如下：

片假名「ノ」的寫法來源於漢字"乃"中的"ノ"。「ノ」的寫法如下：

「の」在發成長音時，把〔no〕中的元音〔o〕延長一拍即可。「の」的長音寫法是：

　　「のう」　　　　　　　「ノー」
　　【no:】　　　　　　　 【no:】
　　／noo／　　　　　　　／noo／

「の」的長音雖然發音時是〔o〕，但書寫時通常寫做「う」而不寫「お」。

（六）「は」行的發音

「はひふへほ」的讀音分別是【ha】【çi】【Fɯ】【he】【ho】。「は」行音是由輔音〔h〕加元音〔a〕〔e〕〔o〕和輔音〔ç〕加元音〔i〕、輔音〔F〕加元音〔ɯ〕構成的。「はひふへほ」的羅馬字母分別寫做／ha／、／hi／、／fu／、／he／、／ho／。

1.「は」【ha】／ha／

「は」是由輔音〔h〕和元音〔a〕拼成的。〔h〕是無聲聲門摩擦音。發「は」音時，先把嘴張開，把口形定在元音〔a〕的位置上，然後讓氣流從舌根和軟顎中摩擦而出。「は」音是先定口形，然後送氣。

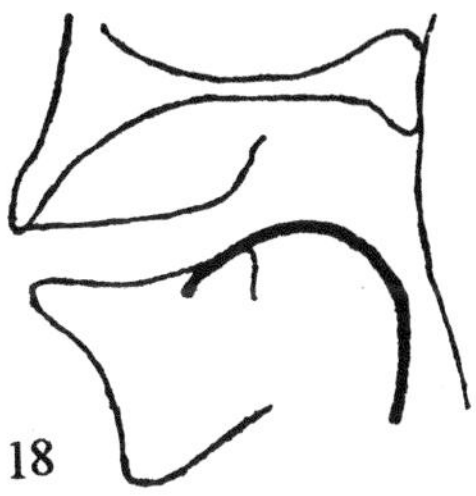

圖18

平假名「は」的寫法來源於漢字"波"的草書體。「は」的筆畫順序如下：

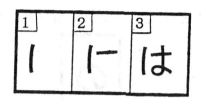

片假名「ハ」的寫法來源於漢字 "八" 的草書體。「ハ」的筆畫順序如下：

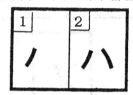

「は」在發成長音時，把〔ha〕中的元音〔a〕延長一拍即可。「は」的長音寫法是：

「はあ」　　　　　　　　「ハー」

【ha:】　　　　　　　　【ha:】

／haa／　　　　　　　／haa／

2.「ひ」【çi】／hi／

「ひ」是由輔音〔ç〕和元音〔i〕拼成的。〔ç〕是無聲摩擦音。發「ひ」音時，先把舌位定在比〔i〕略高的位置上，然後從舌面與硬顎之間向外呼氣。「ひ」音也是先定口形然後送氣。

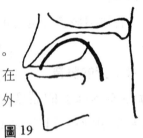

圖19

平假名「ひ」的寫法來源於漢字 "比" 的草書體。「ひ」的寫法如下：

片假名「ヒ」的寫法來源於漢字 "比" 中的 "ヒ"。「ヒ」的寫法如下：

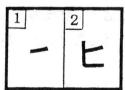

「ひ」在發成長音時，把〔çi〕中的元音〔i〕延長一拍即可。「ひ」的長音寫法是：

「ひい」	「ヒー」
【çi:】	【çi:】
／hii／	／hii／

3.「ふ」【Fɯ】／fu／

「ふ」是由輔音〔F〕與元音〔ɯ〕拼成的。〔F〕是無聲摩擦音。發「ふ」音時，先把口形定在元音〔ɯ〕的位置上，然後讓氣流從兩唇的縫隙間呼出。

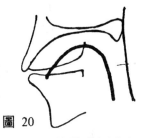

圖 20

平假名「ふ」的寫法來源於漢字"不"的草書體。「ふ」的筆畫順序如下：

片假名「フ」的寫法來源於漢字"不"的最初兩畫"フ"。「フ」的寫法如下：

フ

「ふ」在發成長音時，把〔Fɯ〕中的元音〔ɯ〕延長一拍即可。「ふ」的長音寫法是：

「ふう」	「フー」
【Fɯ:】	【Fɯ:】
／fuu／	／fuu／

4.「へ」【he】／he／

「へ」是由輔音〔h〕與元音〔e〕拼成的。〔h〕是無聲聲門摩擦音，發「へ」音時，先把嘴張開，把口形定在〔e〕的位置上，然後讓氣流從舌根和軟顎中摩擦而出。

平假名「へ」的寫法來源於漢字偏旁"阝"的草書體。「へ」的寫法如下：

片假名「ヘ」的寫法來源於漢字偏旁"阝"的行書草體。片假名「ヘ」的寫法與平假名「へ」的寫法一樣。

「ヘ」在發成長音時，把〔he〕中的元音〔e〕延長一拍即可。「ヘ」的長音寫法是：

「へい」 「ヘー」

【 he: 】 【 he: 】

／hee／ ／hee／

「ヘ」的長音雖然發音時是〔e〕，但書寫時通常寫做「い」而不寫「え」。

5.「ほ」【 ho 】／ho／

「ほ」是由輔音〔h〕與元音〔o〕拼成的。發「ほ」音時，先把嘴張開，把口形定在元音〔o〕的位置上，然後讓氣流從舌根和軟顎中摩擦而出。（讓參照圖18）

平假名「ほ」的寫法來源於漢字"保"的草書體。「ほ」的筆畫順序如下：

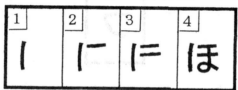

片假名「ホ」的寫法來源於漢字"保"中的最後四畫"木"。「ホ」的筆畫順序如下：

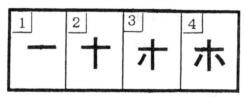

「ほ」在發成長音時，把〔ho〕中的元音〔o〕延長一拍即可。「ほ」的長音寫法是：

「ほう」 「ホー」

【 ho: 】 【 ho: 】

／hoo／ ／hoo／

「ほ」的長音雖然發音時是〔o〕，但書寫時通常寫做「う」而不寫「お」。

（七）「ま」行的發音

「まみむめも」的讀音分別是【ma】【mi】【mɯ】【me】【mo】。「ま」行音是由輔音〔m〕加元音〔a〕〔i〕〔ɯ〕〔e〕〔o〕構成的。「まみむめも」的羅馬字母分別寫做／ma／、／mi／、／mu／、／me／、／mo／。

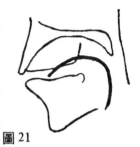

圖 21

1.「ま」【ma】／ma／

「ま」是由輔音〔m〕和元音〔a〕拼成的。〔m〕是有聲鼻音。發「ま」音時，先將雙唇閉上，以阻塞氣流的通路，然後讓氣流從鼻腔流出；最後把口形定在〔a〕的位置上。

平假名「ま」的寫法來源於漢字"末"的草書體。「ま」的筆畫順序如下：

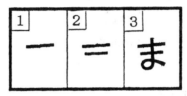

片假名「マ」的寫法來源於漢字"万"的草書體。「マ」的筆畫順序如下：

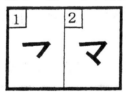

「ま」在發成長音時，把〔ma〕中的元音〔a〕延長一拍即可。「ま」的長音寫法是：

「まあ」　　　　　「マー」
【ma:】　　　　　【ma:】
／maa／　　　　　／maa／

2.「み」【mi】／mi／

「み」是由輔音〔m〕與元音〔i〕拼成的。發「み」音時，先將雙唇閉上，以阻塞氣流的通路，然後讓氣流從鼻腔流出；最後把口形定在〔i〕的位置上。

（請參照圖21）

平假名「み」的寫法來源於漢字"美"的草書體。「み」的筆畫順序如下：

片假名「ミ」的寫法來源於漢字"三"。「ミ」的筆畫順序如下：

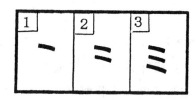

「み」在發成長音時，把〔mi〕中的元音〔i〕延長一拍即可。「み」的長音寫法是：

「みい」　　　　　　「ミー」
【mi:】　　　　　　【mi:】
／mii／　　　　　／mii／

3.「む」【mɯ】／mu／

「む」是由輔音〔m〕與元音〔ɯ〕拼成的。發「む」音時，先將雙唇閉上，以阻塞氣流的通路，然後讓氣流從鼻腔流出，把口形定在〔ɯ〕的位置上。

（請參照圖21）

平假名「む」的寫法來源於漢字"武"的草書體。「む」的筆畫順序如下：

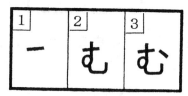

片假名「ム」的寫法來源於漢字"牟"的頭兩畫。「ム」的筆畫順序如下：

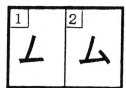

「む」在發成長音時，把〔mɯ〕中的元音〔ɯ〕延長一拍即可。「む」的長

音寫法是：

「むう」 「ムー」

【mɯ:】 【mɯ:】

／muu／ ／muu／

4.「め」【me】／me／

「め」是由輔音〔m〕和元音〔e〕拼成的。發「め」音時，先將雙唇閉上，以阻塞氣流的通路，然後讓氣流從鼻腔流出；最後把口形定在〔e〕的位置上。（請參照圖21）

平假名「め」的寫法來源於漢字“女”的草書體。「め」的筆畫順序如下：

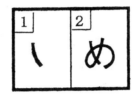

片假名「メ」的寫法是從漢字“女”的筆畫省略中演化而來的。「メ」的寫法如下：

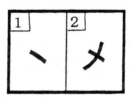

「め」在發成長音時，把〔me〕中的元音〔e〕延長一拍即可。「め」的長音寫法是：

「めい」 「メー」

【me:】 【me:】

／mee／ ／mee／

「め」的長音雖然發音時是〔e〕，但書寫時通常寫做「い」而不寫「え」。

5.「も」【mo】／mo／

「も」是由輔音〔m〕和元音〔o〕拼成的。發「も」音時，先將雙唇閉上，以阻塞氣流的通路，然後讓氣流從鼻腔流出；最後把口形定在〔o〕的位置上。（請參照圖21）

平假名「も」的寫法來源於漢字“毛”的草書體。「も」的筆畫順序如下：

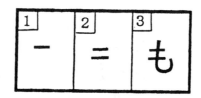

片假名「モ」的寫法來源於漢字"毛"的筆畫省略。「モ」的筆畫順序如下：

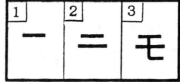

「も」在發成長音時，把〔mo〕中的元音〔o〕延長一拍即可。「も」的長音寫法是：

「もう」	「モー」
【mo:】	【mo:】
／moo／	／moo／

「も」的長音雖然發音時是〔o〕，但書寫時通常寫做「う」而不寫「お」。

（八）「や」行的發音

「や」行雖然有「やいゆえよ」五個假名，但其中的「い」和「え」與「あ」行中的「い」「え」發音、寫法都一樣。「やゆよ」的讀音分別是【ja】【juu】【jo】。「や」行的這三個音是由輔音〔j〕加元音〔a〕〔uu〕〔o〕構成的。「やゆよ」的羅馬字母分別寫做／ya／、／yu／、／yo／。

1.「や」【ja】／ya／

「や」是由〔j〕和〔a〕拼成的。〔j〕屬半元音。發「や」音時，先把舌位調到與〔i〕大體相同的部位上，然後迅速把口形過渡到元音〔a〕的位置上。

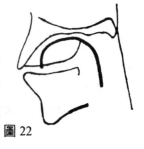

圖22

平假名「や」的寫法來源於漢字"也"的草書體。「や」的筆畫順序如下：

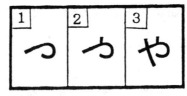

片假名「ヤ」的寫法也是來源於漢字"也"的草書體。「ヤ」的筆畫順序如下：

「や」在發成長音時，把〔ja〕中的後續元音〔a〕延長一拍即可。「や」的長音寫法是：

「やあ」　　　　　　「ヤー」

【ja:】　　　　　　【ja:】

／yaa／　　　　　　／yaa／

2.「ゆ」【juɯ】／yu／

「ゆ」是由半元音〔j〕和元音〔ɯ〕拼成的。發「ゆ」音時，先把舌位調到與〔i〕大體相同的部位上，然後迅速把口形過渡到後續元音〔ɯ〕的位置上。（請參照圖22）

平假名「ゆ」的寫法來源於漢字"由"的草書體。「ゆ」的筆畫順序如下：

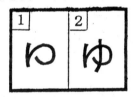

片假名「ユ」的寫法來源於漢字"由"中的兩畫。「ユ」的筆畫順序如下：

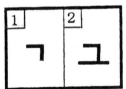

「ゆ」在發成長音時，把〔juɯ〕中的後續元音〔ɯ〕延長一拍即可。「ゆ」的長音寫法是：

「ゆう」　　　　　　「ユー」

【juɯ:】　　　　　　【juɯ:】

／yuu／　　　　　　／yuu／

3.「よ」【jo】／yo／

「よ」是由半元音〔j〕和元音〔o〕拼成的。發「よ」音時，先把舌位調到與〔i〕大體相同的部位上，然後迅速把口形過渡到元音〔o〕的位置上。（請參照圖22）

平假名「よ」的寫法來源於漢字"与"的草書體。「よ」的筆畫順序如下：

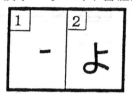

片假名「ヨ」的寫法來源於漢字"与"上部的右側部分。「ヨ」的筆畫順序如下：

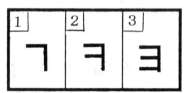

「よ」在發成長音時，把〔jo〕中的後續元音〔o〕延長一拍即可。「よ」的長音寫法是：

「よう」	「ヨー」
【jo:】	【jo:】
／joo／	／joo／

「よ」的長音雖然發音時是〔o〕，但書寫時通常寫做「う」而不寫「お」。

（九）「ら」行的發音

「らりるれろ」的讀音分別是【ra】【ri】【ɾɯ】【re】【ro】。「ら」行音是由輔音〔r〕加元音〔a〕〔i〕〔ɯ〕〔e〕〔o〕構成的。「らりるれろ」的羅馬字母分別寫做／ra／、／ri／、／ru／、／re／、／ro／。

1.「ら」【ra】／ra／

「ら」是由輔音〔r〕和元音〔a〕拼成的。〔r〕屬有聲邊音。發「ら」音時，先把舌尖卷向硬顎，然後用舌尖碰一下上齒齦；最後把口形定在〔a〕的位置上。

圖23

平假名「ら」的寫法來源於漢字"良"的草書體。「ら」的筆畫順序如下：

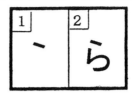

片假名「ラ」的寫法也是來源於漢字"良"的最初兩畫。「ラ」的筆畫順序如下：

「ら」在發成長音時，把〔ra〕中的元音〔a〕延長一拍即可。「ら」的長音寫法是：

「らあ」	「ラー」
【ra:】	【ra:】
／raa／	／raa／

2.「り」【ri】／ri／

「り」是由輔音〔r〕和元音〔i〕拼成的。發「り」音時，先把舌尖卷向硬顎，然後用舌尖碰一下上齒齦；最後把口形定在〔i〕的位置上。

平假名「り」的寫法來源於漢字"利"的草書體。「り」的筆畫順序如下：

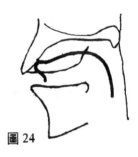

圖24

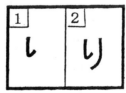

片假名「リ」的寫法也是來源於漢字"利"的"リ"旁。「リ」的筆畫順序如下：

「り」在發成長音時，把〔ri〕中的元音〔i〕延長一拍即可。「り」的長音寫法是：

「りい」　　　　　　「リー」

【ri:】　　　　　　　【ri:】

／rii／　　　　　　　／rii／

3.「る」【ruɯ】／ru／

「る」是由輔音〔r〕和元音〔ɯ〕拼成的。發「る」音時，先把舌尖卷向硬顎，然後用舌尖碰一下上齒齦；最後把口形定在〔ɯ〕的位置上。（請參照圖24）

平假名「る」的寫法來源於漢字"留"的草書體。「る」的筆畫順序如下：

片假名「ル」的寫法是來源於漢字"流"的最後兩畫"ル"。「ル」的筆畫順序如下：

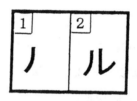

「る」在發成長音時，把〔ruɯ〕中的元音〔ɯ〕延長一拍即可。「る」的長音寫法是：

「るう」　　　　　　「ルー」

【ruɯ:】　　　　　　【ruɯ:】

／ruu／　　　　　　／ruu／

4.「れ」【re】／re／

「れ」是由輔音〔r〕和元音〔e〕拼成的。發「れ」音時，先把舌尖卷向硬顎，然後用舌尖碰一下上齒齦；最後把口形定在〔e〕的位置上。（請參照圖24）

平假名「れ」的寫法來源於漢字"礼"的草書體。「れ」的筆畫順序如下：

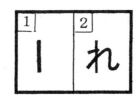

片假名「レ」的寫法也是來源於漢字"礼"中的"L"旁。「レ」的寫法如下：

「れ」在發成長音時，把〔re〕中的元音〔e〕延長一拍即可。「れ」的長音寫法是：

「れい」　　　　　　　　「レー」

【re:】　　　　　　　　【re:】

／ree／　　　　　　　　／ree／

「れ」的長音雖然發音時是〔e〕，但書寫時寫做「い」而不寫「え」。

5.「ろ」【ro】／ro／

「ろ」是由輔音〔r〕和元音〔o〕拼成的。發「ろ」音時，先把舌尖卷向硬顎，然後用舌尖碰一下上齒齦；最後把口形定在〔o〕的位置上。（請參照圖24）

平假名「ろ」的寫法來源於漢字"呂"的草書體。「ろ」的寫法如下：

片假名「ロ」的寫法來源於漢字"呂"的上半部"口"。「ロ」的筆畫順序如下：

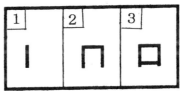

「ろ」在發成長音時，把〔ro〕中的元音〔o〕延長一拍即可。「ろ」的長音寫法是：

「ろう」　　　　　　「ロー」

【 ro: 】　　　　　　【 ro: 】

／roo ／　　　　　　／roo ／

「ろ」的長音雖然發音時是〔お〕，但書寫時寫做「う」而不寫「お」。

（十）「わ」行的發音

「わ」行雖然有「わいうえを」五個假名，但其中的「い」「う」「え」同「あ」行中的「い」「う」「え」在發音和寫法上都一樣。這樣，「わ」行上實際需要說明的只有「わ」和「を」二個假名。「わ」「を」的讀音分別是【 wa 】【 o 】；「わ」行上的這二個音，一個是由半元音〔w〕加元音〔a〕構成的，一個是由元音〔o〕構成的。「わ」「を」的羅馬字母分別寫做／wa／、／o／。

1.「わ」【 wa 】／wa ／

「わ」是由半元音〔w〕和元音〔a〕拼成的復元音。發「わ」音時，先把雙唇及舌的位置擺在與〔u〕音大體相當的位置上；〔w〕要發得輕些，然後迅速把舌位定在〔a〕的位置上。

平假名「わ」的寫法來源於漢字"和"的草書體。「わ」的筆畫順序如下：

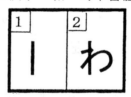

片假名「ワ」的寫法來源於漢字"和"的"口"字旁。「ワ」的寫法如下：

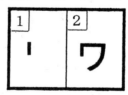

「わ」在發成長音時，把〔wa〕中的後續元音〔a〕延長一拍即可。「わ」的長音寫法是：

「わあ」　　　　　　「ワー」

【 wa: 】　　　　　　【 wa: 】

／waa ／　　　　　　／waa ／

2.「を」【o】／o／

「を」的發音和「あ」行中「お」的發音完全相同。

平假名「を」的寫法來源於漢字"遠"的草書體。「を」的筆畫順序如下：

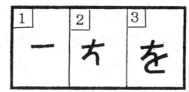

片假名「ヲ」的寫法來源於漢字"乎"。「ヲ」的筆畫順序如下：

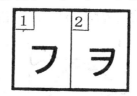

「を」在日語中一般只用做格助詞。在辭典上查不到「を」有長音的用法。

(十一)「が」(「が」)行的發音

「がぎぐげご」的讀音分別是【ga】【gi】【gɯ】【ge】【go】；「がぎぐげご」的讀音分別是【ŋa】【ŋi】【ŋɯ】【ŋe】【ŋo】。「が」行音是由輔音〔g〕加元音〔a〕〔i〕〔ɯ〕〔e〕〔o〕構成的；「が」行音是由輔音〔ŋ〕加元音〔a〕〔i〕〔ɯ〕〔e〕〔o〕構成的。「がぎぐげご」和「がぎぐげご」的羅馬字母都寫做／ga／、／gi／、／gu／、／ge／、／go／。「がぎぐげご」由於發音時含混不清，所以叫濁音；「がぎぐげご」由於其濁音是由鼻腔發出的，所以叫鼻濁音。

「が」由輔音〔g〕和元音〔a〕拼成。發音時，先把後舌面隆起，使其接觸軟顎，以此堵住氣流通道，然後讓氣流出，發出有聲破裂音；最後把口形固定在〔a〕的位置上。「が」的長音寫法與「か」相同。（圖25）

圖25

「ぎ」是由輔音〔g〕和元音〔i〕拼成的。發音時，先把後舌面隆起，使其接觸到軟顎較靠前的位置上，並將前舌面抬起，以此堵住氣流通道，然後讓氣流出，並把口形固定在〔i〕的位置上。「ぎ」的長音寫法與「き」相同。（請見圖26）

圖26

「ぐ」是由輔音〔g〕和元音〔ɯ〕拼成的。發音時，先把後舌面隆起，使其接觸軟顎，以此堵住氣流通道，然後讓氣流出，發出有聲破裂音；最後把口形固定在〔ɯ〕的位置上。「ぐ」的長音寫法與「く」相同。（請見圖27）

「げ」是由輔音〔g〕和元音〔e〕拼成的。發音時，先把後舌面隆起，使其接觸軟顎，以此堵住氣流通道，然後讓氣流出，發出有聲破裂音；最後把口形固定在〔e〕的位置上。「げ」的長音寫法與「け」相同。（請見圖28）

「ご」是由輔音〔g〕和元音〔o〕拼成的。發音時，先把後舌面隆起，使其接觸軟顎，以此堵住氣流通道，然後讓氣流出，發出有聲破裂音；最後把口形固定在〔o〕的位置上。「ご」的長音寫法與「こ」相同。（請見圖29）

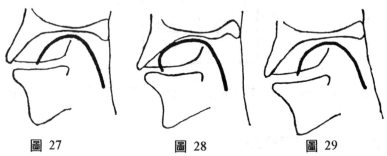

圖 27　　　　　　圖 28　　　　　　圖 29

鼻濁音「が」是由輔音〔ŋ〕和元音〔a〕拼成。發〔ŋ〕音時的舌位與〔g〕基本相同，先讓小舌下降，以此堵住氣流，然後讓聲音從鼻腔發出，發出有聲鼻音；最後把口形固定在〔a〕的位置上。「が」的長音寫法與「か」相同。

鼻濁音「ぎ」是由輔音〔ŋ〕和元音〔i〕拼成。發音時，先讓小舌下降，以此堵住氣流，然後讓聲音從鼻腔發出，發出有聲鼻音；最後把口形固定在〔i〕的位置上。「ぎ」的長音寫法與「き」相同。

鼻濁音「ぐ」是由輔音〔ŋ〕和元音〔ɯ〕拼成。發音時先讓小舌下降，以此堵住氣流，然後讓聲音從鼻腔發出，發出有聲鼻音；最後把口形固定在〔ɯ〕的位置上。「ぐ」的長音寫法與「く」相同。

鼻濁音「げ」是由輔音〔ŋ〕和元音〔e〕拼成。發音時先讓小舌下降，以此堵住氣流，然後讓聲音從鼻腔發出，發出有聲鼻音；最後把口形固定在〔e〕的位置上。「げ」的長音寫法與「け」相同。

鼻濁音「ご」是由輔音〔ŋ〕和元音〔o〕拼成。發音時先讓小舌下降，以此堵住氣流，然後讓聲音從鼻腔發出，發出有聲鼻音；最後把口形固定在〔o〕的位置上。「ご」的長音寫法與「こ」相同。

鼻濁音「がぎぐげご」下的(‧)在此是為與濁音相區別而用的，平時書寫時不用(‧)號。濁音〔ga〕〔gi〕〔gɯ〕〔ge〕〔go〕和鼻濁音〔ŋa〕〔ŋi〕

〔ŋɯ〕〔ŋe〕〔ŋo〕的假名都寫做「がぎぐげご」和「ガギグゲゴ」。

（十二）「ざ」行的發音

「ざじずぜぞ」的讀音分別是【dza】【dʒi】【dzɯ】【dze】【dzo】。「ざ」行音是由輔音〔dz〕加元音〔a〕〔ɯ〕〔e〕〔o〕和輔音〔dʒ〕加元音〔i〕構成的。「ざじずぜぞ」的羅馬字母分別寫做／**za**／、／**ji**／、／**zu**／、／**ze**／、／**zo**／。「ざじずぜぞ」也是濁音。

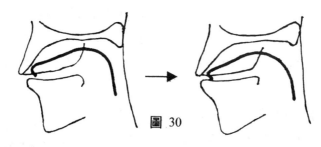

圖 30

　「ざ」是由輔音〔dz〕和元音〔a〕拼成的。發音時，把舌尖接觸到上門齒的根部和齒齦部，以此堵住氣流，然後讓氣流通過，發出有聲的塞擦音；最後把口形定在〔a〕的位置上。「ざ」的長音寫法與「さ」相同。

　「じ」是由輔音〔dʒ〕和元音〔i〕構成的。發「じ」音時，先讓舌尖接觸到上齒齦的根部，讓前舌面接近硬顎部，以此堵住氣流，然後讓氣流通過，發出有聲的塞擦音；最後把口形定在〔i〕的位置上。「じ」的長音寫法與「し」相同。

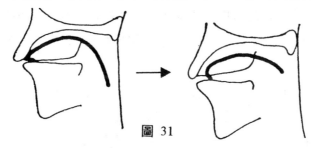

圖 31

　「ず」是由輔音〔dz〕和元音〔ɯ〕拼成的。發音時，把舌尖接觸到上門齒的根部和齒齦部，以此堵住氣流，然後讓氣流通過，發出有聲的塞擦音；最後把口形定在〔ɯ〕位置上。（請參照圖30）。「ず」的長音寫法與「す」相同。

　「ぜ」是由輔音〔dz〕和元音〔e〕拼成的。發音時把舌尖接觸到上門齒的根部和齒齦部，以此堵住氣流，然後讓氣流通過，發出有聲的塞擦音；最後把口形定在〔e〕的位置上（請參照圖30）。「ぜ」的長音寫法與「せ」相同。

「ぞ」是由輔音〔dz〕和元音〔o〕拼成的。發音時把舌尖接觸到上門齒的根部和齒齦部，以此堵住氣流，然後讓氣流通過，發出有聲的塞擦音；最後把口形定在〔o〕的位置上（請參照圖30）。「ぞ」的長音寫法與「そ」相同。

「ざじずぜぞ」的片假名分別寫做「ザジズゼゾ」。

（十三）「だ」行的發音

「だぢづでど」的讀音分別是【da】【dʒi】【dzɯ】【de】【do】。「だ」行音是由輔音〔d〕加元音〔a〕〔e〕〔o〕和輔音〔dʒ〕加元音〔i〕、輔音〔dz〕加元音〔ɯ〕構成的。「だぢづでど」的羅馬字母分別寫做／da／、／ji／、／zu／、／de／、／do／。「だぢづでど」是「たちつてと」的濁音。

「だ」是由輔音〔d〕和元音〔a〕拼成的。發音時把舌尖接觸到上門齒的根部和齒齦部，以此堵住氣流，然後突然把舌尖移開，讓氣迸出，發出有聲破裂音；最後把口形定在〔a〕的位置上。「だ」的長音寫法與「た」相同。

圖 32

「ぢ」的發音和「じ」完全相同。「ぢ」的長音寫法與「ち」一樣。

「づ」的發音和「ず」完全相同。「づ」的長音寫法與「つ」一樣。

「で」是由輔音〔d〕和元音〔e〕拼成的。發「で」音時，先讓舌尖接觸到上門齒的根部和齒齦部，以此堵住氣流，然後突然把舌尖移開，讓氣迸出，發出有聲破裂音；最後把口形定在〔e〕的位置上（請參照圖32）。「で」的長音寫法與「て」相同。

「ど」是由輔音〔d〕和元音〔o〕拼成的。發音時先讓舌尖接觸到上門齒的根部和齒齦部，以此堵住氣流，然後突然把舌尖移開，讓氣迸出，發出有聲破裂音；最後把口形定在〔o〕的位置上。（請參照圖32）「ど」的長音寫法與「と」相同。

「だぢづでど」的片假名分別寫做「ダヂヅデド」。

（十四）「ば」行的發音

「ばびぶべぼ」的讀音分別是【ba】【bi】【bɯ】【be】【bo】。「ば」行音是由輔音〔b〕加元音〔a〕〔i〕〔ɯ〕〔e〕〔o〕構成的。「ばび

「ぶべぼ」的羅馬字母分別寫做／**ba**／、／**bi**／、／**bu**／、／**be**／、／**bo**／。「ばびぶべぼ」是相對「はひふへほ」的濁音。

「ば」是由輔音〔b〕和元音〔a〕拼成的。發音時先把雙唇閉緊，向外用力呼氣，待口腔內氣壓升高後，突然張開雙唇，發出有聲破裂音；最後把口形定在〔a〕的位置上。「ば」的長音寫法與「は」相同。

「び」是由輔音〔b〕和元音〔i〕拼成的。發音時，先把雙唇閉緊，然後向外呼氣，待口腔內氣壓升高後，突然張開雙唇，發出有聲破裂音；最後把口形定在〔i〕的位置上。「び」的長音寫法與「ひ」相同。

「ぶ」是由輔音〔b〕和元音〔ɯ〕拼成的。發音時先把雙唇閉緊，然後向外呼氣，待口腔內氣壓升高後，突然張開雙唇，發出有聲破裂音；最後把口形定在〔ɯ〕的位置上。「ぶ」的長音寫法與「ふ」相同。

「べ」是由輔音〔b〕和元音〔e〕拼成的。發音時先把雙唇閉緊，然後向外呼氣，待口腔內氣壓升高後，突然張開雙唇，發出有聲破裂音；最後把口形定在〔e〕的位置上。「べ」的長音寫法與「へ」相同。

「ぼ」是由輔音〔b〕和元音〔o〕拼成的。發「ぼ」音時，先把雙唇閉緊，然後向外呼氣，待口腔內氣壓升高後，突然張開雙唇，發出有聲破裂音；最後把口形定在〔o〕的位置上。「ぼ」的長音寫法與「ほ」相同。

「ばびぶべぼ」的片假名分別寫做「バビブベボ」。

(十五)「ぱ」行的發音

「ぱぴぷぺぽ」的讀音分別是【pa】【pi】【pɯ】【pe】【po】。「ばびぶべぼ」是相對「はひふへほ」的濁音；「ぱぴぷぺぽ」比「はひふへほ」"濁"，比「ばびぶべぼ」"清"，"清濁"的程度介於兩者之間，所以叫"半濁音"。「ぱ」行音是由輔音〔p〕加元音〔a〕〔i〕〔ɯ〕〔e〕〔o〕構成的。「ぱぴぷぺぽ」的羅馬字母分別寫做／**pa**／、／**pi**／、／**pu**／、／**pe**／、／**po**／。

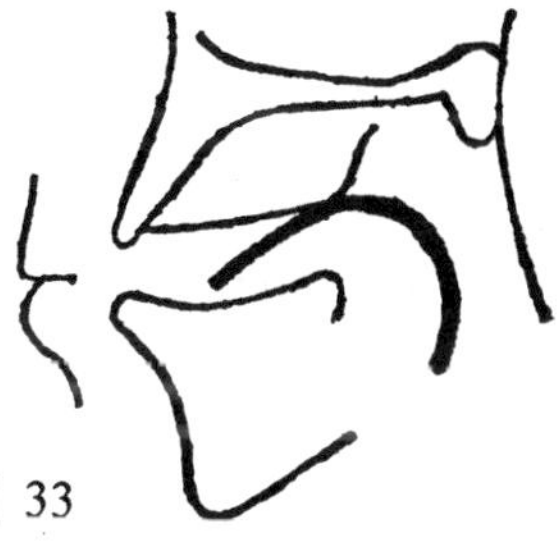

「ぱ」是由輔音〔p〕和元音〔a〕拼成的。發「ぱ」音時先把雙唇閉緊，以此堵住氣流，然後向外呼氣，待口腔內氣壓升高後，突然張開雙唇，發出無聲破裂音；最後把口形定在〔a〕的位置上。「ぱ」的長音寫法與「は」相同。

圖 33

「ぴ」是由輔音〔p〕和元音〔i〕拼成的。發音

時先把雙唇閉上，以此堵住氣流，然後向外呼氣，待口腔內氣壓升高後，突然張開雙唇，發出無聲破裂音；最後把口形定在〔i〕的位置上（請參照圖33）。「ぴ」的長音寫法與「ひ」相同。

「ぷ」是由輔音〔p〕和元音〔ɯ〕拼成的。發「ぷ」音時，先把雙唇閉上，以此堵住氣流，然後向外呼氣，待口腔內氣壓升高後，突然張開雙唇，發出無聲破裂音；最後把口形定在〔ɯ〕的位置上（請參照圖33）。「ぷ」的長音寫法與「ふ」相同。

「ぺ」是由輔音〔p〕和元音〔e〕拼成的。發音時，先把雙唇閉上，以此堵住氣流，然後向外呼氣，待口腔內氣壓升高後，突然張開雙唇，發出無聲破裂音；最後把口形定在〔e〕的位置上。「ぺ」的長音寫法與「へ」相同。

「ぽ」是由輔音〔p〕和元音〔o〕拼成的。發音時先把雙唇閉上，以此堵住氣流，然後向外呼氣，待口腔內氣壓升高後，突然張開雙唇，發出無聲破裂音；最後把口形定在〔o〕的位置上（請參照圖33）。「ぽ」的長音寫法與「ほ」相同。

（十六）拗音

所謂拗音是指讀起來比較拗口的音。拗音的產生與中日兩國的文化交流有關。在此之前日語中沒有拗音。後來由於中國書籍大量進入日本，日本人完全用日語中原有的音去讀漢文書籍便顯得很困難，於是日本人便想出將兩個音拼在一起，用這種新拼出來的音去讀漢文書籍的辦法，這種音就是拗音。拗音共有36個，這36個拗音全都是由「イ」段假名「きしちにひみり」與「や」行的「やゆよ」拼成的。書寫時「やゆよ」要寫得小一些，大約占四分之一格。

「きゃ」「きゅ」「きょ」的讀音分別是〔kja〕〔kjɯ〕〔kjo〕。這三個音是由輔音〔k〕加上過渡元音〔j〕，然後加後續元音〔a〕〔ɯ〕〔o〕構成的。〔kj〕中的〔k〕音與「き」中的〔k〕音完全一樣。「きゃ」「きゅ」「きょ」的羅馬字母分別寫做／**kya**／、／**kyu**／、／**kyo**／。「きゃ」「きゅ」「きょ」的片假名分別寫做「キャ」「キュ」「キョ」。

「ぎゃ」「ぎゅ」「ぎょ」的讀音分別是〔gja〕〔gjɯ〕〔gjo〕。這三個音是由輔音〔g〕加上過渡元音〔j〕，然後加後續元音〔a〕〔ɯ〕〔o〕構成的。〔gj〕中的〔g〕與「ぎ」中的〔g〕音一樣。

「ぎゃ」「ぎゅ」「ぎょ」的讀音分別是〔ŋja〕〔ŋjɯ〕〔ŋjo〕。這三個音是由輔音〔ŋ〕加過渡元音〔j〕，然後加後續元音〔a〕〔ɯ〕〔o〕構成的。通常〔gja〕音用在詞頭，〔ŋja〕音用在詞中。「ぎゃ」「ぎゅ」「ぎょ」和

「ぎゃ」「ぎゅ」「ぎょ」的羅馬字母都寫做／gya／、／gyu／、／gyo／。它們的片假名是「ギャ」「ギュ」「ギョ」。

「しゃ」「しゅ」「しょ」的讀音分別是〔ʃa〕〔ʃɯ〕〔ʃo〕，這三個音是由輔音〔ʃ〕加上元音〔a〕〔ɯ〕〔o〕構成的。「しゃ」「しゅ」「しょ」的羅馬字母分別寫做／sha／、／shu／、／sho／。「しゃ」「しゅ」「しょ」的片假名是「シャ」「シュ」「ショ」。

「じゃ」「じゅ」「じょ」的讀音分別是〔dʒa〕〔dʒɯ〕〔dʒo〕，這三個音是由輔音〔dʒ〕和元音〔a〕〔ɯ〕〔o〕拼成的。「じゃ」「じゅ」「じょ」的羅馬字母分別寫做／ja／、／ju／、／jo／。「じゃ」「じゅ」「じょ」的片假名是「ジャ」「ジュ」「ジョ」。

「ちゃ」「ちゅ」「ちょ」的讀音分別是〔tʃa〕〔tʃɯ〕〔tʃo〕，這三個音是由輔音〔tʃ〕和元音〔a〕〔ɯ〕〔o〕拼成的。「ちゃ」「ちゅ」「ちょ」的羅馬字母分別寫做／cha／、／chu／、／cho／。它們的片假名是「チャ」「チュ」「チョ」。

「ぢゃ」「ぢゅ」「ぢょ」的讀音與「じゃ」「じゅ」「じょ」一樣。它們的羅馬字母也寫做／ja／、／ju／、／jo／。其片假名的寫法是「ヂャ」「ヂュ」「ヂョ」。

「にゃ」「にゅ」「にょ」的讀音是〔ɲa〕〔ɲɯ〕〔ɲo〕，這三個音是由輔音〔ɲ〕和元音〔a〕〔ɯ〕〔o〕拼成的。「にゃ」「にゅ」「にょ」的羅馬字母分別寫做／nya／、／nyu／、／nyo／。其片假名的寫法是「ニャ」「ニュ」「ニョ」。

「ひゃ」「ひゅ」「ひょ」的讀音分別是〔ça〕〔çɯ〕〔ço〕，這三個音是由輔音〔ç〕和元音〔a〕〔ɯ〕〔o〕拼成的。「ひゃ」「ひゅ」「ひょ」的羅馬字母分別寫做／hya／、／hyu／、／hyo／。它們的片假名是「ヒャ」「ヒュ」「ヒョ」。

「びゃ」「びゅ」「びょ」的讀音是〔bja〕〔bjɯ〕〔bjo〕，這三個音是由輔音〔b〕加上過渡元音〔j〕，然後加上後續元音〔a〕〔ɯ〕〔o〕拼成的。「びゃ」「びゅ」「びょ」的羅馬字母分別寫做／bya／、／byu／、／byo／。它們的片假名分別寫做「ビャ」「ビュ」「ビョ」。

「ぴゃ」「ぴゅ」「ぴょ」的讀音分別是〔pja〕〔pjɯ〕〔pjo〕，這三個音是由輔音〔p〕加上過渡元音〔j〕，然後加上後續元音〔a〕〔ɯ〕〔o〕構成的。「ぴゃ」「ぴゅ」「ぴょ」的羅馬字母分別寫做／pya／、／pyu／、／pyo

／。它們的片假名是「ピャ」「ピュ」「ピョ」。

「みゃ」「みゅ」「みょ」的讀音分別是〔mja〕〔mjɯ〕〔mjo〕，這三個音是由輔音〔m〕加上過渡元音〔j〕，然後加上後續元音〔a〕〔ɯ〕〔o〕構成的。「みゃ」「みゅ」「みょ」的羅馬字母分別寫做／mya／、／myu／、／myo／。它們的片假名分別是「ミャ」「ミュ」「ミョ」。

「りゃ」「りゅ」「りょ」的讀音分別是〔rja〕〔rjɯ〕〔rjo〕，這三個音是由輔音〔r〕加上過渡元音〔j〕，然後加上後續元音〔a〕〔ɯ〕〔o〕構成的。「りゃ」「りゅ」「りょ」的羅馬字母分別寫做／rya／、／ryu／、／ryo／。它們的片假名分別是「リャ」「リュ」「リョ」。

拗音的長音就是把拗音的後續元音延長一拍。後續元音是〔a〕的寫做「あ」，如「きゃあ」「しゃあ」；後續元音是〔ɯ〕和〔o〕的寫做「う」，如「きゅう」「しゅう」「きょう」「しょう」。

（十七）撥音「ん」

撥音「ん」不能單獨使用。其發音按後續音的不同而不同。

當「ん」音後面接〔p〕〔b〕〔m〕時，「ん」發成〔m〕。如：

ぱんぱ	〔pampa〕
ばんば	〔bamba〕
まんま	〔mamma〕

當「ん」音後面接〔t〕〔d〕〔r〕〔n〕時，「ん」發成〔n〕。如：

たんた	〔tanta〕
たんだ	〔tanda〕
らんら	〔ranra〕
なんな	〔nanna〕

當「ん」後面接〔k〕〔g〕〔ŋ〕時，「ん」發成〔ŋ〕。如：

かんか	〔kaŋka〕
がんが	〔gaŋga〕
がんが	〔ŋaŋŋa〕

當「ん」用在獨立詞的語尾以及後續〔s〕〔ʃ〕〔ɯ〕〔i〕時，「ん」發成〔ɲ〕。如：

あん	〔an〕
さんさ	〔sansa〕

しんし	〔ʃinʃi〕
てんうん	〔tenɯun〕
てんいん	〔tenin〕

平假名「ん」的寫法來源於漢字"无"的草書體；片假名「ン」屬於象徵性記號。其寫法如下：

 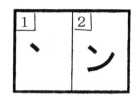

(十八) 促音

所謂促音是指用發音器官堵住氣流，形成一個短促的頓挫，然後再讓氣流迸出的音。

表示促音的符號是在促音和後續音之間加上小號字「っ」。「っ」大約佔方格的四分之一，必須寫在小方格的左下角。如果是豎寫的話，「っ」要寫在小方格的右上角。促音的羅馬字母書寫方式是在後續輔音前再寫一個相同的輔音。

在〔p〕之前的促音要使雙唇緊閉的狀態持續一拍的時間。

ぱっぱ	〔pappa〕
ぴっぴ	〔pippi〕
ぷっぷ	〔pɯppɯ〕
ぺっぺ	〔peppe〕
ぽっぽ	〔poppo〕

在〔t〕之前的促音要把用舌尖堵塞氣流的狀態持續一拍的時間，在〔ts〕之前的促音的調音方法與〔t〕一樣。

たった	〔tatta〕
つっつ	〔tsɯttsɯ〕
てって	〔tette〕
とっと	〔totto〕

在〔tʃ〕之前的促音要按照〔tʃ〕音的舌位，將氣流封閉一拍的時間。如：

| ちっち | 〔tʃittʃi〕 |

在〔k〕之前的促音要按照與〔k〕音相同的舌位，將氣流封閉一拍的時間。

| かっか | 〔kakka〕 |
| きっき | 〔kikki〕 |

くっく　　　　　〔kɯkkɯ〕

けっけ　　　　　〔kekke〕

こっこ　　　　　〔kokko〕

〔s〕前的促音按〔s〕的調音方法使無聲摩擦音持續一拍。

さっさ　　　　　〔sassa〕

すっす　　　　　〔sɯssɯ〕

せっせ　　　　　〔sesse〕

そっそ　　　　　〔sosso〕

在〔ʃ〕之前的促音要按〔ʃ〕的調音方法使無聲摩擦音持續一拍的時間。如：

しっし　　　　　〔ʃiʃʃi〕

（十九）聲調

日語聲調有四種類型：平板型、尾高型、中高型、頭高型。

平板型就是第一個音節低讀，其餘的音節高讀。如：

尾高型就是第一個音節低讀，其餘的音節高讀。如果後接助詞的話，助詞要低讀。如：

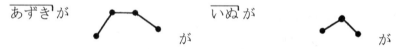

中高型就是第一個音節低讀，中間的音節高讀，後面的音節低讀。如：

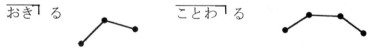

頭高型就是頭一個音節高讀，其餘的音節低讀。如：

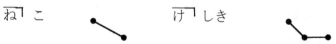

查閱一下《新明解辭典》便可發現，上面的聲調是用數字表示的。標①的表示第一個音節高讀；標②的表示第二個音節高讀；標③的表示第三個音節高讀；標⓪的表示第一個音節低讀，其餘的音節高讀。

第二單元

本單元目的

介紹日語中的指示代名詞「これ」「それ」「あれ」「どれ」的用法。「これ」「それ」「あれ」「どれ」在日語語法中被稱作指示代名詞。一般認爲，「これ」表示近稱，「それ」表示中稱，「あれ」表示遠稱，「どれ」表示不定稱。透過對本單元的學習，可對日語指示代名詞的用法有一個初步的認識。另外，在這一單元裡還將介紹判斷句和疑問句的說法。

第1課

本課要點

學習日語中的"**這是……**"這一句型的用法。

課文

A：これは本(ほん)です。

B：これはノートです。

A：これはいすです。

B：これはつくえです。

單字

これ⓪	〔kore〕	（代）這，這個
本(ほん)①	〔hon〕	（名）書
ノート①	〔nooto〕	（名）筆記本
椅子(いす)⓪	〔isu〕	（名）椅子
机(つくえ)⓪	〔tsukue〕	（名）桌子
ペン①	〔pen〕	（名）筆
鉛筆(えんぴつ)⓪	〔enpitsu〕	（名）鉛筆

ボールペン④⓪　　　　　　　　〔boorupen〕（名）原子筆
新聞⓪　　　　　　　　　　　　〔shinbun〕（名）報紙

譯文

A：這是書。
B：這是筆記本。
A：這是椅子。
B：這是桌子。

語法解釋

1.「これは本です。」

①「これ」通常是用來表示說話人身邊的事或物，在某些語法書裡被稱作**"近稱"**。「これ」一般可譯成中文的**"這""這個"**等。

②「は」在日語語法中被稱作**"係助詞"**，其意思一般不能直譯出來。「これは本です」中的「は」起提示話題的作用。

③「です」是助動詞，用在句末表示斷定的意思。接在名詞後的「です」往往可譯成中文的**"是"**，但是接在形容詞等詞後的「です」往往可以不譯

注意

1.「は」在做助詞使用時，其讀音是〔**wa**〕而不是〔**ha**〕。
*2.*注意詞序，"這是書"不能說成「これです本」。

練習

將下列單詞填入＿＿＿＿內。
これは＿＿＿＿です。
①ペン　　②鉛筆　　③ボールペン　　④新聞

第2課

本課要點

學習日語中的**"那是……"**這一句型的說法。

課文

A：これは本です。
B：それは辞書です。
A：これは地図です。
B：それは雑誌です。

單字

それ⓪	〔sore〕	（代）那，那個
辞書①	〔zisho〕	（名）辭典，辭書
地図①	〔chizu〕	（名）地圖
雑誌⓪	〔zasshi〕	（名）雜誌
ベッド①	〔beddo〕	（名）床
小説⓪	〔shoosetsu〕	（名）小說
家②	〔ie〕	（名）家，房子
鞄⓪	〔kaban〕	（名）提包，書包，包

譯文

A：這是書。
B：那是辭典。
A：這是地圖。
B：那是雜誌。

語法解釋

1.「それは辞書です。」

「それ」一般表示聽話人身邊的事或物，在某些語法書裡被稱作 **"中稱"**。
（所謂 "中稱" 是相對將在下一課出現的「あれ」而言的。「それ」和「あれ」的具體差別請參照本單元的小結部分。）

注意

注意「地図」「雑誌」的漢字寫法與中文中的「地圖」「雜誌」不同。

練習

將下列單詞填入_____內。

それは_____です。

①ベッド　②小説　③家　④鞄

第3課

本課要點

學習日語中的"**那是……**"這一句型的另外一種說法。

課文

A：これは切手です。

B：あれは写真です。

A：これは手紙です。

B：あれは汽車です。

單字

切手③⓪	〔kitte〕	（名）郵票
あれ⓪	〔are〕	（代）那，那個
写真⓪	〔shashin〕	（名）照片
手紙⓪	〔tegami〕	（名）信，信件
汽車②	〔kisha〕	（名）火車
魔法瓶②	〔mahoobin〕	（名）暖水瓶
私鉄⓪	〔shitetsu〕	（名）私營鐵路
航空便③	〔kookuubin〕	（名）航空郵件，航空信
靴下④②	〔kutsushita〕	（名）襪子

譯文

A：這是郵票。

B：那是照片。

Ａ：這是信。

Ｂ：那是火車。

語法解釋

1.「あれは写真です。」

「あれ」一般表示離說話人或聽話人都遠的事或物，在一些語法書裡被稱作**"遠稱"**。（「あれ」和「それ」的具體差別請參照本單元的小結部分。）

注意

「切手」「写真」「手紙」「汽車」等詞雖然以漢字表意，但其所表示的意思與中國人所理解的漢字意義不同，易被中國人誤解。

練習

將下列單詞填入＿＿＿＿內。

あれは＿＿＿＿です。

①魔法瓶　　②私鉄　　③航空便　　④靴下

第4課

本課要點

學習日語中的**"這是⋯⋯嗎？"**這一句型的用法。

課文

Ａ：これはテープですか。

Ｂ：はい、そうです。テープです。

Ａ：これはテレビですか。

Ｂ：はい、そうです。それはテレビです。

單字

テープ①　　　　　　　　　〔teepu〕（名）錄音（錄影）磁帶，帶子

はい①　　　　　　　　　　〔hai〕（感）對，是的

そう①	〔soo〕（感）是的，對
テレビ①	〔terebi〕（名）電視機
録音機③ ろくおんき	〔rokuonki〕（名）録音機
テープレコーダー⑤	〔teepurekoodaa〕（名）録音機

譯文

Ａ：這是錄音帶嗎？

Ｂ：對，是的，是錄音帶。

Ａ：這是電視嗎？

Ｂ：對，是的，那是電視。

語法解釋

1.「これはテープですか。」

「か」在日語語法中被稱作"**終助詞**"，通常表示疑問的意義，可譯成中文的"……**嗎？**"表示疑問時也可以將句末的「か」省略不說，但這時必須將句末的最後一個音節讀成升調，否則不能構成疑問的意思。表示疑問的「か」後面通常不寫「？」號。

2.「はい、そうです。それはテレビです。」

①「はい」是感嘆詞，通常用在對對方的意見加以肯定和承認時。當別人喊自己的名字時，一般也用「はい」表示回答。

②「そうです」通常也用在對對方的意見加以肯定和承認時。

③「それはテレビです」中的「それ」是相對「これはテレビですか」中的「これ」而言的。通常問句中是「これ」的話，答句中要用「それ」；問句中是「それ」的話，答句中要用「これ」。

注意

問句中的指示代名詞如果是「それ」的話，答句中的指示代名詞不能用「それ」，一般用「これ」來回答。

練習

在下列＿＿＿中填入適當的詞。

Ａ：それは録音機ですか。
ろくおんき

Ｂ：はい、＿＿＿＿は録音機です。

①これ　　②それ　　③あれ

Ａ：＿＿＿＿はテープレコーダーですか。

Ｂ：はい、これはテープレコーダーです。

①これ　　②それ　　③あれ

第5課

本課要點

學習日語中的"……**是哪一個？**"這一句型的說法。

課文

Ａ：鍵はどれですか。
Ｂ：鍵はそれです。
Ａ：万年筆はどれですか。
Ｂ：万年筆はこれです。

單字

鍵②	〔kagi〕	（名）鑰匙
どれ①	〔dore〕	（代）哪，哪個
万年筆③	〔mannenhitsu〕	（名）鋼筆
消しゴム③⓪	〔keshigomu〕	（名）橡皮擦
猫①	〔neko〕	（名）貓

譯文

Ａ：鑰匙是哪一個？

Ｂ：鑰匙是那個。

Ａ：鋼筆是哪一支？

Ｂ：鋼筆是那支。

語法解釋

1.「鍵はどれですか。」

這是表示需要在兩個以上的事物中選出一個時的疑問句。「どれ」是相對「これ」「それ」「あれ」的指示代名詞，其本身表示不確切的事或物，大多用在疑問句中，其意義相當於中文的**"哪""哪個""哪一個"**。

注意

「鍵はどれですか」這種疑問方式通常是把需要確定的事物用「は」提示出來做句子的話題（也有人叫主語），然後用「どれ」表示疑問。

練習

完成下面問句。

A：＿＿＿＿＿＿＿＿＿＿ですか。

B：消しゴムはこれです。

A：＿＿＿＿＿＿＿＿＿＿ですか。

B：猫はあれです。

本單元小結

本單元介紹了日語中的「これ、それ、あれ、どれ」的用法。「これ」可以譯成中文的**"這"**，「それ、あれ」可以譯成中文的**"那"**，「どれ」可以譯成中文的**"哪"**。「これ」和「どれ」比較容易理解，可是「それ」和「あれ」對中國人來說卻不太容易理解，「それ」和「あれ」在意義上有很大的差別。

㈠「これ」的意思

在具體的語言環境裡，當說話的人認為某一種東西離自己較近而離聽話的人較遠，或者當說話人認為某一種東西屬於自己這個範圍的時候，往往用「これ」去指代那種東西。基於這一點，為使「これ」有別於「それ」「あれ」「どれ」，人們把「これ」叫作"近稱"。

㈡「それ」的意思

在進行會話時，當說話的人認為某一東西離自己較遠而離聽話人較近，或者

說話人認為某一種東西屬於聽話人的範圍而不屬於自己這個範圍時，一般用「それ」去指代那種東西。為使「それ」有別於「これ」「あれ」和「どれ」，人們把它所表示的指代意義叫作"中稱"。

另外，在表示眼前不存在的或超越時間的某一事物時，「それ」表示一方知道而另一方不知道的事物。

⑶關於「あれ」

在進行會話時，當說話的人認為某一東西離自己和聽話的人都比較遠，或者當說話的人認為某一種東西既不屬於自己的範圍也不屬於聽話人的範圍時，往往用「あれ」去指代那個東西。為使「あれ」有別於「これ」「それ」和「どれ」，人們把它所表示的指代意義叫作"遠稱"。

另外，在表示眼前不存在的或超越時間的某一事物時，「あれ」表示雙方都知道的事物。

⑷關於「どれ」

「どれ」是相對於「これ」「それ」「あれ」的，通常表示疑問或不確定的意義。

⑸關於日語中的漢字

日本人現在所使用的漢字大多是在中國唐朝時從中國引進的。一千多年以來，中國和日本的漢字都經歷了演變和改革。由於演變和改革的社會文化背景不同，所以今天中國的漢字和日本的漢字在形態上存有很大的差異；如本單元第2課中所舉的「地図」「雑誌」等。

另外，千百年來日本人不僅一直在使用漢字，而且還用漢字創造了很多新詞。這些新詞有些在今天的中文裡也得到了廣泛的運用，但是有些所謂漢語系詞（如第3課中的「切手」「写真」「手紙」「汽車」等）由於與中國人所理解的詞義大相徑庭，所以我們中國人在學習日語時切不可望文生義。

⑹關於「はい、そうです」

「はい、そうです」的使用率很高，在表示同意對方的意見時一般都可使用。但初學者應該注意，不要在什麼情況下都用「はい、そうです」，應該說得更具體一些。

第三單元

本單元目的

介紹日語中表示否定意義的"**這不是……**"這一句型和表示遞進的"**這也是**""**這也不是**"等句型的用法,並延續上一單元裡出現的各種語法現象。

第6課

本課要點

學習日語中的"**這是什麼?**"這一句型的用法。

課文

A：それは<ruby>何<rt>なん</rt></ruby>ですか。

B：これはオレンジです。

A：これは<ruby>何<rt>なん</rt></ruby>ですか。

B：それはレモンです。

單字

<ruby>何<rt>なん</rt></ruby>①	〔nan〕	(代)什麼,多少
オレンジ②	〔orenji〕	(名)橘子,柳橙
レモン⓪	〔remon〕	(名)檸檬
りんご⓪	〔ringo〕	(名)蘋果
<ruby>梨<rt>なし</rt></ruby>②	〔nashi〕	(名)梨

譯文

A：那是什麼?

B：這是橘子。

A：這是什麼!

Ｂ：那是檸檬。

語法解釋

1.「これは何ですか。」

①「何」是由代詞「何」變化而來的。具體的變化條件是，當「なに」下接「だ」「で」「ど」「と」「の」時「なに」變成「なん」，「なん」的意思和「なに」一樣。

これは何ですか。

これは何の本ですか。

「何」除了下接「だ」「で」「ど」「と」「の」以外，一般讀作「なに」而不讀作「なん」。

另外，在表示數量時，「何」往往讀作「なん」。如：

何回（幾次）

何年（幾年）

何人（幾人）

注意

注意具體場合下「何」的讀音。

練習

完成下列問句

Ａ：＿＿＿＿は＿＿＿＿ですか。

Ｂ：それはりんごです。

Ａ：＿＿＿＿は＿＿＿＿ですか。

Ｂ：あれは梨です。

第7課

本課要點

學習日語中的"這是……？還是……？"這一句型的用法。

課文

A：これは馬ですか。それとも牛ですか。
B：馬です。
A：あれは熊ですか。それともパンダですか。
B：あれはパンダです。

單字

馬②	〔uma〕	（名）	馬
牛⓪	〔ushi〕	（名）	牛
熊②	〔kuma〕	（名）	熊
パンダ①	〔panda〕	（名）	熊貓
それとも③	〔soretomo〕	（接）	還是，或者
虎⓪	〔tora〕	（名）	老虎，虎
ライオン⓪①	〔raion〕	（名）	獅子
猿①	〔saru〕	（名）	猴子
兎⓪	〔usagi〕	（名）	兔子

譯文

A：這是馬還是牛？
B：是馬。
A：那是熊還是熊貓？
B：那是熊貓。

語法解釋

1.「これは馬ですか。それとも牛ですか。」

「それとも」表示二者擇一，構成「是 A 還是 B」的疑問句。

2.「馬です。」

這是一個無主句。主語之所以可以省略是因為在前句中已出現了「これは」，「馬です」實際上是省略了「それは」。這種省略一般要有前提，沒有前提通常不能省略。

注意

當問句是「あれは～」時，答句須用「あれは～」。

練習：

完成下列句子。

A：_____は虎<ruby>虎<rt>とら</rt></ruby>ですか。_____ライオンですか。

B：あれはライオンです。

A：それは<ruby>猿<rt>さる</rt></ruby>ですか。_____<ruby>兎<rt>うさぎ</rt></ruby>ですか。

B：_____は<ruby>猿<rt>さる</rt></ruby>です。

第8課

本課要點

學習日語中的"這不是……。"這一句型的用法。

課文

A：それは<ruby>時計<rt>とけい</rt></ruby>ですか。

B：はい、そうです。これは<ruby>時計<rt>とけい</rt></ruby>です。

A：それは<ruby>置き時計<rt>お　どけい</rt></ruby>ですか。

B：いいえ、<ruby>置き時計<rt>お　どけい</rt></ruby>ではありません。<ruby>掛け時計<rt>か　どけい</rt></ruby>です。

A：あれも<ruby>掛け時計<rt>か　どけい</rt></ruby>ですか。

B：いいえ、あれは<ruby>掛け時計<rt>か　どけい</rt></ruby>ではありません。<ruby>自覚まし時計<rt>め　ざ　　どけい</rt></ruby>です。

單字

<ruby>時計<rt>とけい</rt></ruby>⓪	〔tokee〕	（名）鐘錶
<ruby>置き時計<rt>お　どけい</rt></ruby>③	〔okidokee〕	（名）座鐘
<ruby>掛け時計<rt>か　どけい</rt></ruby>③	〔kakedokee〕	（名）掛鐘
<ruby>自覚まし時計<rt>め　ざ　どけい</rt></ruby>⑤	〔mezamashidokee〕	（名）鬧鐘，鬧錶
いいえ③	〔iie〕	（感）不，不是

腕時計③ 〔udedokee〕（名）手錶
懷中時計⑤ 〔kaichuudokee〕（名）懷錶

譯文

A：那是錶嗎？

B：對，是的，這是錶。

A：那是座鐘嗎？

B：不，不是座鐘，是掛鐘。

A：那也是掛鐘嗎？

B：不，那不是掛鐘，是鬧鐘。

語法解釋

1.「いいえ、置き時計ではありません。掛け時計です。」

①「ではありません」是相對「です」的表示否定意義的表達方式。可譯成中文的“不是～”等。對一件事物加以否定以後，也可以接著說出肯定意見，也可以不說。

②「いいえ」是相對「はい」的表示否定意義的詞。「いいえ」通常與「～ではありません」一起使用，但也可只說「いいえ」將「～ではありません」省略不說。

注意

表示否定意義的「……ではありません」中的「は」的發音是〔wa〕，不是〔ha〕。

練習

完成下列句子：

A：これは腕時計ですか。

B：いいえ、_____。

A：それは懷中時計ですか。

B：いいえ、_____。

第9課

本課要點

學習日語中的“**這也是……**”這一句型的用法。

課文

A：これはビールですか。

B：はい、それはビールです。

A：それもビールですか。

B：いいえ、これはビールではありません。ワインです。

A：あれもワインですか。

B：はい、あれもワインです。

單字

ビール①⓪	〔biiru〕（名）啤酒	
ワイン①	〔wain〕（名）葡萄酒	
ブランデー②⓪	〔burandee〕（名）白蘭地	
シャンペン③	〔shanpen〕（名）香檳酒	

譯文

A：這是啤酒嗎？

B：是的，那是啤酒。

A：那也是啤酒嗎？

B：不，這不是啤酒，是葡萄酒。

A：那也是葡萄酒嗎？

B：對，那也是葡萄酒。

語法解釋

1.「それもビールですか。」

「いいえ、これはビールではありません。」

①「も」表示同類事物中除此之外的其它項，可譯成中文的**"也""還"**等。

②第二句是對第一句問話加以否定的句子，所以除了要用「ではありません」以外，還一定要把主語上的「も」換成「は」，必須說「これはビールではありません」。如果是對第一句問話加以肯定的話，可以說「はい、これもビールです」。

注意

對有「も」的問句加以否定時，必須把「も」換成「は」。

練習

完成下列句子。

Ａ：これもワインですか。

Ｂ：いいえ、＿＿＿＿＿＿＿＿。

Ａ：それもシャンペンですか。

Ｂ：はい、＿＿＿＿＿＿＿＿。

第10課

本課要點

學習日語中的**"這也不是……"**這一句型的用法。

課文

```
Ａ：それは鯖（さば）ですか。
Ｂ：いいえ、これは鰆（さわら）です。鯖（さば）ではありません。
Ａ：それは鯖（さば）ですね。
Ｂ：いいえ、これも鯖（さば）ではありません。
Ａ：鯖（さば）はこれですか。
Ｂ：いいえ、それも鯖（さば）ではありません。鯖（さば）はこれです。
```

單字

鯖⓪　　　　　　　　〔saba〕（名）鮐魚

鰆⓪　　　　　　　　〔sawara〕（名）鰆魚

太刀魚②　　　　　　〔tachiuo〕（名）帶魚

比目魚⓪　　　　　　〔hirame〕（名）比目魚，片口魚

譯文

A：那是鮐魚嗎？

B：不，這是鰆魚，不是鮐魚。

A：那是鮐魚吧？

B：不，這也不是鮐魚。

A：鮐魚是這個嗎？

B：不，那也不是鮐魚，鮐魚是這個。

語法解釋

1.「いいえ、これは鰆です。鯖ではありません。」

這句話是種倒裝用法，通常的說法是「いいえ、これは鯖ではありません。鰆です」。

2.「それは鯖ですね。」

上句中的「ね」屬終助詞，表示委婉的疑問，語氣比較柔和。可譯成中文的"啊""吧""呢"等。

3.「いいえ、これも鯖ではありません。」

句中有「も」的否定句必須要有一個否定的前提，沒有否定的前提的話，否定時要把「も」換成「は」。

注意

「か」表示的是疑問，「ね」多用在表示徵詢對方意見時。

練習

完成下列句子。

A：これは太刀魚ですか。

B：いいえ、それは比目魚です。太刀魚＿＿＿＿＿＿＿＿。

Ａ：これは太刀魚ですね。

Ｂ：いいえ、それも_____。

本單元小結

㈠關於選擇問句

「それとも」能夠構成二者擇一的疑問方式。在選擇問句裡有時用「それとも」，有時不用「それとも」，如「これは馬ですか。それとも牛ですか」還可以說成「これは馬ですか、牛ですか。」。兩個句子都可譯成"這是馬還是牛？"

㈡「いいえ」的用法

「いいえ」表示否定，在意義上與「はい」相對立。在對對方的意見加以否定時，往往說「いいえ、～ではありません」，但有時也可以將後邊的「～ではありません」省略，只說「いいえ」。另外，由於「いいえ」與「ではありません」都表示否定，所以在

Ａ：それは置き時計ですか。

Ｂ：いいえ、置き時計ではありません。掛け時計です。

這樣的語境裡可用「いいえ」代替「置き時計ではありません」的意義，在Ｂ的回答中只說「いいえ、掛け時計です」也可以。

㈢關於倒裝句

第10課中的「いいえ、これは鰆です。鯖ではありません」按照正常的表達順序應該是「いいえ、これは鯖ではありません。鰆です」，這種說法實際上是句子搭配中的倒裝用法。倒裝句在口語裡比較常見，在文章裡相對用得比較少。

㈣名詞和指示代名詞在句子中的位置

名詞和指示代名詞在句子中的位置有時是可以互換的。當然這種互換必須要有前提，也就是答句中詞的位置要取決於問句中詞的位置，如第10課的"鯖はこれです。"中的"鯖"的位置是因為問句"鯖はこれですか。"中的「鯖」的位置而定的。如果這兩句話裡的問句是"これは鯖ですか。"的話，那麼答句應該是"これは鯖です。"答句裡「鯖」的位置應和問句裡「鯖」位置保持一致。

第四單元

本單元目的

　　日語中的人稱代名詞數量較多，用法也較繁雜。在這一單元裡主要學習日語中的人稱代名詞在句子中的一些具體用法。同時還要學習表示並列關係的"……和……""……也……也……"的用法。

第11課

本課要點

　　學習日語中的第一人稱代名詞「わたし」「ぼく」的用法。

課文

> Ａ：わたしは看護婦です。
> Ｂ：わたしは医者です。
> Ａ：ぼくは高校生です。
> Ｂ：ぼくも高校生です。

單字

私⓪	〔watashi〕	（代）我
看護婦③	〔kangofu〕	（名）護士
医者⓪	〔isha〕	（名）醫生，大夫
僕①⓪	〔boku〕	（代）我（男性用語）
高校生③④	〔kookoosee〕	（名）高中生
中学生③④	〔chuugakusee〕	（名）國中生
小学生③④	〔shoogakusee〕	（名）小學生

譯文

Ａ：我是護士。

Ｂ：我是醫生。

Ａ：我是高中生。

Ｂ：我也是高中生。

語法解釋

1.「わたしは看護婦（かんごふ）です。」

「わたし」是第一人稱代名詞，相當於中文的"我"。與中文不同的是，日語中的人稱代名詞感情色彩十分濃厚，「わたし」通常用在比較鄭重的場合，女子一般都用「わたし」來稱代自己。

2.「ぼくは高校生（こうこうせい）です。」

「ぼく」與「わたし」一樣，也是表示第一人稱的代名詞，相當於中文的"**我**"。但是「ぼく」在感情色彩上與「わたし」不同，「わたし」用在比較鄭重的場合。而「ぼく」則用在比較隨便的場合上。另外，無論是男是女都可以使用「わたし」，而「ぼく」一般只有男性才能用，女子稱代自己時不能説「ぼく」。

注意

1.注意區別人稱代名詞中的「わたし」和「ぼく」的用法。

2.日本的「高校」指的是高中而不是大學。

練習

翻譯下列句子。

①我是中學生。

②我是小學生。

第12課

本課要點

學習日語中的第二人稱代名詞「あなた」的用法。

課文

A：あなたは学生ですか。

B：いいえ、わたしは学生ではありません。サラリーマンです。あなたもサラリーマンですか。

A：いいえ、わたしはサラリーマンではありません。農民です。

B：ああ、そうですか。

單字

貴方②　　　　　　　〔anata〕（代）你

学生⓪　　　　　　　〔gakusee〕（名）學生

サラリーマン③　　　〔sarariiman〕（名）上班族，薪水階級

農民⓪　　　　　　　〔noomin〕（名）農民

ああ①　　　　　　　〔aa〕（感）（表示肯定、明白時使用）啊，
　　　　　　　　　　　　　　　哦，唉

先生③　　　　　　　〔sensee〕（名）老師

公務員③　　　　　　〔koomuin〕（名）公務員

譯文

A：你是學生嗎？

B：不，我不是學生，是上班族。你也是上班族嗎？

A：不，我不是上班族的，是農民。

B：哦，是嗎？

語法解釋

1.「あなたは学生ですか。」

「あなた」是第二人稱代名詞，相當於中文的"你"。在中文裡"你"的使用率很高，但在日語的日常會話中一般很少使用「あなた」。稱呼對方時，通常在對方的名字後加上表示尊敬意義的「さん」等。有時乾脆既不用人稱代名詞，也不叫對方的名字，直接就事論事。

2.「ああ、そうですか。」

上面這個句子表示的是我明白了，或原來如此。「そうですか」的「か」語調往下降，不表示疑問的意思。

注意

平輩異性間交往時，要避免使用「あなた」，因為「あなた」有時還是妻子稱呼丈夫的代用語，用不好會產生誤會。

練習

將下列詞填入適當的位置。

① _____は_____ですか。それとも_____ですか。
　　a.先生　　　b.あなた　　　c.公務員

② _____は_____ですか。それとも_____ですか。
　　a.農民　　　b.サラリーマン　　　c.あなた

第13課

本課要點

學習日語中的第三人稱代名詞「**彼**」「**彼女**」的用法。

課文

A：彼は社長ですか。

B：はい、そうです。

A：彼女は係長ですか。

B：いいえ、彼女は課長です。

A：それでは、彼は係長ですね。

B：そうです。

單字

彼①　　　　　　　　　　　　〔kare〕（代）他

社長⓪　　　　　　　　　　　〔shachoo〕（名）經理

彼女① 〔kanojo〕（代）她

係長③ 〔kakarichoo〕（名）股長

課長⓪ 〔kachoo〕（名）科長

それでは③ 〔soredewa〕（接）那麼，那樣的話

部長⓪① 〔buchoo〕（名）部長，處長

社員①⓪ 〔shain〕（名）公司職員

譯文

A：他是經理嗎？

B：對，是的。

A：她是股長嗎？

B：不，她是科長。

A：那麼，他是股長嘍？

B：是的。

語法解釋

1.「彼女は係長ですか。」

中文中的第三人稱是"他"和"她"，日語中的第三人稱是「彼」「彼女」。中文的"他"和"她"只是文字上的差別，其語音完全相同。日語的「彼」和「彼女」不僅文字不同，語音也完全兩樣。

2.「それでは、彼は係長ですね。」

①「それでは」是接續詞，在句子中有承上啓下的功用。

②這句話中的「彼」是指「社長」和「課長」以外的另一個人。

注意：

1.注意在語音上區分第三人稱關於男女的兩種不同稱謂。

2.「それでは」中的「は」讀〔wa〕，不讀〔ha〕。

練習

一、在_____處填上第三人稱代名詞。

A：_____は部長ですか。

B：いいえ、_____は社員です。

Ａ：＿＿＿＿＿は看護婦ですか。

Ｂ：はい、＿＿＿＿＿は看護婦です。

二、將下列句子譯成日語。

①她是高中生。

②他是小學生。

第14課

本課要點

學習日語中關於家族稱謂的一些用法。

課文

```
Ａ：お父さんは課長ですか。
Ｂ：いいえ、父は係長です。
Ａ：お兄さんは大学生ですか。
Ｂ：いいえ、兄はまだ高校生です。
Ａ：お姉さんは？
Ｂ：姉は中学生です。ぼくは小学三年です。
```

單字

お父さん②	〔otoosan〕	（名）爸爸
父②	〔chichi〕	（名）父親，家父
お兄さん②	〔oniisan〕	（名）哥哥
大学生④③	〔daigakusee〕	（名）大學生
兄①	〔ani〕	（名）哥哥，家兄
未だ①	〔mada〕	（副）還，未，尚
お姉さん②	〔oneesan〕	（名）姐姐
姉⓪	〔ane〕	（名）姐姐，家姐
小学三年	〔shoogakusannen〕	（名）小學三年級
御～	〔o〕	（前綴）表示尊敬對方或第三者的行

爲狀態。

～さん	〔san〕（後綴）接在人名或與人有關的詞後表示尊敬。
お母さん②	〔okaasan〕（名）媽媽
母①②	〔haha〕（名）母親，家母

譯文

Ａ：你爸爸是科長嗎？

Ｂ：不，我爸爸是股長。

Ａ：你哥哥是大學生嗎？

Ｂ：不，我哥哥還是高中生。

Ａ：你姐姐呢？

Ｂ：我姐姐是初中生。我上小學三年級。

語法解釋

1.「お父さんは課長ですか。」
　「いいえ、父は係長です。」

①在中文裡，當你在別人面前稱呼自己的爸爸時說："我父親"或"我爸爸"；稱呼別人的爸爸時說："你爸爸"或"你父親"。在自己的爸爸面前直接稱呼時喊"爸爸"。日語與中文不同，在別人面前稱呼自己的爸爸時一般不說「わたしの父」，只說「父」就可以了。稱呼別人的爸爸時一般也不說「あなたのお父さん」，一般只說「お父さん」就可以了。在自己爸爸面前直接稱呼時喊「お父さん」。

②「御」在日語語法中叫「接頭辭」，具有尊敬、謙恭的意味，一般不能直譯出來。「さん」在日語語法中叫「接尾辭」，接在人名或與人有關的詞下表示尊敬的意思，可譯成"先生""小姐""老……"等。也可以不譯。

2.「お姉さんは？」

這是一個表示疑問的句子。這句話實際上是省略了「なんですか」這一成份。「は」的語調要往上升。

注意

注意在稱呼自己家族成員和別人家族成員時詞的不同用法。

練習

一、將下列句子譯成日語。

A：我媽媽是護士，你媽媽也是護士嗎？

B：不，我媽媽不是護士，是醫生。

A：你爸爸是老師嗎？

B：不，我爸爸是農民。

第15課

本課要點

學習日語中的"……都……""……和……"這一句型的用法。

課文

A：田中さんは国会議員ですか。

B：はい、そうです。

A：佐藤さんも国会議員ですか。

B：はい、佐藤さんも田中さんも国会議員です。

A：山田さんと西村さんも国会議員ですか。

B：いいえ、山田さんも西村さんも国会議員ではありません。
彼らは外交官です。

單字

田中	〔tanaka〕	（人名）田中
国会議員⑤	〔kokkaigiin〕	（名）國會議員
佐藤	〔satoo〕	（人名）佐藤
山田	〔yamada〕	（人名）山田
西村	〔nishimura〕	（人名）西村
彼ら①	〔karera〕	（代）他們
外交官③	〔gaikookan〕	（名）外交官

譯文

A：田中先生是國會議員嗎？

B：對，是的。

A：佐藤先生也是國會議員嗎？

B：是的，佐藤先生和田中先生都是國會議員。

A：山田先生和西村先生也是國會議員嗎？

B：不，山田先生和西村先生都不是國會議員，他們是外交官。

語法解釋

1.「佐藤さんも田中さんも国会議員です。」

「〜も〜も〜」可看作一個句型，表示並列的意思。可譯成中文的
"都" "……也……也……"等。句末是否定的話，可譯作"都不"等。

2.「山田さんと西村さんも国会議員ですか。」

上句中的「と」在日語語法裡叫作「並列助詞」，可譯成中文的"和""同"
"跟"等。

注意

表示並列的「〜も〜も〜」必須要有兩個以上的「も」，單獨一個
「も」不能構成並列關係。

練習

一、將下列句子譯成中文。

① 私と兄と学生です。

②父も母も姉も先生です。

二、將下列句子譯成日語。

①你爸爸和你媽媽是醫生嗎？

②山田和田中都不是科長。科長是佐藤。

本單元小結

本單元重點介紹了日語中人稱代名詞的一些具體用法和家族稱呼語在具體語
境中的具體用法，同時還介紹了表示並列關係的「……と……」和「……も……

も」等。

（一）日語中的第一、第二、第三人稱代名詞

日語中的人稱代名詞數量多，用法雜。人稱代名詞一般分第一人稱代名詞（也叫自稱）、第二人稱代名詞（也叫對稱）、第三人稱代名詞和不定稱（也叫他稱）。日語中的人稱代名詞感情色彩比較豐富。以第一人稱代名詞為例，有「わたくし」「わたし」「ぼく」「おれ」等。其中以「わたくし」最為鄭重。「わたし」次之，「ぼく」和「おれ」一般在關係比較親密的朋友、親人之間使用。另外，「わたくし」「わたし」「ぼく」「おれ」等，男子都可使用，但女子只能用「わたくし」「わたし」作為自稱，而不能用「ぼく」「おれ」。

第二人稱代名詞主要有「あなた」「きみ」「おまえ」「きさま」等。「きみ」「おまえ」「きさま」等在長輩稱呼晚輩，平輩稱呼平輩時可以使用，晚輩稱呼長輩時決不可使用。「おまえ」和「きさま」有時還帶有輕蔑的意思。另外，既使是長輩對晚輩、平輩對平輩，也必須是關係比較密切的方可使用「きみ」「おまえ」等，否則不能使用。晚輩稱呼長輩時一般避免直接稱呼，以示尊敬。非稱呼不可時往往用對方的身份、職業來代替，如「お父さん」「社長」「先生」等。

第三人稱代名詞主要有「彼」「彼女」等。這兩個詞的感情色彩比較淡一些，使用時的限制也不多。

（二）關於直系親屬間的稱呼

日語中的家族稱謂可以從三個角度去理解。稱呼別人家族成員時用哪種稱呼；在別人面前稱呼自己家族成員時用哪種稱呼；在自己家族成員面前稱呼自己家族成員時用哪種稱呼。

稱呼別人家族成員時需要對其給予尊敬，所以往往要用敬稱。如「お父さん」「お母さん」等。在別人面前稱呼自己家庭成員時不能自己尊敬自己，要謙虛，所以一般不用敬稱，不說「お父さん」「お母さん」，應說「父」「母」。晚輩在自己家族成員面前稱呼自己家族成員時，由於不涉及外人，所以不用敬稱，在自己父母面前直接稱呼時，要用「お父さん」「お母さん」。另外，"弟弟"和"妹妹"這二個詞只能在其後加「さん」不能在其前加「お」，不能說「お弟さん」「お妹さん」。「弟さん」「妹さん」一般只用在稱呼別人的弟弟妹妹時，在自己的弟弟妹妹面前稱呼自己的弟弟妹妹時，可用名字

直接稱呼。親屬間的稱呼關係請參照下表。

使用場合 日語 中文	稱呼別人親屬	稱呼自己親屬	直接稱呼
父	お父さん	父	お父さん（父さん）
母	お母さん	母	お母さん（母さん）
兄	お兄さん	兄	お兄さん（兄さん）
姐	お姉さん	姉	お姉さん（姉さん）
弟	弟さん	弟	直接叫名
妹	妹さん	妹	直接叫名

㈡並列關係

本單元第 15 課裡出現的「と」和「〜も〜も〜」是構成並列關係的助詞。所謂並列助詞就是把具有對等關係的兩個詞連結起來使其成為句子成份的助詞。處在並列關係中的詞的位置有時可以互換。如：

山田さんと西村さんは大学生です。

也可以說成

西村さんと山田さんは大学生です。

第五單元

本單元目的

學習日語中表示所有格的「の」以及“連體詞”「この」「その」「あの」「どの」的用法。

第16課

本課要點

學習日語中表示所有格的「の」的用法。

課文

> A：わたしのスプーンはどれですか。
> B：山田さんのスプーンはこれです。
> A：わたしのコップはどれですか。
> B：山田さんのコップはそれです。
> A：これはわたしのお箸ですね。
> B：いいえ、違います。山田さんのお箸はこれです。

單字

スプーン②	〔supuun〕	（名）匙子
コップ⓪	〔koppu〕	（名）杯子
箸①	〔hashi〕	（名）筷子
違います	〔chigaimasu〕	（連語）不對，錯了
ナイフ①	〔naifu〕	（名）小刀，餐刀
フォーク①	〔fuooku〕	（名）叉子

譯文

Ａ：我的匙子是哪一個？

Ｂ：山田先生的匙子是這個。

Ａ：我的杯子是哪個？

Ｂ：山田先生的杯子是那個。

Ａ：這是我的筷子吧？

Ｂ：不，不對。山田先生的筷子是這雙。

語法解釋

1.「わたしのスプーンはどれですか。」

「の」是格助詞，下接名詞時能對名詞起修飾限制等作用。本課中出現的「の」都是表示所有或所屬關係的，可譯成中文的"**的**"。

2.「お箸」中的「お」的用法

「お」是表示尊敬意義的前綴，一般接在與人有關的詞前，表示對所接詞中的人的尊敬。但是，「お箸」中的筷子不是人，這時的「お」不是尊敬"箸"的，而是表示說話的人有身份、有教養。類似「お箸」的這種用法在日語中被稱作「**美化語**」。

3.「いいえ、**違います**。」

這句話中的「**違います**」與「いいえ」連用，表示對對方的意見加以否定。可譯作"**不，不對。**""**不，錯了！**"等。

注意

中文裡有些名詞可以不受"的"修飾，如"我家""他家"等。日語與中文不同，兩個名詞連用時須在兩個詞之間加上「の」，如「わたしの家」「彼の家」等。

練習

將下列句子譯成日語。

Ａ：這是我的餐刀吧？

Ｂ：不，錯了。這是田中的餐刀。

Ａ：這是田中的叉子嗎？

Ｂ：對，是的。那是田中的叉子。

第17課

本課要點

學習日語中的 "**誰的……？**" 這一句式的用法

課文

A：これは誰のタオルですか。

B：それは運転手さんのタオルです。

A：それはどなたのハンカチですか。

B：これはわたしのハンカチです。

A：于さんのハンカチはどれですか。

B：あっ、あれです。

單字

誰①	〔dare〕	（代）誰
タオル①	〔taoru〕	（名）毛巾
運転手③	〔untenshu〕	（名）司機
どなた①	〔donata〕	（代）哪位，誰
ハンカチ⓪①	〔hankachi〕	（名）手絹，手帕
于	〔u〕	（中國人姓）于
あっ⓪		（感）啊
傘①	〔kasa〕	（名）傘，雨傘
定期券	〔teekiken〕	（名）月票

譯文

A：這是誰的毛巾？

B：那是司機的毛巾。

A：那是哪一位的手帕？

B：這是我的手帕。

Ａ：小于的手帕是哪個？

Ｂ：啊，是那個。

語法解釋

1.「これは誰のタオルですか。」

「誰」相對於第一人稱、第二人稱、第三人稱，表示不定稱。可譯成中文的"誰"。

2.「それはどなたのハンカチですか。」

「どなた」和「だれ」一樣也表示不定稱。但其感情色彩要比「だれ」謙遜得多，可譯成中文的**"哪位"**等。

3.「あっ、あれです。」

「あっ」也可以發成長音，「ああ」在突然想起某事或突然發現某東西時表示感嘆或驚訝的意思。

注意

在鄭重的場合用疑問代名詞時，要盡量用「どなた」，不要用"誰"。

練習

將下列句子譯成日語。

Ａ：那是誰的雨傘？

Ｂ：那是佐藤的雨傘。

Ａ：這是哪位的月票？

Ｂ：是于老師的月票。

第 18 課

本課要點

學習日語中的"連体詞"「この」「その」「あの」的用法。

課文

> A：この建物は食堂です。
>
> あの建物は図書館です。
>
> その隣の建物は日本語学部です。
>
> B：そうですか。どうもありがとうございました。

單字

この⓪	〔kono〕	（連體）這個，這
建物②③	〔tatemono〕	（名）建築物
食堂⓪	〔shokudoo〕	（名）食堂，飯館
あの⓪	〔ano〕	（連體）那個，那
図書館②	〔toshokan〕	（名）圖書館
その⓪	〔sono〕	（連體）那個，那
隣⓪	〔tonari〕	（名）旁邊，隔壁，鄰居
日本語⓪	〔nihongo〕	（名）日語
学部①⓪	〔gakubu〕	（名）系，學部
どうも①	〔doomo〕	（副）十分，很
ありがとうございました	〔arigatoogozaimashita〕	（連語）多謝了
英語⓪	〔eego〕	（名）英語

譯文

A：這幢樓是食堂。

那幢樓是圖書館。

那幢樓旁邊的樓是日語系。

B：是嗎，多謝了。

語法解釋

1.「この建物は食堂です。」

「この」在日語語法裡叫"連体詞"。「この」雖然與「これ」一樣，也表示說話人身邊的事或物，也被叫做近稱，但其用法與「これ」不同。「この」後不能直接接助詞，而「これ」可以；「この」可直接接名詞等"体言"，但是「こ

れ」不能。說具體一點就是「この建物」這種說法成立，「これ建物」這種說法不成立。

2.「あの建物は図書館です。」

「あの」與「この」一樣也叫“連体詞”，表示離說話人和聽話人都遠的事物。「あの」被叫作遠稱，其用法與「この」相同，不能單獨使用，可直接冠在名詞前。

3.「その隣の建物は日本語学部です。」

「その」與「この」「あの」一樣也叫「連体詞」，表示聽話人身邊的事物，被叫作中稱。「その」之後不能直接接助詞，可直接接名詞。

注意

注意「この」「その」「あの」和「これ」「それ」「あれ」的用法不同。

練習

將下列句子譯成日語。

①這是圖書館，那是食堂。

②這棟樓是英語系，不是日語系。

第19課

本課要點

學習“連體詞”「どの」的具體用法。

課文

> A：山田さんはどの方ですか。
> B：山田さんはこの方です。
> A：西村君はどの人ですか。
> B：西村君はこの人です。
> A：山田さんと西村君はどの国の方ですか。
> B：二人とも日本人です。

單字

方 〔kata〕 （後綴）人，位

君 〔kun〕 （後綴）（接人名後）小……

人⓪② 〔hito〕 （名）人

国⓪② 〔kuni〕 （名）國，國家

日本人④ 〔nihonjin〕 （名）日本人

ナポレオン 〔naporeon〕 （人名）拿破倫

フランス人 〔furansujin〕 （名）法國人

孔子 〔kooshi〕 （人名）孔子

中国人 〔chuugokujin〕 （名）中國人

ニューヨーク③ 〔nyuuyooku〕 （名）紐約

アメリカ⓪ 〔amerika〕 （名）美利堅，美國

地名⓪ 〔chimee〕 （名）地名

譯文

Ａ：山田是哪一位？

Ｂ：山田是這　位。

Ａ：西村是哪個人？

Ｂ：西村是這個人。

Ａ：山田和西村是哪國人？

Ｂ：（他們）二人都是日本人。

語法解釋

1.「山田さんはどの方ですか。」

①「どの」是相對「この」「その」「あの」的連體詞，其後一般不能直接接助詞「どの」不能在句中單獨使用，通常和名詞等結合構成疑問形式，表示不定稱。

②「方」是「人」的敬語表達方式，一般用在比較鄭重的場合。

2.「さん」和「君」的用法

「さん」和「君」都是接在人名後的後綴。「さん」的使用範圍較廣而「君」的使用範圍相對較窄。「さん」可用於晚輩對長輩，而「君」只能用在同

輩對同輩、長輩對晚輩的時候。「君」可以譯成"小……"等，也可不譯。

3.「二人とも日本人です。」

「とも」在這裡表示全部的意思，可譯成中文的**"都""全"**等。

注意

「どの」與「この」「その」「あの」都不能單獨使用，須與名詞等結合使用。

練習

仿照例子做出下列答句的問句。

例：

a：西村さんはどの方ですか。

b：西村さんはこの方です。

a：＿＿＿＿＿＿＿＿＿＿＿＿＿＿。

b：ナポレオンはフランス人です。

a：＿＿＿＿＿＿＿＿＿＿＿＿＿＿。

b：孔子は中国人です。

a：＿＿＿＿＿＿＿＿＿＿＿＿＿＿。

b：ニューヨークはアメリカの地名です。

第20課

本課要點

日語「の」的另外一種用法。

課文

A：これはコーヒーです。これは紅茶です。

B：コーヒーは誰のですか。

A：コーヒーは吉田さんのです。

B：紅茶は？

A：中村さんのです。

單字

コーヒー③	〔koohii〕	（名）咖啡
紅茶⓪① <small>こうちゃ</small>	〔koocha〕	（名）紅茶
吉田 <small>よしだ</small>	〔yoshida〕	（人名）吉田
中村 <small>なかむら</small>	〔nakamura〕	（人名）中村
レモンティー②	〔remonteii〕	（名）檸檬水
ジュース①	〔juusu〕	（名）果汁

譯文

Ａ：這是咖啡，這是紅茶。

Ｂ：咖啡是誰的？

Ａ：咖啡是吉田的。

Ｂ：紅茶呢？

Ａ：是中村的。

語法解釋

1.「コーヒーは吉田<small>よしだ</small>さんのです。」

這個句子裡的「の」在日語語法裡叫「準体助詞<small>じゅんたいじょし</small>」。"準體助詞"顧名思義就是相當於體言的助詞。與體言不同的是它不能單獨使用，通常接在名詞、代名詞及動詞、形容詞、形容動詞的連體形之後，表示在語境裡出現的某一事物。句子裡的這種「の」可譯成中文的"……的"。如：

レモンティーはわたし<u>の</u>です。オレンジジュースは山田<small>やまだ</small>さん<u>の</u>です。

（檸檬水是我<u>的</u>，橘子汁是山田<u>的</u>。）

注意

注意準體助詞「の」在句子中的位置。

練習

說出下面答句的問句。

a：＿＿＿＿＿＿＿＿＿＿＿＿＿。

b：レモンティーは佐藤先生のです。

a：＿＿＿＿＿＿＿＿＿＿＿＿＿。

b：いいえ、オレンジジュースは田中課長のではありません。

本單元小結

㈠什麼叫「體言」？

體言是指對於用言、在句子中能夠獨立運用、沒有活用現象、能做句子主語的詞。體言中包括名詞、代名詞、數詞等。如「時計」「わたし」「第一」等既能獨立運用也能做句子的主語，且又沒有活用現象，這些詞都屬體言。

㈡「この、その、あの、どの」與「これ、それ、あれ、どれ」

這兩組詞譯成中文時都是"這、那、那、哪"。它們彼此間的差別主要是用法上的差別。「この、その、あの、どの」這一組在日語語法中叫連體詞；「これ、それ、あれ、どれ」這一組在日語語法中叫指示代名詞。所謂連體詞是指連接體言的詞，連體詞連接體言時中間不需加上任何其它成份。指示代名詞在與體言連接時中間須加上格助詞「の」。另外「これ、それ、あれ、どれ」等除能做句子的主語外，還能做句子的述語或被其它成份修飾。「この、その、あの、どの」等與此相反，既不能做句子的主語也不能做句子的述語，更不能被其它成份修飾，它們的功用只有一個——連接體言，做體言的修飾語。

㈢「準体助詞」

「コーヒーは吉田さんのです。」一句中的「の」是準體助詞。之所以叫準體助詞，是因為它雖然是個助詞，但在句子中的作用卻又相當於一個體言，準體助詞是指其功能相當於體言的助詞。「の」與體言的不同之處還在於它不能單獨使用，只有和其它的詞結合後方可使用。上句中的「の」實際上是代表「コーヒー」的意思的。

第六單元

本單元目的

在上一單元裡主要學習了連體詞「この、その、あの、どの」的用法。「この、その、あの、どの」與「これ、それ、あれ、どれ」一樣，都是表示近稱、中稱、遠稱、不定稱的。在這一單元裡將主要介紹表示場所的「ここ、そこ、あそこ、どこ」和表示方向的「こちら、そちら、あちら、どちら」的具體用法。另外還要學習判斷句的中頓用法。

第21課

本課要點

學習日語中表示場所的指示代名詞「ここ、そこ、あそこ、どこ」的用法。

課文

> Ａ：これは東京の地図です。ここは新宿です。
> Ｂ：どこが銀座ですか。
> Ａ：ここが銀座です。
> Ｂ：池袋はどこですか。
> Ａ：池袋はここです。

單字

ここ⓪	〔koko〕	（代）這裡
東京⓪	〔tookyoo〕	（日本地名）東京
新宿⓪	〔shinjuku〕	（東京地名）新宿
どこ①	〔doko〕	（代）哪裡
銀座⓪	〔ginza〕	（東京地名）銀座
池袋	〔ikebukuro〕	（東京地名）池袋

そこ⓪	〔soko〕	（代）那裡
あそこ⓪	〔asoko〕	（代）那裡
出口① <ruby>で<rt>　</rt></ruby><ruby>ぐち<rt>　</rt></ruby>	〔deguchi〕	（代）出口

譯文

A：這是東京地圖，這兒是新宿。

B：哪兒是銀座？

A：這兒是銀座。

B：池袋是哪兒？

A：池袋是這兒。

語法解釋

1.「ここは新宿です。」

「これ、それ、あれ、どれ」指代的是事物，「ここ、そこ、あそこ、どこ」指代的是場所。這四個詞自成一組，所指代事物的遠近關係「これ、それ、あれ、どれ」一樣。

2.「どこが銀座ですか。」

　「ここが銀座です。」

「どこが銀座ですか」是用疑問代名詞做疑問句主語的表達方式。疑問代名詞做疑問句主語時，疑問代名詞後一定要用「が」而不能用「は」。如：不能說「どこは銀座ですか。」。同樣在回答這種疑問句時，答句的主語也一定要用「が」而不能用「は」。除「どこ」以外，能做疑問句主語的疑問代名詞還有「どれ」「どの～」「どちら」「どなた」「だれ」等。

　　どれが山田さんの時計ですか。

　　これが山田さんの時計です。

「どれ」「どの～」「どちら」「どなた」「だれ」等做疑問句的主語時，後邊接的助詞要用「が」，絕不能用「は」。

注意

疑問代名詞做疑問句的主語時，後接助詞一定要用「が」，絕對不能用「は」。

練習

說出下列答句的問句。

a：＿＿＿＿＿＿＿＿＿＿＿＿＿。

b：そこが出口です。

a：＿＿＿＿＿＿＿＿＿＿＿＿＿。

b：出口はそこです。

a：＿＿＿＿＿＿＿＿＿＿＿＿＿。

b：あそこが図書館です。

第22課

本課要點

學習表示方向的指示代名詞「**こちら、そちら、あちら、どちら**」的用法。

課文

A：由美子さん、東はどちらですか。

B：東はこちらです。

A：どちらが南ですか。

B：あちらが南です。

A：どちらが西ですか。

B：そちらが西です。

單字

由美子	〔yumiko〕	（人名）由美子
東③	〔higashi〕	（名）東，東邊
どちら①	〔dochira〕	（代）哪邊
こちら⓪	〔kochira〕	（代）這邊
南⓪	〔minami〕	（名）南，南邊
あちら⓪	〔achira〕	（代）那邊
西⓪	〔nishi〕	（名）西，西邊

そちら⓪　　　　　　　　〔sochira〕（代）那邊

きた
北②　　　　　　　　　　〔kita〕（名）北，北邊

譯文

Ａ：由美子小姐，東是哪邊？

Ｂ：東是這邊。

Ａ：哪邊是南？

Ｂ：那邊是南。

Ａ：哪邊是西？

Ｂ：那邊是西。

語法解釋

ひがし
1.「東はこちらです。」

「ここ、そこ、あそこ、どこ」指代的是場所。「こちら、そちら、あちら、どちら」指代的是方向。這四個詞自成一組，表示的遠近關係與「ここ、そこ、あそこ、どこ」等完全一樣。「こちら、そちら、あちら、どちら」有時被說成「**こっち、そっち、あっち、どっち**」，但它們的意思完全相同，只不過在感情色彩上存有差異。「こっち、そっち、あっち、どっち」略顯得通俗一些。

注意

「こちら、そちら、あちら、どちら」表示的是方向而不是場所。

練習

一、將下列句子譯成日語。

ａ：這邊是南，那邊是北嗎？

ｂ：不，那邊不是北，是東。

ａ：西是那邊吧？

ｂ：不，西不是那邊，是這邊。

二、將下列句子譯成中文。

にし
ａ：どちらが西ですか。

にし
ｂ：そちらが西です。

きた
ａ：北はこちらですか。

b：いいえ、北はこちらではありません。あちらです。

第23課

本課要點

學習日語中相互介紹時的寒喧用語。

課文

A：佳代子さん、こちらは周君です。
　　彼はわたしの友だちです。
　　　周君、こちらは佳代子さんです。
　　彼女はわたしの同級生です。
佳代子：はじめまして、どうぞよろしく。
　周：はじめまして、どうぞよろしく。
佳代子：周君は中学生ですか。
　周：はい、そうです。中学生です。

單字

佳代子	〔kayoko〕	（人名）佳代子
周	〔shuu〕	（中國人姓）周
友達⓪	〔tomodachi〕	（名）朋友
同級生③	〔dookyuusee〕	（名）同班同學
はじめまして	〔hajimemashite〕	（連語）初次見面
どうぞよろしく	〔doozoyoroshiku〕	（連語）請多關照

譯文

A：佳代子小姐，這位是小周，他是我的朋友。

　　小周，這位是佳代子小姐，她是我的同班同學。

佳代子：初次見面，請多關照。

周：初次見面，請多關照。

佳代子：小周（你）是中學生嗎？

周：對，是的，是中學生。

語法解釋

1.「こちらは周君です。」

「こちら」通常表示方向，但有時也可用來表示人，可譯成中文的"這位""這一位"等。在為朋友做介紹時，一般應該先將男方介紹給女方，後將女方介紹給男方。如果是長晚輩之間的話，應先將晚輩介紹給長輩，後將長輩介紹給晚輩。

2.「はじめまして、どうぞよろしく。」

這是初次見面時彼此間的寒暄用語。有時可將「どうぞよろしく」省略，只說「はじめまして」。在比較鄭重的場合裡一般應說「はじめまして、どうぞよろしくお願いします。」

注意

「はじめまして」只用在和朋友初次見面時；「どうぞよろしく」也可用在請求別人做某一事情時。

練習

將下列句子譯成日語。

ａ：我是山田，初次見面，請多關照。

ｂ：初次見面，我是田中，請多關照。

第24課

本課要點

學習相對「はい、そうです」的否定句「いいえ、そうではありません」的用法。

課文

A：僕は今年二十一歳です。森さんは二十三歳ですね。

B：はい、そうです。

A： 弟 さんも二十一歳ですか。

B：いえ、そうではありません。

A：おいくつですか。

B：二十歳です。

單字

今年⓪	〔kotoshi〕（名）今年
二十一歳	〔nijuuissai〕（名）21歳
森⓪	〔mori〕（名）森林，（人名）森
二十三歳	〔nijuusansai〕（名）23歳
弟④	〔otooto〕（名）弟弟，兄弟
幾つ①	〔ikutsu〕（名）幾個，幾歲
二十歳①	〔hatachi〕（名）20歳
二十八歳	〔nijuuhassai〕（名）28歳
三十歳	〔sanjussai〕（名）30歳

譯文

A：我今年21歲，森先生（你）23歲吧？

B：對，是的。

A：你弟弟也21歲嗎？

B：不，不是的。

A：（他）多大呢？

B：20歲。

語法解釋

1.「いえ、そうではありません。」

①「いえ」和「いいえ」一樣，都是表示否定的感嘆詞。「いえ」在感情色彩上不如「いいえ」謙遜。

②「そうではありません」是相對「そうです」的表示否定意義的表達方式，通常用在對對方的意見加以否定時。在其前面一般要加「いいえ」，兩者結合在一起使用。

2.「二十歳です。」

日語中有關年齡的說法比較複雜。十歲以下的說法一般在數詞後不加「歳」，直接用數詞加以表示，如「一つ、二つ、三つ、四つ、五つ」等。十一歲以上一般在數詞後加「歳」，如「十一歳、十二歳、十三歳」等。「二十歳」的讀法很特別，不能讀作「にじゅっさい」，一般讀作「はたち」。

注意

「二十歳」不能讀作「二十歳」。

練習

一、將下列句子譯成中文。
①西村さんは今年二十八歳です。
②佐藤さんは今年三十歳です。

二、回答下列問題。
a：お兄さんは今年二十三歳ですか。
b：いいえ、＿＿＿＿＿＿＿＿＿＿＿＿。
a：おいくつですか。
b：＿＿＿＿＿＿＿＿＿＿＿＿＿＿＿＿。

第25課

本課要點

學習判斷句的中頓用法。

課文

A：これは刺身で、これはお寿司です。
B：はい、どうもありがとう。
A：刺身はどなたのですか。
B：刺身はわたしので、お寿司はこの方のです。
A：どうもありがとうございました。

單字

刺身③<ruby>刺身<rt>さしみ</rt></ruby>　〔sashimi〕（名）生魚片（日本傳統菜肴）

寿司②①<ruby>寿司<rt>すし</rt></ruby>　〔sushi〕（名）用米飯、魚肉、醋等做的飯
團（日本傳統食品）

シューマイ⓪　〔shuumai〕（名）燒賣

ギョーザ⓪　〔gyooza〕（名）餃子

譯文

A：這是"生魚片"，這是"壽司"。

B：好，謝謝。

A："生魚片"是哪一位的？

B："生魚片"是我的，"壽司"是這位的。

A：多謝了。

語法解釋

1.「これは<ruby>刺身<rt>さしみ</rt></ruby>で、これはお<ruby>寿司<rt>すし</rt></ruby>です。」

這句話要是把它分成兩句來說的話，可以說成「これは<ruby>刺身<rt>さしみ</rt></ruby>です。これはお<ruby>寿司<rt>すし</rt></ruby>です」。但這種說法比較麻煩，「～で、～です」是一種比較簡潔的表達方式。這裡的「で」是斷定助動詞「だ」的一個活用形（關於「だ」的用法請參照第九單元第36課），「で」在翻譯時一般不能直接譯出來。

2.「はい、どうもありがとう。」

這句話是店中顧客說的。這裡的「はい」表示的不是肯定，不能把它譯成"是""對"等。這句話中的「はい」表示的是"**明白了**""**知道了**"等。

注意

本課裡出現的「で」是「だ」的一個活用形，和「です」沒有直接的關係。

練習

一、在____內填入適當的詞。

①これは____で、それは____です。
　　<ruby>本<rt>ほん</rt></ruby>，<ruby>銀座<rt>ぎんざ</rt></ruby>，<ruby>小説<rt>しょうせつ</rt></ruby>，<ruby>新宿<rt>しんじゅく</rt></ruby>，<ruby>池袋<rt>いけぶくろ</rt></ruby>

②ここは____で、あそこは____です。

食堂，ノート，辞書，新聞，図書館

③ 東は＿＿＿＿で、西は＿＿＿＿です。

こちら，そこ，そちら

④山田さんは＿＿＿＿で、田中さんは＿＿＿＿です。

この方，あちら，あの方

二、將下列句子譯成日語。

a：燒賣是那一位的？

b：燒賣是西村的。餃子是我的。

本單元小結

㈠「**ここ、そこ、あそこ、どこ**」和「**こちら、そちら、あちら、どちら**」

「ここ、そこ、あそこ、どこ」所表示的是場所，「こちら、そちら、あちら、どちら」所表示的是方向。「ここ、そこ、あそこ、どこ」本身一般不能指代人，「こちら、そちら、あちら、どちら」除表示方向外，還可用來指代人，指代人時可將其譯成"這位""那位""哪位"等。「こちら、そちら、あちら、どちら」有時還與「様」結合一起來指稱人，如「こちら様」「どちら様」等。「こちら」在指代人時表示屬於自己範圍內的人；「そちら」表示屬於對方範圍內的人；「あちら」表示既不屬於自己這一範圍也不屬於對方範圍的人；「どちら」通常與「様」一起使用，表示疑問。如：在電話裡詢問對方是誰的時候常說「どちら様ですか」。

㈡關於「**こ、そ、あ、ど**」

「これ、それ、あれ、どれ」、「ここ、そこ、あそこ、どこ」、「こちら、そちら、あちら、どちら」、「こっち、そっち、あっち、どっち」、「この、その、あの、どの」等在詞類劃分上分別屬於指示代名詞和連體詞。由於這些詞的第一個音節都是「こ」「そ」「あ」「ど」，所以這些詞通常被略稱為「こ、そ、あ、ど」。迄今所出現過的指示代名詞主要可分為表示事物、場所、方向的三大類。

事物	これ	それ	あれ	どれ
場所	ここ	そこ	あそこ	どこ
方向	こちら （こっち）	そちら （そっち）	あちら （あっち）	どちら （どっち）

「こ、そ、あ、ど」在指代眼前的事物時，如果說話人認為被指代的事物屬於自己這一範圍的話，便用「こ」來表達；當說話人認為被指代的事物屬於對方所屬的範圍時便用「そ」；當說話人認為被指代的事物既不屬於自己的勢力範圍也不屬於對方的勢力範圍時，應用「あ」。「ど」用在表示疑問時。

「こ、そ、あ、ど」在指代會話過程中出現的事物時，「こ」被用來指代說話人剛說過的或正要說的事物；「そ」被用來指代說話人剛說過的，或說話人認為已被對方充分理解了的事物；「あ」被用來指代說話人認為自己和對方都已充分理解了的事物；「ど」表示疑問。

「こ、そ、あ、ど」在文章中使用時，「こ」表示剛剛敘述過的事情，或馬上將要敘述的事情；「そ」被用來指代作者剛剛敘述過的、並且作者確信已被對方充分理解了的事物；「あ」在小說和論文中一般很少使用，往往只用在有特定讀者的書信裡。這是因為「あ」表示的是雙方都充分理解了的事物，小說和論文中沒有這種特定的讀者，一方理解了的事物不一定能被另一方理解；「ど」用在表示疑問時。

另外，日語中的「そ」和「あ」在譯成日語時都是"那"，這對中國人來說是很不好掌握的，所以在學習「こ、そ、あ、ど」時應重點掌握「そ」和「あ」的一些具體用法。

第七單元

本單元目的

　　學習日語形容詞的幾種用法。日語中的形容詞大體上可以概括爲表示性質、狀態的形容詞和表示感情、感覺的形容詞。通過對這一單元的學習，可使讀者對日語中的形容詞有一個初步的印象。

第26課

本課要點

　　學習日語中表示狀態的形容詞的用法。

課文

A：中国は広いです。
B：日本は狭いです。
A：バイクは高いです。
B：自転車は安いです。
A：揚子江は長いです。
B：鴨緑江は短いです。

單字

中国	〔chuugoku〕	（名）中國
広い②	〔hiroi〕	（形）廣，開闊，寬
狭い②	〔semai〕	（形）窄，狹小
バイク①	〔baiku〕	（名）摩托車
高い②	〔takai〕	（形）高，（價格）貴
自転車②	〔jitensha〕	（名）自行車
安い②	〔yasui〕	（形）便宜，低廉

楊子江	〔yoosukoo〕（名）長江
長い②	〔nagai〕（形）長
鴨緑江	〔ooryokukoo〕（名）鴨緑江
短い③	〔mijikai〕（形）短

譯文

A：中國（國土）遼闊。

B：日本（國土）狹窄。

A：摩托車貴。

B：自行車便宜。

A：長江長。

B：鴨綠江短。

語法解釋

1.「中国は広いです」
　　「日本は狭いです」

①「広い」和「狭い」是一對反意詞。這兩個詞表示的都是事物的狀態，中國國土的現狀是"遼闊"，日本國土的現狀是"狹窄"。本課中出現的「高い」「安い」，「長い」「短い」也是反意詞，它們表示的也都是事物的狀態。

②日語中形容詞的語尾都是「い」。在實際的語言生活中，有時可單用「広い」「狭い」來結束一句話，可以不加「です」。形容詞後的「です」一般不能直譯出來，接在形容詞後的「です」實際上是表示鄭重或尊敬聽話者的意思的。形容詞後不加「です」一般在彼此關係比較密切或長輩對晚輩發話時使用。

注意

形容詞後不能接「ではありません」。（其否定說法將在第30課裡介紹）

練習

在下面＿＿處填上適當的詞。

① 中国は広いです。アメリカも＿＿＿です。

② 刺身は高いです。お寿司も＿＿＿です。

③ ボールペンは安いです。テレビは＿＿＿です。

第27課

本課要點

學習表示感情、感覺的形容詞的用法。

課文

A：わたしは嬉しいです。
B：どうして？
A：明日は日曜日ですから。
B：わたしは苦しいです。
A：どうして？
B：歯が痛いですから。

單字

嬉しい③	〔ureshii〕（形）高興，歡喜
どうして①	〔dooshite〕（副）為什麼，怎麼
明日③	〔ashita〕（名）明天
日曜日③	〔nichiyoobi〕（名）星期日
苦しい③	〔kurushii〕（形）難受，痛苦，困苦
歯①	〔ha〕（名）牙，牙齒
痛い②	〔itai〕（形）痛，疼痛
今日①	〔kyoo〕（名）今天，今日

譯文

A：我高興。
B：為什麼？
A：因為明天是星期天。
B：我難受。
A：為什麼？

Ｂ：因爲（我）牙痛。

語法解釋

1.「わたしは嬉しいです。」

「嬉しい」「苦しい」「痛い」等表示的是人的感情或感覺。由於它們不是表示性質、狀態的，所以與「広い」「狭い」等在意義上不同。「嬉しい」等表示感情或感覺的形容詞原則上只能用來表示第一人稱的感情或感覺，不能直接用來表示第二人稱或第三人稱的感情或感覺，不能說「あなたは嬉しいです」「山田さんは嬉しいです」。但是「嬉しい」等用在疑問句中時，可以說「あなたは嬉しいですか」，「山田さんは嬉しいですか」。

2.「どうして」

這是一個副詞，用來向對方詢問原因或理由。可譯成“為什麼”“怎麼”等。「どうして」還可用來向對方詢問用什麼方法完成某一事物，可譯成“怎麼”“怎麼樣”“用什麼辦法”等。

3.「明日は日曜日ですから。」

這裡的「から」是表示原因、理由的。可譯成中文的“因為”“由於”等。

注意

表示感情、感覺的形容詞在其後不接其它詞的情況下，原則上只能用來表示第一人稱的感情和感覺。

練習

將下列日語譯成中文。

Ａ：どうして嬉しいですか。
Ｂ：今日は日曜日ですから。
Ａ：どうして苦しいですか。
Ｂ：歯が痛いですから。

第28課

本課要點

學習副詞修飾形容詞時的用法。

課文

> A：富士山は高いです。
> B：ヒマラヤ山はもっと高いです。
> A：蘇州は非常に美しいです。
> B：杭州もたいへん美しいです。
> A：この部屋は少し暗いです。
> B：あの部屋はたいへん明るいです。

單字

富士山①	〔fujisan〕	（名）富士山
ヒマラヤ山	〔himarayasan〕	（名）喜馬拉雅山
もっと①	〔motto〕	（副）更，再，還
蘇州	〔soshuu〕	（名）蘇州
非常に⓪	〔hijooni〕	（副）非常，很
美しい④	〔utsukushii〕	（形）美，美麗，漂亮，好看
杭州	〔kooshuu〕	（名）杭州
たいへん⓪	〔taihen〕	（副）很，非常
部屋②	〔heya〕	（名）房間
少し②	〔sukoshi〕	（副）稍微，有點
暗い⓪	〔kurai〕	（形）黑暗，陰沉
明るい⓪	〔akarui〕	（形）明亮，明朗

譯文

A：富士山高。

Ｂ：喜馬拉雅山更高。

　　Ａ：蘇州非常美麗。

　　Ｂ：杭州也很美麗。

　　Ａ：這個房間有點暗。

　　Ｂ：那個房間非常明亮。

語法解釋

1.「ヒマラヤ山はもっと高いです。」

　「もっと」是表示程度的副詞，一般表示程度的加深，可譯成中文的“更”
“更加”等。

2.「蘇州は非常に美しいです。」

　「非常に」可看作是一個詞，是一個表示程度的副詞。

3.「杭州もたいへん美しいです。」

　本句中的「たいへん」是一個副詞，表示「美しい」的程度很深。

　「たいへん」除可做副詞使用外，還可做名詞使用。做名詞使用時表示事情
重大，如「たいへんです！」表示事情十分嚴重，可譯成“了不得啦！”“不得
了啦！”等。

注意

注意副詞修飾形容詞時的具體位置。

練習

完成下列句子。

　　Ａ：山田さんは高いです。

　　Ｂ：＿＿＿＿＿＿＿＿＿もっと高いです。（西村さん）

　　Ａ：中国は広いです。

　　Ｂ：＿＿＿＿もっと広いです。（ソ連）

　　Ａ：ボールペンはたいへん安いです。

　　Ｂ：鉛筆も＿＿＿＿＿＿＿です。

　　Ａ：テレビは非常に高いです。

　　Ｂ：バイクも＿＿＿＿です。

第29課

本課要點

學習日語中表示"**離……遠（近）**"這一句型的用法。

課文

> A：ここから駅まで遠いですか。
> B：はい、たいへん遠いです。
> A：港はここから遠いですか。
> B：いいえ、とても近いです。
> A：空港もここから近いですか。
> B：いいえ、遠いです。

單字

駅①	〔eki〕	（名）火車站
遠い⓪	〔tooi〕	（形）遠
港⓪	〔minato〕	（名）海港，港口
とても⓪	〔totemo〕	（副）很，非常
近い②	〔chikai〕	（形）近
空港⓪	〔kuukoo〕	（名）飛機場

譯文

A：從這裡到車站遠嗎？
B：是的，很遠。
A：海港離這兒遠嗎？
B：不，很近。
A：機場離這兒也（很）近嗎？
B：不，（很）遠。

語法解釋

1.「ここから駅まで遠いですか。」

本句中的「～から～まで～」表示"從～到～"的意思。「から」接在和場所、時間有關的詞後表示起點；「まで」接在和場所、時間有關的詞後表示終點。上句中「ここ」為起點，「駅」為終點。

2.「港はここから遠いですか。」

這句話也可說成

　　　ここから港まで遠いですか。

兩者意義基本相同。「港はここから遠いですか」實際上是把表示終點的「港」作為話題提示到前面來的。這句話還可以把「ここから」省略，單說「港は遠いですか」。

注意

本課中的「から」是格助詞，其表示的意義和在句子中的位置都與第27課裡的「から」不同。

練習

將下面的中文譯成日語。

Ａ：銀座離這兒很近。
Ｂ：從這兒到新宿很遠。
Ａ：食堂遠嗎？
Ｂ：不，很近。

第30課

本課要點

學習形容詞的否定說法。

課文

Ａ：京都は夏は暑いですが、秋は暑くありません。涼しいです。
Ｂ：ペキンは冬はちょっと寒いですが、春は寒くありません。
　　暖かいです。

單字

京都① <ruby>京都<rt>きょうと</rt></ruby>	〔kyooto〕	（名）（地名）京都
夏② <ruby>夏<rt>なつ</rt></ruby>	〔natsu〕	（名）夏，夏天
暑い② <ruby>暑<rt>あつ</rt></ruby>い	〔atsui〕	（形）熱，炎熱
秋① <ruby>秋<rt>あき</rt></ruby>	〔aki〕	（名）秋，秋天
涼しい③ <ruby>涼<rt>すず</rt></ruby>しい	〔suzushii〕	（形）涼快、涼爽
ペキン①	〔pekin〕	（名）北京
冬② <ruby>冬<rt>ふゆ</rt></ruby>	〔fuyu〕	（名）冬，冬天
ちょっと①⓪	〔chotto〕	（副）有點，稍微
寒い② <ruby>寒<rt>さむ</rt></ruby>い	〔samui〕	（形）冷，寒冷
春① <ruby>春<rt>はる</rt></ruby>	〔haru〕	（名）春，春天
暖かい④ <ruby>暖<rt>あたた</rt></ruby>かい	〔atatakai〕	（形）暖，暖和

譯文

Ａ：京都夏天熱，但是秋天不熱，涼快。

Ｂ：北京多天稍有點冷，但是春天不冷，暖和。

語法解釋

1.「<ruby>京都<rt>きょうと</rt></ruby>は<ruby>夏<rt>なつ</rt></ruby>は<ruby>暑<rt>あつ</rt></ruby>いですが、<ruby>秋<rt>あき</rt></ruby>は<ruby>暑<rt>あつ</rt></ruby>くありません。」

這個句子中共有三個「は」。「<ruby>京都<rt>きょうと</rt></ruby>は」中的「は」表示提示話題；「<ruby>夏<rt>なつ</rt></ruby>は」和「<ruby>秋<rt>あき</rt></ruby>は」中的「は」表示對比關係。「<ruby>京都<rt>きょうと</rt></ruby>は」這一成分是「<ruby>夏<rt>なつ</rt></ruby>は暑いですが、<ruby>秋<rt>あき</rt></ruby>は暑くありません」所要敍述的話題，「<ruby>夏<rt>なつ</rt></ruby>は」所表示的對比關係是同「<ruby>秋<rt>あき</rt></ruby>は」之間進行的。在表示對比關係的句子中，前一分句的句末有時伴隨著表示轉折意義的「が」，後一分句的意義往往與前一個分句的意義相互對立。上句的意思是**"京都夏天熱，但是秋天不熱"**，"夏天"與"秋天"構成對比關係。表示對比關係的句子有時其後沒有表示轉折意義的分句，這時的對比關係只有通過意會才能理解到。上句話中既使沒有後一個分句，「<ruby>夏<rt>なつ</rt></ruby>は」仍然表示對比關係。也就是說，當說話的人說"京都夏天熱"時，其言外之意是"秋天不熱"。

「が」是一個接續助詞，表示轉折或委婉。表示轉折時可把「が」譯成**"但是""可是"**等；表示委婉時「が」一般可以不譯。

形容詞的否定式是把形容詞的活用詞尾「い」變成「く」，然後加上「ありません」：

　　　　寒くありません。（不冷）
　　　　美しくありません。（不美）
形容詞的語尾「い」變「く」是一種活用現象，關於形容詞的活用請參照本書第
二十單元。

　　　練習
　　　完成下列句子。
　　①中国は広いですが、日本は＿＿＿＿。
　　②空港は遠いですが、駅は＿＿＿＿。
　　③秋は涼しいですが、夏は＿＿＿＿。
　　④この部屋は明るいですが、あの部屋は＿＿＿＿。

　　　本單元小結

　　　在這一單元裡主要介紹了日語形容詞的幾種用法。形容詞的用法很多，本單
元只介紹了兩種：一種是表示肯定的用法，另一種是表示否定的用法。

　　㈠表示性質、狀態的形容詞
　　　日語中的形容詞大體上可以分為兩種：一種是表示事物的性質、狀態的形容
詞，一種是表示感情、感覺的形容詞。
　　　表示性質、狀態的形容詞主要是表示客觀事物的性質和狀態。如「山が高
い」（山高）「川が長い」（河長）等。「高い」「長い」等和人的意志毫無關
係，它們表示的只不過是客觀存在的性質和狀態。

　　㈡表示感情、感覺的形容詞
　　　表示感情、感覺的形容詞主要是表示主觀上的感情或感覺。如「嬉しい」
（高興）「歯が痛い」（牙痛）等。「嬉しい」「痛い」只有通過有生命的物體
才能反映出來，它們是感情和感覺的外在表現形式。
　　　表示感情、感覺的形容詞除只限於用在有生命的物體上以外，在表示判斷
時，原則上還只限於用在第一人稱上。中國話中可以說"你高興""他高興"，
但在日語裡單說「あなたは嬉しい」「彼は嬉しい」等是不能成立的。「嬉し
い」等詞的主語一般要求必須是第一人稱，但疑問句「あなたは嬉しいですか」

可以成立。

　　㈢「寒い」和「暑い」

　　「寒い」和「暑い」等兼有表示客觀事物的性質、狀態和表示主觀感情、感覺的功能。「冬は寒い」「夏は暑い」表示的是客觀的性質、狀態；「わたしは寒い」「わたしは暑い」表示的是主觀上的感覺。這種表示主觀性和客觀性兩方面意義的形容詞除「寒い」和「暑い」之外，還有「怖い」（害怕、可怕）「おもしろい」（有意思）等。

　　㈣形容詞後的「です」

　　「高いです」「美しいです」也可說成「高い」「美しい」。這是因爲「高い」「美しい」本身具有表示判斷的功能，「です」在這裡只產生尊敬聽話人的作用。在文語中形容詞後不能加「です」。形容詞後加「です」這種說法直到第二次世界大戰結束爲止一直被認爲是不規範的說法，直至1952年才正式得到了日本政府的認可。

第八單元

本單元目的

學習日語中形容動詞的幾種用法。同時介紹一些新的副詞，並延續上一單元中學過的副詞的用法。

第31課

本課要點

學習日語中由中文詞演變而成的形容動詞。

課文

A：家は駅からとても近いです。
B：便利ですね。家は駅からちょっと遠いです。
A：不便ですか。
B：いいえ、そうではありません。バスが多いからとても便利です。

單字

家⓪②	〔uchi〕	（名）家
便利⓪	〔benri〕	（形動）方便、便利
不便①	〔fuben〕	（形動）不方便，不便
バス①	〔basu〕	（名）公共汽車
多②①	〔ooi〕	（形）多
少ない③	〔sukunai〕	（形）少

譯文

A：我家離車站很近。

B：真方便。離我家有點遠。

Ａ：不方便嗎？

　　Ｂ：不，不是的。因爲公共汽車很多所以非常方便。

語法解釋

1.「家は駅からとても近いです。」

　　「家」表示“家”的意思。日本人在説自己家時一般不説「わたしの家」，在説對方的家時一般也不説「あなたの家」。説自己家時只説「家」就可以了；説對方的家時，在「家」前加綴詞「お」，「お家」表示“你家”的意思。

　　2.「便利ですね」

　　「便利」是表示事物狀態的形容動詞，與形容詞不同的是，形容動詞後的「です」不是助動詞，而是形容動詞活用詞尾「だ」的鄭重體（關於形容動詞的活用請參照本書第二十二單元），「便利ですね」中的「です」是形容動詞的詞素。即「便利」是詞幹，「です」是詞尾。

　　3.「バスが多いからとても便利です」

　　①上一單元裡講過，形容詞後的「です」不是形容詞的詞素，是具有自身意義的助動詞。接續助詞「から」可以接在動詞、形容詞、形容動詞和一些助動詞之後，「多いから」可以成立，「多いですから」也可以成立。但是接續助詞「から」一般不能接在名詞和形容動詞詞幹之後，所以「本から」「便利から」等不能成立，這時應説「本ですから」「便利ですから」。

　　②副詞修飾形容動詞時與修飾形容詞一樣，直接把副詞置於形容動詞前即可。如「とても便利です」「たいへん不便です」等。

注意

接續助詞「から」不能直接接在名詞和形容動詞詞幹之後。

練習

在下面____處填上適當的形容動詞。

①バスが少ないから_____です。

②バスが多くありませんから_____です。

③バスが多いから_____です。

④バスが少なくありませんから_____です。

第32課

本課要點

學習日語中原來固有的（和語）形容動詞。

課文

> A：井上さんは中国語が上手ですが、英語はとても下手です。
> B：そうですか、秋山さんは逆です、英語はたいへん上手ですが、中国語がたいへん下手です。

單字

井上②	〔inoue〕	（名）（人名）井上
中国語⓪	〔chuugokugo〕	（名）中文，中國語
上手③	〔joozu〕	（形動）好，精通
下手②	〔heta〕	（形動）差，不好，拙
秋山	〔akiyama〕	（名）（人名）秋山
逆⓪	〔gyaku〕	（名・形動）相反，反面
フランス語⓪	〔furansugo〕	（語）法語
ドイツ語⓪	〔doitsugo〕	（名）德語

譯文

A：井上先生的中文很好，但是英語很差。

B：是嗎？秋山先生相反，（他）英語很好，但是中文很差。

語法解釋

1.「井上さんは中国語が上手です。」

這句話譯成中文時是"井上先生的中文很好"，但是日語中一般不說「井上さんの中国語が上手です」。應該用「〜は〜が上手（下手）です」句型。這是一種比較特殊的表達方式，中國人在說日語時要注意避免受中文思維的影響。

「下手」與「上手」一樣，在說某人的某一方面技巧不高時也要用「～は～が～」的句型。如在翻譯中文的"秋山的中文很差"時，應該說「秋山さんは中国語がとても下手です」。

　　2.「秋山さんは逆です」

　　這句話翻譯成中文的意思是"秋山先生相反"，"相反"在中文裡是動詞，與日語中的「逆」的詞性不同。把日語譯成中文時或把中文譯成日語時常會出現這種現象，這是因為中文和日語是兩種完全不同的語言，每一個詞的詞性要受各自語言結構的制約，在翻譯時切莫對號入座。

注意

　　"××的中文很好（或很差）"在譯成日語時應該用「～は～が～」的句型，不能把"的"譯成「の」。

練習

一、在下面＿＿＿處填上適當的詞。

a：秋山さんはフランス語が上手ですが、日本語は＿＿＿＿です。
b：西村さんは英語は下手ですが、ドイツ語が＿＿＿＿です。

二、將下列句子譯成日語。

①我家離車站很遠，很不方便。
②因為井上是外交官，所以他的英語很好。

第33課

本課要點

學習形容動詞否定式的用法。

課文

A：これは私の部屋です。

B：きれいですね。

A：いいえ、きれいではありません。汚いです。

B：ここは夜は静かでしょうね。

A：いいえ、静かではありません、とても騒がしいです。

單字

奇麗① 〔kiree〕 （形動）乾淨，漂亮，俊俏，美麗
きれい

汚い③ 〔kitanai〕 （形）髒，不乾淨，骯髒
きたな

夜① 〔yoru〕 （名）晚上，夜晚
よる

静か① 〔shizuka〕 （形動）靜，安靜
しず

騒がしい④ 〔sawagashii〕 （形）吵鬧，喧嘩，鬧哄哄
さわ 的

譯文

Ａ：這是我的房間。

Ｂ：真乾淨。

Ａ：不，不乾淨，很髒。

Ｂ：這兒夜裡靜吧？

Ａ：不，不靜，很吵。

語法解釋

1.「いいえ、きれいではありません。」

這是形容動詞的否定說法。「きれいで」是形容動詞的一個活用形（具體解釋請見本書第二十二單元），「は」是助詞，「ありません」是動詞「あります」的否定式。形容動詞詞幹後的「ではありません」與名詞後的「ではありません」不同，名詞後「ではありません」的「で」是助動詞「だ」的一個活用形；形容動詞後的「ではありません」的「で」是形容動詞的一個活用形，屬形容動詞的一部分。

2.「ここは夜は静かでしょうね。」
よる しず

「静かでしょう」表示推量。「静かでしょ」是「静かです」的一個活用
しず しず
形，「う」是表示推量的助動詞。名詞後的「でしょう」是助動詞「です」的未然形（也有人稱其為"推量形"「でしょ」加推量助動詞「う」形成的），「でしょう」可譯成中文的"……是…吧？"

注意

從理論上講名詞後的「です」和形容動詞後的「です」不是一個詞。名詞後的「です」是一個獨立的助動詞；形容動詞後的「です」是活用詞的一個活用詞

尾。

練習

在＿＿＿處填上適當的詞。

①家は駅から近いから、便利ですが、山田さんの家は駅から遠いから＿＿＿＿＿
ではありません。

②ここは駅から近いから、静か＿＿＿＿＿。

第34課

本課要點

學習日語中表示範圍的助詞「で」的用法。

課文

> Ａ：世界でどこが一番寒いですか。
> Ｂ：南極が一番寒いです。
> Ａ：日本でどの山が一番高いですか。
> Ｂ：富士山が一番高いです。
> Ａ：その中でどれが一番きれいですか。
> Ｂ：この中ではこれが一番きれいです。

單字

世界①②	〔sekai〕	（名）世界
一番⓪②	〔ichiban〕	（副・名）最，第一
南極⓪	〔nankyoku〕	（名）南極
山②	〔yama〕	（名）山
中①	〔naka〕	（名）裡，裡面，內部，～之中

譯文

Ａ：世界上哪兒最冷？

Ｂ：南極最冷。

Ａ：日本哪座山最高？

Ｂ：富士山最高。

Ａ：那裡面（的東西）哪個最乾淨？

Ｂ：這裡面（的東西）這個最乾淨。

語法解釋

1.「世界でどこがいちばん寒いですか。」

①這句話中的「で」是格助詞，表示事物的範圍。上句話的意思是問在世界這個範圍內哪兒最冷。表示範圍的「で」一般可以不譯。

②上句中的「いちばん」是副詞，表示“**最**”的意思。「一番」除可做副詞使用外，還可做名詞使用，做名詞使用時表示“第一”的意思。「一番」在做副詞使用時一般不寫漢字，用假名表示。

2.「この中ではこれがいちばんきれいです。」

本句中的「は」是係助詞，表示同類事物中的相互對比，具有“言外之意”的意思。上句的言外之意是：在這裡面這個是最乾淨的，但在另一處不一定是最乾淨的。也就是說「これがいちばんきれいです」這一狀態只限於「この中」。

注意

「で」和「は」都是助詞，兩者在同一個句子中合用時必須「で」在前「は」在後。

練習

一、將下列句子譯成中文。

①この大学で図書館がいちばん高いです。

②ソ連は世界でいちばん広いです。

二、將下列句子譯成日語。

a.世界上哪座山最高？

b.喜馬拉雅山最高。

第35課

本課要點

學習表示程度的副詞「なかなか」「あまり」的用法。

課文

A：これは北京ダックです。

B：なかなかおいしいですね。

A：これは酢ぶたです。

B：これはあまりおいしくありませんね。

A：どうして？

B：非常に酸っぱいから。

單字

北京ダック	〔pekindakku〕	（名）北京烤鴨
中中⓪	〔nakanaka〕	（副）眞，相當，很
美味しい⓪	〔oishii〕	（形）好吃，可口，香
酢豚①	〔subuta〕	（名）糖醋裡脊
あまり⓪	〔amari〕	（副）太，很，（後接否定）不太，並不
酸っぱい③	〔suppai〕	（形）酸

譯文：

A：這是北京烤鴨。

B：眞好吃啊！

A：這是糖醋肉。

B：這個不太好吃。

A：爲什麼？

B：太酸了！

語法解釋

1.「なかなかおいしいですね。」

「中中」的漢字一般很少使用。

2.「これはあまりおいしくありませんね。」

「あまり」做肯定句的修飾語時表示程度高，可譯成"太""相當"等；做否定句的修飾語時表示程度低，可譯成"並不""不太""不怎麼"等。

3.「非常に酸っぱいから。」

這句話說成「非常に酸っぱいからです」也行。「から」雖然是表示原因，但在翻譯時一般可以不必硬譯。

注意

「あまり」在做肯定句的修飾語時和做否定句的修飾語時譯法不同。

練習

完成下列句子。

a：りんごはおいしいですか。

b：いいえ、あまり_____。

a：日本は寒いでしょうね。

b：いいえ、あまり_____。

a：ここは静かですか。

b：いいえ、あまり_____。

a：食堂はきれいですか。

b：いいえ、あまり_____。

本單元小結

在這單元裡重點介紹了日語形容動詞的幾種用法。形容動詞在句子中的用法很多，本單元只介紹了兩種，一是形容動詞的肯定用法，一是形容動詞的否定用法。

㈠關於「形容動詞」的名稱

形容動詞顧名思義就是具有形容詞和動詞雙重性格的詞。「静かだ」「便利だ」等詞有些地方像動詞，有些地方像形容詞；但它們既不是動詞也不是形容詞。為了將這些詞和動詞形容詞區別開來，把它們叫做形容動詞。

㈡形容動詞和形容詞的差別

表示疑問的終助詞「か」接形容詞時不能接在形容詞的詞幹後，不能說「高か」「美しか」，必須說「高いか」「美しいか」。「か」在接形容動詞時，既可以說「きれいですか」「静かですか」，也可以說「きれいか」「静かか」，形容動詞的詞幹後可直接接「か」構成疑問句，而形容詞不能。另外，形容詞後的「です」是一個獨立的成分，而形容動詞後的「です」是活用詞尾，是形容動詞的詞素。

㈢形容動詞與動詞的差別

形容動詞的語幹可以直接做句子成份使用，動詞的詞幹不能。形容動詞具有相當於副詞的用法，可做連用修飾語修飾動詞等，動詞不能。在活用上（關於形容動詞的活用請參照本書第二十二單元），動詞有命令形而形容動詞沒有。

㈣「便利だ」和「静かだ」

「便利だ」和「静かだ」雖然都是形容動詞，但是它們的起源卻各不相同。「便利だ」一詞起源於中文的"便利"，「静かだ」中雖然也有漢字，但它的讀音卻和中國的中文讀音毫無關係。「静かだ」是日語中原來固有的詞；「便利だ」是日本人借用中文裡的"便利"進行加工後產生的。

第九單元

本單元目的

　　日語是感情色彩比較豐富的語言，日語中的助詞數量多、意義廣，對外國人來說運用起來比較困難，對中國人來說尤爲困難。這是因爲中文中的助詞地位遠沒有日語中的助詞地位重要，中文句子的成立並不像日語那樣必須借助於助詞。因此，中國人在學習、掌握日語助詞時更須下一番苦功，本單元主要介紹日語中終助詞的一些用法，同時介紹日語中不用「です」的非敬體說法。

第 36 課

本課要點

　　學習日語中的感嘆詞「うん」和終助詞「よ」「ね」「さ」「のね」的用法。

課文

A：これは飛行機だよ。
B：たいへん大きいのね。
A：うん、アメリカの飛行機だよ。
B：あの飛行機は小さいね。
A：戦闘機さ、とても小さいね。
B：速いの？
A：うん、非常に速いよ。

單字

飛行機②	〔hikooki〕	（名）飛機
大きい③	〔ookii〕	（名）大
うん①	〔un〕	（感）嗯，哦

小さい③	〔chiisai〕（形）小
戦闘機	〔sentooki〕（名）戰鬥機
速い②	〔hayai〕（形）快

譯文

A：這是飛機。

B：眞大啊！

A：嗯，（這）是美國的飛機。

B：那架飛機小。

A：（那）是戰鬥機，很小。

B：快嗎？

A：嗯，很快。

語法解釋

1.「これは飛行機だよ。」

①「だ」是判斷助動詞，通常接在體言（關於體言的解釋請參照本書第五單元的小結部分）後。「だ」與「です」一樣，在表示判斷意義時都可譯爲「是」，但「だ」沒有「です」謙遜，一般用在長輩對晚輩或關係比較密切的朋友間。

②「よ」是終助詞。當說話人要把自己的意志、感情、判斷、意見等以比較強烈的方式轉達給對方時，往往在句末加上「よ」。「よ」在中文裡一般很難從形態上翻譯出來。

2.「たいへん大きいのね。」

「のね」一般只限於婦女及兒童使用，男子通常只用「ね」而不用「のね」。

3.「うん、アメリカの飛行機だよ。」

「うん」和「はい」相比顯得比較隨便和粗俗，平時應注意盡量用「はい」不要用「うん」。

4.「戦闘機さ」

「さ」是終助詞，同「よ」的意義比較相近，但不如「よ」強烈。

5.「速いの。」

「の」是終助詞，用在句末表示疑問。一般女子使用得較多。

注意

「だよ」的語氣比較生硬，女子一般很少使用「だよ」。

練習

將下列句子譯成中文。

a：このりんごはおいしいの。

b：うん、とてもおいしいよ。

a：富士山は高いの。

b：うん、とても高いよ。

第37課

本課要點

學習日語感嘆詞「やあ」「あら」和終助詞表示疑問的「かい」的用法。

課文

A：やあ、英子さん。
B：あら、浩君、こんにちは。
A：こんにちは、久しぶりだね。元気かい？
B：ええ、元気よ、浩君は。
A：元気だよ、今日は暇かい？
B：いいえ、今日はほんとうに忙しいのよ。

單字

やあ①	〔yaa〕	（感）啊，哎呀
英子	〔eeko〕	（名）（人名）英子
あら①	〔ara〕	（感）哎喲，唷
浩	〔hiroshi〕	（名）（人名）浩

こんにちは⓪ 〔konnichiwa〕（連語）你好

久しぶり⑤⓪ 〔hisashiburi〕（名）好久，許久，久違

元気① 〔genki〕（形動）健康

ええ① 〔ee〕（感）對，是的

暇⓪ 〔hima〕（名・形動）閒空，空閒

本当⓪ 〔hontoo〕（名・副）眞，眞正

忙しい④ 〔isogashii〕（形）忙，忙碌

譯文

Ａ：啊，英子小姐。

Ｂ：唷，是小浩啊，你好。

Ａ：你好，好久沒見了，身體好嗎？

Ｂ：好，小浩（你）呢？

Ａ：很好。今天沒事嗎？

Ｂ：今天實在太忙了。

語法解釋

1.「やあ、英子さん。」

「やあ」是感嘆詞，一般用在吃驚或呼喚別人時。「やあ」有時也說「や」，女子一般很少使用。

2.「あら、浩君、こんにちは。」

①「あら」是感嘆詞，通常表示吃驚的意思，男人很少使用。

②「こんにちは」一般在家族內部不用，只對家族以外的人員使用。

3.「元気かい。」

「かい」是「か」和「い」兩個助詞構成的，一般用在長輩對晚輩、同輩對同輩進行提問時，女子很少使用。

4.「今日はほんとうに忙しいのよ。」

「ほんとう」有時可做名詞使用，但在其後加上「に」，修飾動詞、形容詞、形容動詞時是副詞。

注意

「やあ」是男性用語，「あら」是女性用語。

練習

將下列句子譯成中文。

a：あら、山田さん。

b：やあ、森さん。

a：忙しいの。

b：はい、とても忙しいよ。

第38課

本課要點

學習表示疑問的「なの」「かしら」的用法。

課文

A：あの人たちは誰なの。

B：中村さん夫婦だよ。

A：日本人かしら。

B：うん、そうだよ。

A：浩君のお父さんとお母さんなの？

B：いや、佳代ちゃんの親だよ。

單字

達	〔tachi〕	（後綴）們
夫婦①	〔fuufu〕	（名）夫婦，夫妻
いや①	〔iya〕	（感）不，不是
～ちゃん	〔chan〕	（後綴）接在人名後表示親密
親②	〔oya〕	雙親、父母

譯文

A：他們是誰？

B：是中村先生夫婦。

Ａ：（他們）是日本人嗎？

Ｂ：對，是的。

Ａ：是小浩的爸爸和媽媽嗎？

Ｂ：不，是小佳代的父母。

語法解釋

1.「あの人たちは誰なの。」

①「あの人たち」是相對「この人たち」「その人たち」的，可譯成"他們"，也可譯成"那些人"。「たち」是後綴，接在人稱代名詞和一些與人有關的詞後表示複數。如「わたしたち」（我們），「あなたたち」（你們），「子供たち」（孩子們）等。

②「なの」中的「な」可看做是助動詞「だ」的連體形，「の」是表示疑問的終助詞，「なの」的「の」如果讀成升調的話表示疑問；讀成平調的話表示斷定。

2.「日本人かしら。」

「かしら」是終助詞，用在句末表示疑問，一般只限於女子使用。

3.「いや、佳代ちゃんの親だよ。」

①「いや」是感嘆詞，用在句頭表示否定，其意義相當於「いいえ」，但不如「いいえ」鄭重。

②「ちゃん」是後綴，接在與人有關的詞後表示親密，意思相當於「さん」，比「さん」聽起來親切，但不如「さん」鄭重。「ちゃん」只能用在長輩稱呼晚輩或同輩稱呼同輩時。

注意

對關係不是十分親切的人不能亂用「ちゃん」。

練習

將下列句子譯成中文。

ａ：あの人たちは学生かしら。

ｂ：はい、そうです。

ａ：あの人たちはアメリカ人なの？

ｂ：いや、アメリカ人ではありません。

第39課

本課要點

學習日語中關於星期的說法。

課文

> A：きょうは日曜日かい？
>
> B：いいえ、月曜日なの。
>
> A：明日は何曜日かな。
>
> B：明日は火曜日よ。
>
> A：ほんとうに火曜日か？
>
> B：そうなのよ。あさっては水曜日だから。

單字

月曜日③	〔getsuyoobi〕	（名）星期一
何曜日①	〔nanyoobi〕	（名）星期幾
火曜日②	〔kayoobi〕	（名）星期二
明後日②	〔asatte〕	（名）後天
水曜日③	〔suiyoobi〕	（名）星期三
木曜日③	〔mokuyoobi〕	（名）星期四
金曜日③	〔kinyoobi〕	（名）星期五
土曜日②	〔doyoobi〕	（名）星期六

譯文

A：今天是星期天嗎？

B：不，是星期一。

A：明天是星期幾？

B：明天是星期二。

A：眞的是星期二？

Ｂ：對啊，因爲後天是星期三。

語法解釋

1.「**いいえ、火曜日（かようび）なの。**」

這句裡「**なの**」的語調要往下降，表示有把握有信心的判斷。男子一般不用「**なの**」而用「**だよ**」，「**なの**」通常女子使用得較多。「**なの**」表示疑問時語調必須往上升。

2.「**明日（あした）は何曜日（なんようび）かな。**」

「明日（あした）は何曜日（なんようび）かな」中的「**な**」是終助詞，讀時要輕一些，表示徵求對方的意見或誘使對方回答。

3.「**ほんとうに火曜日（かようび）か。**」

「明日（あした）は火曜日（かようび）よ」的「**よ**」前可以加「**だ**」，說「明日（あした）は火曜日（かようび）だよ」。但上句的「**か**」前一般不能加「**だ**」，不能說「ほんとうに火曜日（かようび）だか」。

4.「**曜日（ようび）**」

日語的星期以在「**曜日（ようび）**」前分別加「**日（にち）、月（げつ）、火（か）、水（すい）、木（もく）、金（きん）、土（ど）**」來表示。有時還可說「日曜（にちよう）、月曜（げつよう）、火曜（かよう）、水曜（すいよう）、木曜（もくよう）、金曜（きんよう）、土曜（どよう）」，這是一種將「**日**」省略的說法。

注意

「**か**」接名詞表示疑問時一般不說「**だか**」，而是用「**か**」直接接名詞表示疑問。

練習

將下列句子譯成中文。

ａ：あしたは金曜日（きんようび）かい？

ｂ：うん、そうなのよ。

ａ：あさっては土曜日（どようび）かい。

ｂ：うん、そうよ。

ａ：今日（きょう）は何曜日（なんようび）か？

ｂ：今日（きょう）は木曜日（もくようび）なの。

第40課

本課要點

學習日語中有關年月日的說法。

課文

A：今日は一九九八年二月十七日だね。

B：うん、そうだよ。今日はぼくの誕生日だよ。

A：ほんとう？おめでとう。

B：ありがとう。太郎君の誕生日はいつ？

A：ぼくの誕生日は十月二十日だよ。

單字

一九九八年	〔senkyuuhyaku kyuujuuhachinen〕	（名）1998 年
二月③	〔nigatsu〕	（名）2 月，2 月份
十七日	〔juushichinichi〕	（名）17 日
誕生日③	〔tanjoobi〕	（名）生日
おめでとう⓪	〔omedetoo〕	（連語）恭喜，祝賀
太郎①	〔taroo〕	（人名）太郎
何時①	〔itsu〕	（名）（代）何時，幾時，什麼時候
十月④	〔juugatsu〕	（名）10 月，10 月份
二十日⓪	〔hatsuka〕	（名）20 日

譯文

A：今天是 1998 年 2 月 17 日。

B：對，是的，今天是我的生日。

A：真的？恭喜（你）。

B：謝謝。太郎的生日是什麼時候？

A：我的生日是 10 月 20 日。

語法解釋

<ruby>今<rt>きょう</rt></ruby>日は<ruby>一 九 九 八 年<rt>せんきゅうひゃくきゅうじゅうはちねん</rt></ruby> <ruby>二月十七日<rt>にがつ じゅうしちにち</rt></ruby>だね。」

1.「今日は一 九 九 八 年 二月十七日だね。」

日本的年號現在仍然使用天皇在位的年號，很少使用西曆。如1985年，日本人通常習慣說「<ruby>昭 和 六 十 年<rt>しょう わ ろくじゅうねん</rt></ruby>」。中國人在別人詢問自己的出生年月日時一般用西曆回答，如"我是60年出生的"但如果對日本人說「わたしは<ruby>六 十 年<rt>ろくじゅうねん</rt></ruby>の生<ruby><rt>うま</rt></ruby>れです」的話，會被日本人誤解爲"我是1985年生的"，因爲1985年是日本的昭和六十年。所以在對日本人說自己的出生日時，用公元（<ruby>紀元<rt>きげん</rt></ruby>）年號來說，或者用昭和年號來說。 1926年是昭和元年，計算昭和年數的辦法是用現在公元年數的後二位數減25 ，如計算1985年的昭和年數可用85減25得60 ，1985年是昭和60年。 1989年起日本年號改爲"平成" ，1989年是平成元年。

2.「ほんとう？おめでとう。」

「ほんとう」在表示疑問時，句尾語調要往上升。

注意

表示日期的「二十日」不讀「にじゅうにち」要讀「はつか」。

練習

將下列句子譯成日語。

a. 你的生日是什麼時候？

b. 我的生日是 10 月 17 日。

a. 10 月 17 日是星期幾？

b. 10 月 17 日是星期六。

本單元小結

在這一單元裡主要介紹了日語中的另外一種語體——相對敬體的簡體，同時還介紹了日語裡的感嘆詞、終助詞的用法。

㈠「です」和「だ」

「です」和「だ」都可以譯成中文的「是」，但是兩者的感情色彩完全不同。「です」比較謙遜，通常用在晚輩對長輩，或關係比較疏遠的人們之間進行對話時。書信、通知等一般也都用「です」而不用「だ」。「だ」和「です」相

比顯得比較粗俗，一般用在長輩對晚輩，或關係比較親密的人們之間進行對話時。在日常的語言生活中，女子一般很少使用「だ」，要麼用「です」，要麼什麼也不用，直接用名詞加終助詞。

㈡日語中的感嘆詞

感嘆詞的感情色彩比較豐富。感嘆詞的使用往往因場合不同而用詞不同，或因性別不同而用詞不同。「うん」雖然與「はい」表示的是同一意義，但不如「はい」鄭重。日本人在用詞方面對詞的感情色彩非常注意，爲了使孩子能正確用詞，在家庭裡當孩子用「うん」回答大人的問題時，大人一般都給孩子糾正，讓孩子說「はい」。相對「うん」和「はい」的有表示否定的「いや」和「いいえ」，「いや」在感情色彩方面不如「いいえ」鄭重。「うん」和「いや」一般用在比較隨便的場合上。

「やあ」和「あら」也都是感嘆詞，表示的意義也很相近。但「やあ」一般只限於男人使用，「あら」一般只限於女子使用。

㈢日語中的終助詞

終助詞與格助詞等不同，格助詞一般與感情色彩毫無關係，而終助詞的感情色彩十分濃厚。格助詞在使用時不分男女老幼，但終助詞在使用時男女界線十分明顯。最爲明顯的是第38課中出現的「かしら」，這個詞一般只限於女子使用。另外，在表示疑問時女子還好使用「の」等。如：

あの人たちは 浩君のお父さんとお母さんか。

這句話若是女子說的話，可能是：

あの人たちは 浩君のお父さんとお母さんなの。

因爲「の」在表示疑問時比「か」要柔和得多。另外，男人比較常用「だよ」，而女子則往往常用「のよ」等。

㈣表示強調的「の」和表示疑問的「の」

在會話時，爲了引起對方的注意或激起對方的共鳴，有時要把自己的意見以很強烈的方式表達出來。這時往往要在句尾加上「の」或「よ」。「の」通常女子使用得較多而男子使用得較少。這時的「の」的聲調要平讀，不能往上讀。

在表示疑問時，除可用「か」外，也可用「の」，表示疑問的「の」與表示強調的「の」一樣，一般女子使用得較多，男子使用得較少。這時「の」的聲調要往上升。

第十單元

本單元目的

從這一單元將開始逐步介紹日語動詞的各種用法。中文動詞在做述語時一般緊跟在主語的後面，日語動詞在做述語時往往位於賓語的後面。中文動詞本身沒有活用現象，而日語動詞相反，能夠活用是日語動詞的一大特徵。中國人在學習日語動詞時可能會因為活用現象繁多而感到頭痛，其實日語中的活用是一種規律性很強的語言現象，只要抓住其規律，中國人是能夠掌握好活用的。在這一單元裡主要介紹日語中表示無情物存在的動詞「ある」的幾種用法。

第41課

本課要點

學習日語中"在……有（東西）"這一句型的用法。

課文

> A：これは俊夫君の家です。
> B：五つの部屋がありますね。
> A：いいえ、六つありますよ。
> B：俊夫君の部屋に何がありますか。
> A：机といすがあります。
> B：庭に池がありますね。
> A：はい、あります。

單字

俊夫	（名）	俊夫
五つ②	（數）	五，五個
ある①	（動）	有，在

六つ③ （數）六，六個

庭⓪ （名）院子

池② （名）池子

譯文

Ａ：這是俊夫家。

Ｂ：有五個房間吧？

Ａ：不，有六個房間。

Ｂ：俊夫的房間裡有什麼呢？

Ａ：有桌子和椅子。

Ｂ：院子裡有池子吧？

Ａ：是的，有。

語法解釋

1.「いつつの部屋がありますね。」

日語裡的數詞修飾限制名詞時一定要用「の」連結，如「いつつの部屋」。

上句中雖然沒有表示存在場所的句子成分，但可視爲表示存在場所的成分「俊夫の家に」的省略。

「あります」是由動詞「ある」的連用形「あり」接助動詞「ます」構成的，「ます」表示尊敬聽話者的意思。這句話說「いつつの部屋がありますね。」也可，但沒有尊敬聽話者的意思。

2.「いいえ、六つあります。」

數量詞修飾限制動詞時可直接接在所要修飾的動詞的前面。數量詞與動詞間一般不需要用助詞連結。

3.「庭に池がありますね。」

這是一個典型的存在句。「庭に」的「に」是格助詞，表示存在的場所。「池が」的「が」也是格助詞，表示存在的主體。「─に─がある」是表示「在……（地方）有……（東西）」的句型。

注意

「ある」通常只表示無情物也就是沒有生命的物體的存在。有生命的"人" "馬" "牛"等的存在用「いる」表示。（關於「いる」的用法將在第46課裡介

紹）。

練習

在下面＿＿＿處填上適當的詞。

A：＿＿＿に＿＿＿がありますか。
①図書館　②大学

B：はい、あります。

A：英子さんの＿＿＿に＿＿＿がありますか。
①何　②部屋

B：机といすがあります。

第42課

本課要點

學習「あります」的否定式「ありません」的用法。

課文

A：これはわたしの机です。
B：引き出しの中に日中辞典がありますか。
A：いいえ、日中辞典はありません。
B：国語辞典がありますか。
A：いいえ、引き出しの中には辞典はありません。
B：何がありますか。
A：本とノートがあります。

單字

引き出し⓪	（名）抽屜
日中辞典⑤	（名）日漢辭典
国語辞典④	（名）日本人對日語辭典的稱呼
辞典⓪	（名）辭典、詞典

何<ruby>何<rt>なに</rt></ruby>①	（名）什麼

<ruby>上<rt>うえ</rt></ruby>⓪② 　　　　　　　　　　（名）上、上面

譯文

Ａ：這是我的桌子。

Ｂ：抽屜裡有日漢辭典嗎？

Ａ：不，沒有日漢辭典。

Ｂ：有國語辭典嗎？

Ａ：不，抽屜裡沒有辭典。

Ｂ：（抽屜裡）有什麼呢？

Ａ：有書和本。

語法解釋

1.「いいえ、日中辞典<ruby><rt>にっちゅうじてん</rt></ruby>はありません。」

這句話裡雖然沒有表示場所的句子成分，但可看作是表示存在場所的成分「引き出しの中に」的省略。

「ありません」是相對「あります」，表示 **"沒有"** **"不在"** 等意義的說法。

2.「いいえ、引<ruby><rt>ひ</rt></ruby>き出<ruby><rt>だ</rt></ruby>しの中<ruby><rt>なか</rt></ruby>には辞典<ruby><rt>じてん</rt></ruby>がありません。」

這是表示否定某地存在某物的說法，是相對「引き出<ruby><rt>ひ だ</rt></ruby>しの中<ruby><rt>なか</rt></ruby>に辞典<ruby><rt>じてん</rt></ruby>があります」的否定句。與肯定句不同的是，否定句中表示存在場所的「に」後一般加「は」的時候較多，「に」後加「は」表示對比關係，具有言外之意的意思。也就是表示抽屜裡沒有，但別的地方會有的意思。上句中的存在物體「辞典<ruby><rt>じてん</rt></ruby>」後也用「は」，「は」在這裡也是表示對比關係的，言外之意是：沒有詞典，但可能會有別的東西。

注意

「引<ruby><rt>ひ</rt></ruby>き出<ruby><rt>だ</rt></ruby>しの中<ruby><rt>なか</rt></ruby>には辞典<ruby><rt>じてん</rt></ruby>はありません」句中的「は」不是表示提示話題而是表示對照對比的意思。

練習

一、將下列句子變成否定句。

① 税<ruby>机<rt>つくえ</rt></ruby>の<ruby>上<rt>うえ</rt></ruby>にテープがあります。
②かばんの<ruby>中<rt>なか</rt></ruby>にノートがあります。

二、將下列句子譯成日語。
①房間裡沒有雨傘。
②圖書館裡沒有日漢辭典。

第43課

本課要點
學習相對「ある」的否定詞「ない」的用法。

課文

A：<ruby>今日<rt>きょう</rt></ruby>の<ruby>午後<rt>ごご</rt></ruby>は<ruby>授業<rt>じゅぎょう</rt></ruby>がないね。あすの<ruby>午後<rt>ごご</rt></ruby>は<ruby>授業<rt>じゅぎょう</rt></ruby>があるの？
B：いいえ、あすの<ruby>午後<rt>ごご</rt></ruby>も<ruby>授業<rt>じゅぎょう</rt></ruby>がないよ。
A：あすの<ruby>午前中<rt>ごぜんちゅう</rt></ruby>は<ruby>授業<rt>じゅぎょう</rt></ruby>があるの？
B：ええ、あるのよ。
A：<ruby>何<rt>なん</rt></ruby>の<ruby>授業<rt>じゅぎょう</rt></ruby>かしら。
B：<ruby>英語<rt>えいご</rt></ruby>とヒヤリングなの。

單字

<ruby>午後<rt>ごご</rt></ruby>①	（名）下午，午後
<ruby>授業<rt>じゅぎょう</rt></ruby>①	（名・自サ）課，功課，上課
ない①	（形）沒有
<ruby>明日<rt>あす</rt></ruby>②	（名）明天，明日
<ruby>午前<rt>ごぜん</rt></ruby>①⓪	（名）上午，午前
〜<ruby>中<rt>ちゅう</rt></ruby>	（後綴）裡，之中，之內
<ruby>何<rt>なん</rt></ruby>の①⓪	（連體）什麼
ヒヤリング①	（名）聽力

譯文

Ａ：今天下午沒有課，明天下午有課嗎？

Ｂ：不，明天下午也沒有課。

Ａ：明天上午有課嗎？

Ｂ：是的，有。

Ａ：有什麼課？

Ｂ：有英語和聽力。

語法解釋

1.「今日の午後は授業がないね。」

「ない」是相對「ある」的表示否定意義的形容詞，在表示對存在進行否定這一點上和「ありません」相同，但沒有「ありません」的語氣鄭重。「ない」之所以被稱為形容詞而不叫動詞，是因為這個詞的形態和活用都與形容詞相同而與動詞無關。

2.「あすの午前中は授業があるの。」

①「中」在日語裡叫接尾詞。所謂接尾詞是指附加在其它詞的後面與其它單詞結合在一起形成一個新詞，或對其它詞的詞義加以補充的詞。日語中的接尾詞相當於中文的後綴。「中」通常接在名詞或數量詞後表示"……之中"或"……之內"的意思。

②「あす」與「あした」同義，都可譯成"明天"，一般不寫漢字而只用假名。

注意

「ない」單獨使用時，其詞性是形容詞，不是動詞也不是助動詞。

練習

一、用「ない」回答下面問句。

例：

Ａ：かばんの中に時計があるの。

Ｂ：いいえ、かばんの中には時計はない。

Ａ：英子さんの部屋にはベットがあるの？

Ｂ：いいえ、＿＿＿＿＿＿。

Ａ：佳代子さんの家には自転車があるの？

Ｂ：いいえ、＿＿＿＿＿＿＿。

第44課

本課要點

學習副助詞「も」在存在句中的幾種用法。

課文

Ａ：由美子さんの部屋はきれいですね。

Ｂ：ありがとう。

Ａ：電話がありますね。

Ｂ：ええ、ここにテレビもあります。

　　また、ビデオもありますね。

Ａ：ステレオもありますね。

Ｂ：ステレオはわたしのではありません。妹のです。

單字

電話⓪	（名）電話
又⓪①	（接・副）另外，而且，又
ビデオ①	（名）錄放影機
ステレオ⓪	（名）立體聲、立體聲音響
妹④	（名）妹妹
冷蔵庫③	（名）電冰箱
洗濯機④③	（名）洗衣機

譯文

Ａ：由美子的房間眞乾淨！

Ｂ：謝謝。

Ａ：還有電話！

Ｂ：是的，這兒還有電視機，另外，還有錄放影機。

Ａ：還有立體聲音響！

Ｂ：立體聲音響不是我的，是我妹妹的。

語法解釋

1.「電話がありますね。」

這句話裡的「ね」表示感嘆的意思。在字面上一般譯不出。可譯成"**還有電話！**"

2.「ええ、ここにテレビもあります。またビデオもあります。」

①「ここにテレビもあります」是針對上句「電話がありますね」而言的。如果沒有前提的話，句中不能用「も」。這句話中的「も」表示追加的意思。

②「また」直接修飾動詞、形容詞等詞時是副詞。上句話中的「また」是接續詞，表示"**另外**""**此外**"等意思。「また」的漢字是「又」「亦」等，但一般不用漢字只用假名。

注意

「また」在做接續詞使用時不能放在句子中間，必須放在分句的前面。

練習

一、在下面的□處填上適當的助詞。

①由美子さんの部屋□冷蔵庫□あります。また、洗濯機□あります。

②このかばんの中□本とノート□あります。また、辞書□あります。

二、把下列句子譯成日語。

Ａ：你家有自行車嗎？

Ｂ：有，（我家）還有摩托車。

Ａ：圖書館有日漢辭典嗎？

Ｂ：有，而且還有國語辭典。

第45課

本課要點

學習日語中的"什麼也沒有"的說法。

課文

A：教室に何がありますか。
B：机といすと黒板などがあります。
A：机はいくつありますか。
B：一つ、二つ、三つ、四つ、五つ、六つ、七つ、八つ、九つ、十、十一、十一あります。
A：本棚がありますか。
B：本棚は一つもありません。
A：隣の部屋に何がありますか。
B：隣の部屋に何もありません。

單字

教室⓪	（名）教室
黒板⓪	（名）黑板
など	（副助）等，等等
一つ②	（數）一，一個
二つ③	（數）二，二個
三つ③	（數）三，三個
四つ③	（數）四，四個
七つ②	（數）七，七個
八つ③	（數）八，八個
九つ②	（數）九，九個
十①	（數）十，十個
十一④	（數）十一，十一個
本棚①	（名）書架

譯文

　Ａ：教室裡有什麼？

　Ｂ：有桌子、椅子和黑板等。

　Ａ：有幾張桌子？

　Ｂ：一、二、三、四、五、六、七、八、九、十、十一，有十一張桌子。

　Ａ：有書架嗎？

　Ｂ：一個書架也沒有。

　Ａ：隔壁屋裡有什麼？

　Ｂ：隔壁屋裡什麼也沒有。

語法解釋

1.「 机 といすと 黒板 などがあります。」

「など」是副助詞，表示列舉未盡的意思，可譯成中文的 **"等" "等等"** 。

2.「 本棚 は 一 つもありません。」

「 一 つ」後加副助詞「も」接否定式表示 **全盤否定** 的意思，可譯成中文的 **"一個也沒有"** 等。

3.「 隣 の 部屋 に 何 もありません。」

「 何 」後加副助詞「も」接動詞的否定式也是表示全盤否定的意思，可以譯成中文的 **"什麼也（沒有）"** 等。

注意

　數量詞用於表示全盤否定時只能用「 一 つ」或數量等於「 一 つ」的詞，不能用「 二 つ」或數量大於「 一 つ」的詞。

練習

完成下列句子。

　Ａ： 机 の 上 に 時計 がありますか。

　Ｂ：いいえ、 机 の 上 には 時計 が一つも_____。

　Ａ： 机 の 上 にりんごがありますか。

　Ｂ：はい、 机 の 上 にりんごが一つ_____。

　Ａ： 机 の 中 に 何 がありますか。

　Ｂ： 机 の 中 には 何 も_____。

本單元小結

在這一單元裡主要介紹了日語中的存在動詞「ある」的幾種用法。「ある」在譯成中文時雖然可以譯成"有""在"等，但日語中的「ある」在意義上並不完全與中文的"有""在"相等。這主要表現在日語中的「ある」只能用在表示與人或動物無關的無情物的存在時，不能用來表示人或動物等有情物的存在。人或動物等有情物的存在一般用動詞「いる」來表示。

㈠「あります」「ある」和「ありません」「ない」

「あります」和「ある」表示的意義完全一樣，但感情色彩不同。「ある」本身沒有任何敬語意義，「あります」的感情色彩比「ある」要謙恭得多。「ありません」和「ない」的關係也是一樣，兩者雖然意義相同，但感情色彩各異。「あります」和「ありません」一般用在比較鄭重的場合或晚輩對長輩說話時，「ある」和「ない」一般用在比較隨便的場合或長輩對晚輩說話時。另外，「ある」是一個詞，而「あります」則是由「ある」的活用形之一——"連用形"「あり」接助動詞「ます」組合而成的。助動詞「ます」通常接在動詞的"連用形"後表示鄭重謙恭的意思。

㈡數量詞在句中的位置

數量詞除可做句子的主語外，還可在句中做連體修飾語或連用修飾語。做連體修飾語時數量詞一般處在被修飾語的前面，數量詞和被修飾語之間要用格助詞「の」來連接。如：

　　　五つの部屋がありますね。

句中的「五つの」就是修飾限制「部屋」的連體修飾語成分。數量詞做連用修飾語修飾動詞時通常也是處在動詞的前面，這時數量詞與被修飾語之間不需要任何連接成分。如：

　　　教室の中には机が六つあります。

句中的「六つ」直接接在動詞「ある」的前面，中間沒有任何連接成分。

㈢表示全盤否定的「も」

「も」在表示全盤否定時往往接在疑問代名詞「なに」「だれ」等後與表示

否定意義的詞或助動詞前後呼應，構成表示全盤否定意義的句子。如：

　　　つくえ　うえ　　　　なに
　　　机 の上には何もありません。

另外，表示全盤否定的「も」在接數量詞時通常只能與表示“一”這一數量的概念的詞結合，然後與表示否定意義的詞或助動詞前後呼應，構成表示全盤否定意義的句子。

第十一單元

本單元目的

在上一單元裡著重介紹了存在動詞「ある」的幾種用法，「ある」表示的是與人或動物等有情物無關的存在，即無情物的存在。在日語裡人或動物等有生命的物體的存在一般要用「いる」來表示。本單元將主要介紹「いる」的幾種用法，希望讀者在學完本單元以後能對「ある」和「いる」的差別有個基本概念。

第46課

本課要點

學習日語裡"在……有（人或動物）"這一句型的用法。

課文

A：これはポプラですか。
B：いいえ、柳です。
A：木の上に鳥がいますか。
B：はい、からすがいます。
A：木の下に子供がいますね。
B：はい、木の下に子供が二人います。

單字

ポプラ①	（名）	楊樹
柳⓪	（名）	柳樹
木①	（名）	樹
鳥⓪	（名）	鳥
居る⓪	（動）	（人或動物）有，在
鴉①	（名）	烏鴉

下①② した	（名）下，下面
子供⓪ こども	（名）孩子，小孩
二人③ ふたり	（數量）二人，二名
三人③ さんにん	（數量）三人，三名

譯文

A：這是楊樹嗎？

B：不，是柳樹。

A：樹上有鳥嗎？

B：有，有烏鴉。

A：樹下有小孩吧？

B：是的，樹下有二個小孩。

語法解釋

1.「木の上に鳥がいますか。」

這是一個表示有生命的物體存在的句子。「いる」在表示人或動物存在時與「ある」一樣，也是用「に」來表示存在的場所，用「が」來表示存在的物體。上句中的「木の上」是"鳥"的存在場所，"鳥"是「います」的存在主體。

2.「はい、からすがいます。」

這是針對「木の上に鳥がいますか」這一問句的答句，句中省略了表示存在場所的「木の上に」這一句子。上面這句話說成「はい、木の上にからすがいます」也可以，但略顯得囉嗦。

注意

*1.*在實際運用日語時要注意區分「ある」和「いる」的差別。

*2.*表示人（或動物）的數量詞在修飾動詞時與表示無生命物的數量詞一樣，可直接修飾動詞。如：

木の下に子供が二人います。
き　した　こども　　ふたり

教室の中には机が六つあります。
きょうしつ　なか　　つくえ　むっ

練習

在____處填上適當的動詞。

① 教室の中には学生が二人_____。

② 庭に猫が_____。

③ 部屋の中にはいすが三つ_____。

④ かばんの中にりんごが九つ_____。

⑤ 木の下に子供が三人_____。

第47課

本課要點

學習日語中"在……沒有（人或動物）"這一句型的用法。

課文

> Ａ：ここは会議室です。
> Ｂ：中には人がいますか。
> Ａ：いいえ、いません。あれは事務室です。
> Ｂ：事務室の中には人がいますか。
> Ａ：いいえ、事務室の中には人がいません、今は昼休み中です。

單字

会議室②	（名）	會議室
事務室②	（名）	辦公室
今①	（名）	現在
昼休み③	（名）	午休
フロント⓪	（名）	（飯店）服務台
ボーイ①	（名）	（男）服務員
ロビー①	（名）	大廳

譯文

Ａ：這裡是會議室。

Ｂ：裡面有人嗎？

Ａ：不，沒有。那是辦公室。

Ｂ：辦公室裡有人嗎？

Ａ：不，辦公室裡沒有人。現在正是午休時間。

語法解釋

1.「いいえ、事務室の中には人がいません。」

「いません」是「います」的否定態，表示"沒有人（或動物）"。上句中「事務室の中に」的「に」表示存在場所，其後的「は」同第42課「いいえ、引き出しの中には辞典はありません」句中的「は」一樣，也是表示對比關係的，其言外之意是：辦公室裡沒有人，但其它地方可能有人。

2.「中には人がいますか。」

「いいえ、いません。」

答句中的「いません」實際上是省略了「中には人が」等句子。這種省略必須要有前提，只有在說話人和聽話人都明白省略的句子是什麼的情況下方可使用。

注意

在實際運用日語時要注意區分「ありません」和「いません」的差別。

練習

一、用否定式回答下列問句。

Ａ：フロントにはボーイさんがいますか。

Ｂ：いいえ、＿＿＿＿＿＿＿。

Ａ：ロビーにはボーイさんがいますか。

Ｂ：いいえ、＿＿＿＿＿＿＿。

Ａ：会議室の中には人がいますか。

Ｂ：いいえ、＿＿＿＿＿＿＿。

二、將下面中文譯成日語。

Ａ：圖書館裡有人嗎？

Ｂ：圖書館裡沒有人。

Ａ：公共汽車裡有人嗎？

Ｂ：不，沒有。

第48課

本課要點
學習「～～しか～～いません（ありません）」這一句型的用法。

課文

Ａ：この町には犬がいますか。

Ｂ：はい、います。

Ａ：多いですか。

Ｂ：いいえ、一匹しかいません。

Ａ：この町にはお寺と神社が多いですか。

Ｂ：いいえ、お寺は一つ、神社は二つしかありません。

單字

町②	（名）城市，城鎮，街，街道
犬②	（名）狗
一匹⓪	（數量）一頭，一隻，一條
寺②	（名）廟，寺廟
神社①	（名）神社

譯文

Ａ：這個鎮上有狗嗎？

Ｂ：是的，有。

Ａ：多嗎？

Ｂ：不，只有一條。

Ａ：這個鎮上寺廟和神社多嗎？

Ｂ：不，只有一座寺廟、二座神社。

語法解釋

1.「いいえ、一匹しかいません。」

「しか」在日語語法裡被稱爲「副助詞」，通常與其後的表示否定意義的詞相呼應，構成"〜しか〜否定詞"的句型。如：

　　　教室には 机 しかありません。

　　　（教室裡只有桌子）

　　　教室には学生しかいません。

　　　（教室裡只有學生）

"〜しか〜否定詞"所表示的是"只限於此"的意思，可譯成中文的"只〜""僅僅"等。

2.「いいえ、お寺は一つ、神社は二つしかありません。」

這句話實際上是「お寺は一つしかありません。神社は二つしかありません。」的縮略用法。句末的「しかありません」不僅與「神社は二つ」有關，也與「お寺は一つ」有關。

注意

副助詞「しか」後一定要接表示否定意義的詞，不能接表示肯定意義的詞。

練習

一、完成下列句子。

Ａ：図書館には先生がいますか。

Ｂ：いいえ、学生しか＿＿＿＿＿＿。

Ａ：隣の教室には机といすがありますか。

Ｂ：いいえ、いすしか＿＿＿＿＿。

二、在下面□裡填入適當的助詞。

①家□庭には池があります。

　　池の中にはなに□ありません。

②図書館はここ□□近いです。

　　図書館には先生がいません。学生□□いません。

第49課

本課要點

學習副助詞「も」在表示有生命物的存在句中的用法及與人有關的數量詞的用法。

課文

A：教室には人がいますか。

B：はい、います。学生がいます。

A：先生もいますか。

B：いいえ、先生はいません。

A：学生は何人いますか。

B：えーと、一人、二人、三人、四人、五人、六人、七人、
八人、九人、十人、十一人、十一人います。

單字

何人①	（代）幾人，幾個人
えーと	（感）嗯—（表示略為思考的意思）
一人②	（數量）一人，一個人
四人②	（數量）四人，四個人
五人②	（數量）五人，五個人
六人②	（數量）六人，六個人
七人②	（數量）七人，七個人
八人②	（數量）八人，八個人
九人②	（數量）九人，九個人
十人①	（數量）十人，十個人
十一人⑥	（數量）十一人，十一個人

譯文

Ａ：教室裡有人嗎？

Ｂ：是的，有，有學生。

Ａ：還有老師嗎？

Ｂ：不，沒老師。

Ａ：有多少名學生？

Ｂ：嗯一，一名、二名、三名、四名、五名、六名、七名、八名、九名、十名、十一名，有十一名學生。

語法解釋

1.「先生もいますか。」

「いいえ、先生はいません。」

上句中的「も」和第44課裡出現的「も」一樣，也是副助詞，也是表示追加的意思。「先生もいますか」是針對上句「学生がいます」而言的。如果沒有「学生がいます」這個前提，「先生もいますか」句中就不能用「も」。答句如果是肯定的話，可以說「はい、先生もいます」。如果是否定的話，不能說「**いいえ、先生もいません**」，必須說「**いいえ、先生はいません**」。在否定句裡一定要把問句中的「も」換成「は」。

注意

當問句是「先生もいますか」而答句是否定的時候，一定要把問句中的「も」換成「は」。

練習

在下面□中填入適當的助詞。

Ａ：部屋にはお父さんもいますか。

Ｂ：いいえ、部屋には父□いません。

Ａ：教室にはテレビもありますか。

Ｂ：いいえ、教室にはテレビ□ありません。

Ａ：りんごもおいしいですか。

Ｂ：いいえ、りんご□おいしくありません。

第50課

本課要點

學習日語中"……**一個人也沒有**"這一句型的用法。

課文

A：運動場には人がいるかい。
B：いいえ、一人もいない。
A：車の中に子供がいる？
B：車の中には誰もいない。
A：デパートの中には外国人がたくさんいるの？
B：いいえ、デパートの中には外国人は一人もいない。

單字

運動場⓪	（名）運動場
車⓪	（名）車、汽車
デパート②	（名）百貨公司
外国人④	（名）外國人
沢山⓪	（副）很多，足夠

譯文

A：運動場上有人嗎？

B：不，一個人也沒有。

A：車裡有小孩嗎？

B：車裡沒有任何人。

A：百貨公司裡有許多外國人嗎？

B：不，百貨公司裡一個外國人也沒有。

語法解釋

1.「いいえ、一人もいない。」

①「いない」和「いません」一樣，也是表示"〜沒有人（或動物）"的。在感情色彩上「いない」和「いる」可配成一對，「いません」和「います」可配成一對。所不同的是「いません」和「います」具有謙恭的意思，而「いない」和「いる」都不具有這種意思。另外，「ある」的否定詞是「ない」，「ない」是一個形容詞；而相對「いる」表示否定意義的「いない」不是一個詞，而是由"上一段動詞"（關於上一段活用動詞將在第十五單元裡介紹）「いる」的"未然形"加否定助動詞「ない」構成的。

②「一人」後加副助詞「も」接否定式表示全盤否定的意思，可譯成中文的"一個人也（沒有）"等。

2.「車の中には誰もいない。」

疑問代名詞「誰」後加副助詞「も」接動詞的否定式也是表示全盤否定的意思，可譯成中文的"一個人也（沒有）""誰也（不在）"等。

注意

一、表示對物體存在加以否定的「ない」和表示對人（或動物）存在加以否定的「いない」在構詞上存在差別。「ない」是一個形容詞，「いない」中的「ない」是一個助動詞。

二、有「誰もいない」這種說法。沒有「どなたもいない」這種說法。

練習

完成下列句子。

①図書館には誰も＿＿＿＿＿＿。

②食堂には何も＿＿＿＿＿＿＿＿。

③教室にはいすが一つも＿＿＿＿＿＿＿＿。

④デパートには外国人は一人も＿＿＿＿＿＿。

本單元小結

在這一單元裡重點介紹了日語中的存在動詞「いる」的幾種用法。同上單元裡講過的「ある」一樣，「いる」在譯成中文時雖然可以譯成"有""在"等，

但是日語裡的「いる」在意義上與中文的"有""在"並不是等值的。這主要表現在日語裡的「いる」通常只能用來表示有生命的人或動物的存在，不能用來表示與人或動物無關的無生命物的存在。

㈠「ある」「いる」和「ない」「いない」

「ある」是一個動詞，「いる」也是一個動詞。「ある」表示存在，「いる」也表示存在。「ある」和「いる」間雖然存有這些共同點，但它們間的差別是顯而易見的。除了彼此所表示的存在物體不同以外，它們各自的否定方式也不同。「ある」的否定式是「ない」，「ない」是一個形容詞，是獨立於其它任何詞以外的能夠獨立運用的詞。與此相反，「いる」的否定式是「いない」，「いない」是由「いる」的未然形「い」加否定助動詞「ない」構成的，其中的「ない」是必須依附於其它獨立動詞才能使用的，是不能獨立運用的附屬成分。

㈡關於「〜〜しか〜〜ない」

「しか」是副助詞，表示"除此之外"的意思，與表示否定意義的「ない」或其它表示否定意義的詞相呼應表示"除此之外……沒有"的意義。"除此之外……沒有"也就是"只有"的意思，所以「〜〜しか〜〜ない」可以譯成"只有〜〜""只〜〜"等。「しか」的句法功能是只與表示否定意義的詞相呼應，不與表示肯定意義的詞一起使用。

㈢「も」與「は」在句中的作用

「も」與「は」一樣，在句中都可起提示的作用。但是「は」是為了與其它事物進行區別而進行提示的；「も」是為了表示另外還有同類事物的意思而進行提示的。

教室(きょうしつ)に学生(がくせい)がいます。
先生(せんせい)もいますか。
いいえ、先生(せんせい)はいません。

「学生(がくせい)」和「先生(せんせい)」屬同類事物。在詢問教室裡除了學生之外是否還有老師時可用「も」，這時的「も」表示除了學生以外是否還有老師的意思。答案是否定的，為了將老師與學生加以區別，所以在答句中要用「は」而不能用「も」。也就是說這時的「は」的所謂提示是為了將「先生(せんせい)」與「学生(がくせい)」進行區別，「は」的這種功能從另一個角度上講也可稱其為「対比(たいひ)」。

第十二單元

本單元目的

在上兩單元裡主要介紹了日語中的有關"在（某地方）有（某東西）"的幾種說法。在這一單元裡將介紹「ある」「いる」的另外一種用法，也就是"（某東西）在（某地方）"，以及表示"所有"的「ある」和「いる」的用法。另外在這一單元裡還將介紹並列助詞「や」「とか」和副助詞「か」在句中的用法。

第51課

本課要點

學習日語中表示並列關係的並列助詞「や」的用法。

課文

A：かばんの中に何がありますか。
B：財布や小説があります。
A：箱の中に何がありますか。
B：シーツや枕や毛布などがあります。
A：動物園には何がいますか。
B：虎やライオンや熊などがいます。

單字

財布⓪	（名）	錢包
箱⓪	（名）	箱，箱子
シーツ①	（名）	褥單
枕①	（名）	枕，枕頭
毛布①	（名）	毯子
動物園④	（名）	動物園

譯文

A：書包裡有什麼？

B：有錢包、小說。

A：箱子裡有什麼？

B：有褥單啦枕頭啦毯子等。

A：動物園裡有什麼？

B：有老虎啦獅子啦熊等。

語法解釋

1.「財布や小説があります。」

「や」是並列助詞，通常用在對事物進行列舉時表示言猶未盡的意思。「や」一般接在體言或準體助詞「の」後，一個句子中可以用一個「や」，也可以連續用數個「や」。凡有並列助詞「や」的句子都有列舉未盡的意思。如：

　　　　かばんの中に財布や小説があります。

句中雖然只舉出了「財布」「小說」，但言外之意是書包裡還有其它別的物件。

2.「シーツや枕や毛布などがあります。」

「や」常常與表示列舉未盡之意的副助詞「など」合在一起使用。被「や」連接的各個並列名詞在句中的位置可以互接。如上面的例句也可說成。

　　　　毛布や枕やシーツなどがあります。

「や」不僅可以用在存在句裡，也可以用在行為句和狀態句裡。

注意

並列助詞「や」的後面不能接「が」「を」「も」等助詞。不能說「本や新聞やがある」「学生や先生やもいる」等。

練習

在□處填上適當的助詞。

A：引き出しの中に何□ありますか。

B：引き出しの中に本□雑誌□ノート□□があります。

A：隣の部屋に□何□ありますか。

B：テレビ□冷蔵庫□録音機□□□あります。

A：庭に□何□いますか。

B：犬□猫□鳥□□がいます。

第52課

本課要點

學習日語中表示並列關係的並列助詞「とか」的用法。

課文

A：本屋にはどんな本がありますか。
B：小説とか教科書とか辞書などがあります。
A：肉屋にはどんな肉がありますか。
B：豚肉とか牛肉とかがあります。
A：救急車の中にはどんな人がいますか。
B：医者とか看護婦などがいます。

單字

本屋①	（名）書店
どんな①	（連體）什麼、什麼樣、怎麼、怎麼樣
教科書③	（名）教科書、課本
肉屋②	（名）肉店
肉②	（名）肉
豚肉⓪	（名）豬肉
牛肉⓪	（名）牛肉
救急車③	（名）救護車

譯文

A：書店裡有什麼書？

B：有小說啦教科書啦辭典等。

A：肉店裡有什麼肉？

B：有豬肉啦牛肉等。

Ａ：救護車裡有什麼人？

Ｂ：有醫生和護士等。

語法解釋

1.「本屋にはどんな本がありますか。」

「どんな」和「どの」一樣都可直接接體言而不能單獨做句子的主語，兩者也都可以用在疑問句裡表示疑問，所不同的是「どの」詢問的是 **"哪個"**，也就是詢問某一群體裡的許多同類事物中的某一個如何的意思；「どんな」詢問的是 **"什麼樣"**，也就是詢問事物的狀態、性質、程度等。和「どの」相對應的有「この」「その」「あの」，和「どんな」相對應的有「こんな」「そんな」「あんな」。

2.「小説とか教科書とか辞書などがあります。」

「とか」是並列助詞，常常與副助詞「など」合用，表示列舉未盡的意思。「とか」一般接在體言及活用詞的終止形後。各並列名詞在句中的位置可以互換。

3.「豚肉とか牛肉とかがあります。」

「とか」後可以直接接「が」「を」等助詞，這一點與「や」不同。

注意

注意區別連體詞「どんな」和連體詞「どの」在意義上的差別。

練習

將下列句子譯成日語。

⑴我的房間裡有床、書架、椅子等。

⑵桌子上有鬧鐘、辭典、鋼筆等。

⑶京都有很多廟宇、神社。

⑷動物園裡有老虎啦獅子等。

第53課

本課要點

學習"（某東西）在（某地）"和表示不確切意義的「か」的用法。

課文

A：この部屋の中に誰かいますか。

B：はい、います。

A：誰がいますか。

B：小林さんがいます。

A：竹下さんはどこにいますか。

B：竹下さんは談話室にいます。

A：竹下さんのかばんはどこにありますか。

B：ここにあります。

單字

小林⓪	（名）（人名）小林
竹下⓪	（名）（人名）竹下
談話室③	（名）談話室、休息室
廊下⓪	（名）走廊

譯文

A：這個房間裡有人嗎？

B：是的，有。

A：誰在（裡面）？

B：小林在（裡面）。

A：竹下在哪兒？

B：竹下在休息室。

A：竹下的書包在哪兒？

B：在這兒。

語法解釋

1.「この部屋の中に誰かいますか。」

　「はい、います。」

問句中的「か」是副助詞。副助詞「か」與終助詞「か」不同，一般不是用在句末而是用在句子中間或分句的後面。副助詞「か」不表示疑問，通常表示不

確切的、具體說不清楚（或不願說清楚）的事情。在回答上面這種有副助詞「か」的疑問句時，如果答案是否定的話，可以回答「いいえ、いません」或「いいえ、この部屋の中に誰もいません」。如果答案是肯定的話，按照語言習慣，應該先回答「はい、います」。接著對方再問一句「誰がいますか」，這時方可回答「小林さんがいます」。

　　2.「竹下さんは談話室にいます。」

　　這是一個把存在主體提到句子前面的說法。其意思與「談話室に竹下さんがいます」沒有什麼兩樣。

注意

　　當疑問句是「部屋の中に誰かいますか」時，應回答「はい、います」。一般不馬上回答「はい、小林さんがいます」。當疑問句是「部屋の中に誰がいますか」時，可直接回答「はい、小林さんがいます」。

練習

回答下面問題。

A：部屋の中に何かありますか。

B：＿＿＿＿＿＿＿＿＿。

A：廊下には誰がいますか

B：＿＿＿＿＿＿＿＿＿。

A：会議室には誰かいますか。

B：＿＿＿＿＿＿＿＿＿。

第54課

本課要點

學習表示所有的「ある」「いる」的用法。

課文

A：あなたは兄弟がいますか。

B：はい、います。

A：男の兄弟ですか。

B：いいえ、女の兄弟です、姉が一人います。

A：お姉さんは子供さんがありますか。

B：はい、姉は子供が一人あります。

單字

兄弟①	（名）兄弟，兄弟姐妹
男③	（名）男，男人，男子漢
女③	（名）女，女人，女子
一人っ子③	（名）獨生子
恋人⓪	（名）戀人，對象

譯文

A：你有兄弟姐妹嗎？

B：是的，有。

A：是男的嗎？

B：不，是女的。有一個姐姐。

A：你姐姐有小孩嗎？

B：是的，我姐姐有一個小孩。

語法解釋

1.「あなたは兄弟がいますか。」

這句話表示的不是存在而是所屬關係。如上句話中的「兄弟」是屬於「あなた」的，在這種句子裡被領屬的人往往是抽象的人而不是具體的人，不能說「あなたは山田さんがいますか」。被領屬的人不能是具體的"張三""李四"。

2.「男の兄弟ですか。」

「男」和「兄弟」由於是二個不同的名詞，所以中間一定要用「の」來連接。

3.「お姉さんは子供さんがありますか。」

　這也是表示領屬關係的句子。在第十單元裡曾強調過:「ある」只能表示無生命物的存在,「いる」只能表示人或動物等有生命物的存在。上句話「ある」前的「子供さん」是屬於"人"這一範疇內的,但是上句話中的句型是表示領屬關係的句型,在這種句型裡,「子供」「兄」「姉」等被領屬的"人"與領屬人的關係可以用「ある」來表示。和「いる」一樣,被領屬的人不能是具體的"張三""李四"等。這種領屬關係也可以表現在無生命物上,如**「あなたは自転車がありますか」**等。

注意

　在「ある」「いる」所表示的領屬關係的句子裡,被領屬的人不能是具體的"張三""李四"。

練習

　將①②③④的單詞替換到____處詞的位置上。

(1)わたしは兄弟があります。
①恋人　　②友だち　　③妹　　④弟
(2)わたしは日中辞典があります。
①テレビ　　②車　　③地図　　④自転車

第55課

本課要點

　學習日語中"～什麼地方也(沒有)"這一句型的用法及「でしょう」與「いる」「ある」的接續方法。

課文

A:この幼稚園には子供が大勢いますか。
B:いるでしょう。
A:駐車場は車がたくさんありますか。
B:たくさんあるでしょう。
A:この辺りには喫茶店があるでしょう。
B:いいえ、どこにも喫茶店がありません。

單字

幼稚園③ <small>ようちえん</small>	（名）幼稚園
駐車場⓪ <small>ちゅうしゃじょう</small>	（名）停車場
辺り① <small>あた</small>	（名）附近，周圍，一帶
喫茶店③⓪ <small>きっさてん</small>	（名）茶館，咖啡館
大勢③ <small>おおぜい</small>	（名）很多人，眾人

譯文

Ａ：這個幼稚園裡有很多小孩嗎？

Ｂ：大概有（很多）吧。

Ａ：停車場裡有很多車嗎？

Ｂ：大概有很多吧。

Ａ：這一帶有茶館嗎？

Ｂ：哪兒也沒有茶館。

語法解釋

1.「この幼稚園には子供が大勢いますか。」

「大勢」在辭典上被解釋為名詞，但是在這個句子裡「大勢」實際上是發揮副詞的作用，是修飾「いますか」的。「大勢」通常只表示人多，而不表示其它事物的量的多少。

2.「いるでしょう。」

「でしょう」可以直接接在「ある」「いる」之後表示推量。接其它動詞時也是如此。上面這句話實際上是省略了「大勢」。

3.「どこにも喫茶店がありません。」

這是一個全盤否定的句子。不過被否定的不是存在的物體，而是存在的場所。「どこに」後加「も」表示所有的地方，「どこにも」與「ありません」相呼應，表示 **"所有的地方都沒有"**，也就 **"哪兒也沒有"** 的意思。

注意

「大勢」通常只能表示 "人多" 而不能表示 "物多"。

練習

一、用「でしょう」回答下列句子。

A：図書館_{としょかん}には学生_{がくせい}が大勢_{おおぜい}いますか。

B：＿＿＿＿＿＿＿＿＿＿。

A：バスの中_{なか}には人_{ひと}が大勢_{おおぜい}いますか。

B：＿＿＿＿＿＿＿＿＿＿。

A：部屋_{へや}の中_{なか}にはいすがたくさんありますか。

B：＿＿＿＿＿＿＿＿＿＿。

二、將下列句子譯成中文。

① 駐車場_{ちゅうしゃじょう}はどこにもありません。

②デパートはどこにもありません。

③先生_{せんせい}はどこにもいません。

本單元小結

　　在這一單元裡圍繞著「ある」和「いる」附帶著介紹了幾個助詞在句子裡的用法。如表示並列關係的並列助詞「や」和「とか」，表示不確切意義的副助詞「か」等。此外，還介紹了表示領屬關係的「ある」和「いる」在句子中的幾種用法。

㈠關於並列助詞「や」「とか」

　　所謂並列助詞，顧名思義就是能夠將處在對等關係上的詞連結到一起的助詞。在這一單元裡共出現了二個並列助詞，一個是第51課中的「や」，一個是第52課中的「とか」。

　　「や」表示列舉事物。有「や」的句子往往都有言猶未盡之意，其言外之意是**"同種事物此外還有"**。

　　「とか」是由並列助詞接副助詞「か」構成的。「と」一般沒有列舉未盡的意思，如果在「と」後加上「か」的話，其原來表示限定的意思相對減弱，這時的「とか」除表示並列外，還表示列舉。

　　「とか」和「や」往往與表示列舉未盡之意的副助詞「など」前後一起使用。

㈠副助詞「か」的功能

副助詞「か」在句中一般表示不確切的意思。如：

部屋の中に誰かいますか。

はい、います。

誰がいますか。

小林さんがいます。

第一個問句中下面加‧的「か」不是表示疑問而是表示沒把握，不確切的意思。這句話所要問的是 **"屋裡有沒有人"** 而不是 **"屋裡是誰"**，所以回答時要用「はい、います」。在 **"屋裡有人"** 得到確認以後，這時可以進一步問「誰がいますか」，由於「誰がいますか」問的是 **"誰在屋裡"**，所以回答時應該說出具體的人「小林さんがいます」。

㈡表示存在的「ある」和表示領屬的「ある」

教室に机があります。

わたしは車があります。

上邊兩個句子裡都有「ある」，但是兩個「ある」所表示的意義略有不同。第一個「ある」表示的是**存在**；第二個「ある」表示的是**所有**。初學者往往難以區別「ある」的這兩個意義。一般表示存在的「ある」用的是「～に～がある」的句型；表示領屬的「ある」用的是「～は～がある」的句型。表示存在意義的句子「に」格上往往是表示場所意義的詞；表示領屬關係的句子「は」前面的詞一般是人稱代名詞或與人有關的詞。「いる」也一樣，表示存在時用「～に～がいる」句型；表示領屬關係時用「～は～がいる」句型。

第十三單元

本單元目的

在以上幾個單元裡介紹了名詞、形容詞、形容動詞以及動詞「ある」「いる」的用法。日語的動詞是一個規律性很強的詞類。動詞在與助動詞等其它詞類結合時，不是任意無條件的，往往由於所接的詞類的性質不同而採取的活用形不同。日語動詞的活用類型大體上可分成五大類，就是「<ruby>五段活用<rt>ごだんかつよう</rt></ruby>」「<ruby>上一段活用<rt>かみいちだんかつよう</rt></ruby>」「<ruby>下一段活用<rt>しもいちだんかつよう</rt></ruby>」「<ruby>カ行変格活用<rt>ぎょうへんかくかつよう</rt></ruby>」「<ruby>サ行変格活用<rt>ぎょうへんかくかつよう</rt></ruby>」等。在這一單元裡將簡單地對這五類活用動詞加以介紹。

第56課

本課要點

學習**五段活用動詞**的某些用法。

課文

> Ａ：<ruby>今日<rt>きょう</rt></ruby>は<ruby>雨<rt>あめ</rt></ruby>が<ruby>降<rt>ふ</rt></ruby>りますか。
> Ｂ：はい、<ruby>午後<rt>ごご</rt></ruby>から<ruby>雨<rt>あめ</rt></ruby>が<ruby>降<rt>ふ</rt></ruby>ります。
> Ａ：<ruby>明日<rt>あした</rt></ruby>はどうですか。
> Ｂ：<ruby>明日<rt>あした</rt></ruby>は<ruby>雨<rt>あめ</rt></ruby>が<ruby>降<rt>ふ</rt></ruby>りません。<ruby>曇<rt>くも</rt></ruby>りのち<ruby>晴<rt>は</rt></ruby>れです。
> Ａ：<ruby>明日<rt>あした</rt></ruby><ruby>風<rt>かぜ</rt></ruby>が<ruby>吹<rt>ふ</rt></ruby>きますか。
> Ｂ：はい、<ruby>明日<rt>あした</rt></ruby><ruby>風<rt>かぜ</rt></ruby>が<ruby>吹<rt>ふ</rt></ruby>きます。

單字

<ruby>雨<rt>あめ</rt></ruby>①	（名）雨
<ruby>降<rt>ふ</rt></ruby>る①	（自・五）下（雨）（雪），降
どう①	（副）怎麼，怎樣
<ruby>曇<rt>くも</rt></ruby>り③	（名）多雲，陰天

後②⓪ <small>のち</small>	（名）	後，之後，以後
晴れ②① <small>は</small>	（名）	晴，晴天
風⓪ <small>かぜ</small>	（名）	風
吹く①② <small>ふ</small>	（自・五）	（風）吹，刮

譯文

Ａ：今天下雨嗎？

Ｂ：是的，從下午開始下雨。

Ａ：明天怎麼樣？

Ｂ：明天沒有雨，（明天）陰轉晴。

Ａ：明天刮風嗎？

Ｂ：是的，明天刮風。

語法解釋

1.「今日は雨が降りますか。」

「はい、午後から雨が降ります。」

①「降る」是動詞。「降ります」是由「降る」的活用形之一連用形「降り」接助動詞「ます」復合而成的。「降ります」是「降る」的敬體，表示尊敬聽話者。本課出現的「降る」和「吹く」都是五段活用動詞，「降り」和「吹き」分別是它們各自的連用形。（五段活用動詞的連用形將在第62課裡詳細介紹）。

②「午後から雨が降ります。」裡的「から」是格助詞，表示動作、作用在時間上的起點。

2.「曇りのち晴れです。」

「のち」是名詞。名詞與名詞結合時應該用「の」來連接，但在上面這句話裡「曇り」和「のち」間不需用「の」來連接。上面這句話是天氣預報用語，這種形式的說法還有"晴れのち曇り"等等。

注意

在詢問動作、作用進行得如何時可以用「どうですか」，不能說「どんなですか」。

練習

一、在下面○處填上適當的助詞。

①今日は午後○○雨○降ります。

②明日○午前○風○吹きます。

二、在下面□處填上適當的詞。

①今日は晴れです。明日は□□□□□ですか。

②明日は晴れ□□□□雲りです。

三、將下列中文譯成日語。

①明天下雨嗎？

②是的，明天上午開始下雨。

第57課

本課要點

學習上一段活用動詞的某些用法。

課文

Ａ：毎朝何時に起きますか。

Ｂ：毎朝六時に起きます。

Ａ：お兄さんも毎朝六時に起きますか。

Ｂ：いいえ、兄は六時三十分に起きます。

Ａ：弟さんは何時に起きますか。

Ｂ：弟は七時に起きます。

單字

毎朝①⓪	（名）每天早晨
何時①	（名）幾時，幾點，幾點鐘
起きる②	（自・上一）起，起床，起來
六時②	（名）6時，6點
六時三十分	（名）6點30分

七時②	（名）7時，7點
七時三十分	（名）7點30分
八時①	（名）8時，8點

譯文

Ａ：（你）每天早上幾點起床？

Ｂ：每天早上六點起床。

Ａ：你哥哥每天早上也六點起床嗎？

Ｂ：不，我哥哥六點三十分起床。

Ａ：你弟弟幾點起床。

Ｂ：我弟弟七點起床。

語法解釋

1.「毎朝何時に起きますか。」

①「何時に」裡的「に」是格助詞，通常接在體言或相當於體言的詞下。「に」表示的意思很多，上面句子中的「に」接在表示時間概念的詞後，表示動作、作用進行的時間。

　　　　毎朝六時に起きます。

課文中的第一句和第二句話裡都省略了主語「あなたは」和「わたしは」。

②「起きる」是上一段活用動詞。「起きます」是由「起きる」的活用形之一連用形「起き」接助動詞「ます」複合而成的，「ます」接在動詞的連用形後表示尊敬聽話者。

2.「お兄さんも毎朝六時に起きますか。」

行為句裡的「も」與斷定句和存在句中的「も」一樣也是表示追加的意思。

注意

日語裡的人稱代名詞往往被省略不說，如課文中的前兩句都省略了人稱代名詞「あなた」和「わたし」。

練習

一、回答下列問題。

Ａ：お父さんは毎朝何時に起きますか。

Ｂ：_____。

Ａ：お母さんは毎朝何時に起きますか。

Ｂ：_____。

二、說出下面答句中的其餘部分。

Ａ：毎朝七時に起きますか。

Ｂ：はい、_____。

Ａ：毎朝八時に起きますか。

Ｂ：いいえ、_____。

第58課

本課要點

學習日語下一段活用動詞的幾種用法。

課文

Ａ：もう食事の時間です。今日は何を食べますか。

Ｂ：今日はカレーライスを食べます。

Ａ：何か飲みますか。

Ｂ：はい、飲みます。

Ａ：何を飲みますか。

Ｂ：シャンペンを飲みます。

單字

もう⓪①	（副）已，已經
食事⓪	（名・自サ）飯，餐，飯食，飯菜，膳食
時間⓪	（名）時間，時刻
食べる②	（他下一）吃，食
カレーライス④	（名）咖哩飯
飲む①	（他五）喝，飲

譯文

A：已經是吃飯時間了，今天吃什麼呢？

B：今天吃咖喱飯。

A：喝點什麼嗎？

B：好，喝點。

A：喝什麼呢？

B：喝香檳。

語法解釋

1.「今日は何を食べますか。」

①上句中的「を」是格助詞，一般接在體言或相當於體言的詞後。上句中的「を」表示賓格，也就是動作，作用所涉及到的事物。

②「食べる」是下一段活用動詞。「食べます」是由「食べる」的連用形「食べ」接助動詞「ます」複合而成的。

2.「何か飲みますか。」

　「はい、飲みます。」

①問句裡的「か」是副助詞，其功能和意義同第53課中的「か」完全相同。「飲む」是五段活用動詞，由於這句話問的是"喝不喝"而不是"喝什麼"，所以答句裡要用「はい、飲みます」。問話者在得到這種肯定的回答以後再問「何を飲みますか」，這時答話人可以回答要喝什麼。

注意

「飲む」譯成中文時是"喝"，但日語中的"吃藥"一般不用「くすりを食べる」而是用「くすりを飲む」。

練習

說出下列句子的問句。

①

問：＿＿＿＿＿＿＿＿。

答：はい、食べます。

問：＿＿＿＿＿＿＿＿。

答：りんごを食べます。

②

問：＿＿＿＿＿＿＿。

答：はい、飲みます。

問：＿＿＿＿＿＿＿。

答：コーヒーを飲みます。

第59課

本課要點

學習カ變動詞的功能、意義等。

課文

> Ａ：毎日何時に学校へ来ますか。
> Ｂ：毎日八時三十分に学校へ来ます。
> Ａ：あしたも八時三十分に来ます。
> Ｂ：はい、あしたも八時半に来ます。
> Ａ：山村さんは毎日何時に学校へ来ますか。
> Ｂ：あの人は大体九時に学校へ来ます。

單字

毎日①⓪	（名）	毎日，每天
学校⓪	（名）	學校
来る①	（自カ變）	來
八時三十分⑥	（名）	8點30分
八時半④	（名）	8點半
山村⓪	（名）	山村（人名）
大体⓪	（名）	大體上，基本上
九時①	（名）	9時，9點

譯文

A：（你）每天幾點來學校？

B：（我）每天8點30分來學校。

A：明天還是8點30分來嗎？

B：對，明天還是8點30分來。

A：山村每天幾點到學校來呢？

B：他每天9點到學校來。

語法解釋

1.「毎日何時に学校へ来ますか。」

①「へ」是格助詞。通常接在體言或相當於體言的詞後，「へ」本來的功能是表示動作、作用的進行方向。但在現代日語中「へ」已基本上與表示方向的格助詞「に」（關於表示方向的「に」請參照第62課）一樣，一般被用來表示動作、作用的歸着點。如：

毎日八時三十分に学校へ来ます。

中的「へ」接在與場所概念有關的「学校」後，「学校」就是「来る」這動作行為的最後歸著點。

②「来る」是カ行變格活用動詞，カ行變格活用動詞簡稱カ變動詞。カ變動詞只有「来る」一個。所謂カ變動詞是指活用在カ行上的，與一般的動詞活用規律完全不同的動詞。課文中出現的「来ます」是由動詞「来る」的連用形「来」接助動詞「ます」複合而成的。（關於カ變動詞將在第十七單元裡做詳細的介紹）。

注意

「来ます」裡的「来」雖然是「来る」的連用形，但在形態上與原形「来る」毫無關係。

練習

說出下列動詞的連用形。

①雨が_____ます。（降る）

②風が_____ます。（吹く）

③六時に_____ます。（起きる）

④りんごを＿＿＿ます。（食^たべる）

④りんごを＿＿＿ます。（食べる）

⑤コーヒーを＿＿＿ます。（飲^のむ）

⑥学校^{がっこう}へ＿＿＿ます。（来^くる）

第60課

本課要點

學習サ變動詞的功能意義等。

課文

A：これから何^{なに}をしますか。

B：散歩^{さんぽ}をします。

A：午後^{ごご}は何^{なに}をしますか。

B：日本語^{にほんご}を復習^{ふくしゅう}します。それから、会話^{かいわ}の練習^{れんしゅう}をします。

A：あしたは何^{なに}をしますか。

B：あしたは旅行^{りょこう}します。

單字

これから⓪④	（名）現在起，今後，以後
為^する⓪	（サ變）做，幹，辦，搞
散歩^{さんぽ}⓪	（名・自サ）散步
復習^{ふくしゅう}⓪	（名・他サ）複習
それから⓪	（接）另外，此外，然後
会話^{かいわ}⓪	（名・自サ）會話
練習^{れんしゅう}⓪	（名・他サ）練習
旅行^{りょこう}⓪	（名・自サ）旅行

譯文

A：現在做什麼？

B：散步。

Ａ：下午做什麼？

Ｂ：複習日語，然後練習會話。

Ａ：明天做什麼？

Ｂ：明天旅行。

語法解釋

1.「これから何<ruby>何<rt>なに</rt></ruby>をしますか。」

①「これから」是由指示代名詞「これ」和助詞「から」複合而成的，「から」表示起點，「これから」表示"從這開始"，也就是"從現在開始"的意思。可譯成**"現在起" "今後"**等。

②「する」是サ行變格活用動詞。サ行變格活用動詞簡稱サ變動詞。所謂サ變動詞是指活用在サ行上的，與一般的動詞活用規律完全不同的動詞。「する」單獨使用時表示抽象的意義。「する」一般與日語中的中文系動詞結合使用。如：

　　　散歩<rt>さんぽ</rt>をします。
　　　復習<rt>ふくしゅう</rt>します。

「します」是動詞「する」的連用形「し」接助動詞「ます」複合而成的。
（關於サ行變格活用動詞將在第十八單元裡做詳細的介紹）

2.「日本語<rt>にほんご</rt>を復習<rt>ふくしゅう</rt>します。それから会話<rt>かいわ</rt>の練習<rt>れんしゅう</rt>をします。」

「それから」與「これから」在詞類的劃分上和意義上都不一樣，「これから」是名詞而「それから」是接續詞。「これから」不需要前提，而「それから」往往接在其它句子後表示**「然後」「此外」**的意思。

注意

注意區分「これから」和「それから」的用法。

練習

回答下列問句。

Ａ：毎日散歩<rt>まいにちさんぽ</rt>をしますか。

Ｂ：はい、＿＿＿＿＿＿＿＿＿＿＿＿。

Ａ：毎朝会話<rt>まいあさかいわ</rt>の練習<rt>れんしゅう</rt>をしますか。

Ｂ：はい、＿＿＿＿＿＿＿＿＿＿＿＿。

本單元小結

　　日語動詞的意義變化除需借助於副詞以外，主要靠自身的詞形變化來完成，這種詞形變化語法上叫**活用**。由於動詞的詞形變化不同，人們便把各種活用現象歸納整理劃類，根據活用現象不同把日語動詞分成五大類，這五大類動詞就是**五段活用動詞、上一段活用動詞、下一段活用動詞、カ行變格活用動詞、サ行變格活用動詞**。關於五段活用動詞將在第十四單元裡做詳細介紹；關於下一段動詞、カ變動詞、サ變動詞將分別在第十六單元、第十七單元、第十八單元裡做詳細的介紹。日語動詞除因活用不同而被劃爲以上五大類以外，還根據能否帶賓語而被劃爲自動詞和他動詞兩種。

　（）自動詞
　　所謂自動詞顧名思義就是表示動作的產生不涉及或影響其它物體的動詞。如：

　　　　雨が降ります。
　　　　風が吹きます。

"下雨"是一種自然現象，不僅與人的意志毫無關係，而且"下雨"這一事物本身對其它事物沒有直接的影響。"刮風"亦是如此。此外，

　　　　毎朝六時に起きます。

"六點起床"雖然與人的意志有關，但"起床"一事對其它事物不產生直接的影響。他動詞和自動詞這兩個術語是日本人從英語語法中引進的。在日語裡通常自動詞前用格助詞「が」，如「雨が降ります」；他動詞前用格助詞「を」，如「シャンペンを飲みます」。但是「を」也有例外的用法。

　（二）他動詞
　　他動詞是相對自動詞而言的動詞。他動詞就是表示動作的產生往往影響或涉及其它物體的動詞。如：

　　　　りんごを食べます。
　　　　シャンペンを飲みます。

「食べる」是一種動作，這種動作往往要對其它事物產生影響，所以叫他動詞。受「食べる」這一動作影響或「食べる」所涉及的東西一般可以是「りんご」

「（りんごを食べる）」「梨」（梨を食べる）或「肉」（肉を食べる）等。「りんご」「梨」「肉」等相當於中文語法中的賓語，日語中的「を」可以認為是一個表示賓語的格助詞，但也有例外現象。

第十四單元

本單元目的

在上一單元裡大體上介紹了日語活用動詞的幾種活用類型，從這一單元開始將逐步具體地介紹各活用類型動詞的各種活用形的用法。在這一單元裡將重點介紹五段活用動詞的六個活用形－－**未然形**、**連用形**、**終止形**、**連體形**、**假定形**、**命令形**的具體用法。

第61課

本課要點

學習五段活用動詞**未然形**的用法。

課文

> A：前田君、小説を買おうか。
> B：いや、小説は買わない。雑誌を買う。
> A：雑誌を読むか。
> B：うん、雑誌を読もうよ。
> A：ぼく、雑誌は読まない。推理小説を読む。

單字

前田	（名）（人名）前田。
買う⓪	（他五）買
読む①	（他五）讀，看（書）
推理小説④	（名）推理小説
「う」	（助動）表示推測，勸誘
「ない」	（助動）接動詞後表示否定，不，沒

譯文

Ａ：前田，買本小說吧。

Ｂ：不，（我）不買小說，買雜誌。

Ａ：（你）看雜誌嗎？

Ｂ：是的，還是看雜誌吧！

Ａ：我不看雜誌，我看推理小說。

語法解釋

1.「うん、雑誌を読もうよ。」

「雑誌を読もうよ」中的「読も」是五段活用動詞「読む」的一個活用形。「読も」有的書把它稱作未然形，有的書把它稱作**推量形**，本書把它稱作**未然形**。「読も」後面的「う」是表示推量、勸誘的助動詞。五段動詞在與助動詞「う」結合時，其活用詞尾要變到「オ」段上。「読む」的活用詞尾「む」的「オ」段假名是「も」（オ段假名有「オコソトノホモヨロヲ」），所以「読む」與助動詞「う」結合時應該是「読もう」。第56課裡出現的五段動詞「降る」「吹く」如果與助動詞「う」結合的話，要把「降る」的活用詞尾「る」變成「オ」段假名的「ろ」，把「吹く」的活用詞尾「く」變成「オ」段假名的「こ」，這樣「降る」「吹く」與「う」結合後便是「降ろう」「吹こう」。其它五段動詞與「う」結合時都可根據這一原理進行結合。

2.「ぼく、雑誌は読まない。」

①「読まない」中的「読ま」是五段活用動詞「読む」的**未然形**，「ない」是表示否定的助動詞。五段動詞在與助動詞「ない」結合時其活用詞尾要變到「ア」段上。「読む」的活用詞尾「む」的「ア」段假名是「ま」（ア段假名有「アカサタナハマヤラワ」），「読む」與助動詞「ない」結合時應該是「読まない」。「降る」「吹く」如果與「ない」結合的話，要把「降る」的活用詞尾「る」變成「ア」段假名的「ら」，把「吹く」的活用詞尾「く」變成「か」，這樣「降る」「吹く」與「ない」結合後便是「降らない」「吹かない」。其它五段動詞與「ない」結合時都可根據這一原理進行結合。

⑵「雑誌は読まない」中的「は」表示對比關係，言外之意是"不看雜誌，（看推理小說）"。「は」前面表示賓格的「を」往往被省略不說。

注意

助動詞「う」只能與五段動詞結合不能與其它類型的活用動詞結合。

練習

說出下列答句的問句。

A：_____。
B：うん、新聞を読もう。
A：_____。
B：うん、かばんを買おう。

第62課

本課要點

學習五段活用動詞**連用形**的用法。

課文

A：どこへ行きますか。
B：家へ帰ります。
A：家へ帰って、何をしますか。
B：手紙を書きます。
A：手紙を書いて、それから何をしますか。
B：友だちと遊びます。

單字

行く⓪	（自五）去，到，往
帰る①	（自五）返回，回去，回來
書く①	（他五）寫，畫
遊ぶ⓪	（自五）玩，玩耍

譯文

A：（你）到哪兒去？

Ｂ：回家。

　　Ａ：回家後做什麼？

　　Ｂ：寫信。

　　Ａ：寫完信後做什麼？

　　Ｂ：和朋友玩。

語法解釋

1.「手紙を書きます。」

　　「書きます」中的「書き」是五段活用動詞「書く」的**連用形**。「ます」是表示鄭重意義的助動詞，五段動詞在與助動詞「ます」結合時，其活用詞尾要變到「イ」段上。「書く」的活用詞尾「く」的「イ段」假名是「き」（イ段假名有イキシチニヒミイリイ），「書く」與助動詞「ます」結合時應該是「書きます」。「書きます」是「書く」的鄭重體。「読む」「降る」如果與助動詞「ます」結合的話，要把「読む」的活用詞尾「む」變成「イ」段假名的「み」，把「降る」的活用詞尾「る」變成「イ」段假名的「り」，這樣「読む」「降る」與「ます」結合後便是「読みます」「降ります」。其它五段動詞與「ます」結合時都可以根據這一原理進行結合。

　　2.「手紙を書いて、それから何をしますか。」

　　「書いて」中的「書い」是「書く」的**音便形**，「帰って」中的「帰っ」是「帰る」的音便形，所謂「音便形」，顧名思義就是為發音方便的活用形。五段活用動詞的音便形主要有イ音便、撥音便和促音便。（關於動詞的音便現象請參照第十九單元）。「書い」和「帰っ」也可看作是「書く」「帰る」的連用形。「て」是接續助詞，一般接動詞、形容詞的連用形，表示兩個動作相互間的銜接關係。

注意

「書く」「帰る」等接助詞「て」時要發生音便。

練習

一、將下列動詞變成鄭重體。

①降る　　②吹く　　③買う　　④読む

⑤行く　　⑥帰る　　⑦書く　　⑧遊ぶ

二、回答下列問題。

A：きょう雨が降りますか。

B：いいえ、＿＿＿＿＿＿＿。

A：きょう風が吹きますか。

B：いいえ、＿＿＿＿＿＿＿。

第63課

本課要點

學習五段活用動詞**終止形**的用法。

課文

> A：桜の花はいつ咲くの？
> B：桜の花は春に咲くよ。
> A：明日大連を立つか。
> B：はい、明日の午後大連を立つ。
> A：手紙はいつ出すか。
> B：手紙は今日の午後に出す。

單字

桜 ⓪	（名）櫻花，櫻花樹
花 ②	（名）花
咲く ⓪	（自五）（花）開
春 ①	（名）春，春天
大連	（名）大連（地名）
立つ ①	（自五）出發，離開；站立，起立
出す ①	（他五）發出，拿出，提出

譯文

A：櫻花什麼時候開？

B：櫻花春天開。

A：明天離開大連嗎？

B：是的，明天下午離開大連。

A：信什麼時候寄？

B：信明天下午寄。

語法解釋

1.「あしたの午後大連を立つ。」

①「立つ」是五段活用動詞。在第61、62課裡我們介紹了五段活用動詞的未然形和連用形。上句話中的「立つ」是五段活用動詞「立つ」的**終止形**，終止形在句中的功能大體上有兩種，一是表示句子的完結，即截句；另一個是在其後接終助詞「から」「よ」或接助動詞「らしい」「まい」等。五段動詞終止形的活用詞尾都是「ウ」段上的假名，「ウ」段上的假名有「ウクスツヌフムユルウ」。如「買う」「書く」「出す」「立つ」「読む」「降る」等五段動詞的活用詞尾都是「ウ」段上的假名。

②「立つ」是自動詞，通常自動詞不能帶賓語，其前不能接表示賓格的「を」。「大連を立つ」的「を」表示的不是賓格，而是表示**動作離開的場所**。「立つ」前如果是「を」的話，「を」前必須是表示場所或與場所概念有關的詞。

注意

「あしたの午後大連を立つ」中的「大連を」不是「立つ」的賓語而是表示「立つ」這一動作的離開場所。

練習

說出下面劃線處動詞的終止形。

①手紙を<u>出</u>さない。

②雨が<u>降ら</u>ない。

③風が<u>吹か</u>ない。

④小説を<u>読も</u>う。

⑤手紙を<u>書こ</u>う。

⑥テレビを<u>買お</u>う。

第64課

本課要點

學習五段活用動詞**連體形**的用法。

課文

A：毎朝新聞を読みますか。

B：いいえ、朝は新聞を読む時間がありません。いつも晩ご飯
　　の後に読みます。

A：タイプライターを使う方がいますか。

B：いません。

A：そうですか。じゃあ、わたしが使います。

單字

朝①	（名）晨，早晨
いつも①	（副）通常，總，時常，平常，老是，往常
晩ご飯	（名）晚飯
後①	（名）後，後面
タイプライター④	（名）打字機
使う⓪	（他五）使、用、使用
じゃあ①	（接）那麼

譯文

A：（你）每天早晨讀報紙嗎？

B：不，早晨沒有看報紙的時間，通常是晚飯後看。

A：有人用打字機嗎？

B：沒有。

A：是嗎？那麼我用啦。

語法解釋

1.「朝は新聞を読む時間がありません。」

「新聞を読む時間」中的「読む」是五段活用動詞「読む」的**連體形**。所謂連體形顧名思義就是**連結體言**（關於體言請參照本書第五單元的小節部分）的活用形。動詞的連體形與終止形的形態一樣，其活用詞尾也都是「ウ」段上的假名。所不同的是終止形表示一個句子的完結，而連體形則往往被用來修飾限制名詞、代名詞等。換句話說，就是動詞的基本形如果被用來修飾限定名詞、代名詞的話，它就是連體形；如果被用來表示句子的完結的話，它就是終止形。終止形和連體形形態同一，功能各異。「タイプライターを使う方」中的「使う」也是連體形。

2.「そうですか。じゃあ、わたしが使います。」

上句裡的「そうですか」不是表示疑問，而是表示告訴對方：**你說的我知道了。**

注意

①動詞的終止形與連體形形態一樣但功能不同。

②「じゃあ」是口語體，書寫體一般用「では」而不用「じゃあ」。「じゃあ」也可說成「じゃ」。

練習

說出劃線處動詞的活用形。

①雨が<u>降る</u>時。

②手紙を<u>書く</u>。

③コーヒーを<u>飲む</u>時間。

④タイプライターを<u>使う</u>。

第65課

本課要點

學習五段活用動詞的**假定形**和**命令形**的用法。

課文

A：あしたはいいお天気なの。
B：放送を聞けば、わかるよ。
A：倉庫には入れ物がないね。
B：捜せばきっとあるよ。
A：小林君、頑張れ！
B：三原君、頑張れ！

單字

良い①	（形）好，可以
天気①	（名）天氣
放送⓪	（名・他サ）廣播
聞く⓪	（他五）聽，問，打聽
分る②	（自五）明白，知道，懂
倉庫①	（名）倉庫
入れ物⓪	（名）容器，器皿
捜す⓪	（他）找，尋找
きっと⓪	（副）一定，肯定
頑張る③	（自五）加油
三原③	（自五）（人名）三原

譯文

A：明天是好天氣嗎？

B：聽聽廣播就知道了。

A：倉庫裡沒有容器啊。

B：找一找肯定會有。

A：小林，加油！

B：三原，加油！

語法解釋

1.「放送を聞けば、わかるよ。」

①「聞け」是五段活用動詞「聞く」的**假定形**。假定形通常與助詞「ば」結合表示假定的意義。五段動詞假定形的活用詞尾都是「エ」段上的假名，「エ」段上的假名有「エケセテネヘメエレエ」。根據這一規律可以推斷出「買う」「書く」「出す」「立つ」「遊ぶ」「読む」「降る」的假定形分別應該是「買え」「書け」「出せ」「立て」「遊べ」「読め」「降れ」等。

②「ば」是接續助詞，一接接在活用詞的假定形後表示假定條件。

2.「小林君、頑張れ。」

「頑張れ」是五段動詞「頑張る」的**命令形**。五段動詞命令形的活用詞尾也都是「エ」段上的假名，但五段動詞的命令形與假定形不同，命令形之後不能加「ば」等其它成分，只能用來表示截句。在表示句子完結這一點上命令形與終止形相同。動詞的命令形在實際語言生活中一般很少使用。

注意

五段動詞的假定形和命令形雖然形態一樣，但假定形後可接「ば」等，而命令形後不能接「ば」等其它成分。

練習

說出劃線處動詞的活用形。
①雨が降れば。　②手紙を書け。
③本を読め。　④風が吹けば。
⑤家へ帰れ。　⑥テレビを買えば。
⑦子供と遊べば。　⑧放送を聞け。

本單元小結

在這一單元裡主要介紹了五段活用動詞的六個活用形－－**未然形**、**連用形**、**終止形**、**連體形**、**假定形**、**命令形**的具體用法。五段活用動詞在所有活用動詞裡是變化形式最多的一種活用動詞，掌握和運用好五段活用動詞是進一步掌握運用其它活用動詞的一個必要的條件。

(一)關於活用

所謂活用是指單詞由於用法不同而發生的詞形變化。如「読む」可根據用法

不同而將詞形變爲「読まない」「読もう」「読みます」「読む」「読む人」「読めば」「読め」等。這種詞的形態變化叫活用。這種詞形變化本身雖然沒有改變詞的根本意義，但是這種詞形變化往往伴隨著附加的**否定**、**推量**、**假定**、**命令**等意義。活用是一種規律性很強的詞形變化。名詞通常被認爲是沒有活用現象的詞。

(一)**關於活用形**

活用形是活用詞活用後產生的不同形態。通常是活用形是指**未然形**、**連用形**、**終止形**、**連體形**、**假定形**、**命令形**這六種。但是「読もう」「書こう」等也有人把它們叫做**意量形**，即表示意志的意思。

五段活用動詞活用形的用法大體上可以分爲兩大類。一類是不用其它成分幫助，活用形本身就可以表示一個完整意義的活用形。如：

花が咲く。

手紙を書け。

終止形「咲く」表示句子的完結；命令形「書け」在表示命令的同時還表示句子的完結。另一類是活用形後必須接其它成分，只有在其它成分的補助下才能表示一個完整意義的活用形。如：

手紙を書かない。

本を読もう。

花が咲けば。

未然形「書か」「読も」，假定形「咲け」只有與助動詞「ない」「う」助詞「ば」結合後才能表示一個完整的意思。

(二)**關於五段活用動詞**

所謂五段活用動詞是指動詞的活用詞尾活用在五十音圖的「ア・イ・ウ・エ・オ」五個段上的動詞。

五段活用動詞分屬「カ・ガ・サ・タ・ナ・バ・マ・ラ」這八個行上。此外，「買う」的未然形活用詞尾是「ワ」行音（買ワナイ），而連用形（買イマス）、終止形（買ウ）、連體形（買ウ）、假定形（買エバ）、命令形（買エ）的活用詞尾都是「ア」行音。這種活用叫「ワア」行活用。「買う」的活用形可列表如下：

詞	未然形	連用形	終止形	連體形	假定形	命令形
買う	―わ ―お （接「ない」 「う」等）	―い （接「ま す」等）	―う	―う （接體言）	―え 接「ば」	―え

此外「書く」「捜す」「立つ」「死ぬ」（死）「遊ぶ」「読む」「降る」等都是只在一個行上活用的動詞，所以這些動詞分別叫作"カ行五段活用動詞"（書く）、"サ行五段活用動詞"（捜す）、"タ行五段活用動詞"（立つ）、"ナ行五段活用動詞"（死ぬ）"、"バ行五段活用動詞"（遊ぶ）"、"マ行五段活用動詞"（読む）"、"ラ行五段活用動詞"（降る）"等。以「書く」為例，可將其活用形列表如下：

詞	未然形	連用形	終止形	連體形	假定形	命令
書く	―か ―こ （接「ない」 「う」等）	―き （接「ま す」等）	―く	―く （接體言）	―け （接「ば」）	―け

「書く」在各活用形中的活用詞尾是「カ・キ・ク・ケ・コ」，這五個假名分別屬於「ア・イ・ウ・エ・オ」這五個段上的假名，所以「書く」叫五段活用動詞。

第十五單元

本單元目的

在上一單元裡著重介紹了五段活用動詞六個活用形的用法。在這一單元裡將重點介紹上一段活用動詞的六個活用形——**未然形**、**連用形**、**終止形**、**連體形**、**假定形**、**命令形**的具體用法。

第66課

本課要點

學習上一段活用動詞**未然形**的用法。

課文

A：あした、六時に起きようよ。
B：いや、六時には起きない。七時に起きる。
A：今晩、映画を見ようか。
B：いや、映画は見ない。テレビを見る。
A：あしたも映画を見ない？
B：うん、あしたも映画を見ない。

單字

よう	（助詞）表示推測，勸誘
映画①⓪	（名）電影
見る①	（他上一）看，見

譯文

A：明天六點起床吧。
B：不，六點鐘不起床，七點鐘起床。

A：今晚看電影好嗎？

B：不，不看電影，看電視。

A：明天也不看電影？

B：對，明天也不看電影。

語法解釋

1.「あした，六時に起きようよ。」

「起きよう」中的「起き」是上一段活用動詞「起きる」的一個活用形。接助動詞「よう」的這個活用形有人把它稱作未然形，有人把它稱作**推量形**。鑑於未然形叫得比較廣泛，本書把這種活用形也稱作**未然形**。「起きよう」中的「よう」是表示**推量**、**勸誘**的助動詞。上一段活用動詞在與助動詞「よう」結合時用其活用詞尾「き」與「よう」結合。上一單元裡講過五段活用動詞與助動詞「う」結合時須將活用詞尾上的「ウ」段假名變成「オ」段假名，上一段動詞不然，「起きる」中的「る」不是其活用詞尾，一般把其中的「き」當作活用詞尾來看待。「起き」是「起きる」的未然形，因此表示推量的「よう」可直接接在「起き」的後面。「見る」也是一樣，「見」是「見る」的未然形，「よう」可以接在「見」的後面，「よう」接上一段動詞時都要接在活用動詞「イ」段假名的活用詞尾後。

2.「六時には起きない。七時に起きる。」

①「起きない」中的「ない」是表示否定的助動詞。助動詞「ない」通常接在動詞的未然形下，所以「ない」前的「起き」是「起きる」的未然形。「見ない」中的「見」也是未然形，「ない」可以直接接在「見」的後面。「ない」接上一段動詞時都要接在其活用形詞尾「イ」段假名的後面。

②「六時には起きない」中的「は」表示對比關係，具有言外之意，也就是"六點不起床（七點起床）"。

注意

「よう」必須接在除五段動詞以外的動詞未然形後。

練習

回答下列問題。

A：きょう映画を見ようよ。

Ｂ：いえ、＿＿＿＿＿＿。

Ａ：あした七時<ruby>七時<rt>しちじ</rt></ruby>に起<ruby>起<rt>お</rt></ruby>きようか。

Ｂ：いえ、＿＿＿＿＿＿。

第67課

本課要點

學習上一段活用動詞**連用形**的用法。

課文

Ａ：どこに行<ruby>行<rt>い</rt></ruby>きますか。

Ｂ：仙台<ruby>仙台<rt>せんだい</rt></ruby>に行<ruby>行<rt>い</rt></ruby>きます。

Ａ：コートを着<ruby>着<rt>き</rt></ruby>て行<ruby>行<rt>い</rt></ruby>きますか。

Ｂ：はい、コートを着<ruby>着<rt>き</rt></ruby>て行<ruby>行<rt>い</rt></ruby>きます。

Ａ：仙台<ruby>仙台<rt>せんだい</rt></ruby>で降<ruby>降<rt>お</rt></ruby>りますか。

Ｂ：はい、仙台駅<ruby>仙台駅<rt>せんだいえき</rt></ruby>で降<ruby>降<rt>お</rt></ruby>ります。

單字

仙台<ruby>仙台<rt>せんだい</rt></ruby>	（名）仙台（地名）
コート①	（名）大衣，風衣，外套
着<ruby>着<rt>き</rt></ruby>る⓪	（他上一）穿，穿上
降<ruby>降<rt>お</rt></ruby>りる②	（自上一）下，降
仙台駅<ruby>仙台駅<rt>せんだいえき</rt></ruby>	（名）仙台站

譯文

Ａ：（你）到哪兒去？

Ｂ：到仙台去。

Ａ：穿大衣去嗎？

Ｂ：是的，穿大衣去。

Ａ：在仙台下車嗎？

B：對，在仙台站下車。

語法解釋

1.「どこに行きますか。」

「に」是格助詞。格助詞「に」在句子中的功能很多。如第十單元裡的「に」表示存在場所；第57課裡的「に」表示時間等。本課裡出現的接在移動動詞前的「に」通常表示動作或作用的歸著點，也可說是終點。如：

　　　仙台に行きます

「仙台」可以看作是「行く」這一移動動詞的"終點"。

2.「仙台で降りますか。」

①「降ります」中的「降り」是上一段活用動詞「降りる」的**連用形**。「ます」是表示鄭重意義的助動詞。上一段活用動詞「降りる」在與助動詞「ます」結合時用其活用詞尾「り」與「ます」結合。「降りる」中的「る」不是其活用詞尾，一般把其中的「り」當作活用詞尾。「降ります」是「ます」接在「降りる」的連用形後構成的。「ます」接上一段活用動詞時都接在活用動詞「イ」段假名的活用詞尾後。

②「仙台で」中「で」的意思請參照第68課。

3.「コートを着て行きますか。」

「着て」是上一段動詞「着る」的連用形後接助詞「て」構成的。「て」的功能在第62課裡已做了介紹，在這裡表示兩個動作間的繼起關係。

注意

移動動詞前的「に」表示的是終點；移動動詞前的「へ」表示的是方向。兩者往往可以互換使用。

練習

回答下列問題

Ａ：毎日何時に起きますか。

Ｂ：＿＿＿＿＿＿＿＿。

Ａ：毎日テレビを見ますか。

Ｂ：＿＿＿＿＿＿＿＿。

第68課

本課要點

學習上一段活用動詞**終止形**的用法。

課文

> A：ここで電車を降りるの？
> B：いや、ここでは降りない。
> A：どこで降りるの？
> B：新宿で降りる。
> A：新宿はまだ遠いの？
> B：いや、もうすぐだよ。

單字

電車①⓪　　　　　　　　　（名）電車

直ぐ①　　　　　　　　　　（形動・副）快要，馬上，立刻，快，就

譯文

A：在這兒下電車嗎？

B：不，不在這下。

A：在哪兒下呢？

B：在新宿下。

A：新宿還很遠嗎？

B：不，馬上就到了。

語法解釋

1.「ここで電車を降りるの。」

①「ここで」中的「で」是格助詞。格助詞「で」的功能很多，上句中的「で」表示動作、作用的進行場所。也就是說「ここ」是「電車を降りる」這一動

作的進行場所。

②「電車を降りる」中的「を」和第63課裡「大連を立つ」裡的「を」一樣，不是表示動詞的賓語，而是表示動作的離開場所。因為人要是下車的話自然要離開車，所以"下電車"在日語裡要說成「電車を降りる」。

③在第66、67課裡我們介紹了上一段活用動詞的未然形和連用形。課文中「降りるの」裡的「降りる」是上一段活用動詞「降りる」的終止形，在第63課裡講過，終止形的功能基本上有兩種，一是表示句子的完結，即截句；一是在其後接終助詞或「らしい」「まい」等部分助動詞。「降りるの」中的「の」是終助詞，所以可以接在終止形「降りる」的後面。與五段動詞不同的是上一段動詞後面的「う」段假名「る」不是其活用詞尾，其活用詞尾是「イ」段假名和「う」段假名共同構成的。如「降りる」中的「降」是詞幹，「りる」才是其活用詞尾。

2.「ここでは降りない」

上句中的「は」表示對比關係，即：不在這兒下（但在別的什麼地方下）。

3.「いや、もうすぐだよ。」

「すぐ」是一個具有雙重詞性的詞。即可做副詞使用，也可做形容動詞使用。上句中的「すぐ」可看作是形容動詞。

注意

「で」和「に」雖然都可譯成中文的"在"，但「で」表示的是**動作進行場所**，「に」表示的是**事物存在場所**。

練習

將下列句子譯成日語。

①在百貨公司買書包。

②百貨公司裡有書包。

③山田每天在教室裡讀書。

④書在書桌上。

第69課

本課要點

學習上一段活用動詞**連體形**的用法。

課文

> Ａ：そこにいる人は誰ですか。
>
> Ｂ：張さんです。
>
> Ａ：冬は木の葉が落ちる季節ですか。
>
> Ｂ：いいえ、秋が木の葉の落ちる季節です。
>
> Ａ：お金を借りることがときどきありますか。
>
> Ｂ：いいえ、そんなことは一回もありません。

單字

張	（名）張（中國人姓）
木の葉①	（名）樹葉
落ちる②	（上一自）掉，落，降低，下降，倒塌
季節②	（名）季節
金⓪	（名）錢，金錢
借りる⓪	（上一他）借，租借，借助
時時④⓪	（名・副）有時，偶爾
事	（名）事，事倩
そんな⓪	（連體）那樣，那樣的
一回③⓪	（名）一回，一次

譯文

Ａ：在那裡的（那個）人是誰？

Ｂ：是老張。

Ａ：冬天是樹葉掉落的季節嗎？

Ｂ：不，秋天是樹葉掉落的季節。

　　Ａ：（你）有時借錢嗎？

　　Ｂ：不，那種事從來沒有過。

語法解釋

1.「そこにいる人は誰ですか。」

　　「そこにいる人」中的「いる」是上一段活用動詞「いる」的**連體形**。連體形就是連接體言的活用形。連體形與終止形的形態一樣，如果是用來表示句子的完結的話，可將其看作是終止形，如果用來連結體言的話可將其看作是連體形。「木の葉が落ちる季節」「お金を借りること」中的動詞活用形都是連體形。與五段動詞不同的是，「借りる」中的「る」不是活用詞尾，其活用詞尾是「りる」，「借」是詞幹。

2.「秋が木の葉の落ちる季節です。」

　　「秋が木の葉の落ちる季節です。」中「落ちる」前面的「の」也可說成「が」，實際上「落ちる」前通常要求的助詞是「が」如「木の葉の落ちる」。當動詞「落ちる」在句子中做連體修飾語修飾名詞時，「が」往往可以換成「の」否則不能說「木の葉の落ちる」，只能說「木の葉が落ちる」。

3.「そんなことは一回もありません。」

　　「そんな」是**連體詞**，一般只能用來做體言的連體修飾語。「そんな」還具有指代的功能，本課中的「そんな」指代的是「お金を借りる」這件事。「一回もありません」表示的是全盤否定。

注意

「そんな」只能用來修飾體言，不能用來修飾用言。

練習

說出劃線處動詞的活用形。
①金を<u>借りる</u>。
②花が<u>落ちる</u>季節
③朝六時に<u>起きる</u>。
④電車を<u>降りる</u>時間。
⑤映画を<u>見る</u>方。

⑥コートを着<ruby>着<rt>き</rt></ruby>る。

第70課

本課要點

學習上一段活用動詞的**假定形**和**命令形**的用法。

課文

> A：あした<ruby>何時<rt>なんじ</rt></ruby>に<ruby>起<rt>お</rt></ruby>きればいいですか。
> B：<ruby>六時<rt>ろくじ</rt></ruby>に<ruby>起<rt>お</rt></ruby>きればいいです。
> A：どんなところで<ruby>降<rt>お</rt></ruby>りればいいですか。
> B：<ruby>電車<rt>でんしゃ</rt></ruby>が<ruby>止<rt>と</rt></ruby>まるところで<ruby>降<rt>お</rt></ruby>りればいいです。
> A：もう<ruby>金<rt>かね</rt></ruby>がない。
> B：<ruby>誰<rt>だれ</rt></ruby>かに<ruby>借<rt>か</rt></ruby>りろ！

單字

<ruby>所<rt>ところ</rt></ruby> ⓪③	（名）地方，場所
<ruby>止<rt>と</rt></ruby>る（<ruby>停<rt>と</rt></ruby>る）⓪	（自五）停，停止

譯文

A：明天幾點鐘起床為好呢？

B：六點鐘起來就行了。

A：在什麼地方下車為好呢？

B：在電車停車的地方下車就行了。

A：已經沒錢了。

B：跟誰借一點！

語法解釋

1.「<ruby>六時<rt>ろくじ</rt></ruby>に<ruby>起<rt>お</rt></ruby>きればいいです。」

上句中的「<ruby>起<rt>お</rt></ruby>きれ」是上一段動詞「<ruby>起<rt>お</rt></ruby>きる」的**假定形**。之所以說它是「起

きる」的假定形，是因為「起きれ」後可以接接續動詞「ば」，「ば」通常接在活用詞的假定形後表示假定的意義。與五段活用動詞不同的是，「起きれば」中的「れ」不是活用詞尾，「起きる」假定形的活用詞尾是「きれ」、「起」是詞幹。「降りる」也是一樣，「降りれば」中的「降」是詞尾，「りれ」是活用詞尾，是假定形。

2.「誰かに借りろ。」

①「借りろ」是上一段動詞「借りる」的**命令形**，上一段動詞的命令形通常有兩個，除「借りろ」外，還有「借りよ」。「りよ」和「りろ」都是「借りる」的活用詞尾，都可看作是「借りる」的命令形。上一段活用動詞的命令形就是由動詞「イ」段假名加「よ」「ろ」構成的。「起きる」「落ちる」的命令形是「起きよ（ろ）」「落ちよ（ろ）」。

②上句話中的「に」是格助詞，表示動作、作用所面向的對方。如：

山田さんに金を借りる。

「山田さん」是「借りる。」這一行為所面向的對方。

注意

命令形「借りろ（よ）」是一種非常生硬的表達方式，在現代日語中一般很少使用。

練習

說出下列劃線處動詞的活用形。

①電車を降りよう。
②六時に起きる。
③電車を降ります。
④金を借りる人。
⑤木の葉の落ちれば秋だ。
⑥ここで降りろ。

本單元小結

在這一單元裡著重介紹了上一段活用動詞的六個活用形－－**未然形**、**連用形**、**終止形**、**連體形**、**假定形**、**命令形**的具體用法。上一段活用動詞雖然與五段

活用動詞一樣，都具有六個活用形，但它與五段活用動詞的活用方式完全不同。正由於這個原因，才將這類活用動詞叫做上一段活用動詞。

　　㈠上一段活用動詞的由來

　　　所謂上一段活用動詞，以「起きる」為例：

　　　　起き　　　ない（未然形）
　　　　起き　　　よう（未然形）
　　　　起き　　　ます（連用形）
　　　　起きる　　　　（終止形）
　　　　起きる　　時（連體形）
　　　　起きれ　　ば（假定形）
　　　　起きろ（よ）（命令形）

其活用詞尾是「き（未然形）、き（連用形）、きる（終止形）、きる（連體形）、きれ（假定形）、きろ（きよ）（命令形）」，這種在「イ」段假名上加上「る、れ、ろ（よ）」的活用方式叫上一段活用。為什麼叫上一段呢？因為「イ」段假名處在「ウ」段的上面，「ア、イ、ウ、エ、オ」五個段如果以「ウ」段為中間段的話，「イ」段便屬「ウ」上面的一個段，上一段中的"上"就是由此而來的。那麼「一段」又是指的什麼呢？

詞	未然形	連用形	終止形	連體形	假定形	命令形
起きる	一き（接「ない」「よう」等）	一き（接「ます」等）	一きる	一きる（接「體言」）	一きれ（接「ば」）	一きろ 一きよ

從上表中可以看出，每個活用形裡都有「イ」段假名「き」，所謂一段就是指動詞活用只在一個段上。如「起きる」只活用在「き」這一個段上，這一點與五段活用動詞需要活用在「ア、イ、ウ、エ、オ」五個段上截然不同。

　　或許有人會覺得，「起きる」中「起き」部分沒有任何變化，應該把「起き」作為詞幹，把「る、る、れ、ろ（よ）」作為活用詞尾。這種想法有沒有道理呢？如果我們拿五段活用動詞「読む」和上一段活用動詞「起きる」做一番比較的話，就不難發現這種想法是欠妥當的。如果用「ない」和「ます」分別接「読む」和「起きる」的話，其結合體應是：

　　　　読ま　ない——起き　ない

$$\text{読み・ます——起き・ます}$$

我們可以看出，「ない」和「ます」接「読む」時，分別接在它的活用詞尾「ま」和「み」後。「ない」和「ます」接「起きる」時，雖然都接在「き」後，但是這裡的兩個「き」的功能和「読む」的活用詞尾「ま」「み」是一樣的，也就是說「き」也是活用詞尾。要是說「起き」是詞幹的話，「ない」「ます」等的接續規律就會出現混亂。

㈠關於上一段動詞的命令形

上一段活用動詞的命令形有兩種，如「起きろ」「起きよ」。動詞的命令形在現代日語裡很少使用，一般命令句都是在動詞後加「なさい」和「てください」等，如「起きなさい」「起きてください」。「起きろ」和「起きよ」相比，「起きろ」的使用率相對更低。

㈡上一段活用動詞的未然形和五段活用動詞的未然形

五段活用動詞的未然形有「書かない」和「書こう」兩種形式。上一段活用動詞未然形只有「起きない」「起きよう」一種形式。「う」接五段活用動詞時接在「オ」段假名後，「ない」接五段活用動詞時接在「ア」段假名後。「よう」和「ない」在接上一段活用動詞時都接在其活用詞尾「イ」段假名後。

第十六單元

本單元目的

在上一單元裡重點介紹了上一段活用動詞六個活用形的用法。一段動詞除了上一段動詞以外，還有下一段動詞。在這一單元裡將著重介紹下一段活用動詞的六個活用形——**未然形**、**連用形**、**終止形**、**連體形**、**假定形**、**命令形**的具體用法。

第71課

本課要點

學習下一段活用動詞**未然形**的用法。

課文

> A：バナナを食べる？
>
> B：いいえ、食べない。
>
> A：サンドイッチも食べない？
>
> B：サンドイッチを食べよう。
>
> A：パイナップルはどう？
>
> B：パイナップルも食べよう。

單字

バナナ①	（名）香蕉
サンドイッチ④	（名）三明治
パイナップル③	（名）鳳梨
沢庵（たくあん）②	（名）用米糖醃漬的鹹蘿蔔，呈黃色

Ａ：（你）吃香蕉嗎？

Ｂ：不，不吃。

Ａ：三明治也不吃嗎？

Ｂ：吃點三明治吧。

Ａ：鳳梨怎麼樣？

Ｂ：也吃點鳳梨吧。

語法解釋

1.「いいえ、食べない。」

「食べない」中的「ない」是否定助動詞，否定助動詞「ない」只能接在動詞的未然形下，所以「食べない」中的「食べ」是下一段活用動詞「食べる」的**未然形**。否定助動詞「ない」在接下一段活用動詞時，都要接在活用詞尾「エ」段假名的後面。

2.「サンドイッチを食べよう。」

上句話中「食べよう」裡的「よう」是表示推量、勸誘的助動詞。「よう」和「ない」一樣，通常只接在活用動詞的未然形後，所以「食べよう」中的「食べ」和「食べない」中的「食べ」一樣，也是未然形。在前二個單元裡講過，五段活用動詞與表示推量、勸誘意義的助動詞「う」結合時必須將活用詞尾上的「ウ」段假名變成「オ」段假名。下一段動詞和五段動詞不同，「食べる」中的「る」不是其活用詞尾，其活用詞尾是「エ」段上的假名「べ」，「食べ」是下一段活用動詞「食べる」的未然形。助動詞「よう」接下一段活用動詞時必須接在活用動詞詞尾「エ」段假名的後面。

3.「パイナップルはどう？」

這句話實際上是省略了斷定助動詞「だ」或「ですか」的一種說法。

注意

沒有疑問助詞的疑問句，其句尾聲調都要往上升。

練習

回答下列問題。

Ａ：ミカンを食べようか。

Ｂ：うん、＿＿＿＿＿＿＿＿＿。

Ａ：たくあんを食べようか。

Ｂ：いえ、＿＿＿＿＿＿＿＿＿。

Ａ：りんごを食べない？

Ｂ：うん、＿＿＿＿＿＿＿＿＿。

第72課

本課要點

學習下一段活用動詞**連用形**的用法。

課文

Ａ：あしたは数学の試験があります。受けますか。

Ｂ：はい、受けます。

Ａ：ご飯が足りませんね。

Ｂ：じゃ、分けて食べようよ。

Ａ：夜は何時に明けますか。

Ｂ：いまは五時半に明けます。

單字

数学⓪	（名）數學
試験②	（名・他サ）考試，測驗
受ける②	（他下一）接受，接，受，受到，遭受，繼承
ご飯①	（名）飯，大米飯
足りる⓪	（自上一）足，夠，足夠
分ける②	（他下一）分，分開，扒開
夜①	（名）夜，夜裡，夜間
明ける⓪	（自下一）明，亮
夜が明ける	天亮，天色破曉
五時半	（名）五點半

譯文

A：明天有數學考試，（你）要考嗎？

B：是的，要考。

A：飯不夠啦。

B：那麼，分著吃吧。

A：幾點天亮？

B：現在五點半天亮。

語法解釋

1.「受けます。」

「受けます」中的「受け」是下一段活用動詞「受ける」的**連用形**。「ます」在與「受ける」結合時，必須接在「受ける」的活用詞尾「け」的後面。「受ける」中的「る」不是其活用詞尾，其活用詞尾是「け」。下一段活用動詞連用形的活用詞尾都是「エ」段上的假名，也就是說，助動詞「ます」接下一段活用動詞時都接在「エ」段假名的活用詞尾後。

2.「じゃ、分けて食べようよ。」

「分けて」是下一段活用動詞「分ける」的連用形後接助詞「て」構成的。「て」是接續助詞，接續助詞「て」通常接在動詞、形容詞的連用形後，表示兩個動作或狀態的相互銜接關係。「分けて食べる」中的「て」表示方法、手段。

注意

「夜は何時に明けますか。」中的「夜」不能讀成「よる」。

練習

回答下列問題。

A：毎日何時に晩ご飯を食べますか。

B：＿＿＿＿＿＿＿＿＿＿。

A：今は何時に夜が明けますか。

B：＿＿＿＿＿＿＿＿＿＿。

A：ご飯を食べて、それから新聞を読みますか。

B：＿＿＿＿＿＿＿＿＿＿。

第73課

本課要點

學習下一段活用動詞**終止形**的用法。

課文

A：いつから、ロシア語を教えるか。
B：来月から教える。
A：毎日何時に寝るか。
B：十一時に寝る。
A：どこに電話をかけるか。
B：会社に電話をかける。なかなかかからないね。

單字

ロシア語	（名）俄語
教える⓪	（他下一）教，告訴
来月①	（名）下個月
寝る⓪	（自下一）睡，睡覺；躺，臥
十一時	（名）11時，11點
掛ける②	（他下一）掛；坐；花費
電話をかける	打電話，掛電話
会社⓪	（名）公司
掛る②	（自五）電話打得通

譯文

A：從什麼時候開始教俄語？
B：從下個月開始教。
A：每天幾點睡覺。
B：11點睡。

Ａ：往哪兒打電話？

Ｂ：往公司裡打，根本打不通啊。

語法解釋

1.「いつから、ロシア語を教えるか。」

①「いつから」中的「から」表示動作、作用在時間上的**起點**。

②「教えるか」中的「教える」是下一段活用動詞「教える」的**終止形**，其中的「か」是終助詞。與五段活用動詞不同的是，下一段活用動詞後面的「う」段假名「る」不是其活用詞尾，下一段動詞的活用詞尾是由「え」段假名和「う」段假名共同構成的，如「教える」中的「教」是詞幹，「え」和「る」才是其活用詞尾。

2.「会社に電話をかける。」

上句話中的「に」是格助詞，表示動作、作用所面向的對方。其功能和第70課裡的「山田さんに金を借りる」中的「に」完全一樣。

3.「なかなかかからないね。」

「掛る」是與他動詞「かける」相對應的自動詞。「掛る」在句中的意思很多，「電話がかからない」表示的是**"電話打不通"**的意思。

注意

「ロシア語」中的「ア」的讀音是【ya】而不是〔a〕。

練習

說出下面答句的問句。

Ａ：＿＿＿＿＿＿＿＿。
Ｂ：毎晩九時に寝る。

Ａ：＿＿＿＿＿＿＿＿。
Ｂ：山田さんに電話をかける。

第74課

本課要點

學習下一段活用動詞**連體形**的用法。

課文

A：これから、この子を育てる人は誰ですか。
B：この子を育てる人は李さんです。
A：きょう食べるものは何ですか。
B：きょう食べるものはパンとバターとハムです。
A：あした受ける試験はどんな試験ですか。
B：化学と物理です。

單字

子⓪	（名）幼兒，孩子
育てる③	（他下一）扶養，養育，培育
李	（名）李（中國人姓）
物②	（名）物，東西
パン①	（名）麵包
バター①	（名）奶油
ハム①	（名）火腿
化学①	（名）化學
物理①	（名）物理

譯文

A：以後撫養這個孩子的人是誰？

B：撫養這個孩子的人是老李。

A：今天要吃的東西是什麼？

B：今天要吃的東西是麵包、奶油和火腿。

Ａ：明天要參加的是哪門考試？

Ｂ：化學和物理。

語法解釋

1.「これから、この子を育てる人は誰ですか。」

　　「この子を育てる人」中的「育てる」下接「人」，「人」是名詞，名詞屬於體言，所以上句中的「育てる」是下一段活用動詞「育てる」的連體形。

　　　　きょう食べるもの
　　　　あした受ける試験

中的「食べる」「受ける」也都是下一段活用動詞的連體形。

　　與五段活用動詞不同的是，下一段動詞「育てる」中的「る」不是活用詞尾，其活用詞尾是「てる」，其詞幹是「育」。「食べる」「受ける」等下一段活用動詞也都一樣，「食」「受」是動詞的活用詞幹，「べる」「ける」是動詞的活用詞尾。

　　注意

　　「化学」的讀音和「科学」一樣，兩者有時容易混淆，爲了將「化学」與「科学」區別開來，「化学」有時可讀作「ばけがく」因爲「化」有時讀作「ばけ」。

　　練習

　　說出劃線處動詞的活用形。

①バナナを食べる。

②分けて食べること。

③夜が明ける。

④試験を受ける人。

⑤子供を育てる。

⑥電話をかける方

第75課

本課要點

學習下一段活用動詞的**假定形**和**命令形**的用法。

課文

A：犬はまだあそこにいる。
B：石を投げれば逃げるよ。
A：さしみは生で食べればいいですね。
B：さしみは生で食べるものです。
A：これは危ないですか。
B：危ない！捨てろ！

單字

石②	（名）石，石頭
投げる②	（他下一）扔，投擲
逃げる②	（自下一）逃，逃跑，逃脫
生①	（名）生，鮮
危ない⓪	（形）危險的
捨てる⓪	（他下一）丟，扔，拋棄

譯文

A：狗還在那兒。

B：（你）扔塊石頭（它）就跑了。

A：生魚片生吃可以吧？

B：生魚片就是生吃的東西。

A：這個危險嗎？

B：危險！扔掉（它）！

語法解釋

1.「石を投げれば逃げるよ。」

「投げれ」是下一段活用動詞「投げる」的**假定形**。動詞的假定形後通常接助詞「ば」表示假定的意義。和五段動詞不同的是，「投げれば」中的「れ」不是活用詞尾，「投げる」假定形的活用詞尾是「げれ」，「投」是詞幹。「食べる」也是一樣，「食べれば」中的「食」是動詞詞幹，「べれ」是「食べる」的活用詞尾，屬假定形。

2.「さしみは生で食べるものです。」

「生で食べる」中的「で」表示的是狀態，也就是人們食用生魚片時，其狀態是生的而不是熟的。

3.「危ない！捨てろ！」

「捨てろ」是下一段活用動詞「捨てる」的**命令形**。「捨てる」的命令形除「捨てろ」以外，還有「捨てよ」。「てろ」和「てよ」都是「捨てる」的活用詞尾。下一段活用動詞的命令形通常是由活用動詞中的「エ」段假名加「ろ」「よ」構成的。

注意

「危ない！捨てろ！」中的「捨てろ」多用在情況緊急時。由於「捨てろ」比較生硬，一般的命令句通常多用「捨てなさい」或「捨てて下さい」等。

練習

說出劃線處動詞的活用形

①パンを<u>食べ</u>よう。
②子供を<u>育て</u>ます。
③日本語を<u>教える</u>。
④電話を<u>かける</u>人。
⑤<u>食べれ</u>ば、わかる。
⑥危ない、<u>捨てろ</u>！

本單元小結

在這一單元裡主要介紹了下一段活用動詞的**未然形**、**連用形**、**終止形**、**連體**

形、**假定形**、**命令形**的用法。下一段活用動詞的活用方式與五段活用動詞截然不同，但和上一段活用動詞之間卻有相似之處，這就是它們都屬一段活用動詞。

（一）關於下一段活用動詞

所謂下一段活用動詞，顧名思義就是只活用在「う」段以下某一段上的活用動詞。以「食(た)べる」爲例：

食(た)べない　　（未然形）
食(た)べよう　　（未然形）
食(た)べます　　（連用形）
食(た)べる　　　（終止形）
食(た)べる人　　（連體形）
食(た)べれば　　（假定形）
食(た)べよ（ろ）（命令形）

「食(た)べる」的活用語尾分別是べ（未然形）、べ（連用形）、べる（終止形）、べる（連體形）、べれ（假定形）、べろ（べよ）（命令形），這種在五十音圖「エ」段假名加上「る・れ・ろ（よ）」的活用方式叫下一段活用動詞。

詞	未然形	連用形	終止形	連體形	假定形	命令形
食(た)べる	一べ（接「ない」「よう」等）	一べ（接「ます」等）	一べる	一べる（接「體言」）	一べれ（接「ば」）	一べろ 一べよ

從上面這個活用表裡可以看出，每個活用形裡都有「エ」段上的假名「べ」，「食(た)べる」之所以被叫作一段活用動詞就是因爲它只活用在「エ」段上。「ウ」段爲「ア・イ・ウ・エ・オ」這五個段的中心，「エ」段處在「ウ」段的下面，所以我們把只活用在「ウ」段下面「エ」段上的動詞叫下一段活用動詞。

下一段活用動詞的活用詞尾究竟是哪一部分，這往往容易引起人們的誤解。有人也許會像看待五段動詞那樣，把「食(た)べる」中不發生變化的部分「食(た)べ」當作「食(た)べる」的詞幹，把「る・る・れ・ろ（よ）」當作詞尾來看待。和上一段動詞一樣，「食(た)べる」中的「食(た)べ」不是詞幹，「る」也不應看作是詞尾。如果將「食(た)べる」和五段動詞「読(よ)む」做一番比較的話，就可以發現「食(た)べ」不是「食(た)べる」的詞幹。

食(た)べ　ない——読(よ)ま　ない

食べ　ます――**読み**　ます

「読ま・ない」「読み・ます」中的「ま」「み」分別是「読む」的未然形和連用形活用詞尾，如果說「ま」「み」是「読む」的活用詞尾的話，「食べ・ない」「食べ・ます」中的「べ」也應該是「食べる」的活用詞尾，所以說「食べる」的活用詞尾不是「る」而應該是「べる」，其詞幹是「食」。「食べ・る」「食べ・れ」「食べ・ろ（よ）」中的「る」「れ」「ろ（よ）」是「食べる」活用詞尾的一部分，而不是「食べる」的活用詞尾。

　　㈠關於下一段活用動詞的命令形

　　「食べよ」「食べろ」都是下一段活用動詞「食べる」的命令形。「食べよ」「食べろ」的語感非常生硬，在現代的實際語言生活中一般很少使用。現代日語的命令句一般都是在動詞的連用形後加上「なさい」和「てください」等。如「食べなさい」「食べて下さい」。

　　㈡下一段活用動詞的未然形和五段活用動詞的未然形

　　五段活用動詞的未然形有「**読ま**ない」和「**読も**う」兩種形式。與此相比下一段活用動詞的未然形只有「**食べ**ない」「**食べ**よう」一種形式，「ない」和「よう」在接下一段活用動詞時都接在活用詞尾「エ」段假名後。表示同種意義的助動詞「ない」和「う」在接五段活用動詞時，「ない」接在「ア」段假名後，「う」接在「オ」段假名後。

第十七單元

本單元目的

迄今所介紹的活用動詞都是規律性較強的動詞，而且每一類活用動詞的數量都很多。與此相反，「来る」這個詞的活用方式不僅與五段活用動詞不同，與上一段活用動詞和下一段活用動詞也不同。「来る」活用在「カ」行上，其活用形是「こ」「き」和「く」「こ」後加「る」「れ」「い」。由於這種活用方式與眾不同，所以把這種方式叫作**變格活用**，「来る」是「カ」行變格活用動詞。在這一單元裡將介紹「カ」行變格活用動詞「来る」的六個活用形的用法。

第76課

本課要點

學習「カ」行變格活用動詞「来る」的未然形的用法。

課文

```
A：あした会社へ来ないか。
B：うん、あした来ない。
A：明後日も来ないか。
B：明後日も来ない。
A：しあさっては？
B：しあさってに来よう。
```

單字

来る①	（自カ變）來
しあさって③	（名）大後天

譯文

Ａ：（你）明天不到公司來嗎？

Ｂ：是的，明天不來。

Ａ：後天也不來嗎？

Ｂ：後天也不來。

Ａ：大後天呢？

Ｂ：大後天來（一趟）吧。

語法解釋

1.「あした会社へ来ないか。」

①「来ない」中的「ない」是否定助動詞。否定助動詞「ない」通常只能接在動詞的未然形後，所以「来ない」中的「来」是「カ」行變格活用動詞「来る」的**未然形**。「カ」行變格活用動詞只有「来る」一個詞，「来る」的未然形是一種特殊形態。

②「来る」和「行く」等動詞一樣，也是表示移動的動詞。要移動就要有一個移動方向，如「大学へ行く」中的「へ」表示「行く」的移動方向。上句「会社へ来ないか」中的「へ」也是表示移動方向的，即「来る」這一動作的移動方向是「会社」。

2.「しあさってに来よう。」

「来よう」中的「よう」是表示推量、勸誘的助動詞。推量助動詞「よう」和否定助動詞「ない」都只能接在活用動詞的未然形後，所以「来よう」中的「来」與「来ない」中的「来」的活用形完全一樣；也是「来る」的未然形。表示推量和勸誘的助動詞有「う」和「よう」，兩者的意義完全相同。「う」通常接在五段活用動詞的後面；「よう」接在五段活用動詞以外的動詞後面。「来る」在與推量助動詞結合時只能同「よう」結合，不能同「う」結合。

注意

「カ」行變格活用動詞「来る」是一個非常特殊的活用動詞。「来る」的詞幹和詞尾是很難區別的，如「来ない」「来よう」中的「来」既不能說它是詞幹，也不能說它是詞尾。這一點與「読む」「起きる」「受ける」等活用動詞不同。

回答下列問題。

A：あしたまた学校へ来ようか。

B：うん、＿＿＿＿＿＿＿＿＿＿。

A：午後学校へ来ないか。

B：ええ、＿＿＿＿＿＿＿＿　。

第77課

本課要點

學習「カ」行變格活用動詞「来る」連用形的用法。

課文

A：石田さんはきょう来ますか。

B：いいえ、来ません。あの人はきょう保険会社へ行きます。

A：中野さんは来ますか。

B：ええ、中野さんは九時半にここへ来て、ここで資料を調べて、午後の一時に文部省へ行きます。

單字

石田⓪	（名）（人名）石田
保険会社④	（名）保險公司
中野⓪	（名）（人名）中野
九時半	（名）9時半，9點半
資料①⓪	（名）資料
調べる③	（他下一）查，調查，檢查，查看，查驗
一時②	（名）1時，1點
文部省③	（名）文部省（相當於我國的教育部）

譯文

A：石田今天來嗎？

B：不，不來。他今天去保險公司。

A：中野來嗎？

B：對，中野9點半到這裡來，在這裡查找資料，下午1點到文部省去。

語法解釋

1.「石田さんはきょう来ますか。」

這句話中「来ます」的「来」是「カ」行變格活用動詞「来る」的**連用形**。「ます」在與「来る」結合時，必須接在「来る」的連用形「来」後。在上一課裡講過，「来る」是一個特殊的活用動詞，這個詞的詞幹和詞尾是難以明顯加以區分的。既不能說「来」是詞幹，也不能說「る」是活用詞尾。

2.「あの人は きょう保険会社へ 行きます。」

從句子的前後關係來看，石田這個人對說話者和聽話者來講都是熟人，由於聽話者和說話者都認識石田，所以在說石田時要用「あの人」而不能用「その人」。

3.「中野さんは九時半にここへ来て、ここで資料を調べて、午後の一時に文部省へ行きます。」

上句中的「来て」是由接續助詞「て」接「来る」的連用形「来」構成的。在這個句子裡，「て」表示動作間的前後關係。即先"來"，然後"查找資料"，然後"下午1點到文部省去"。

注意

「文部省」中的「文」不能讀作「ぶん」。

練習

回答下列問題。

A：あした学校へ来ますか。

B：はい、＿＿＿＿＿＿＿＿。

A：あした学校へ来て、本を読みますか。

B：はい、＿＿＿＿＿＿＿＿。

第78課

本課要點

學習「カ」行變格活用動詞「来る」終止形的用法。

課文

> Ａ：郵便配達はまだ来ないね。
>
> Ｂ：まだ早い、配達人はだいたい二時ごろに来る。
>
> Ａ：新聞配達は何時に来るか。
>
> Ｂ：朝刊は朝の六時に来る。夕刊は午後の五時ごろに来る。
>
> Ａ：牛乳配達は？
>
> Ｂ：牛乳配達は朝の六時半に来る。

單字

郵便配達⑤	（名）	郵差
配達人④	（名）	投遞員
早い②	（形）	早
頃	（接尾）（表示時間）	左右
新聞配達⑤	（名）	送報紙的人
朝刊⓪	（名）	早報
夕刊⓪	（名）	晚報
五時①	（名）	5時，5點
牛乳配達⑤	（名）	送牛奶的人
六時半	（名）	6時半，6點半

譯文

Ａ：郵差還不來！

Ｂ：還早，郵差一般2點左右來。

Ａ：送報紙的幾點來？

Ｂ：早報是早晨6點來，晚報是下午5點左右來。

Ａ：送牛奶的呢？

Ｂ：送牛奶的早晨6點半來。

語法解釋

1.「その人はだいたい二時ごろに来る。」

①課文中的「その人」表示的是說話者和聽話者間只有一方認識郵差而另一方不認識郵差。如果雙方都認識郵差，應用「あの人」

②上面句子裡的「来る」是「カ」行變格活用動詞「来る」的終止形，和「読む」「起きる」「受ける」等不同的是，「来る」本身沒有詞幹和活用詞尾之分。

③「二時ごろ」中的「ごろ」是接尾詞，「ごろ」一般只能接在表示年、月、日和鐘點的詞後，表示"〜左右""〜前後"。

2.「朝刊は朝の六時に来る。夕刊は午後の五時ごろに来る。」

日本比較大的日報社，基本上是白天發行一次，傍晚再發行一次。「朝刊」指的是白天發行的那一次，「夕刊」指的是傍晚發行的那一次。

注意

「ごろ」雖然可譯成"左右"，但它只能接在表示鐘點以及和年、月、日有關的名詞後。

練習

說出下面答句的問句。

Ａ：＿＿＿＿＿＿＿＿＿＿。
Ｂ：山田さんは六時に来る。

Ａ：＿＿＿＿＿＿＿＿＿＿。
Ｂ：新聞配達は六時ごろ来る。

Ａ：＿＿＿＿＿＿＿＿＿＿。
Ｂ：牛乳配達はだいたい六時に来る。

第79課

本課要點

學習「カ」行變格活用動詞「来る」連體形的用法。

課文

A：ここへ来る学生たちは皆 三年生ですか。
B：いいえ、四年生も五年生もいます。
A：きょう来るお客 さんの中には作家がいますか。
B：はい、三人います。
A：この店へ来る人は皆 金持ちですね。
B：いいえ、失業者も来ますよ。

單字

皆 ③⓪	（名）	全，全部，都，大家
三年生 ③	（名）	三年級學生
四年生 ②	（名）	四年級學生
五年生 ②	（名）	五年級學生
客 ⓪	（名）	客人
作家 ①	（名）	作家
店 ②	（名）	店，店舖，商店
金持ち ④③	（名）	有錢人，富翁，財主
失業者 ③	（名）	失業者

譯文

A：來這裡的學生都是三年級學生嗎？

B：不，四年級五年級的學生都有。

A：今天來的客人中有作家嗎？

B：是的，有三位。

Ａ：到這個店來的人都是有錢人吧？

Ｂ：不，失業的人也來。

語法解釋

1.「ここへ来る学生たちは皆 三年生ですか。」

上句話中「ここへ来る学生たち」裡的「来る」是「カ」行變格活用動詞「来る」的**連體形**。之所以把這個「来る」看作是連體形，是因爲說話到「来る」時句子還沒結束，「来る」後又接上了名詞「学生たち」。「学生たち」屬於體言。「来る」在這裡的功能是修飾限制體言「学生たち」，所以這種活用形叫連體形。由於「来る」沒有詞幹和活用詞尾之分，所以「来る」的連體形應該是「来る」而不是其中的「来」或「る」。

2.「きょう来るお客さんの中には作家がいますか。」

這個句子中的「に」與「いる」一起構成了存在句的句型。「に」表示事物的存在場所，但是與「ここに本がある」句中的「に」不同的是，上面句子中的「に」接在與場所概念無關的「お客さんの中」之後。在這個句子中「お客さんの中」表示的是一個群體，可以把它當作一個抽象場所來看待，「に」表示的是事物存在的抽象場所。

注意

「皆」還可以讀作「みな」，接「さん」時只能讀作「みな」不能讀「みんな」。

練習

說出劃線處動詞的活用形。

①家へ<u>来る</u>お客さん。

②学生たちが家へ<u>来る</u>。

③あした八時に学校へ<u>来る</u>。

④学校へ<u>来る</u>先生。

第80課

本課要點
學習「カ」行變格活用動詞「来る」**假定形**和**命令形**的用法。

課文

A：渡辺部長が午後来ます。

B：そうですか。渡辺部長が来れば、大谷課長も来るでしょう。

A：そうですね。大谷課長が来れば、文句を言いましょう。

B：わたしも文句を言います。

A：木村君、午後の三時に教官室へ来い。

B：はい。

單字

渡辺⓪	（名）（人名）渡邊
大谷③	（名）（人名）大谷
文句①	（名）意見，牢騷
文句を言う	發牢騷，提意見
木村②⓪	（名）（人名）木村
三時①	（名）3時，3點
教官室⓪	（名）教師辦公室，教研室

譯文

A：渡邊部長下午來。

B：是嗎，如果渡邊部長來的話，大谷課長也會來吧。

A：是啊，要是大谷課長來的話，（我得）提提意見。

B：我也提意見。

A：木村，下午3點到教官室來！

B：好的。

語法解釋

1.「渡辺部長が午後来れば、大谷課長も来るでしょう。」

①「来れば」是由「来れ」和「ば」兩部分構成的。「来れ」是「カ」行變格活用動詞「来る」的**假定形**，「ば」是接續助詞，「来れば」表示假定意義。前面說過，「来る」沒有詞幹和詞尾之分，所以「来る」的假定形活用詞尾不是「れ」而是「来れ」。

②「来るでしょう。」

「でしょう」除接在名詞後表示推量外，還可以接在活用詞的終止形後表示推量。

2.「午後の三時に教官室へ来い。」

「来い」是「カ」變動詞「来る」的命令形。除「来い」以外，在演講等場合中有時也把「来る」的命令形說成「こよ」，但「こよ」一般被認為是不標準的說法。

3.「文句を言いましょう。」

「言いましょう」是「言おう」的鄭重說法。「ましょう」是由助動詞「ます」的未然形「ましょ」接推量助動詞「う」構成的。

注意

「来い」在會話中一般很少使用。通常多用「来なさい」或「来てください」等。

練習

說出劃線處動詞的活用形。

①あした来よう。
②家へ来ます。
③家へ来る。
④家へ来る人。
⑤学校へ来れば、わかる。
⑥学校へ来い。

本單元小結

在這一單元裡我們學習了「カ」行變格活用動詞「来る」的**未然形**、**連用形**、**終止形**、**連體形**、**假定形**和**命令形**的用法。「カ」行變格活用動詞只有「来る」一個，「来る」的活用方式和其它所有動詞都不一樣，所以把它叫作「**變格活用動詞**」。

(一)什麼叫變格活用動詞

所謂變格活用是指活用形式不規則的活用。在現在日語中五段活用、上一段活用和下一段活用都是比較有規則的活用，這種活用叫"**正格活用**"。與此相反，「来る」等活用動詞的活用規則和其它動詞完全不同，而且數量有限，這種動詞的活用叫**變格活用**。

(二)關於「**カ**」行變格活用動詞

「カ」行變格活用動詞的活用形雖然與其它動詞一樣，也有六種：

　　来 ない 　（未然形）
　　来 よう 　（未然形）
　　来 ます 　（連用形）
　　来る 　　（終止形）
　　来る 人（連體形）
　　来れ ば （假定形）
　　来い 　　（命令形）

但是，「来る」的活用方式與五段動詞、上一段動詞和下一段動詞完全不同。它沒有詞幹和詞尾之分，活用只在五十音圖「カ」行的「き」「く」「こ」三個段上，其活用形分別是「**こ**」（未然形）、「**き**」（連用形）、「**くる**」（終止形）、「**くる**」（連體形）、「**くれ**」（假定形）、「**こい**」（命令形），所以也有人把它叫作三段活用動詞。

詞	未然形	連用形	終止形	連體形	假定形	命令形
来る	こ（接「ない」「よう」）	き（接「ます」等）	くる	くる（接「體言」）	くれ（接「ば」）	こい

從上表可以看出，除了終止形和連體形以外，其它各活用形都不盡相同。盡管如此，「来る」的活用形仍沒有脫離「カ」行上的假名。這種無法區別詞尾和詞幹，其活用形是「カ」行上的假名，或在「カ」行上的假名「く」「こ」後分別加上「る」「れ」「い」的活用動詞叫「カ」行變格活用動詞。

㈡「カ」行變格活用動詞的未然形和五段活用動詞的未然形

五段活用動詞的未然形通常有兩種形式。如「読まない」和「読もう」中的「ま」「も」都是五段活用動詞「読む」的未然形。與此相反，「カ」行變格活用動詞「来る」的未然形只有「こ」一種，「ない」「よう」接「来る」時都接在「こ」下：

> 来ない。
> 来よう。

這一點「カ」變動詞與一般動詞相同。

第十八單元

本單元目的

　　日語詞彙除了日語中原有的詞彙以外，還有大量的外來詞彙。在古代由於地理上的原因，日語中的外來詞彙主要來自中國。中文詞彙進入日語後，日本人沒有把它原原本本地加以使用，而是對其進行了不同程度的改造。如中文動詞進入日語後，日本人又在中文動詞後加上了表示其種類的「する」。「する」通常與中文動詞結合在句中做動詞使用，這種「する」與中文動詞的結合體日本人稱其為「サ変動詞」。本單元主要介紹「サ変動詞」的六個活用形的具體用法。

第81課

本課要點

學習「サ」行變格活用動詞**未然形**的用法。

課文

> Ａ：佳代子ちゃん、ドイツ語を勉強しない？
> Ｂ：いえ、勉強しない。
> Ａ：ポルトガル語を勉強しようよ。
> Ｂ：はい、ポルトガル語を勉強しよう。
> Ａ：一緒に散歩をしないか。
> Ｂ：はい、散歩をしよう。

單字

勉強⓪	（名・自他サ）學習，用功，努力
ポルトガル語⓪③	（名）葡萄牙語
一緒⓪	（名）共同，一起，一塊兒

譯文

Ａ：佳代子，（你）不學德語嗎？

Ｂ：不，（我）不學。

Ａ：學葡萄牙語吧。

Ｂ：好，學葡萄牙語吧。

Ａ：不（想）一起散散步嗎？

Ｂ：好吧，散散步吧。

語法解釋

1.「ドイツ語を勉強しない？」

「勉強しない」中的「ない」是否定助動詞，否定助動詞「ない」通常接在動詞的未然形下，因此「しない」中的「し」是「サ」行變格活用動詞「する」的**未然形**。「サ」行變格活用動詞只有「する」一個詞，「する」的未然形除了「し」以外，還有「せ」，「せ」一般只與古語中的否定助動詞「ず」結合，「せず」和「しない」的意思相同，但「ない」不能接「せ」，不能說「せない」，「ず」也不能接「し」，不能說「しず」。這句話中的「しない」是表示勸誘的意思，所以在做否定回答時要說「いえ、勉強しない」，不能說「はい、勉強しない」。

2.「ポルトガル語を勉強しようよ。」

「勉強しよう」中的「よう」與「起きよう」「来よう」中的「よう」一樣，也是表示推量、勸誘的助動詞。在前幾單元裡講過，「よう」和否定助動詞「ない」一樣，通常接在活用動詞的未然形後，所以「しよう」中的「し」和「しない」中的「し」都是「サ」行變格活用動詞「する」的未然形。「する」接推量助動詞時只接「よう」不接「う」，這一點和上一段活用動詞、下一段活用動詞以及「カ」行變格活用動詞相同。

注意

「サ」行變格活用動詞「する」和「カ」行變格活用動詞一樣也是一個特殊的活用動詞，「する」本身沒有詞幹和活用詞尾的區別，「しない」「しよう」中的「し」既不是詞幹也不是活用詞尾。

練習

回答下列問題。

A：私と一緒に勉強をしようか。

B：はい、＿＿＿＿＿＿＿＿。

A：一緒に散歩をしないか。

B：いえ、＿＿＿＿＿＿＿＿。

第82課

本課要點

學習「サ」行變格活用動詞「する」**連用形**的用法。

課文

> A：今から何をしますか。
> B：食事をします。
> A：食事をして、それから何をしますか。
> B：昼寝をします。
> A：昼寝をして、それから何をしますか。
> B：仕事をします。

單字

昼寝⓪	（名・自サ）午睡
仕事⓪	（名）工作，職業

譯文

A：現在開始做什麼？

B：吃飯。

A：吃完飯以後做什麼？

B：睡午覺。

A：睡完午覺之後做什麼？

B：工作。

語法解釋

1.「今から何をしますか。」

①「今から」裡的「から」是格助詞，表示時間上的起點。「から」接在「今」之後一般表示**"從現在開始"**的意思。但是「今から」有時也可以表示上溯的時間，如「今から十年前」表示的不是**"今後十年"**而是**"距今十年以前"**的意思，翻譯時應注意這一點。

②上句話中的「します」是由助動詞「ます」接在「サ」變動詞「する」的連用形後構成的。同「来る」一樣，「する」也是一個特殊的變格活用動詞，這個詞沒有詞幹和活用詞尾之分。既不能說「す」是詞幹，也不能說「る」是活用詞尾。「する」的連用形是「し」，所以助動詞「ます」可以和「し」結合，構成一個完整的意義。

2.「食事をして、それから何をしますか。」

這句話中的「して」是由接續助詞「て」接「する」的連用形「し」構成的。在這個句子裡「て」表示動作的前後順序，這種作用在兩個分句間加上「それから」後變得更加明顯了，直譯的話便是 **"（先）吃飯，然後做什麼？"** 但「て」所表示的這種關係有時也可以不譯。

注意

「今から」所表示的時間關係有時可以是**下延**（「今から何をしますか」）關係；有時還可以是**上逆**（「今から十年前」）關係。

練習

回答下列問題。

A：毎日散歩をしますか。

B：はい、_____。

A：あした何をしますか。

B：_____。

A：あしたも日本語を勉強しますか。

B：はい、_____。

A：毎朝何時に食事をしますか。

B：_____。

第83課

本課要點

學習「サ」行變格活用動詞「する」終止形的用法。

課文

A：安田さん、今年何の勉強をするの？
B：医学の勉強をするよ。
A：外科を勉強するの？
B：いえ、小児科を勉強する。
A：鈴木君も小児科を勉強するの？
B：いえ、あの人は内科なの。

單字

安田	（名）（人名）安田
医学①	（名）醫學
外科⓪	（名）外科
小児科⓪	（名）小兒科
鈴木	（名）（人名）鈴木
内科①⓪	（名）內科

譯文

A：安田，（你）今年學什麼？

B：學習醫學。

A：學外科嗎？

B：不，學小兒科。

A：鈴木也學小兒科嗎？

B：不，他學內科。

語法解釋

1.「安田さん、今年何の勉強をするの？」

這個句子中的「する」是「サ」行變格活用動詞「する」的**終止形**；其後的「の」是表示疑問的終助詞。「する」和「カ」行變格活用動詞「来る」一樣沒有詞幹和活用詞尾之分。課文中的對話根據前後文的關係和所使用的終助詞可以判斷出是兩名女子的對話。

2.「外科を勉強するの？」

上面句中的「勉強する」是一個動詞，「外科を」是「勉強する」的賓語成分。與「する」結合的**漢語系動詞**，除可作為「サ」變動詞使用外，還可以做名詞使用。

　　　　外科を勉強する
　　　　外科の勉強をする

第一個句子裡的「勉強」是動詞；第二個句子裡的「勉強を」則是「する」的賓語成分，這時的「勉強」的名詞。與「読む」「起きる」「受ける」等日語系動詞不同，日語中的中文系動詞一般都具有雙重詞性；既可做名詞使用也可做動詞使用。

3.「いえ、あの人は内科なの。」

①「いえ」（具體請參照第24課）表示的意思和「いいえ」一樣。

②「あの人」指代的是「鈴木君」，用「あの」表示說話人和聽話人都認識鈴木。

③「内科なの」實際指的是「内科を勉強する」。也可看作是「内科を勉強する」的省略。

注意

「小児科」和「外科」的讀法特殊。

練習

說出下面答句的問句。

A：＿＿＿＿＿＿＿＿＿。
B：ぼくは医学の勉強をする。

A：＿＿＿＿＿＿＿＿＿。
B：物理を勉強する。

第84課

本課要點

學習「サ」行變格活用動詞「する」連體形的用法。

課文

A：運動をする時は、運動靴をはきますか。

B：はい、はきます。

A：登山する時は、スカートをはきますか。

B：いいえ、ズボンをはきます。

A：掃除をする時は、何を着ますか。

B：作業服を着ます。それから手袋をはめて、帽子を被ります。

單字

運動⓪	（名・自サ）運動
時②	（名）時，時間，時候
運動靴③	（名）運動鞋
穿く⓪	（他五）穿（靴、褲子）
登山①⓪	（名・自サ）登山
スカート②	（名）裙子
ズボン②	（名）褲子
掃除⓪	（名・他サ）掃除、打掃
作業服②	（名）工作服
手袋②	（名）手套
嵌める⓪	（他下一）戴（手套、戒指）
帽子⓪	（名）帽子
被る②	（他五）戴，蓋，蒙

譯文

Ａ：運動時穿運動鞋嗎？

Ｂ：是的，穿。

Ａ：登山時穿裙子嗎？

Ｂ：不，穿褲子。

Ａ：清掃時穿什麼？

Ｂ：穿工作服。此外還戴手套，戴帽子。

語法解釋

1.「運動をする時は、運動靴をはきますか。」

這句話裡的「する」不是用來表示句子的完結，而是用來表示動詞「する」與名詞（時）間的修飾關係。動詞修飾名詞的活用形叫連體形，所以上句話中的「する」是「サ」行變格活用動詞「する」的連體形。和其它動詞一樣，「する」的連體形和終止形在形態上沒有任何差別。

注意

「はく」「着る」和「はめる」「被る」在譯成中文時分別是“穿”和“戴”，但在日語中它們各自的用法是不相同的。一般可以說「靴をはく」「ズボンをはく」而不能說「靴を着る」「ズボンを着る」，「はく」往往用在和下身有關的穿戴上。同樣，和上身有關的穿戴，一般只能用「着る」不能用「はく」，不能說「作業服をはく」「コートをはく」等。另外「はめる」和「被る」在譯成中文時雖然都是“戴”，但它們各自所能帶的賓語也是不相同的。在運用日語時應注意這些差別。

練習

說出劃線處動詞的活用形。

①散歩をする時。

②教室を掃除する。

③ドイツ語を勉強する人。

④ズボンをはいて、登山する。

第85課

本課要點

學習「サ」行變格活用動詞「する」的**假定形**和**命令形**的用法。

課文

> A：あしたの会議に出席しませんか。
>
> B：橋本さんが出席すれば、わたしも出席します。
>
> A：いつ結婚しますか。
>
> B：まだわかりません。兄が結婚すれば、すぐ結婚します。
>
> A：さっさと準備しろ！
>
> B：はい。

單字

会議①③	（名・自サ）會議，開會
出席⓪	（名・自サ）出席
橋本	（名）（人名）橋
結婚⓪	（名・自サ）結婚
さっさと①③	（副）快點……，趕緊點……
準備①	（名・他サ）準備

譯文

A：明天的會議（你）不出席嗎？

B：如果橋本出席的話，我也出席。

A：（你）什麼時候結婚？

B：還不知道。如果哥哥結婚的話我就馬上結婚。

Λ：快點準備！

B：是。

語法解釋

1.「あしたの会議に出席しませんか。」

「会議に出席する」中的「に」表示動作、作用的歸著點。「しませんか」的語感與「しますか」相比顯得比較柔和。

2.「橋本さんが出席すれば、わたしも出席します。」

上句中的「すれば」是由「すれ」和「ば」兩部分構成的。「すれ」是「サ」行變格活用動詞「する」的**假定形**；「ば」是接續助詞。「すれば」表示順接假定條件，可譯成“如果……的話”“要是……的話”。由於「する」沒有詞幹和詞尾之分，所以不能把「れ」當作「する」的假定形活用詞尾。

3.「さっさと準備しろ！」

這句話與在此以前的四句話沒有任何關係。「しろ」是「サ」行變格活用動詞「する」的**命令形**。「する」的**命令形**通常有兩種，除「しろ」之外，還有「せよ」。

注意

「しろ」「せよ」是一種非常生硬的命令方式，在現代的日語口語生活中一般很少使用。使用較多的是「する」的連用形後加上補助動詞「なさい」或「～てください」。

練習

說出劃線處動詞的活用形。

① 日本語を<u>勉強</u>しよう。
② ドイツ語を<u>勉強</u>しない。
③ 中国語を<u>勉強</u>します。
④ 数学を<u>勉強する</u>。
⑤ 物理を<u>勉強する</u>人がいます。
⑥ あなたが<u>勉強</u>すれば、わたしも<u>勉強</u>する。
⑦ 医学を<u>勉強しろ</u>（せよ）。

本單元小結

在這一單元裡重點介紹了「サ」行變格活用動詞「する」的**未然形**、**連用**

形、**終止形**、**連體形**、**假定形**和**命令形**的用法。和「カ」行變格活用動詞一樣，「サ」行變格活用動詞也只有「する」一個詞。由於「する」的活用方式和其它種動詞不同，所以人們把它叫作「サ」行變格活用動詞。

(一)關於「**サ**」行變格活用動詞

「サ」行變格活用動詞「する」的活用形和其它種動詞一樣，也有六種：

| し | ない | （未然形） |

- し　ない　　　（未然形）
- し　よう　　　（未然形）
- し　ます　　　（連用形）
- する　　　　　（終止形）
- する　人　　　（連體形）
- すれ　ば　　　（假定形）
- しろ（せよ）　（命令形）

就其活用的種類來說，「する」和其它活用動詞完全相同。但是，「する」的活用方式卻有其獨到之處，它沒有詞幹和詞尾之分，只活用在五十音圖的「サ」行上，其活用式是「し」（未然形・連用形）「せ」（未然形）和在「す」上加「る」（終止形・連體形）「れ」（假定形），以及在「し」上加「ろ」（命令形）在「せ」上加「よ」（命令形）。

詞	未然形	連用形	終止形	連體形	假定形	命令形
する	し・せ・さ （請見本單元 小節二）	し 接「ます」 等	する	する （接「體言」）	すれ （接「ば」）	せよ しろ

通過這個活用表可以看出，「する」的活用既不同於五段動詞、上一段動詞和下一段動詞，也不同於「カ」變動詞。由於它的活用形非常特殊，還由於它只活用在「サ」行上，所以「する」叫「サ」行變格活用動詞。

(二)關於「**する**」的未然形

「する」的未然形有兩個，一個是「し」，一個是「せ」。「し」一般用來接助動詞「ない・よう・まい」等；「せ」的使用率較低，一般用來接助動詞「ぬ」（せぬ）「られる」（せられる）等。「ない」「よう」「まい」等不能接在未然形「せ」後。

另外，「する」在與被動助動詞「れる」使役助動詞「せる」相接時，其形態是「される」「させる」。但是也有人把「される」「させる」當作一個詞來看待，不承認「する」的未然形裡有「さ」。

㈢「する」的用法

「する」除可以單獨做「サ」變動詞使用外，大多是與中文系動詞結合使用。與中文動詞結合時，「サ」變動詞做活用詞尾，中文系動詞做詞幹，以「散歩する」為例：

詞	語幹	未然形	連用形	終止形	連體形	假定形	命令形
散歩する	散歩	し せ さ	し	する	する	すれ	せよ しろ

「散歩」是詞幹，「し」「せ」「さ」「し」「する」「する」「すれ」「せよ」「しろ」是其活用詞尾。

此外，「する」還可以和外來詞結合使用，如「ストップする」（停止）「キャッチする」（掌握）等。

第十九單元

本單元目的

　　從第十三單元到第十八單元我們主要介紹了各種活用動詞的活用規律。日語動詞是一種規律性很強的動詞，所有的現代日語動詞大體上都可以歸納在五段活用動詞、上一段活用動詞、下一段活用動詞、「カ」行變格活用動詞、「サ」行變格活用動詞裡。這五種動詞的各個活用形大體上概括了動詞的各種用法。盡管如此，由於時代的變遷，動詞的活用形往往會發生一些音便現象，動詞的音便現象一般只發生在連用形上。本單元將重點介紹動詞的幾種音便形。此外還將簡單地介紹一下「ラ」行變格活用動詞的用法。

第86課

本課要點

學習五段活用動詞的「イ」音便和並列助詞「たり」的用法。

課文

> A：毎朝何をしますか。
> B：放送を聞いたり、絵を書いたりします。
> A：りんごは皮をむいて食べますか。
> B：はい、なしも同じです。
> A：まにあいますか。
> B：大丈夫です。急いで行きますから。

單字

絵①	（名）	畫，圖畫
皮②	（名）	皮
剝く⓪	（他五）	剝，削

間に合う③	（自他）來得及，趕得上；夠用，頂用，頂事
大丈夫③	（形動）沒關係，不要緊
急ぐ②	（自五）急，趕快，趕緊

譯文

A：（你）每天早晨做什麼？

B：要麼聽聽廣播，要麼做做畫什麼的。

A：蘋果削了皮再吃嗎？

B：對，梨也一樣。

A：來得及嗎？

B：沒關係，（我）快點走。

語法解釋

1.「放送を聞いたり、絵を書いたりします。」

①這句話中的「たり」是**並列助詞**，表示例舉在某種情況下所發生的或可能發生的同類動作、作用或狀態。「たり」通常以「〜たり〜たり（など）」的形式在句中出現，這一點有點近似於「〜とか〜とか（など）」或「〜や〜や（など）」。所不同的是「たり」一般只接在動詞、形容詞、形容動詞及部分助動詞的連用形下，而「とか」「や」等一般都可以接在名詞後面。有「たり」的句子往往都有例舉未盡的意思，所以翻譯時可將其譯作"……啦……啦……等"或"……啦……啦……什麼的"。

②在第十四單元裡講過，「カ」行五段活用動詞的連用形是「き」，如「書きます」「聞きます」等。本課中出現的「聞いたり」「書いたり」中的「聞い」「書い」等實際上也是連用形。其活用詞尾「い」是由原來的活用詞尾「き」變化而來的。這種活用詞尾由「き」變成「イ」的現象叫**「イ」音便**，「イ」也叫音便形。「イ」音便一般只發生在「カ」行和「が」行五段活用動詞上。「が」行五段活用動詞指的是「急ぐ」這種活用詞尾是濁音的詞。「たり」「て」等接在「が」行動詞後時除了必須接音便形外，其自身還要變成濁音「だり」「で」等。

注意

1.「たり」「て」等接「が」行五段活用動詞的音便形時要變成「だり」

「で」。

2.「行く」雖然也是「カ」行五段活用動詞，但是這個詞的音便形與其它的「カ」行動詞不同，「行く」接「たり」「て」時是「行ったり」「行って」。

練習

說出下列動詞的音便形。
①咲く　②吹く　③剝く
④急ぐ　⑤聞く　⑥書く

第87課

本課要點

學習五段活用動詞的**促音便**和表示過去、完了的助動詞「た」的用法。

課文

> Ａ：松村さん、何を買った？
> Ｂ：野菜を買った。
> Ａ：野菜はさっき買って持って帰ったでしょう。
> Ｂ：持って帰ったのは、野菜ではありません、くだ物です。

單字

松村	（名）（人名）松村
野菜⓪	（名）蔬菜，菜
さっき①	（副）剛才，方才
持つ①	（他五）持，拿，帶；具有
果物②	（名）水果

譯文

Ａ：松村，（你）買什麼了？

Ｂ：（我）買蔬菜了。

A：蔬菜（你）剛才不是買了拿回去了嗎？

B：拿回去的不是蔬菜，是水果。

語法解釋

1.「何を買った？」

①五段活用動詞「買う」的連用形是「い」，如「買います」；「持つ」的連用形是「ち」，如「持ちます」；「帰る」的連用形是「り」，如「帰ります」。

「買う」「持つ」「帰る」等在接助動詞「た」、助詞「たり」「て」時，其活用詞尾不是「い」「ち」「り」，不能說「買いた」「持ちたり」「帰りて」。「買う」「持つ」「帰る」等在接「た」「たり」「て」時，其活用詞尾要發生促音便，「い」「ち」「り」要變成促音，變成「買った」「持ったり」「帰って」。這種活用詞尾由「い」「ち」「り」變成促音的現象叫促音便。「買っ」「持っ」「帰っ」是各自動詞的連用形，這種連用形也叫音便形。促音便一般只發生在「タ行五段」「ラ行五段」「ワア行五段」活用動詞和「ラ行変格活用動詞」上（關於ラ行變格活用動詞請參照第89課）。另外「カ行五段」活用動詞「行く」的音便形也是促音便。

②「買った」中的「た」是表示**"過去"** **"完了"**的助動詞。助動詞「た」通常接在動詞、形容詞、形容動詞以及具有連用形的部分助動詞的連用形後；和有音便現象的動詞結合時，接在動詞的音便形後。

2.「持って帰ったのは、野菜ではありません。くだ物です。」

「持って帰ったのは」中的「の」在意義上一般沒有具體的所指對象，不表示任何具體的概念，在句中只具有語法作用，一般接在用言的連體形後，使用言具有體言的資格。這種詞語法上叫「準体助詞」。

注意

現代日語的用言後面不能直接接助詞「は」「が」等，不能直接以用言的形態做句子的主語或賓語。用言要接「は」「が」等助詞的話，須在用言和「は」「が」間加上準體助詞「の」，用言只有用其連體形接「の」取得體言的資格以後，才能接「は」「が」等。

練習

說出下列動詞的音便形。

①急ぐ　②被る　③掛る　④書く
⑤立つ　⑥行く　⑦使う　.⑧降る

第88課

本課要點

學習五段活用動詞的**撥音便**。

課文

Ａ：昨日は何をしましたか。
Ｂ：本を読んだり、友達とテニスをして遊んだりしました。
Ａ：引っ越しはもうすんだのですか。
Ｂ：いいえ、車がないから、来週にまわしました。

單字

昨日②	（名）昨日，昨天
テニス①	（名）網球
引っ越し⓪	（名）搬家
来週⓪	（名）下週，下星期
回す⓪	（他五）轉，轉動；傳，傳遞；挪

譯文

Ａ：昨天（你）做什麼了？

Ｂ：看了一下書，和朋友玩了一下網球。

Ａ：家搬完了嗎？

Ｂ：不，因爲沒有車，改在下禮拜了。

語法解釋

1.「本を読んだり、友達とテニスをして遊んだりしました。」

五段活用動詞「死ぬ」「遊ぶ」「読む」的連用形是「に」「び」「み」。如「死にます」「遊びます」「読みます」等。

但是，「死ぬ」「遊ぶ」「読む」等在接助動詞「た」、助詞「たり」「て」時，其活用詞尾不是「に」「び」「み」，而是「ん」。不能說「死にた」「遊びだり」「読みて」，而必須說「死んだ」「遊んだり」「読んで」。「死ん」「遊ん」「読ん」分別是「死ぬ」「遊ぶ」「読む」的音便形，這種音便現象叫**撥音便**。與「イ」音便和促音便一樣，撥音便的音便形也可叫作連用形。撥音便一般只發生在「ナ行五段」「バ行五段」「マ行五段」活用動詞上。「た」「たり」「て」接「ナ行五段」「バ行五段」「マ行五段」動詞時要變成「だ」「だり」「で」。

2.「引っ越しはもうすんだのですか。」

「すんだのですか」中的「の」是準體助詞。通常接在用言的連體形後，賦與用言以體言的資格，然後在「の」下加斷定助動詞「だ」或「です」構成「〜のだ」或「〜のです」的形態，表示對某件事加以斷定和說明。在日語裡「の」有時也被說成「ん」。

注意

現代日語的用言後不能直接接助動詞「だ」或「です」。「だ」「です」如果與用言結合的話，要以「のだ」「のです」的形態對用言等成分的意義加以判定、說明。

練習

將下列動詞與「た」「たり」「て」結合到一起。
①吹く　②止る　③持つ　④読む
⑤急ぐ　⑥買う　⑦遊ぶ

第89課

本課要點

學習ラ行變格活用動詞的用法。

課文

> A：宮内先生、先生は野球をなさいますか。
>
> B：ええ、ときどきする。
>
> A：テニスもなさいますか。
>
> B：いえ、テニスはしない。
>
> A：野球はおもしろいですか。
>
> B：おもしろいよ。時間があれば、ぜひやりなさい。

單字

宮内	（名）（人名）宮内
野球⓪	（名）棒球
為さる②	（他五）「する」的敬語詞
面白い④	（形）有意思，有趣，滑稽
是非①	（副）一定，無論如何
遣る⓪	（他五）做

譯文

A：宮內老師，您打棒球嗎？

B：是的，經常打。

A：還打網球嗎？

B：不，不打網球。

A：棒球有意思嗎？

B：有意思。你有時間的話一定要玩玩。

語法解釋

1.「先生は野球をなさいますか。」

本課的課文可以假設為學生和老師的對話。通常老師的地位要比學生高，輩份要比學生大，所以學生對老師說話時往往要用敬語。日語中的敬語表達方式有很多種：有助動詞「です」「ます」，有補助動詞「～てくださる」「～ていただく」，還有敬語動詞「なさる」「おっしゃる」「いらっしゃる」等。「な

さる」是「する」的敬語詞，表示尊敬行為者的意思。「なさる」雖然是五段活用動詞，但它的連用形除了「り」以外，還有「い」，也就是說「ます」在接「なさる」時不是接在「なさり」後，而是接在「なさい」後，「い」是「り」的音便形。另外，ラ行五段活用動詞的命令形通常是「れ」，但「なさる」的命令形是「なさい」，而不是「なされ」。這種活用詞尾近似於ラ行五段動詞，但其連用形除「り」外還有「い」，其命令形不是「れ」而是「い」的動詞叫**ラ行變格活用動詞**。「おっしゃる」「いらっしゃる」等也是ラ行變格活用動詞。ラ行變格活用動詞簡稱ラ變動詞。

　2.「時間があれば、ぜひやりなさい。」

　「なさい」是「なさる」的命令形。上句中的「なさい」接在動詞的連用形後表示輕微的命令，接在動詞連用形後的「なさい」是補助動詞。

注意

「なさる」一般用來尊敬行為者，說自己的行為時不能用「なさる」。

練習

用「なさる」將下列句子譯成日語。
①老師每天散步。
②你爸爸經常登山嗎？

第90課

本課要點

學習日語中“……**說**……”這一句型的用法。

課文

> A：お医者さんはもう帰りましたか。
> B：はい、帰りました。
> A：何か言いましたか。
> B：「大丈夫、心配はいらない」と言いました。
> A：お医者さんの名前は何といいますか。
> B：秋山といいます。

單字

言う⓪	（他五）說，講，叫
心配⓪	（名・自他サ）擔心，操心
要る⓪	（自五）要，需要
名前⓪	（名）姓，姓名

譯文

A：醫生已經回去了嗎？

B：是的，回去了。

A：（他）沒說什麼嗎？

B：（他）說"沒關係，不用擔心。"

A：醫生叫什麼名字？

B：叫秋山。

語法解釋

1.「何か言いましたか。」

句中的第一個「か」是副助詞，表示不確指。與「教室には何かあります
か」中的「か」完全相同。

2.「大丈夫、心配はいらない」と言いました。

①「大丈夫」是形容動詞「大丈夫だ」省略了活用詞尾「だ」的用法。

②「要る」表示"要""需要"的意思。「心配はいらない」就是"**不用擔
心**""**用不著擔心**"的意思。「要る」接「心配」時只能用其否定形態，不能說
「心配はいる」。

③「━━と言いました」中的「と」是格助詞，表示動作、作用、狀態的內
容。人們要說話，就必須要有一個說的內容。日語與中文不同，通常賓語在前述
語在後，所以「言う」要放在"說"的內容的後面，"說"的內容要用「と」來
表示。

3.「お医者さんの名前は何といいますか。」

這個句子中的「いう」不是說的意思。「名前は何といいますか。」意思是
"**名字怎麼稱呼？**"。「秋山といいます」意思是"**（名字）叫秋山**"。所以諸如
上面句子中的「いう」可譯成"叫……"等。

「言う」的活用詞尾「う」讀時不能讀作「u」，要讀作「yu」。也就是「言う」的讀音要讀作「いゆ」。

練習

將下列句子譯成中文。

Ａ：山田さん、西村さんは何か言いましたか。

Ｂ：はい、言いました。

Ａ：何を言いましたか。

Ｂ：「あしたまた来る」と言いました。

本單元小結

在這一單元裡我們重點介紹了五段活用動詞中的三種音便現象。**イ音便、撥音便、促音便**都發生在五段動詞的連用形上，這種變化了的活用形叫音便形。

㈠動詞的音便形

「サ行五段活用動詞」以外的各行活用動詞在與助詞「て」「ては」「ても」「たり」助動詞「た」結合時所用的活用形態叫音便形。動詞的音便形通常有四種：イ音便、撥音便、促音便、ウ音便。由於ウ音便在標準的口語中一般不用，所以在此只介紹前面的三種。

イ音便只發生在「カ」行五段動詞和「が」行五段動詞上。「カ」行五段動詞和「が」行五段動詞在與助動詞「ます」結合時其活用詞尾（連用形）是「き」「ぎ」：

書き　ます
急ぎ　ます

但是當它們與「て」「ては」「ても」「たり」和「た」結合時，其活用詞尾（也屬連用形）卻變成了「**イ**」：

書い　て
急い　で

這種活用語尾由「き」「ぎ」變成「イ」的現象叫イ音便。

撥音便發生在「ナ」行五段活用動詞、「バ」行五段活用動詞、和「マ」行五段活用動詞上。活用在「ナ」行「バ」行「マ」行上的五段動詞在與助動詞「ます」結合時，它們的活用詞尾（連用形）分別是「に」「び」「み」：

　　　　死に　ます
　　　　遊び　ます
　　　　読み　ます

但是，「死ぬ」「遊ぶ」「読む」在與「て」「ては」「ても」「たり」和「た」等結合時，它們的活用詞尾是「ん」而不是「に」「び」「み」：

　　　　死ん　で
　　　　遊ん　で
　　　　読ん　で

這種活用語尾由「に」「び」「み」變成「ん」的現象叫撥音便。

　　促音便發生在「タ」行五段活用動詞「ラ」行五段活用動詞「ワ」行五段活用動詞和「ラ」行變格活用動詞上。「タ」行、「ラ」行、「ワ」行和「ラ」變動詞在同「ます」結合時它們的活用詞尾（連用形）分別是「ち」「り」「い」和「い」：

　　　　持ち　ます
　　　　作り　ます
　　　　買い　ます
　　　　なさい　ます

但是「持つ」「作る」「買う」「なさる」等在與「て」「ては」「ても」「たり」和「た」結合時，它們的活用詞尾都要由「ち」「り」「い」「い」變成促音：

　　　　持って　て
　　　　作って　て
　　　　買って
　　　　なさって

這種活用詞尾由「ち」「り」「い」「い」變成促音的現象叫**促音便**。

　　音便現象是語言發展歷史上的產物。日語中的動詞音便現象可列表如下：

	連用形	音便形
書く	〜き	〜い
急ぐ	〜ぎ	〜い
死ぬ	〜に	〜ん
遊ぶ	〜び	〜ん
読む	〜み	〜ん
持つ	〜ち	〜っ
作る	〜り	〜っ
買う	〜い	〜っ
なさる	〜り（い）	〜っ

㈡助動詞「た」

助動詞「た」通常接在動詞、形容詞、形容動詞及具有連用形的助動詞的連用形後。在接除「サ」行五段動詞以外的五段動詞時要接在音便形後。如：

書いた
急いだ
死んだ
遊んだ
読んだ
持った
作った
買った

なさった

「た」在接「が」行五段動詞和「な」行、「ば」行、「マ」行等有撥音便現象的五段動詞時要變成濁音「だ」。

「た」表示的意義很多，但大體上可把它所表示的意義劃為“**過去**”和“**完了**”兩大類。

「た」本身具有活用現象，其活用形可歸納如下：

詞	未然形	連用形	終止形	連體形	假定形	命令形
た	たろ	○	た	た	たら	○

㈡關於「ラ」行變格活用動詞

　　「なさる」的活用形與「ラ」行五段動詞十分相似，但又不同於「ラ」行五段的活用動詞。「なさる」與「ます」結合時是「**なさいます**」而不是「なさります」，它的命令形是「なさい」而不是「なされ」。

詞	未然形	連用形	終止形	連體形	假定形	命令形
なさる	ら　ろ	り　い	る	る	れ	い

　　這種活用形與「ラ」行五段活用動詞十分相似，但又不屬「ラ」行五段活用動詞的詞叫「ラ」行變格活用動詞，簡稱「ラ」變動詞。

第二十單元

本單元目的

從第13單元到第19單元，我們著重介紹了各種動詞的活用規則。在這一單元裡我們將著重介紹日語形容詞的活用及各活用形的用法。與動詞一樣，日語中的形容詞也是一種規律性很強的活用詞。動詞有六個活用形，而形容詞只有五個活用形，在本單元的五課裡，除了要介紹各活用形以外，還要繼續介紹一些句式和慣用形的用法。

第91課

本課要點

學習形容詞**未然形**的用法。

課文

A：どこへ行くの？
B：松島へ行く。
A：松島？出張なのか？
B：いや、旅行だよ。
A：いいね、松島はさぞおもしろかろう。

單字

松島③②	（名）（日本旅遊勝地）松島
出張⓪	（名・自サ）出差
嘸①	（副）想必，一定

譯文

A：（你）到哪兒去？

Ｂ：去松島。

Ａ：松島？（去）出差嗎？

Ｂ：不，（去）旅遊。

Ａ：太好啦。松島想必一定很有意思。

語法解釋

1.「松島？出張なのか。」

本句中的「松島？」表示吃驚、意外或懷疑。因此句末語調要上升。松島是日本的三大旅遊勝地之一，是人們嚮往的地方，所以當聽話人聽說對方要去松島時，便顯露出吃驚或意外的神色。

「出張なのか？」中的「か」表示疑問，這種疑問方式的語氣程度比「出張か」要強得多。

2.「いいね、松島はさぞおもしろかろう。」

①本句中的「いいね」不是表示說話人對某件事的好壞加以判斷，而是表示說話人對對方將要去松島一事的羨慕。

②「おもしろかろう」是由形容詞「おもしろい」的未然形「おもしろかろ」加助動詞「う」構成的。表示推量、推測的意思。在現代口語中形容詞表示推量時通常很少使用未然形加助動詞「う」的形態，一般不說「おもしろかろう」「寒かろう」。通常使用終止形後接「だろう」「でしょう」的形態。如：

おもしろいだろう。

寒いでしょう。

注意

副詞「さぞ」往往要同表示推測、推量的「だろう」「でしょう」等前後呼應使用。

練習

說出下列形容詞的未然形。

①高い   ②長い

③短い   ④暑い

⑤暖かい   ⑥明るい

第92課

本課要點

在這一課重點介紹形容詞**連用形**的用法。以及「━ほど━ない」句型的用法。

課文

> A：柿は甘くて、石榴はすっぱいです。
>
> B：ミカンも甘いですが、柿ほど甘くはありません。
>
> A：今朝ミカンを食べましたか。
>
> B：はい、食べました。
>
> A：おいしかったですか。
>
> B：はい、とてもおいしかったです。

單字

柿⓪	（名）	柿子
甘い⓪	（形）	甜，甜的
石榴①	（名）	石榴
ほど⓪②	（名・副助）	程度，限度，分寸；前後，左右。

譯文

A：柿子甜，石榴酸。

B：橘子也甜，但不如柿子甜。

A：今天早上（你）吃橘子了嗎？

B：是的，吃了。

A：好吃嗎？

B：是的，很好吃。

語法解釋

1.「柿は甘くて、石榴はすっぱいです。」

這句話中的「て」屬接續助詞。接續助詞「て」有很多功能，上句中的「て」表示並列、對比關係。「て」除可接在形容詞連用形後以外，也可接在動詞、助動詞的連用形後。

2.「ミカンも甘いですが、柿ほど甘くはありません。」

①形容詞表示否定時，要在形容詞的連用形後加上表示否定意義的形容詞「ない」，如「甘くない」。「ない」的鄭重語體是「ありません」，所以形容詞連用形後也可加「ありません」。「甘くない」也可以說成「甘くありません」。「甘くはありません」中的「は」表示對比關係，其言外之意是：橘子不如柿子甜，但它還是甜的。

②「～ほど～ない」是一個句型，表示"……不如……""……比不上……"等意義。「ミカンは柿ほど甘くはありません。」是說"橘子不如（比不上）柿子甜"。「ほど」如果用在肯定句式裡的話，一般表示程度，可譯作"左右""前後"等。

3.「おいしかったですか。」

本句中的「おいしかった」是由兩個成分組成的。「おいしかっ」是形容詞「おいしい」的連用形，也可以叫音便形。形容詞音便形後接過去助動詞表示事情發生在"以前"。「た」接形容詞時都要接音便形。如「暑かった」「安かった」等。

注意

接在形容詞、形容動詞、判斷助動詞「だ」的連用形後的「ない」是形容詞；接在動詞、助動詞「れる、られる」「せる、させる」未然形後的「ない」是助動詞。

練習

說出下列形容詞的連用形和音便形。

① 暖かい　　　　②明るい

③おもしろい　　④おいしい

⑤高い　　　　　⑥短い

第93課

本課要點

學習形容詞終止形的用法。

課文

A：お家はどこ？

B：駅前なの。

A：駅前？毎日騒しいでしょうね。

B：そうよ，とても騒しいわ。

A：駅前は車が多いから，おまわりさんも多いでしょうね。

B：多いけれど，歩行者にはわりにやさしいわよ。

單字

駅前③⓪	（名）站前、車站前面
おまわりさん②	（名）警察（的俗稱）
けれど①	（接助）但是，可是
うるさい③	（形）討厭、麻煩、吵鬧

譯文

A：你家在哪兒？

B：在車站前面。

A：車站前面？（站前）每天鬧哄哄的吧？

B：可不是，非常熱鬧。

A：車站前面車很多，警察也多吧？

B：多。可是（他們）對行人非常熱情。

語法解釋

1.「毎日騒しいでしょうね。」

「でしょう」接形容詞時，要接在終止形後面。本句中的「騒しい」屬終止形。

2.「そうよ、とても騒しいよ。」

本課課文對話雙方的關係是一種十分親密的關係，所以雙方都不用敬體會話。「そうよ」是省略了判斷助動詞「です」（或「だ」）的說法，一般只限於在家庭內部或親朋摯友間使用。「とても騒しいよ」中的「よ」所接的形容詞活用形也是終止形。

3.「駅前は車が多いから、おまわりさんも多いでしょうね。」

本句中的「から」（請參照第113課）是接續助詞。接續助詞「から」上接的形容詞活用形也是終止形。

4.「歩行者にはわりにやさしいわよ。」

本句中的「に」是格助詞，表示動作所指的對象，在此可以譯成 "對" 等。「やさしいわよ」中的「やさしい」也是形容詞的終止形。

注意

如果對話的另一方是比自己地位高、或是自己必須尊敬的人的話，一般要在形容詞的終止形後加上表示謙恭意義的「です」等。

練習

將下列句子譯成日語。

先生：長江長嗎？

學生：是的，長江很長。

先生：北京烤鴨好吃嗎？

學生：是的，非常好吃。

先生：那個教室明亮嗎？

學生：不，那個教室很暗。

第94課

本課要點

學習形容詞**連體形**的用法和表示比較的「より」及表示 "既……也……" 句

型的用法。

課文

学生：それは何ですか。
先生：試験問題だ。
学生：難しい問題がありますか。
先生：難しい問題もあれば、易しい問題もある。
学生：先週の試験より難しいでしょうね。
先生：いや、先週の試験ほど難しくない。

單字

試験問題③	（名）考題、考試題目
難しい⓪	（形）難，困難
問題⓪	（名）問題，題
易しい⓪	（形）容易，簡單
先週⓪	（名）上週，上星期
吸う⓪	（他五）吸，抽，吮，吸收
タバコ⓪	（名）煙草，香煙

譯文

A：那是什麼？

B：是考試題目。

A：有難題嗎？

B：有難題，也有簡單的題目。

A：（這一次考試）比上禮拜的考試難吧？

B：不，沒有上禮拜的考試難。

語法解釋

1.「難しい問題がありますか。」

本句中的「難しい」後面接的是名詞，也就是說形容詞「難しい」在句中的作用是對名詞「問題」加以修飾限制。名詞屬體言類，形容詞屬用言類；用言對體

— 254 —

言的這種修飾關係叫連體修飾關係，其修飾體言的形態叫連體形。

2.「難しい問題もあれば、易しい問題もある。」

本句中的「ば」屬接續助詞，與「六時に起きればいいです」中的「ば」不同的是，本句中的「ば」表示的不是假定關係而是並列關係。通常這種**並列關係**要由「ば」與「も」構成「～も～ば、～も～」的句型來完成。「～も～ば、～も～」句型一般可譯成"……**既**……**也（又）**……"。

　　　あの人は酒も飲めば、タバコも吸う。

　　　（他既喝酒又抽煙。）

3.「先週の試験より難しいでしょうね。」

「より」是格助詞，本句中的「より」表示比較對照的基準。一般可譯成"……比……"。

　　　飛行機は車より速い。

　　　（飛機比汽車快。）

注意

①在表示"比較"的表達方式中，如果是否定意義的話，應該用「～ほど～ない」句型而不能用「より」。不能說「ミカンは柿より甘くない」，應該說「ミカンは柿ほど甘くない」。

②形容詞連體形接體言時，後面不能再加格助詞「の」，不能說「難しいの問題」。

練習

將下列句子譯成日語。

①火車比汽車快。

②火車沒有飛機快。

第95課

本課要點

學習形容詞**假定形**的用法和補助動詞「～て下さい」的用法。

課文

> A：さあ、お風呂に入ろう。
> B：熱ければ水を少し入れて下さい。
> A：熱くないよ、ちょっとぬるい。
> B：温ければガスをつけて下さい。
> A：おれのタオルがないんだ。
> B：ほんとう？なければ僕のタオルを使って下さい。

單字

さあ①	（感）那麼，喂，哎喲
風呂②①	（名）澡堂，浴池，浴室
入る①	（自五）進，入，加入，進入，容納
熱い②	（形）熱，燙，熱烈
水⓪	（名）水，冷水
入れる⓪	（他一）裝，放，放進
～下さい	（補動）請，請給我～
温い②	（形）冷，不熱
ガス①	（名）煤氣，氣體、瓦斯
付ける②	（他一）點，塗，附上
俺⓪	（名）我，俺

譯文

A：好了，洗澡吧。

B：要是（水）熱的話再放點（冷水）。

A：不熱，挺冷。

B：要是冷的話把瓦斯點著。

A：怎麼沒有我的毛巾？

B：真的嗎？要是沒有就用我的吧。

語法解釋

1.「さあ、お風呂に入ろう。」

「さあ」是感嘆詞，在這裡表示喚起對方的注意。「お風呂に入る」是慣用說法，就是洗澡的意思。不能譯成"進入澡堂"等。

2.「熱ければ水を少し入れて下さい。」

①「熱ければ」中的「ば」是接續助詞；「熱けれ」是「熱い」的**假定形**、「ば」接在形容詞的假定形後表示順接假定條件。

②「入れて下さい」中的「下さい」屬補助動詞，「下さい」是「下さる」的命令形，通常與「て」結合接在動詞的連用形後表示命令的意思。

3.「おれのタオルがないんだ。」

「おれ」是男性用語，一般只限於用在關係比較密切的朋友間或家庭中。

「ないんだ」中的「ん」是「の」的口語化。「ないんだ」在本句中表示責難的意思，即"為什麼（怎麼）沒有我的毛巾？"。

注意

日語中的「温い」和中文的"溫"在意義上有出入，日語的「温い」表示的是"不熱"的意思。

練習

說出下列形容詞的假定形。

①長い　　　②美しい　　　③高い
④騒しい　　⑤暖かい　　　⑥短い

本單元小結

在這一單元裡重點介紹了形容詞的五個活用形。形容詞的活用形比動詞少一個，缺少命令形。其中的未然形平時使用率也很低。

(一)形容詞的形態

日語的形容詞可以通過形態去加以辯認，凡是形容詞其基本形的詞尾都是「～い」。形容詞活用又分二種，一種叫「く活用」，一種叫「しく活用」。所謂「しく活用」是指形容詞的活用詞尾是「い」，其連用形是「く」的活用形式；所謂「しく活用」是指活用詞尾是「しい」，其連用形是「しく」的形容詞。形容詞的活用形大體上可歸納入下表中。

「く」活用形容詞

	未然形	連用形	終止形	連體形	假定形	命令形
暑い	○	く	い	い	けれ	○
	かろ	かっ	○	○	○	○

「しく」活用形容詞

	未然形	連用形	終止形	連體形	假定形	命令形
美しい	○	しく	しい	しい	しけれ	○
	しかろ	しかっ	○	○	○	○

㈠形容詞的未然形和音便形

形容詞的未然形是「かろ」「しかろ」，由於這種活用形與普通的連用形、終止形、連體形等相去甚遠，所以在活用表裡把它和音便形單獨列出來。「暑かろ」「美しかろ」是由「暑くあろ」「美しくあろ」演化而來的。其演化的過程是：

【atsukuaro】 → 【atsukaro】

【utsukushikuaro】 → 【utsukushikaro】

現代日語中的未然形一般很少使用。形容詞的音便形可用來接過去助動詞「た」。「暑かった」「美しかった」。是由「暑くあった」「美しくあった」演化而來的。其演化的過程是：

【atsukuatta】 → 【atsukatta】

【utsukushikuatta】 → 【utsukushikatta】

音便形除可接過去助動詞「た」以外，還可接並列助詞「たり」等。

㈡「より」「〜ほど〜ない」

「より」和「ほど〜ない」都是表示比較意義的，這一點兩者相同。所不同的是，「より」通常用在表示肯定意義的比較句中，而「〜ほど〜ない」通常只是在表示否定意義時才可使用。

第二十一單元

本單元目的

在上一單元裡我們重點介紹了形容詞五個活用形的用法。在這一單元裡我們將主要介紹形容動詞的活用及各活用形的用法。形容動詞的活用形數量與形容詞一樣，只有五個，這五個活用形是**未然形**、**連用形**、**終止形**、**連體形**、**假定形**。

第96課

本課要點

學習形容動詞**未然形**的用法和「～てたまらない」的用法。

課文

> Ａ：ホテルは市内_{し ない}だろうね。
> Ｂ：いえ，市内_{し ない}からとても遠_{とお}いの。田舎_{い なか}なの。
> Ａ：そうか。田舎_{い なか}か。いいなあ。夜_{よる}は静_{しず}かだろうね。
> Ｂ：いえ，そのホテルは高速道路_{こうそくどう ろ}に近_{ちか}いから，夜_{よる}も喧_{やかま}しくてたまらない。

單字

ホテル①	（名）	旅社，旅店，大酒店
市内①	（名）	市內
田舎⓪	（名）	鄉村，農村
高速道路⑤	（名）	高速公路
喧しい④	（形）	吵鬧，雜嘈，喧嘩
堪る⓪	（自五）	堪，忍受

譯文

Ａ：旅館在市內吧？

Ｂ：不，離市內很遠，（在）農村。

Ａ：是嗎？是農村啊？太好了。晚上很靜吧？

Ｂ：不，那個旅館離高速公路很近，晚上也非常喧鬧。

語法解釋

1.「そうか。田舎か。いいなあ。夜は静かだろうね。」

「そうか」女性一般不用。其中的「か」發音時幾乎接近於【ga】。

「いいなあ」中的「なあ」多用於表示第一人稱感嘆或抒發情懷時。

「静かだろうね」是由三個成分組成的。「静かだろう」是由形容詞「静かだ」的未然形「静かだろ」加助動詞「う」構成的。「静かだろう」的尊敬體是「静かでしょう」。

2.「夜も喧しくてたまらない。」

「━━てたまらない」可看作是一個句型，表示 **"難以忍受" "為難" "厭惡"** 等意義。「━━たまらない」往往和「て」一道接在形容詞的連用形後，接形容動詞時接在連用形「で」後。

如：

嬉しくてたまりません。

（高興得不得了。）

いやでたまりません。

（討厭得要命。）

「夜も喧しくてたまらない。」中的「も」是相對白天而言的，言外之意是白天也很喧鬧。

注意

「ホテルは市内だろうね」和「夜は静かだろうね」中的「だろう」不是同種成分。前者是判斷助動詞「だ」的未然形後接推量助動詞「う」構成的；後者是形容動詞「静かだ」的未然形「静かだろ」後接推量助動詞「う」構成的。名詞後面的「だ」是判斷助動詞，形容動詞中的「だ」是形容動詞的活用詞尾。

練習

說出下列形容動詞的**未然形**。

① 便利^{べんり}だ　　　　② きれいだ
③ 上手^{じょうず}だ　　　　④ 下手^{へた}だ

第97課

本課要點

學習形容動詞**連用形**的用法。

課文

> A：ここは銀座^{ぎんざ}で，ここは上野^{うえの}だ。銀座^{ぎんざ}はきれいで，上野^{うえの}は汚^{きたな}い。
> B：上野^{うえの}は昔^{むかし}も汚^{きたな}かったの？
> A：いや，昔^{むかし}はきれいだった。
> B：新宿^{しんじゅく}はきれいでしょうね。
> A：いや，今^{いま}は賑^{にぎ}かになったから，あまりきれいではないよ。

單字

上野^{うえの}⓪	（名）上野（日本東京地名）
昔^{むかし}⓪	（名）昔日，過去
賑^{にぎ}やか②	（形動）熱鬧

譯文

A：這裡是銀座，這裡是上野。銀座乾淨上野骯髒。

B：上野過去也骯髒嗎？

A：不，過去乾淨。

B：新宿乾淨吧？

A：不，現在繁華了，不太乾淨。

語法解釋

1.「銀座はきれいで，上野は汚い。」

「きれいで」是形容動詞「きれいだ」的連用形，本句中的「きれいで」表示中頓的意思。

2.「いや，昔はきれいだった。」

「きれいだった」是由兩個成分組成的。「きれいだっ」是形容動詞「きれいだ」的連用形，形容動詞的這種連用形後接過去助動詞「た」表示事物、性質狀態的過去。過去助動詞「た」接形容動詞時必須接在這種連用形後，如「便利だった」「下手だった」等。

3.「新宿はきれいでしょうね。」

本句中的「きれいでしょう」是由兩個成分構成的。「きれいでしょ」是「きれいだ」的鄭重體「きれいです」的未然形；「う」是推量助動詞。也就是說「きれいでしょう」是「きれいだろう」的鄭重體，兩者意思一樣。

4.「今は賑かになったから，あまりきれいではないよ。」

①「賑かになった」中的「賑かに」是形容動詞「賑かだ」的連用形。「賑かだ」的連用形有三種，「賑かで」「賑かに」「賑かだっ」等。所不同的是，「賑かで」表示中頓；「賑かに」往往用來修飾限制動詞，是連接動詞的形態；「賑かだっ」用來連接過去助動詞「た」。

②「あまりきれいではないよ」中的「きれいで」是「きれいだ」的連用形；「は」是係助詞；「ない」是表示否定意義的形容詞。形容動詞的否定形式往往是在其連用形後加上形容詞「ない」。如「上手でない」「便利でない」等。

注意

「ここは銀座で，ここは上野だ」中的「で」是判斷助動詞「だ」的連用形；「銀座はきれいで，上野は汚い」中的「きれいで」是形容動詞「きれいだ」的連用形。

練習

說出下列形容動詞的三個連用形。

① 上手だ   ②静かだ

③便利だ   ④いやだ

第98課

本課要點

學習形容動詞終止形的用法和副詞「ずっと」的用法。

課文

> Ａ：やあ，浩君，久しぶりだったね。元気？
> Ｂ：うん，元気だよ。君も元気でしょうね。
> Ａ：君よりもっと元気だよ。
> Ｂ：山下は元気かい。
> Ａ：あの人はずっと元気だ。

單字

君⓪	（名）你
ずっと⓪	（副）一直，……得多
山下	（名）（人名）山下

譯文

Ａ：哎呀，浩，好久不見了，身體好嗎？

Ｂ：嗯，好。你身體也好吧？

Ａ：比你還健康。

Ｂ：山下的身體好嗎？

Ａ：他一直很好。

語法解釋

1.「うん，元気だよ。君も元気でしょうね。」

①本句中的「うん」表示肯定的意思。由於對話雙方關係十分密切，在此用「うん」顯得更親切一些。（請見第36課）

②「元気だよ」是由「元気だ」和終助詞「よ」兩個成分組成的。這裡的

「元気だ」是終止形。

③在被對方詢問過身體狀況如何，然後反過來詢問對方時一般要用「も元気ですか」而不能用「は元気ですか」。

2.「山下は元気かい。」

因「山下」和對話雙方的關係都很密切，所以可以不在名字後加「さん」或「君」。

3.「あの人はずっと元気だ。」

①「あの人」指的是「山下」；由於對話雙方都認識山下這個人，所以在這裡只能用「あの」而不能用「その」或「この」。

②「ずっと」是副詞，在這裡用來修飾表示狀態的「元気だ」。本句中的「ずっと」表示"過去如此，現在還是如此""一直"的意思。如「ずっときれいだ」（一直乾淨），「ずっと汚い」（一直髒）。

注意

本課第一句中的「元気？」可以看作是詞尾「だ」的省略。

如果對方不是親朋好友的話，在詢問對方身體如何時要用「お元気ですか」，「お」表示尊重對方的意思。

練習

將下列句子譯成日語。

學生：老師，好久沒見了，您身體好嗎？

先生：好，你身體也好吧？

學生：好，謝謝。

第99課

本課要點

學習形容動詞連體形的用法和表示全盤肯定的說法。

課文

A：これは天安門^{てんあんもん}です。

B：りっぱな建物^{たてもの}ですね。

A：これは敦煌^{とんこう}の莫高窟^{ばっこうくつ}です。中^{なか}には見事^{みごと}な壁画^{へきが}がたくさんあります。

B：天安門^{てんあんもん}と莫高窟^{ばっこうくつ}とどちらがすばらしいですか。

A：どちらもすばらしいですよ。

單字

天安門^{てんあんもん}	（名）天安門
立派⑩^{りっぱ}	（形動）好，漂亮，宏偉
敦煌^{とんこう}	（名）敦煌
莫高窟^{ばっこうくつ}	（名）莫高窟
見事①^{みごと}	（形動）好，漂亮，精巧精彩，出色
壁画⑩^{へきが}	（名）壁畫
素晴らしい④^{すば}	（形）好，了不起，優秀

譯文

A：這是天安門。

B：眞是雄偉的建築！

A：這是敦煌的莫高窟。裡面有很多絕妙的壁畫。

B：天安門和敦煌哪個好？

A：哪個都好。

語法解釋

1.「りっぱな建物^{たてもの}ですね。」

本句中的「りっぱな」是「りっぱだ」的連體形。形容動詞的連用形活用詞尾一般只能用來與動詞等用言結合。如：

りっぱに**なる**。

賑^{にぎや}かに**なる**

形容動詞的連體形通常只能用來修飾限制名詞等體言。如：

りっぱな人<ruby>人<rt>ひと</rt></ruby>

<ruby>賑<rt>にぎ</rt></ruby>やかなところ

連體形語尾的「な」可譯作"的"。

2.「どちらもすばらしいですよ。」

在第45課裡我們學習了在疑問代名詞後面加助詞「も」加否定句式表示全盤否定的說法。如：

<ruby>隣<rt>となり</rt></ruby>の<ruby>部屋<rt>へや</rt></ruby>には<ruby>何<rt>なに</rt></ruby>もありません。

是說"隔壁屋子裡什麼也沒有"。然而，疑問詞後加「も」加肯定句式表示的意義正好相反，「どちらもすばらしい」是說"哪一個都好"，表示的是全盤肯定的意思。疑問代名詞「なに」沒有這種用法，只能用來表示全盤否定。

注意

形容動詞連體形接體言時，後面毋需再加格助詞「の」。不能說「りっぱなの<ruby>建物<rt>たてもの</rt></ruby>」。

練習

說出下列形容動詞的連體形。

① <ruby>上手<rt>じょうず</rt></ruby>だ　　　② きれいだ
③ <ruby>不便<rt>ふべん</rt></ruby>だ　　　④ <ruby>静<rt>しず</rt></ruby>かだ

第100課

本課要點

學習形容動詞**假定形**的用法和表示比較的「～ほど～でない」句型的用法。

課文

> Ａ：あしたは<ruby>船<rt>ふね</rt></ruby>を<ruby>出<rt>だ</rt></ruby>しますか。
> Ｂ：<ruby>海<rt>うみ</rt></ruby>が<ruby>穏<rt>おだ</rt></ruby>やかなら<ruby>出<rt>だ</rt></ruby>します。でなければ，出しません。
> Ａ：<ruby>来年<rt>らいねん</rt></ruby>は<ruby>支店<rt>してん</rt></ruby>を<ruby>造<rt>つく</rt></ruby>りますか。
> Ｂ：<ruby>景気<rt>けいき</rt></ruby>がよければ<ruby>造<rt>つく</rt></ruby>りますが，<ruby>不景気<rt>ふけいき</rt></ruby>なら<ruby>造<rt>つく</rt></ruby>りません。
> Ａ：<ruby>山田<rt>やまだ</rt></ruby>さんはまじめですか。
> Ｂ：まじめですが，<ruby>田中<rt>たなか</rt></ruby>さんほどまじめではありません。

單字

船① <ruby>船<rt>ふね</rt></ruby>	（名）船	
海① <ruby>海<rt>うみ</rt></ruby>	（名）海	
穏やか② <ruby>穏<rt>おだ</rt></ruby>	（形動）平靜，平穩，平安溫和，和藹，穩妥	
でなければ	（連語）不然的話	
来年⓪ <ruby>来年<rt>らいねん</rt></ruby>	（名）來年，明年	
支店⓪ <ruby>支店<rt>してん</rt></ruby>	（名）分店	
造る（作る）② <ruby>造<rt>つく</rt></ruby>	（他五）作，造，製造，設立，栽種	
景気⓪ <ruby>景気<rt>けいき</rt></ruby>	（形動）景氣，興旺	
不景気② <ruby>不景気<rt>ふけいき</rt></ruby>	（形動）不景氣，不興旺	
真面目⓪ <ruby>真面目<rt>まじめ</rt></ruby>	（形動）認眞，仔細	

譯文

A：明天開船嗎？

B：海上平靜的話就開，不然的話就不開。

A：明年開立分店嗎？

B：景氣的話就開，不景氣的話就不開。

A：山田認眞嗎？

B：認眞，但不如田中認眞。

語法解釋

1.「<ruby>海<rt>うみ</rt></ruby>が<ruby>穏<rt>おだ</rt></ruby>やかなら<ruby>出<rt>だ</rt></ruby>します。」

「<ruby>穏<rt>おだ</rt></ruby>やかなら」是「<ruby>穏<rt>おだ</rt></ruby>やかだ」的假定形。「<ruby>穏<rt>おだ</rt></ruby>やかなら」是一個成分，表示順接的假定條件。形容動詞的假定形都是「なら」。

2.「<ruby>田中<rt>たなか</rt></ruby>さんほどまじめではありません。」

本句中的「━ほど━ではない」與第92課中的「━ほど━ない」表示的意思相同，也可譯作"……不如……" "……比不上……"等。

<ruby>仙台<rt>せんだい</rt></ruby>は<ruby>東京<rt>とうきょう</rt></ruby>ほど<ruby>便利<rt>べんり</rt></ruby>ではない。

（仙台不如東京方便。）

注意

形容動詞在表示"比較"時，如果是否定句式的話，應該用「━ほど━で

ない」；如果是肯定句式的話，應該用「〜より〜だ」。不能說「山田さんは
田中さんよりまじめでない」。

練習
說出下列形容動詞的假定形。
①下手だ   ②本当だ
③静かだ   ④いやだ
⑤元気だ   ⑥不便だ

本單元小結

在這一單元裡重點介紹了形容動詞的五個活用形。和形容詞一樣，形容動詞
的活用形也比動詞少一個，沒有命令形。

(一)形容動詞的形態
所謂形容動詞顧名思義是指既具有動詞的特點又具有形容詞的特點而兩者都
不是的詞。形容動詞可以通過形態加以確認，凡是形容動詞其基本形的詞尾都是
「だ」。形容動詞具有五個活用形，其活用形可以歸納入下表中。

	未然	連用	終止	連體	假定	命令
静か	○	に	○	な	なら	○
	○	で	○	○	○	○
	だろ	だっ	だ	○	○	○

(二)形容動詞的連用形
形容動詞的連用形有三種形態。「静かに」一般用來修飾動詞，做句子的狀
語；「静かで」通常用來表示中頓；「静かだっ」只用來連接過去助動詞
〔た〕。「静かで」還可與表示否定意義的「ない」結合表示否定意義。

(三)過去助動詞「た」
助動詞「た」表示動作、作用或狀態已成為現實或成為過去。「た」通常接

在動詞、形容詞、形容動詞及具有連用形的助動詞的連用形後；接有音便現象的動詞時，要接在音便形後。另外，接在「ガ・ナ・バ・マ」行五段活用動詞的音便形後時，「た」要變成「だ」：

急ぐ —— 急いだ
死ぬ —— 死んだ
遊ぶ —— 遊んだ
読む —— 読んだ

　　「た」必須接在活用詞的連用形後。「た」本身也有活用現象，其未然形是「たろ」，終止形是「た」，連體形是「た」，假定形是「たら」。「た」的活用形可歸入下表中：

た	未然形	連用形	終止形	連體形	假定形	命令形
	たろ	○	た	た	たら	○

未然形「たろ」用來與助動詞「う」結合表示推量；連體形「た」用來與體言結合，對體言加以修飾限制；假定形「たら」用來表示對事物的假定假設。

第二十二單元

本單元目的

日語中動詞的時態比較複雜。表示時態關係時，除在動詞後接續補助動詞外，有時往往還用副詞與之呼應使用。在這一單元裡將重點介紹表示時態的補助動詞「～ている」「～てある」「～ていた」「～てあった」等的用法。

第101課

本課要點

學習表示現在進行時的補助動詞「～ている」的用法。

課文

A：外は雨が降っています。水谷さんは今何をしていますか。

B：二階で本を読んでいます。

A：戸が開いていますか。

B：いいえ，開いていません。閉まっています。

單字

外①	（名）外，外邊，外部
水谷	（名）水谷（日本人名）
二階⓪	（名）二層，二樓
戸	（名）門，門扇
開く⓪	（自五）開，開門，張開
閉まる③	（自五）關，關閉，關門

譯文

A：外頭正下著雨，水谷現在在做什麼？

B：在二樓讀書。

A：門開著嗎？

B：不，沒開。關著呢。

語法解釋

1.「外は雨が降っています。水谷さんは今何をしていますか。」

①「雨が降っています」中的「ています」是補助動詞。「雨が降る」是一種自然現象，在這裡「ている」表示這種自然現象的存續或繼續。

②「水谷さんは今何をしていますか。」中的「ています」與「雨が降っています」中的「ています」不同，不是表示存續，而是表示動作正在進行。在日語中可將兩者區別為**“存續和正在進行”**，但在譯成中文時都可譯作**“正在……”**等。

2.「戸が開いていますか。」

本句中的「ています」與以上所例舉的「ています」不同，它既不表示“正在進行”也不表示“存續”。這裡的「ている」表示的是動作、作用結果的狀態。譯成中文時可具體情況具體分析。

　　窓が閉まっている。

　　（窗戶關著。）
　　あの人は結婚している。

　　（他結婚了。）

3.「いいえ，開いていません。」

「ていません」是「ています」的否定形式，也可說「ていない」。

注意

「ている」在譯成中文時，有時可以譯成“正在”，有時不能譯成“正在”。

練習

一、將下列中文句子譯成日語。

①孩子正在外面玩耍。

②我爸爸正在寫信。

二、將下列日語譯成中文。

①田中さんは汚い作業服を着ています。

②桜の花が今咲いています。

第102課

本課要點

學習補助動詞「〜てある」的用法。

課文

A：この茶わんは洗いましたか。

B：はい，洗ってあります。

A：ビールは何本買いましたか。

B：お客は三人来るから，三本買ってあります。足りないでしょうね。

A：大丈夫です。足りなかったら，ウィスキーを出します。

單字

茶碗⓪	（名）茶碗，茶杯，飯碗
洗う⓪	（他五）洗，洗刷，沖洗
何本①	（名）幾瓶，幾根，幾顆
三本③	（名）三瓶，三根，三顆
ウィスキー④	（名）威士忌
植える⓪	（他下一）植，種植，栽

譯文

A：這個茶碗洗（刷）了嗎？

B：是的，已洗（刷）好了。

A：買了幾瓶啤酒？

B：因為要來三個客人，所以買了三瓶。是不是不夠？

Ａ：沒關係，不夠了的話拿威士忌。

語法解釋

1.「はい，洗ってあります。」

本句中的「―てあります」是補助動詞。「てある」接在動詞「洗う」的音便形之後，表示動作業已完成。

　　　この本はもう読んである。

　　　（這本書已讀完了。）

2.「お客は三人来るから，三本買ってあります。」

本句中的「てあります」表示的是動作行為結果的存續。「ビールが買ってあります」是說「買う」這一動作行為的結果現在仍然繼續存在著，也就是說買的東西――啤酒現在仍然繼續存在著。

　　　黒板に字が書いてある。

　　　（黑板上寫著字。）

這一句話是說"寫"的結果是"字"，"字"現在仍然繼續存在著。

3.「足りないでしょうね。」

這句話帶有試探的口氣。這種「でしょうね」可譯作"是不是……？""也許……吧？"

4.「足りなかったら，ウィスキーを出します。」

「足りなかったら」是由三個成分組成的。「足り」是「足りる」的連用形；「なかっ」是助動詞「ない」的音便形；「たら」是過去助動詞「た」的假定形。「たら」可譯成"如果""要是"等。

注意

「てある」除個別動詞外，一般只接在他動詞後，不能接在自動詞後。

練習

將下列句子譯成中文。

①りんごが買ってあります。
②庭に桜の木が植えてあります。

第103課

本課要點

學習表示過去進行時的「〜〜ていた」的用法。

課文

> A：去年の今ごろ何をしていましたか。
>
> B：高島屋で働いていました。
>
> A：ええ？小林さんの勤め先は三越じゃないですか。
>
> B：はい，三越に勤めていますが，去年の今ごろは家内が入院
>
> しましたので，高島屋でアルバイトをしていました。

單字

去年①	（名）	去年
今頃⓪	（名）	現在，這時候
高島屋③	（名）	高島屋（大百貨商店名）
働く⓪	（自五）	工作，勞動
勤め先⓪	（名）	工作單位
三越	（名）	三越（大百貨商店名）
勤める③	（自下一）	工作，勞動
家内①	（名）	內人，老婆
入院⓪	（名・自サ）	住院，入院
アルバイト③	（名・自サ）	打工，兼職

譯文

A：去年的這個時候你在做什麼？

B：在高島屋工作。

A：哎？小林（你）的工作單位不是三越嗎？

B：對。我在三越工作。去年的這個時候因我內人住院，所以在高島屋打工

來著。

語法解釋

1.「去年の今ごろ何をしていましたか。」

「ている」是現在進行式;「ていた」是過去進行式。「していた」與「した」相比,「した」只是表示事情已成過去或已經結束;「していた」雖然也是表示事情已成過去,但它還表示事情在過去曾被進行過一段時間,而「した」沒有這種"進行"的意思。

2.「小林さんの勤め先は三越じゃないですか。」

「じゃない」是由「ではない」演化而來的。一般只用在口語中。「じゃない」相當於中文的"不是……嗎"。

3.「去年の今ごろは家内が入院しましたので,高島屋でアルバイトをしていました。」

「ので」是表示原因的接續助詞。通常表示順接確定條件。可譯成中文的"因為""由於"等。

注意

「働く」和「勤める」都是"工作"的意思。但是在表示"工作場所"時,「働く」要用「━で働く」,「勤める」要用「━に勤める」。

就事實而言,在日本一般一個人不能同時在兩家商店裡工作。本課中的對話完全是為了練習句型而設的。

練習

將下列句子譯成中文。

①きのうの六時から六時三十分までは散歩をしていました。

②きのうの午前ずっと本を読んでいました。

第104課

本課要點

學習「━てあった」和形容詞連用形修飾動詞的用法。

課文

> A：毎日早く起きますか，遅く起きますか。
> B：早く起きます。
> A：昨日の朝何時に起きましたか。
> B：六時半に起きました。
> A：きのうは仕事がうまく行きましたか。
> B：ええ，十分準備がしてあったから，うまく行きました。

單字

遅い⓪	（形）遲，晚，慢
旨い②	（形）好，漂亮，棒，高明
十分④	（副）充分，十分，足夠
準備①	（名・他サ）準備

譯文

A：（你）每天起得早還是起得晚？

B：起得早。

A：昨天早晨幾點起床的？

B：六點半起床的。

A：昨天工作（進行得）順利嗎？

B：是的，因準備充分，很順利。

語法解釋

1.「毎日早く起きますか，遅く起きますか。」

本句中的「早く」「遅く」分別是形容詞「早い」「遅い」的連用形。形容詞連用形（請參照第92課）的用法很多，除可用來表示中頓和與助詞「て」形容詞「ない」結合以外，還可用來對動詞的樣態程度加以修飾限制。修飾、限制動詞是形容詞連用形的主要用法之一。修飾、限制動詞的形容詞連用形在譯成中文時，既可譯成中文的狀語，也可譯作中文的補語。如「早く起きる」既可譯作"早起"，也可譯作"起得早"。

2.「きのうは仕事がうまく行きましたか。」

「うまく行く」是一種慣用説法，表示事情進展順利。可譯作 **"順利"** **"稱心"** **"如意"** 等。

3.「十分準備してあったから，うまく行きました。」

本句中的「てあった」是補助動詞「てある」的過去式。因為説的是"昨天"的事，所以必須要用「てあった」，而不能用「てある」。

注意

「てあった」通常不能接在自動詞後只能接在他動詞後，接自動詞「寝てあった」後的屬個別少數現象。

練習

一、用下列形容詞連接動詞。

①よい・洗う　　　　②おいしい・食べる

③美しい・咲く　　　④うるさい・言う

二、將下列日語譯成中文。

①はやく食べます。

②遅く寝ます。

③よく勉強します。

第105課

本課要點

學習表示狀態的「─ている」的用法。

課文

A：ここが谷口さんの部屋です。

B：かぎがかけてありますね。いないでしょう。

A：電燈がついていますから，きっといますよ。

B：いなければ，このあたりをぶらぶらして，それからまた来ましょう。

單字

谷口⓪ <ruby>たにぐち</ruby>	（名）（日本人名）谷口	
電燈⓪ <ruby>でんとう</ruby>	（名）電燈	
付く①② <ruby>つ</ruby>	（自五）沾上，沾染；附帶；跟隨；點上，點著	
ぶらぶら⓪	（副・自サ）遛達，閒逛	
壁⓪ <ruby>かべ</ruby>	（名）牆壁	
窓① <ruby>まど</ruby>	（名）窗，窗戶	

譯文

Ａ：這就是谷口的房間。

Ｂ：門鎖著，（大概）不在吧。

Ａ：燈亮著呢，肯定在。

Ｂ：要是不在的話，（我們）就在這附近遛達一會兒，然後再來。

語法解釋

1.「ここが谷口さんの部屋です。」

本句中的「が」是格助詞，在這裡用「が」表示確信無疑的意思。所以這句話可譯成“這就是谷口的房間”。

2.「電燈がついていますから，きっといますよ。」

這句話還可以說成「電燈が付けてある」。「電燈が付いている」和「電燈が付けてある」都是表示狀態的，所不同的是，「電燈が付いている」並不含有“人為”的意思。「付ける」是與「付く」相對應的他動詞，「電燈が付けてある」是說“燈（被人）點著”，而「電燈が付いている」是說“燈亮著”、與“人”毫無關係。「かぎがかけてある」是說“門（被人）鎖著”，（或“門上著鎖”），如果把這句話說成「かぎがかかっている」的話，就變成了“門鎖著”的意思。「かかる」是與「かける」相對應的自動詞。

3.「このあたりをぶらぶらして，それからまた来ましょう。」

「このあたりを」中的「を」與迄今所學過的「を」不同。在這裡「を」不是表示動詞的賓語，而是表示動作、行為通過的場所。有時可譯成“在”“從”等。

注意

「ぶらぶら」既可做動詞用也可做副詞用，做動詞用時可直接同「する」結合；做副詞用時可直接修飾動詞。

　　駅のあたりをぶらぶら歩く

　　　（在車站附近遛達。）

練習

將下列句子譯成中文。

①部屋にはかぎがかけてあるから，大丈夫だ。

②壁に絵がかけてある。

③部屋には鍵がかかっていた。

④窓が開いている。

本單元小結

在這一單元裡我們重點介紹了日語中的各種時態。日語中的時態關係雖然有一定的規律性，但對中國人來說學好用好並不容易。日語中的時態有時單獨依靠助動詞或補助動詞來表示，有時用副詞和助動詞、補助動詞相呼應來表示。

㈠補助動詞「─ている」

所謂補助動詞是指動詞附在其它詞的後面，其意義與原來獨立使用時有所變化的動詞

補助動詞「ている」的意義細分起來有很多種。

　　彼は教室で本を読んでいる。

　　　（他正在教室讀書。）

中的「ている」表示動作行為正在進行中。

　　窓が開いている。

　　　（窗開著。）

　　山田さんは結婚している。

　　　（山田結婚了。）

中的「ている」表示動作、作用結果的狀態。

　　家には毎日肉屋さんが来ている。

（肉店的人每天都來我家。）

中的「ている」表示動作的反復重復進行。

　　　　雨が降っている。

　　　（正在下雨。）

　　　　風が吹いている。

　　　（正在刮風。）

中的「ている」表示事物現象的繼續。

　　補助動詞「ている」既可接在他動詞後，也可接在自動詞後，接在他動詞後時，大多表示動作、行爲正在進行中。

　　㈡補助動詞「〜てある」

　　同「ている」一樣，「てある」的意義也可細分爲很多種。

　　　　庭に木が植えてある。

　　　（院裡栽著樹。）

中的「てある」表示動作行爲結果的存續。

　　　　この本はもう読んである。

　　　（這本書已經看了。）

中的「てある」表示動作行爲的完了。

　　「てある」大多接在他動詞後，但也有少數接在自動詞後的。如

　　　　十分寝てある。

　　　（睡足了。）

中的「寝る」屬自動詞。「てある」接自動詞可看作是個別現象。如：

　　　　部屋にはかぎかかってある。

　　　（門鎖著。）

中的「かかる」是自動詞，這句話不能說成「部屋にはかぎがかかってある」。

第二十三單元

本單元目的

　　日語中的補助動詞除「ている」「てある」外，還有「てみる」「ていく」「てくる」「てしまう」「ておく」等。在這一單元裡將重點介紹這些補助動詞的用法。另外還將介紹動詞做接尾詞使用時的用法。

第106課

本課要點

學習補助動詞「―てみる」的用法。

課文

> A：ゆうべは雪が降った。今朝起きてみたら，一面の銀世界だった。
> B：ほんとう？じゃあ，今日の登山はやめよう。
> A：どうして？大丈夫よ。たいしたことはないよ。
> B：いや，僕はあまり自信がない。こうしよう。まず山の麓まで行ってみよう。

單字

ゆうべ③	（名）昨夜，昨天晚上
雪②	（名）雪
今朝①	（名）今天早晨
一面②	（名）一面，一片，到處
銀世界③	（名）銀色世界
止める⓪	（他下一）停止，中止
たいした①	（連體）了不起，了不得
自信⓪	（名）自信，信心

こう⓪	（副）這樣，這麼
先ず①	（副）首先，先
麓③	（名）山根，山腳

譯文

A：昨晚下雪了，（我）今天早晨起來一看，一片銀色世界。

B：眞的？那麼今天的登山算了吧。

A：爲什麼？沒關係，沒什麼大不了的。

B：不，我不太有信心。這樣吧，先到山腳下去看看。

語法解釋

1.「今朝起きてみたら，一面の銀世界だった。」

本句中的「みたら」是「みる」的假定形。「みる」做補助動詞使用時必須前接「て」，然後接在動詞的連用形後。做補助動詞使用的「みる」通常有兩個意思，一個是表示動作、狀態業已實現：

起きてみたら誰もいなかった。

（起來一看，一個人也沒有。）

一個是表示對某一事物進行嘗試：

まずそこで働いてみる。

（先在那做一段時間看看。）

課文中的句子由於句首有時間狀語「今朝」所以句末用過去式「だった」。

2.「こうしよう。まず山の麓まで行ってみよう。」

「こうしよう」在這裡起轉換話題和引出下句的功能。

注意

「たいした」在句中只能做定語修飾名詞用，不能做句子的謂語。

練習

將下列「みる」變成補助動詞與動詞結合到一起。

①遊ぶ——みる　　　②入れる——みる

③書く——みる　　　④帰る——みる

⑤聞く——みる　　　⑥読む——みる

第107課

本課要點
學習補助動詞「〜てくる」「〜ていく」的用法。

課文

> A：きのう何をしましたか。
> B：山へ行ってくりを拾ってきました。
> A：一人で行きましたか。
> B：いいえ，子供を連れて行きました。
> A：夕方まで山にいましたか。
> B：いいえ，雨が降ってきましたので，午後の三時ごろ家へ帰ってきました。

單字

栗②	（名）栗，栗子
拾う⓪	（他五）拾，撿
連れる⓪	（他下一）帶，領，帶領
夕方⓪	（名）傍晚

譯文

A：昨天（你）做什麼了？

B：到山上撿栗子來了。

A：一個人去的嗎？

B：不，帶孩子去的。

A：在山上待到傍晚嗎？

B：不，因為（天）下起雨來了，下午三點多鐘就回到家了。

語法解釋

1.「山へ行ってくりを拾ってきました。」

①本句中「山へ行って」的「て」是表示動作、作用之間的先後次序的接續助詞。「拾ってきました」中的「て」也是接續助詞，但它在這裡只是用來連接補助動詞的，一般不表示什麼實在意義。

②「〜（て）きました」是補助動詞「〜（て）くる」的鄭重體——「〜（て）きます」的過去式。「〜（て）くる」在這裡表示移動的方向。

2.「一人で行きましたか。」

本句中的「で」是格助詞。格助詞「で」有很多功用，這裡的「で」表示動作進行時的狀態。

3.「子供を連れて行きました。」

「〜（て）いきました」是補助動詞「〜（て）いく」的鄭重體——「（て）いきます」的過去式。「〜（て）いく」在這裡表示移動的方向。

4.「雨が降ってきましたので。」

本句中的「〜（て）きました」意義如「拾ってきました」中的「〜（て）きました」意義不同。「雨が降ってきた」是說"（天）開始下雨了"，表示某種狀態的開始。

注意

表示方向時「〜（て）いく」表示的是"……去"，「〜（て）くる」表示的是"……來"。

練習

一、將下列句子譯成中文。

①子供を連れてきました。

②地図を持っていく。

③みんなで遊びましょう。

二、將下列句子譯成日語。

①起風了。

②（你）幾點回來？

③獨自一人散步。

第108課

本課要點

學習補助動詞「 ～ てしまう」的用法。

課文

> A：どうしましたか。
> B：悪いものを食べて，お腹をこわしてしまいました。
> A：薬を飲みましたか。
> B：今日はまだ飲んでいません。買ってきた薬はきのう全部飲
> んでしまいました。

單字

悪い②	（形）壞，惡，差，不好
御腹⓪	（名）肚子，胃腸，腹
壊す②	（他五）弄壞，搞壞，破壞，毀壞
薬⓪	（名）藥
全部①	（名・副）全部，全都

譯文

A：怎麼了？

B：吃了壞東西把肚子弄壞了。

A：吃藥了嗎？

B：今天還沒吃，買來的藥昨天都吃光了。

語法解釋

1.「どうしましたか。」

這句話問的不是對方做什麼，而是問對方怎麼了。要注意把它與「何をしましたか」區別開。

2.「悪いものを食べて，お腹をこわしてしまいました。」

①「食べて」中的「て」表示事物的原因或理由。在這裡前項事物「悪いものを食べる」是後項事物「お腹をこわす」的原因。

②「お腹をこわしてしまいました。」中的「〜（て）しまいました」是補助動詞「〜（て）しまう」的鄭重體――「〜（て）しまいます」的過去式，這裡的「〜（て）しまう」表示事情不盡人意，有遺憾，後悔之意。「お腹をこわす」相當於中國話的，"把肚子弄壞了"或"肚子壞了"。

3.「買ってきた薬はきのう全部飲んでしまいました。」

①「買ってきた薬」中的「た」是過去助動詞（請參照第二十一單元的"本單元小結"）「た」的連體形。

②「飲んでしまいました」中的「〜（て）しまいました」雖然與「お腹をこわしてしまいました」中的「〜（て）しまう」一樣都是補助動詞，但這裡的「〜（て）しまう」表示的不是遺憾、後悔，而是事物的程度。「〜（て）しまう」的這種意義可譯爲"全部""完全"等。

注意

中國話的"吃藥"在日語裡通常說「薬を飲む」而不說「薬を食べる」。

練習

將下列句子譯成中文。
①ご飯を食べてしまった。
②時計をこわしてしまった。
③本を読んでしまった。
④高いものを買ってしまいました。

第109課

本課要點

學習補助動詞「〜ておく」的用法。

課文

A：皆に知らせておきましたか。

B：はい，知らせておきました。その資料はどうしますか。

A：会議の前に配っておきます。

B：飲み物はどのぐらい用意しておきましょうか。

A：そうですね。外国人を入れて三十名ですから，ジュースを
三十本ぐらい買っておきましょう。

單字

知らせる⓪	（他下一）通知
前①	（名）前，前邊，以前
配る②	（他五）分，分配、分發
飲み物②③	（名）飲料
用意①	（名・他サ）準備
三十名	（名）30人，30名
三十本	（名）30瓶

譯文

A：已經通知大家了嗎？

B：是的，已通知了。那些資料怎麼辦？

A：開會前發（給大家）。

B：準備多少飲料呢？

A：是啊，加上外國人（共是）30人，買30瓶果汁吧。

語法解釋

1.「皆に知らせておきましたか。」

做補助動詞使用的「──（て）おく」表示爲了做某件事而事前進行準備的動作行爲。本課中的「配っておく」「用意しておく」和「買っておく」都是表示事前進行準備的動作行爲。

2.「飲み物はどのぐらい用意しておきましょうか。」

「ぐらい」是副助詞，通常表示數量的程度或狀態的程度。可譯作"**左右**"

"前後" "大體上"等。

3.「そうですね。外国人を入れて三十名ですから。」

①本句中的「そうですね」是說話者的自言自語。在這裡是表示拿不定主意或略加思考的意思。

②「外国人を入れて」中的「入れる」是"包括" "加上"的意思，在這裡不能譯成"放進" "放入"等。

　　　私を入れて十人だった。

　（算上我一共10人。）

注意

「買っておく」表示的是事前進行準備的動作；「買ってある」表示的是動作行為結果的存續。

練習

將下列句子譯成中文。
①電燈を付けておく。
②電話をかけておく。
③調べておきましょう。
④まずご飯を作っておく。

第110課

本課要點

學習做接尾詞使用的動詞「始める」「出す」的用法。

課文

A：赤んぼうはいくつぐらいから言葉を使い始めますか。
B：大体二つぐらいから使い始めます。
A：昌子さんはよく喋りますか。
B：昌子さんですか。彼女は喋り出したら止りませんよ。

單字

赤^{あか}ん坊^{ぼう}⓪	（名）嬰兒
言葉^{ことば}③	（名）言語，話，言詞
始^{はじ}める⓪	（他下一）開始
昌子^{まさこ}	（名）（日本人名）昌子
よく①	（副）經常，善於，充分，愛，容易，好
喋^{しゃべ}る②	（自他五）說，講

譯文

Ａ：嬰兒從幾歲開始使用語言？

Ｂ：大體上從二歲左右開始。

Ａ：昌子經常說話嗎？

Ｂ：（你說的是）昌子嗎？她一打開話匣子就沒個完。

語法解釋

1.「赤^{あか}んぼうはいくつぐらいから言葉^{ことば}を使^{つか}い始^{はじ}めますか。」

①本句中的「から」是格助詞（請參照第29課）。這裡的「から」表示的是時間上的起點。

②本句中的「始^{はじ}める」不是一個獨立的動詞，而是接尾詞，做接尾詞使用的「始^{はじ}める」必須接在動詞連用形後，表示某一動作或狀態的開始。

2.「昌子^{まさこ}さんはよく喋^{しゃべ}りますか。」

「よく」是一個副詞，通常用來修飾動詞、表示**"時常" "經常"**等意思。

今年^{ことし}はよく雨^{あめ}が降^ふる。

（今年雨水多。）

3.「昌子^{まさこ}さんですか。彼女^{かのじょ}は喋^{しゃべ}り出^だしたら止^{とま}りませんよ。」

①「昌子^{まさこ}さんですか」在這裡不是表示疑問的意思。這句話表示的是確認的意思。

②「喋^{しゃべ}り出^だす」中的「出^だす」不是一個獨立的動詞。這裡的「出^だす」是接尾詞。同「始^{はじ}める」一樣，做接尾詞使用的「出^だす」必須接在動詞的連用形後。接尾詞「出^だす」和接尾詞「始^{はじ}める」一樣，也是表示某一動作或狀態的開始。

注意

不管是自動詞還是他動詞都可與接尾詞「始(はじ)める」「出(だ)す」結合使用。

練習

將下列句子譯成中文。

① よく見(み)る。
② 雨(あめ)が降(ふ)り出(だ)した。
③ 桜(さくら)の花(はな)が咲(さ)き始(はじ)めた。
④ 皆(みんな)が帰(かえ)り始(はじ)めた。
⑤ 小説(しょうせつ)を読(よ)み出(だ)した。

本單元小結

在上一單元裡我們介紹了表示時態關係的各種補助動詞。在這一單元裡所介紹的補助動詞不是表示時態，而是表示限定被接動詞的意義的。

㈠「～ていく」和「～てくる」

「～ていく」和「～てくる」雖然二者都表示"動"的意義，但在用法上有時二者間存有差異。如：可以說「雨が降ってくる」而不能說「雨が降っていく」。補助動詞「～てくる」和「～ていく」的意義可歸納為四大類，即表示"**移動**""**時間上的繼續**""**發生**"和"**變化**"。

1.表示"**移動**"時，「～ていく」表示"**離去**"；「～てくる」表示"**接近**"。在這種前提下，它們的意義可細分為四種。

①表示動作行為的順序。如：

買(か)ってくる。
捨(す)てていく。

表示的是先在某地"**買**"或"**扔**"，然後再"**來**"或"**去**"。

②表示兩個動作行為同時進行。如：

連(つ)れていく。
持(も)ってくる。

中的「～ていく」和「～てくる」的動作行為是與「連(つ)れる」「持(も)つ」同時並行的。

③被接動詞表示移動時的狀態。如：

歩(ある)いていく。
歩(ある)いてくる。

中的「歩く」是"去"或"來"的狀態。即"來"的狀態是**"走著來"**的；"去"的狀態是**"走著去"**的。

　　④與被接動詞複合到一起表示同一的動作、行爲或作用。如：
　　　　帰っていく。
　　　　落ちてくる。

不是說先"回"再"去"，先"落"後"來"。在這裡「帰る」和「～ていく」，「落ちる」和「～てくる」是緊密地結合在一起的。

　　2.表示"時間上的繼續"時，「～ていく」表示**"今後"**；「～てくる」表示**"迄今"**。如：
　　　　生きていく。
　　　　続けてくる。

　　3.表示"發生"時只有「～てくる」一種用法，「～ていく」不能表示"發生"。如前面所說的「雨が降ってくる」等。

　　4. 表示"變化"時，「～てくる」表示**"開始"**；「～ていく」表示**"進行"**。如：
　　　　変ってくる。
　　　　変っていく。

中的「～てくる」表示**"開始變化"**；「～ていく」表示**"變化正在進行"**。

　　㈡做接尾詞使用的動詞和做補助動詞使用的動詞的區別。

　　動詞做接尾詞使用時一般可直接接在動詞的連用形下。如：
　　　　使い始める。
　　　　言い出す。

　　動詞做補助動詞使用時，如果接五段活用動詞的話，要和助詞「て」一起接在音便形後。如：
　　　　雨が降ってくる。
　　　　本を読んでみる。

接「サ」行五段活用動詞時，可直接與「て」一起接在連用形後。接五段動詞以外的活用動詞時，可與助詞「て」一起直接接在連用形後。如：
　　　　起きてみる。
　　　　連れていく。

第二十四單元

本單元目的

　　從語言學的角度來講，日語屬於黏著語。也就是說，日語的表達不是靠詞的單純羅列，而是靠詞與助詞的結合來完成的。在這一單元裡將重點介紹幾種助詞的用法，其中包括表示同位關係的「の」，表示並列關係的「やら」「なり」等。

第111課

本課要點

學習表示內容的格助詞「と」的用法。

課文

A：この 小説はおもしろいですか。

B：おもしろいと思います。どうぞ読んでみて下さい。

A：木下さんは何時に着きますか。

B：八時に到着すると向こうから電話がありました。よろしく
　　と言っていましたよ。

單字

思う②	（他五）想，覺得，認爲
どうぞ①	（副）請
木下	（名）（日本人名）木下
着く①	（自五）到，抵達
到着⓪	（名・自サ）到，抵達
向こう⓪	（名）對方，那邊兒
宜しく⓪	（副）好；多多關照

譯文

Ａ：這本小說有意思嗎？

Ｂ：（我）覺得很有意思。請（你）讀讀看。

Ａ：木下幾點到？

Ｂ：對方來電話說八點到。（他讓我）問你好。

注釋：

1.「おもしろいと思います。」

本句中的「と」是格助詞，表示語言、思考等的內容。「と」的這種用法多與表示語言及思維的動詞一起使用。在把這類句子譯成中文時，應把動詞拿到前邊先譯，然後再譯「と」前面的內容。「と」要接在動詞、形容詞、形容動詞、助動詞的終止形後。

　　美しいと思う。

　　きれいだと思う。

　　雨が降ると思う。

　　あの人は日本人だと思う。

2.「どうぞ読んでみて下さい。」

「どうぞ」通常與表示命令的句式一起使用。但有時也可只說「どうぞ」，將後面部分省略。

　　Ａ：入っていいですか。

　　　　（可以進去嗎？）

　　Ｂ：どうぞ，どうぞ。

　　　　（請，請。）

3.「八時に到着すると向こうから電話がありました。」

「電話がありました」表示有過打電話這件事，這句話譯成中文時不能直譯，應該意譯。「到着する」和「着く」表示同一意義。

4.「よろしくと言っていました。」

「よろしく」是「言っていました」的內容，「よろしく」是對方說的，所以這句話可譯成“（他）說（他）問（你）好”。

注意

表示內容的「と」在句中通常不能省略。

練習

將下列句子譯成日語。

①山田說去。

②（我）覺得這本小說沒有意思。

③田中說太貴。

第112課

本課要點

學習同位語的用法。

課文

A：会長の横山です。よろしくお願いします。上田さんから
連絡がありましたか。

B：はい，無事だとの知らせがありました。会長のところには
連絡がありませんでしたか。

A：おとといに連絡がありました。予算を増やせという連絡で
した。

單字

会長 ⓪	（名）	會長，董事長
横山	（名）	（日本人名）横山
お願いします	（連）	拜託
上田	（名）	（日本人名）上田
連絡 ⓪	（名・他サ）	聯繫，聯絡
無事 ⓪	（形動）	無事，平安
知らせ ⓪	（名）	通知
一昨日 ③	（名）	前天
予算 ⓪	（名）	予算
増やす ②	（他五）	增加

譯文

Ａ：（我）是會長橫山，請多關照。（從）上田（那裡）有聯繫嗎？

Ｂ：有，有"平安"的通知。會長那裡沒有聯繫嗎？

Ａ：前天有過聯繫。（那）是"增加予算"的聯繫。

注釋

1.「会長の横山です。」

本句中的「の」不是表示領屬關係的。在這裡「会長」就是「横山」，「横山」就是「会長」，所以這裡的「の」是格助詞，在句中表示同位關係。「会長」和「横山」是同位語。

2.「無事だとの知らせがありました。」

本句中的「と」是表示內容的格助詞。在這裡「無事だ」就是「知らせ」的內容，「知らせ」的內容就是「無事だ」，兩者是同位語。其中的「の」接在格助詞「と」後，表示同位關係。

3.「予算を増やせという連絡でした。」

「増やせ」是「増やす」的命令形。本句中的「いう」不是"說"的意思。「という」在這裡表示同位關係。「予算を増やせ」和「連絡」是同位語。

注意

1.「よろしくお願いします。」雖然是由若干個成分組成的，但在通常的情況下可將其譯成"請多關照"。

2.在引同別人的話時，當被引用的內容與聽話人無關時，可以不必考慮感情色彩。如「予算を増やせという」和「連絡がありました」中的「増やせ」是「増やす」的命令形，這種說法雖然生硬，但由於其與語境中的聽話者無直接關係所以可以使用。句末的「ありました」是針對聽話者說的。

練習

將下列句子譯成日語。

①山田這個人。

②我是科長山田。

第113課

本課要點
學習日語中 " ～ 容易 " " ～ 難 " 的說法。

課文

A：田中さんと会った？

B：会った。ここでは話しにくいから，ちょっと出よう。

A：どうだった。

B：あいつは扱いにくい奴だ。妹さんの方が付き合いやすい。

單字

会う①	（自五）會，見，見面
話す②	（他五）說，說話
～にくい	（接尾）難，不容易，沒法
出①	（自下一）出去，來，去，參加
あいつ⓪	（代）那個傢伙
扱う⓪	（他五）對待，受理，操作
奴⓪	（名）傢伙
方①	（名）方面，那一面
付き合う③	（自五）交往，交際，往來陪伴
～やすい	（接尾）容易，不難

譯文

A：見到田中了嗎？

B：見到了，在這說話不方便，（我們）出去吧。

A：怎麼樣？

B：那小子是個難纏的傢伙。他妹妹倒還好交一些。

注釋：

1.「田中さんと会った？」

「会う」表示"見面"的意思。要見面，就要有一個被見的對方，格助詞「と」在這裡表示與動作行為相關的對方。

2.「あいつは扱いにくい奴だ。」

「にくい」通常接在動詞的連用形後，表示動作、行為難以進行。「にくい」的形態與形容詞相同，其活用形式也與形容詞一樣。

3.「妹さんの方が付き合いやすい。」

①「方」通常用在表示對比選擇判斷時。有時可譯成"方面"，多數情況下可以不譯。

②「やすい」和「にくい」一樣接在動詞的連用形後，用它的意思和「にくい」正好相反，表示動作、行為容易進行。「やすい」的形態與形容詞相同，其活用形式和形容詞一樣。

注意

「あいつ」和「奴」是比較粗野的說法，平時應該盡量不用。

練習

將「にくい」「やすい」與下列動詞結合到一起。
①読む　　　②洗う　　　③言う　　　④書く
⑤聞く　　　⑥来る　　　⑦配る　　　⑧壊す

第114課

本課要點

學習「ため」「として」的用法。

課文

> A：田村さんは背がどのぐらいありますか。
> B：１７５センチです。日本人としては大きい方ですよ。
> A：そんなにあるのですか。そうは見えませんね。
> B：子供のころ，大きくなるためにずいぶんスポーツをやりましたよ。

單字

田村 <small>た むら</small>	（名）（日本人名）田村
背① <small>せい</small>	（名）身材，個子，身長
１７５ <small>ひゃくななじゅうご</small>	（數）175
センチ①	（名）公分，厘米
として	（格助）作爲
見える② <small>み</small>	（自下一）看見，顯得
為② <small>ため</small>	（形名）爲，因爲，由於
随分① <small>ずいぶん</small>	（副）相當，很
スポーツ②	（名）運動，體育

譯文

Ａ：田村（你）身高有多少？

Ｂ：1.75 米。就日本人來講屬於高的。

Ａ：有那麼高？看不出來。

Ｂ：小時候爲了長高做了很多運動。

注釋

1.「田村さんは背がどのぐらいありますか。」

這句話也可以說成「田村さんは背がどのぐらいですか。」。句中的「～は～が～」可作爲一種句式來看待。這種句式通常用來表示身體某一部分的特徵、狀態。「は」前面的表示身體的全部（如「田村さん」）；「が」前面的表示身體的某一部分（如「背」）。

2.「日本人としては大きい方ですよ。」

「として」屬格助詞，通常接在體詞後表示某種資格。可譯成"作爲""就～而言"等。句中的「は」表示對比關係，言外之意是作爲日本人來講算高的，作爲美國人來講可能不算高的。

3.「大きくなるために，ずいぶんスポーツをやりましたよ。」

本句中的「ため」是形式名詞，在此表示目的。可譯成"爲～"等。「ため」除可用來表示目的以外，還可用來表示原因或理由。

天気が悪かったために，船が出ませんでした。

（由於天氣不好，沒開船。）

「ため」常與「に」結合一起使用。

注意

中文"田村的個頭有多高？"中的"的"在譯成日語時通常不能譯作「田村さんの背<ruby>背<rt>せい</rt></ruby>がどのぐらいですか」，應說「田村さんは背<ruby>背<rt>せい</rt></ruby>がどのぐらいありますか。」

練習

將下列句子譯成中文。

A：ラジオは何<ruby>何<rt>なん</rt></ruby>のために使<ruby>使<rt>つか</rt></ruby>いますか。

B：放送<ruby>放送<rt>ほうそう</rt></ruby>を聞<ruby>聞<rt>き</rt></ruby>くために使<ruby>使<rt>つか</rt></ruby>います。

A：私<ruby>私<rt>わたし</rt></ruby>は医者<ruby>医者<rt>いしゃ</rt></ruby>として日本<ruby>日本<rt>にほん</rt></ruby>へ来<ruby>来<rt>き</rt></ruby>ました。

B：私<ruby>私<rt>わたし</rt></ruby>は外交官<ruby>外交官<rt>がいこうかん</rt></ruby>として日本<ruby>日本<rt>にほん</rt></ruby>へ来<ruby>来<rt>き</rt></ruby>ました。

第115課

本課要點

學習並列助詞「やら」和「なり」的用法。

課文

A：晩<ruby>晩<rt>ばん</rt></ruby>ご飯<ruby>飯<rt>はん</rt></ruby>はどこで食<ruby>食<rt>た</rt></ruby>べたの。

B：課長<ruby>課長<rt>かちょう</rt></ruby>のところで食<ruby>食<rt>た</rt></ruby>べた。コーヒーやらケーキやらをご馳走<ruby>馳走<rt>ちそう</rt></ruby>になった。

A：何<ruby>何<rt>なに</rt></ruby>かお返<ruby>返<rt>かえ</rt></ruby>しをしないといけないわね。

B：そうだね。ネクタイなりワイシャツなり送<ruby>送<rt>おく</rt></ruby>ったおこう。

單字

ケーキ①	（名）	蛋糕，奶油蛋糕
返<ruby>返<rt>かえ</rt></ruby>し③	（名）	還禮，返還
御馳走<ruby>御馳走<rt>ごちそう</rt></ruby>⓪	（名・自サ）	佳肴，款待
ネクタイ①	（名）	領帶

ワイシャツ⓪	（名）襯衫
送る⓪	（他五）送，派遣，寄
合う①	（自五）合適，相稱，一致，符合
見付かる⓪	（自五）找到，找著
自由②	（名・形動）自由

譯文

Ａ：晚飯在哪裡吃的？

Ｂ：在科長那兒吃的。又是咖啡又是蛋糕，招待得很周到。

Ａ：我們得還人家的禮呀。

Ｂ：是的，給（他）送（條）領帶或襯衫什麼的吧。

注釋

1.「コーヒーやらケーキやらをご馳走になった。」

①本句中的「やら」是並列助詞，在句中表示並列關係，有言猶未盡之意。如這句話裡雖然只例舉了「コーヒー」和「ケーキ」，但言外之意是還有別的。「やら」通常接在名詞或活用詞的連體形後，有時也接在助詞的後面。

②「ご馳走になる」是說自己承蒙別人款待，自己招待別人時，不能說「ご馳走になる」，要說「ご馳走する」。如：

今日は私がご馳走しましょう。

（今天我請客。）

2.「お返しをしないといけないわね。」

「──ないといけない」表示“必須”的意思。（請參照第158課）。

3.「ネクタイなりワイシャツなり送ったおこう。」

這句話中的「なり」是並列助詞。「なり」表示在所例舉的事項中任選其一的意思。如上句話是說要麼就送領帶，要麼就送襯衫。「なり」通常接體言、動詞和形容詞的終止形後，有時也接在部分助詞的後面。

大きいなり小さいなりして，体に合うのが見つからなかった。

（不是大就是小，沒合身的。）

注意

「合う」和「会う」雖然讀音相同，但所用的當用漢字不同，而且所表示的

意思也不一樣。

練習

用（ ）中的詞完成下列句子。

①＿＿＿＿やら＿＿＿＿やらをご馳走になった。
　　（刺身、お寿司）

②＿＿＿＿なり＿＿＿＿なり自由にし下さい。
　　（行く、帰る）

本單元小結

在這一單元裡重點介紹了日語同位語的說法及並列助詞的用法。同位語日語叫「同格語」，同位語在日語中使用率較高，所以在學習過程中應花力氣努力把它學好。

㊀日語中的同位語

日語中的同位語大多是由「という」和格助詞「の」充當的，如：
　　山田という人
　　会長の山田さん
等。「山田という人」中的「山田」和「人」的內涵是相等的，在這裡「山田」就是「人」，「人」就是「山田」。「会長の山田さん」也是一樣，「会長」和「山田」的內涵也是相等的。以上所說的同位語是借助於「という」和「の」來表達的，但有些同位語有時可以不借助於任何其它成分自行成立。如：
　　日本の首都、東京

　　（日本首都，東京）
　　私たち日本人

　　（我們日本人）
等。「日本の首都、東京」中的「日本の首都」和「東京」的內涵是相等的，在這裡「日本の首都」就是「東京」，「東京」就是「日本の首都」。二者屬於同位關係。「私たち日本人」中的「私たち」和「日本人」也屬同位關係。

㊁「にくい」和「やすい」

「にくい」和「やすい」是兩個意義正好相反的詞。「にくい」和「やすい」都接在動詞的連用形後，「やすい」表示"容易"，「にくい」表示"難"。通常"容易"往往被理解成"積極的"，"難"被理解成"消極的"。其實不然，根據場合的不同，「にくい」和「やすい」都可表示"積極"或"消極"的意思。

「にくい」大多表示消極的意義。如：

くつ あし あ ある
靴が足に合わなくて歩きにくい。

（鞋不合腳走路困難。）

但是，在某些情況下，「にくい」也可表示積極的意義，如在組裝機器時，螺絲需擰得越緊越好，此時說：

とれにくいネジ。

（不容易掉的螺絲。）

這時所說的「にくい」實際上表示的是積極的意義。可是同一句話，在拆卸機器時，由於螺絲越鬆越好拆，所以如果說「とれにくいネジ」的話，這時的意義是消極的。

「やすい」通常表示積極的意義。如：

か えんぴつ
書きやすい鉛筆

（好用的鉛筆。）

但是在某些情況下，「やすい」也表示消極的意義：

びょうき たいしつ
病気になりやすい体質

（容易生病的體質。）

容易生病不是件好事，這裡的「やすい」表示的是消極意義。

㊁「やら」和「なり」

本單元裡出現的「やら」和「なり」都是並列助詞。迄今所接觸到的並列助詞除了「やら」和「なり」以外，還有「や」「とか」等。

「やら」多用來表示事物的羅列，並有言猶未盡之意。

「なり」多用來表示在列舉的事物中選擇其一，並有在選擇過程中選擇哪個都無所謂的意思。

第二十五單元

本單元目的

日語中表示“可能”“判斷”“決定”的說法比較多。在這一單元裡將介紹表示可能的「……とこができる」和表示判斷的「……に違いない」「……はずだ」及表示決定的「……ことにする」「……ことになる」等。另外還將繼續介紹並列助詞的用法，力爭使大家對並列助詞有一個初步的概念。

第116課

本課要點

學習表示不確切判斷的「かも知れない」和有某種可能性的「可能性がある」的用法。

課文

> A：松村さんはどんな病気ですか。
> B：Ｂ型肝炎かも知れません。
> A：Ｂ型肝炎？そんなら，入院する可能性がありますね。
> B：そうです。松村さんが病気にかかるということは思いもよらないことでした。

單字

松村	（名）（日本人名）松村
病気⓪	（名）病，疾病
Ｂ型肝炎	（名）Ｂ型肝炎
かも知れない	（連語）或許，也許，有可能
そんなら③	（接）那麼
可能性⓪	（名）可能性

思いも寄らない　　　　　　　　（連語）意想不到，意外

譯文

A：松村是什麼病？

B：可能是Ｂ型肝炎。

A：Ｂ型肝炎？要是那樣的話有可能住院吧？

B：是的，眞沒想到松村會得病。

注釋

1.「Ｂ型肝炎かも知れない。」

「かも知れない」表示對某一件事的假設，這種假設或許與事實相符，或許與事實相違，可譯成中文的**"也許是" "有可能是"**等。「かも知れない」可直接接在名詞後：

　　　明日は雨かも知れない。

　　　（明天或許能下雨。）

也可直接接在動詞後：

　　　雨になるかも知れない。

　　　（也許要下雨。）

2.「入院する可能性がありますね。」

「可能性がある」是說某件事具有某種可能性。

　　　成功の可能性がある

　　　（有可能成功。）

　　　山田さんは試験を受ける可能性はありません。

　　　（山田沒有參加考試的可能。）

3.「松村さんが病気にかかるということは思いもよらないことでした。」

「病気にかかる」譯成中文就是生病的意思，「病気」和「かかる」之間只能用「に」來連接不能用別的助詞。

注意

「かも知れない」一般只用在句末，不用來做修飾成分修飾別的詞。

練習

將下列句子譯成日語。

①他也許會來。

②他也許到家了。

③有可能不來。

④有出差的可能。

第117課

本課要點

學習表示斷定的「～に違いない」和表示可能的「～できる」的用法。

課文

A：基礎日本語の試験はよく出来ましたか。

B：失敗しましたよ。不合格に違いないと思います。

A：小西さんはヒヤリングの試験は失敗したと言っていますが，どうでしたか。

B：私も失敗しました。小西さんよりもひどい成績です。

單字

基礎日本語	（名）基礎日語
出来る②	（自上一）能，會
失敗⓪	（名・自サ）失敗
不合格②	（名）不合格，不及格
違いない④	（連語）一定，肯定
小西	（名）（日本人名）小西
酷い②	（形）嚴重，厲害
成績⓪	（名）成績

譯文

A：基礎日語考試（成績）好嗎？

B：失敗了，肯定不及格。

A：小西說（他的）聽力考試失敗了，（你）怎麼樣？

B：我也失敗了，比小西的成績還糟。

注釋

1.「試験はよく出来ましたか。」

「できる」表示"**可能**"的意思。「できる」可以直接接名詞。如：

日本語ができる。

（會日語。）

接動詞時，要先與「こと」結合，然後再與動詞結合。

新聞を読むことができる。

（能讀報紙。）

「よくできる」一般可譯為"**做得好**"等。

2.「不合格に違いないと思います。」

「に違いない」表示"**肯定沒錯**"的意思。

あの人は中国人に違いない。

（那個人肯定是中國人。）

子供たちはあそこにいるに違いない。

（孩子們肯定在那兒。）

「違いない」還可以說成「違いありません」。

3.「小西さんよりもひどい成績です。」

「よりも」是由格助詞「より」和副助詞「も」構成的，表示"**比……還……**"的意思。

山田は田中さんよりも背が高い 。

（山田比田中還高。）

凡是有「よりも」的句子，前後兩者都屬同一狀態，只不過程度不同。上句是說
田中個子高，山田比田中還高，兩人都高，只不過高的程度不同。

注意

「違いない」通常一定要與「に」結合在一起，以「に違いない」的形態來

表示判斷。

練習

完成下列句子。

① あの人は山田さん_____。

② 雨が降る_____。

③ 私はお寿司を作ることが_____。

④ この子供は手紙を書くことが_____。

第118課

本課要點

學習介紹形式名詞「はず」的用法。

課文

> Ａ：この書類はいつ届きますか。
> Ｂ：速達で出せば明後日に届くはずです。
> Ａ：そんなに時間がかかるのですか。明日は無理ですか。
> Ｂ：ストライキはまだ解決していないから，明日届くはずがな
> 　　いと思います。

單字

書類①	（名）文件、資料
届く②	（自五）寄到，夠得著
速達⓪	（名）快件，特快專遞
筈⓪	（形名）一定，確實，應該是
無理①	（名・形動）無理
ストライキ③	（名）罷工，罷課，罷市
解決⓪	（名・自他サ）解決

譯文

Ａ：這分文件什麼時候能寄到？

Ｂ：用快件寄的後天肯定能到。

Ａ：能用那麼多時間嗎？明天不能（到）嗎？

Ｂ：罷工還沒解決，我估計明天不會寄到。

語法解釋

1.「速達で出せば明後日に届くはずです。」

①「はず」一詞在詞類劃分上屬於形式名詞。形式名詞「はず」通常接在動詞、形容詞、形容動詞和部分助動詞的連體形後，有時也可接在「こんな」等連體詞後。

「はず」在多數情況下表示主觀上判斷或主觀上的推斷，此時的「はず」可譯成"**肯定會**""**想必**"等。除此之外，「はず」有時也表示對某一件事的理解或承認，此時的「はず」可譯成中文的"**當然**""**理應**""**應該是**"等。

②「速達で出せば」中的「で」是格助詞，表示動作、作用進行時的方法或手段。在此可譯成"**用**"等。

2.「明日届くはずがないと思います。」

「はずがない」可看作是「はずだ」的否定形式。「はずがない」可以譯成"**不會**""**不可能**"等。

注意

「はずだ」的否定式是「はずがない」，一般不說「はずではない」。

練習

一、將下列句子譯成日語。

①我想他會來的。

②山田肯定會在那兒。

二、將下列句子譯成中文。

①汽車は八時に出るはずです。

②天気が悪いから，飛行機が十時に立つはずがない。

第119課

本課要點

學習「━たことがある」句型和並列助詞「に」的用法。

課文

A：この音楽を聞いたことがありますか。

B：はい，あります。

A：どこで聞いたのですか。

B：フランスへ行った時，パリの音楽会で聞きました。

A：音楽会には，背広姿で行ったのですか。

B：はい，青い上着に赤いネクタイというかっこうをして行きました。

單字

音楽①⓪	（名）音樂
フランス⓪	（名）法國，法蘭西
パリ①	（名）巴黎
音楽会③④	（名）音樂會
背広⓪	（名）西服
姿①	（名）姿態，裝扮；身影
青い②	（形）藍，青
上着⓪	（名）上衣
赤い⓪	（形）紅
格好⓪	（名）裝束，模樣

譯文

A：這首音樂（你）聽過嗎？

B：是的，聽過。

Ａ：在哪兒聽的？

Ｂ：去法國時，在巴黎的音樂會上聽的。

Ａ：（你）是穿西服去音樂會的嗎？

Ｂ：是的，（穿著）藍上衣配著紅領帶去的。

語法解釋

1.「この音楽を聞いたことがありますか。」

「――たことがある」表示有過某種經歷或感受。如「見たことがある」是 "看過"；「食べたことがある」是 "吃過"；「読んだことがある」是 "讀過" 的意思等。

2.「背広姿で行ったのですか。」

「背広姿」原意是 "西服姿態"，在此可譯成 "穿著西服"。「で」是格助詞，在此表示狀態。

3.「青い上着に赤いネクタイというかっこうをして行きました。」

「青い上着に赤いネクタイ」中的「に」是並列助詞。這種「に」通常接在體言或準體助詞「の」後，表示對事物進行列舉。

注意

「フランスへ行った時，パリの音楽会で聞きました。」表示的是 "過去"，所以第一個分句中的動詞應該用過去式「行った」。

練習

將下列句子譯成日語

①你去過日本嗎？

②這部電影我看過。

③我吃過生魚片。

④這本書我看過。

第120課

本課要點

學習「～ことにする」和「～ことになる」的用法。

課文

> A：明日全員休むことになるね。
>
> B：はい，僕，ディズニランドへ行くことにしたけれど，君は？
>
> A：僕は仕事がたまっているから，明日会社へ来ることにした。
>
> B：残念だな。そんなら，僕，一人で行こう。

單字

全員①⓪	（名）全員，全體
休む②	（自他五）休息，就寢
成る①	（自五）成為，變成
ディズニランド	（名）迪斯尼樂園
溜まる⓪	（自五）積累，堆積
残念③	（形動）遺憾，可惜

譯文

A：明天全體休息啦。

B：是的，我決定去迪斯尼樂園，你呢？

A：我工作積了一大堆，（我）決定明天來公司（上班）。

B：真遺憾，那麼我一個人去吧。

語法解釋

1.「明日全員休むことになるね。」

「～ことになる」接在動詞連體形後，表示非主觀性的"決定"。這句話是對"全體休息"一事加以客觀上的敘述，也就是說決定休息的不是發話人自己，

發話人所敘述的是客觀上的事物。

2.「僕，ディズニランドへ行くことにしたけれど。」

①嚴格地說，「僕」後應加助詞「は」，這句話可看作是「は」的省略。

②「～ことにする」接在動詞連體形後，表示主觀上的"決定"。也就是說，決定去迪斯尼樂園是發話人自己的意志。

　　　銀座へ行くことにした。

　　　（我決定去銀座。）

3.「そんなら，僕，一人で行こう。」

這句話中的「で」是格助詞，表示動作進行時的狀態。

注意

「～ことになる」表示客觀上的"決定"，「～ことにする」表示主觀上的"決定"。

練習

將下列句子譯成中文。

① 私は医学の勉強をすることにします。

②きょうからたばこをやめることにした。

③会社をやめることになりました。

④来年帰国することになりました。

本單元小結

(一)關於「かも知れない」

「かも知れない」通常接在動詞、形容詞、部分助動詞的終止形後；接形容動詞時接在語幹後；還可以直接接在名詞後。「かも知れない」和「可能性がある」都可譯成"有可能""也許""或許"等。兩者在意義上沒有什麼差別，「かも知れない」在口語中用得較多一些。「かも知れない」在句子中的意思大體上可分為二種，一種是表示推測；另一種是表示委婉。

在語言生活中，當說話的人無法確切地斷定某一事態如何，但有某種可能性時，往往用「かも知れない」或「可能性がある」：

　　　あした雨かも知れない。

發話者不能確切地斷定明天一定下雨，但有下雨的可能。在這種句子中，被推測的某一事態一般沒有什麼必然性，往往都帶有一種偶然性。「かも知れない」所表示的推測，往往缺少確切的根據，可以說是一種不負責任的表達方式。就日本人的語言心理而言，通常是不願直接了當地說出自己的判斷。有時儘管事情明白無誤，但說話人仍不願明確地進行判斷：

　　　　午後の会議には参加できないかも知れない。

這句話中的「かも知れない」表示的是委婉而不是推測。因為"不能參加會議"的是發話人自己而不是別人，對自己的行為無需進行推測。

　　「かも知れない」在表示"過去"的時候，可用「～たかも知れない」或「～かも知れないと思った」等。

　　㈠「ことができる」和「可能性がある」

　　　　我は日本語ができる。

　　　（我會日語。）

　　　　山田さんは中国語を話すことができる。

　　　（山田會說中文。）

這二句話中的「できる」表示有能力去做某種事。「できる」的否定形式是「できない」。

　　　　成功の可能性がある。

　　　（有成功的可能。）

這句話中的「可能性がある」表示的是"推測"，意思是有可能發生某種事情。「可能性がある」的否定形式是「可能性がない」。

　　「できる」和「可能性がある」在譯成中文時，雖然都有個"能"字，但兩者意思決不相同。前者表示有否"能力"；後者表示"推測"。「かも知れない」的意思與「可能性がある」相近。

第二十六單元

本單元目的

　　日語中的授受關係比較複雜。由於表示授受關係的詞種類多，用法雜，所以授受關係對中國人來說是學習日語的一個難點。日語中表示授受關係的動詞主要有「くれる」「くださる」「もらう」「いただく」「やる」「<ruby>上<rt>あ</rt></ruby>げる」「さし<ruby>上<rt>あ</rt></ruby>げる」等。這些詞還可以與助詞「て」一起做補助動詞接在動詞後使用。本單元主要介紹表示授受關係的「くれる」「くださる」「てくれる」「てくださる」「もらう」「いただく」「てもらう」「ていただく」的用法。此外還將介紹表示勸誘的「て下さいませんか」「ていただけませんか」的用法。

第121課

本課要點

學習「くれる」和「くださる」的用法。

課文

A：<ruby>課長<rt>かちょう</rt></ruby>，これを<ruby>僕<rt>ぼく</rt></ruby>に<ruby>下<rt>くだ</rt></ruby>さるのですか。

B：ええ，どうぞ。これ，<ruby>君<rt>きみ</rt></ruby>のライターか。

A：はい，そうです。

B：おもしろいライターだな。<ruby>僕<rt>ぼく</rt></ruby>にくれないか。

A：はい，どうぞ。

單字

<ruby>下<rt>くだ</rt></ruby>さる③　　　　　　　　　　（他五）賜予，賜給

ライター①　　　　　　　　　　（名）打火機

<ruby>呉<rt>く</rt></ruby>れる⓪　　　　　　　　　　（他下一）給，送給

譯文

A：科長，這是給我的嗎？

B：對，拿去吧。這是你的打火機嗎？

A：對，是的。

B：這打火機真有意思，給我吧。

A：可以，你拿去吧。

語法解釋

1.「課長，これを僕に下さるのですか。」

在日常生活中，人人都會有禮尚往來。在日語中，當說話人站在接受者的立場上（或說話人本身就是接受者）來敘述年長者或地位高的人送東西給年幼者或地位相對較低的人的時候，要用「くださる」。也就是說「くださる」表示"別人給我（或自己方面的人）……"的意思。「くださる」是他動詞，所以應該用「……をくださる」。

　　　　先生は私に万年筆を下さいました。

　　　　（老師送給我鋼筆。）
　　　　これは課長が下さった辞書です。

　　　　（這是科長給的辭典。）
　　　　私には何もくださらなかった。

　　　　（什麼也沒給我。）

在這種句子中，給東西的人要用「は」或「が」來表示；接受東西的人要用「に」來表示。

2.「僕にくれないか。」

「くれない」是「くれる」的否定式。「くれる」的基本意義與「くださる」一樣，也是用在說話人站在接受者的立場上敘述別人給自己（或自己一方）東西時。但是「くれる」的感情色彩與「くださる」不同，「くださる」用在長者或地位高的人送東西給幼者或地位相對較低的人的時候；「くれる」用在幼者送東西給長者或地位低的人送東西給地位相對較高的人的時候。

　　　　弟は私に万年筆をくれました。

　　　　（弟弟送給我鋼筆。）
　　　　このハンカチは佳代子さんがくれたのです。

　　　　（這個手帕是佳代子送（給我）的。）

- 315 -

同輩人送東西給同輩人時，往往根據場合不同而用詞不同，敘述關係比較疏遠的人送東西給自己（或自己一方）時，一般用「くださる」。

注意

在「くださる」和「くれる」做謂語的句子中，施與者要用「は」或「が」表示；接受者要用「に」來表示。

練習

將下列句子譯成日語。

①這本書是老師給的。

②妹妹給了我（一頂）帽子。

③這本辭典是弟弟給的。

④部長送給我妹妹（一支）手錶。

第122課

本課要點

學習補助動詞「くださる」和「くれる」的用法。

課文

A：昨日は山本さんの銀婚式でしたね。

B：はい，そうです。家内と結婚してもう二十五年になりました。

A：いろいろな人が来てくれたでしょう。

B：はい，部長も来てくださいました。部長の奥さんがきれいな人形を作ってくださいました。

單字

山本	（名）（日本人名）山本
銀婚式③	（名）銀婚儀式
二十五年	（名）25年

色色⓪ いろいろ	（形動）各種各樣，形形色色
人⓪② ひと	（名）人，別人
奥さん① おく	（名）夫人，（您）夫人
人形⓪ にんぎょう	（名）洋娃娃，木娃娃

譯文

Ａ：昨天是山本（您）的銀婚儀式吧？

Ｂ：對，是的。和（我）太太結婚以後已25年了。

Ａ：來了很多人吧？

Ｂ：是的，部長也來了。部長的夫人還為我做了一個漂亮的木娃娃。

語法解釋

1.「家内と結婚してもう二十五年になりました。」

「二十五年になる」中的「に」是格助詞，接在「なる」前面時表示變化的結果。這種句子中的「になる」往往可以不譯。

2.「いろいろな人が来てくれたでしょう。」

這句話中的「くれた」與助詞「て」一起接在動詞的連用形或音便形後，表示一種補助意義，屬於補助動詞。做補助動詞使用的「くれる」與做動詞使用的「くれる」意義基本相同。不同的是「くれる」句中，接受者接受的是某種東西；「〜てくれる」句中，接受者接受的是某種動作行為。上句話中因為沒有具體的所指對象，不需要去尊重誰，所以用「くれる」而不用「くださる」。

3.「部長も来てくださいました。」

這句話中的「くださいました」與助詞「て」一起接在動詞的連用形或音便形後，也是補助動詞。和「〜てくれる」一樣，「〜てくださる」句中的接受者從施與者那裡接受的不是某種東西，而是某種動作行為。這句話中因為施與者是部長，是地位比接受者高的人，所以要用「〜てくださる」。

注意

「〜てくれる」「〜てくださる」句中的施與者要用「が」或「は」，接受者要用「に」來表示。

練習

將下列句子譯成日語。

①老師給我買書了。

②弟弟給我買領帶了。

③妹妹為我打掃房間了。

④這條褲子是孩子給我做的。

第123課

本課要點

學習「もらう」和「いただく」的用法。

課文

A：そのＴシャツは誰にもらったの。

B：これは山口君にもらったの。

A：その眼鏡も山口君にもらったの。

B：いや，これは岡田課長からいただいたのだ。

A：課長から連絡をいただいた？

B：いや，まだいただいていない。

單字

Ｔシャツ	（名）Ｔ恤衫
貰う⓪	（他五）領受，接受，索取
山口②	（名）（日本人名）山口
岡田	（名）（日本人名）岡田
戴く⓪	（他五）拜領，索取

譯文

A：這Ｔ恤衫是跟誰要的？

B：那是跟山口要的。

A：這眼鏡也是跟山口要的嗎？

B：不，那是跟岡田科長要的。

A：科長那兒有聯繫嗎？

B：不，還沒得到（聯繫）。

語法解釋

1.「これは山口君<ruby>山口君<rt>やまぐちくん</rt></ruby>にもらったの。」

在日語中，當說話人站在接受者的立場上（或說話人本身就是接受者）來敘述接受者（或自己）從對方那兒索取某種東西時，可用「もらう」。「もらう」一般用在年長者或地位高的人從年幼者或地位低的人那兒索要某種東西時，也可用在平等人或親密朋友間相互索取東西時：

<ruby>僕<rt>ぼく</rt></ruby>は<ruby>山田君<rt>やまだくん</rt></ruby>に<ruby>本<rt>ほん</rt></ruby>を<ruby>一冊<rt>いっさつ</rt></ruby>もらった。

（我跟山田要了一本書。）

<ruby>昨日<rt>きのう</rt></ruby>，<ruby>友<rt>とも</rt></ruby>だちから<ruby>手紙<rt>てがみ</rt></ruby>をもらった。

（昨天收到了朋友的信。）

在「もらう」句中，索取者可用「は」「が」來表示；被索取者（施與者）可用「に」或「から」來表示。

2.「これは<ruby>岡田課長<rt>おおだかちょう</rt></ruby>からいただいた。」

「いだたく」的基本意義同「もらう」一樣，也是用在說話人站在接受者的立場上（或說話人本身就是接受者）來敘述接受者跟對方索取某種東西時。但是「いただく」的感情色彩和「もらう」不同，「いただく」通常用在年幼者或地位相對較低的人跟年長者或地位相對較高的人索取某種東西時，關係比較生疏的人之間也多用「いただく」，以顯示自己有教養。

これは<ruby>社長<rt>しゃちょう</rt></ruby>にいただいた<ruby>薬<rt>くすり</rt></ruby>です。

（這是從經理那兒得到的藥。）

<ruby>私<rt>わたし</rt></ruby>は<ruby>先生<rt>せんせい</rt></ruby>に<ruby>手紙<rt>てがみ</rt></ruby>をいただきました。

（我收到了老師的來信。）

同「もらう」句一樣，「いただく」句中的索取者用「は」「が」表示；被索取者（施與者）用「から」或「に」表示。

注意

1.「もらう」「いただく」雖然都可譯作"索取"，"索要"，但是在施與

者主動給自己東西時，往往也可以用「もらう」「いただく」。

　2.「もらう」「いただく」句中的助詞位置絕對不能隨意變動。

練習

一、在＿＿＿＿處填上「もらう」或「いただく」。
① 私は先生に本を＿＿＿＿＿＿。
②僕は山口君からたばこを＿＿＿＿＿＿。

二、在＿＿＿＿處填上「いただく」或「くださる」。
①先生は私に手紙を＿＿＿＿＿＿。
② 私は先生に手紙を＿＿＿＿＿＿。

第124課

本課要點

學習補助動詞「もらう」和「いただく」的用法。

課文

> Ａ：申込み書は君が書いたのか。
> Ｂ：いいえ，私が書いたのではありません。
> 　　野口君に書いてもらったのです。
> Ａ：保証書は君が書いたのだね。
> Ｂ：いいえ，保証書は渡辺先生に書いていただいたのです。

單字

申込み書⓪⑥	（名）申請書
野口	（名）（日本人名）野口
保証書⓪②	（名）保證書
送る⓪	（他五）寄，送

譯文

Ａ：申請書是你寫的嗎？

Ｂ：不，不是我寫的，是求野口寫的。

Ａ：保證書是你寫的吧？

Ｂ：不，保證書是請求渡邊老師給寫的。

語法解釋

1.「野口君に書いてもらったのです。」

這句話中的「もらった」與助詞「て」一道接在「書く」的音便形後，屬於補助動詞。做補助動詞使用的「もらう」的基本意義和做動詞使用的「もらう」的基本意義相同，也是表示"索取"意義的。但是做動詞使用的「もらう」"索取"的是東西；做補助動詞使用的「もらう」"索取"的是動作行爲。

私は父に時計を買ってもらいました。

（我叫爸爸給我買手錶了。）

私は友だちに雑誌を送ってもらう。

（我求朋友給我寄雜誌。）

2.「保証書は渡辺先生に書いていただいたのです。」

這句話中的「いただく」也是補助動詞。做補助動詞使用的「いただく」與做動詞的「いただく」一樣，也是表示年幼者或地位相對較低的人向年長者或地位相對較高的人"索取"的意思。所不同的是，做動詞使用的「いただく」"索取"的是東西；做補助動詞使用的「いただく」"索取"的是動作行爲。

私は橋本さんに車で送っていただきました。

（我請橋本用車送我了。）

明日の会議は社長にも出席していただきます。

（明天的會議也請經理出席。）

注意

「〜てもらう」「〜ていただく」都有"使動"的意思，但是與普通的使動句（關於使動句請見第二十九單元）又有所不同。

練習

在____處填上「もらう」或「いただく」。

① 先生に調べて＿＿＿＿＿＿。
② 田中君に行って＿＿＿＿＿＿。
③ 妹に新聞を読んで＿＿＿＿＿＿。
④ 谷口さんに日本語を教えて＿＿＿＿＿＿。

第125課

本課要點

學習與「くださる」「いただく」等有關的 **"祈使句"**。

課文

> A：あのねえちゃんはかわいいなあ。誰だろう。
>
> B：洋子さんだよ。
>
> A：知っている？紹介してくれないか。
>
> B：それは問題ない。今日の料金は払ってもらえないか。
>
> A：当然払うよ。

單字

姉ちゃん①	（名）姐姐，姑娘，小姐
可愛い③	（形）可愛，嬌小，小巧
洋子	（名）（日本人名）洋子
知る⓪	（他五）知道，認識
紹介⓪	（名・他サ）介紹
料金①	（名）費用
払う②	（他五）付，支付，拂去
当然⓪	（副・形動）當然

譯文

A：那位小姐真可愛，是誰？

B：是洋子。

Ａ：（你）認識（她）？能不能介紹一下嗎？

　Ｂ：那沒問題，今天能不能你付錢？

　Ａ：當然（我）付。

語法解釋

1.「紹介してくれないか。」

　「〜てくれないか」「〜て下さいませんか」是一種比較客氣的祈使方式。「くれる」的命令形是「くれ」；「くださる」的命令形是「ください」。「紹介してくれ」「紹介してください」是純粹的命令句，沒有要與對方商量的語氣。「〜てくれないか」「〜てくれませんか」「〜てくださらないか」「〜てくださいませんか」是以否定式去徵詢對方的意見，這種祈使方式比純粹的命令句要柔和得多。

2.「今日の料金は払ってもらえないか。」

　「〜てもらえないか」「〜てもらえませんか」「〜ていただけないか」「〜ていただけませんか」也是一種比較委婉客氣的祈使方式。這種祈使方式同「〜てくれないか」「〜てくださいませんか」一樣，也是以否定式去徵詢對方的意見，委婉地要求對方做某件事。

注意

　對長輩要用「〜てくださいませんか」「〜ていただけませんか」「〜てくれないか」「〜てくれませんか」「〜てくださらないか」和「〜てもらえないか」「〜てもらえませんか」「〜ていただけないか」「〜ていただけませんか」等都可譯成中文的 **"能不能請（求）你（您）……"** 等。

練習

將下列句子譯成中文。

①あした六時に起きていただけませんか。

②午後も来てくれないか。

③早く行ってもらえない？

④電燈を付けてくださいませんか。

本單元小結

在這一單元裡重點介紹了動詞「くれる」「くださる」「もらう」「いただく」和補助動詞「くれる」「くださる」「もらう」「いただく」的用法。「くれる」「くださる」表示"授與"，「もらう」「いただく」表示"索取"，它們都可譯作中文的"給（我）"等。

㈠「くれる」與「もらう」的關係

在感情色彩上「くれる」與「もらう」一樣，都屬非鄭重語體。「くれる」用在卑者給尊者東西或平輩朋友間贈送東西時，

　　　　妹は私にネクタイをくれました。

　　（妹妹送給我領帶了。）
　　　　田中君は僕に手袋をくれました。

　　（田中給我（一副）手套。）
在這種句子裡施與者須用「は」（有時也用「が」）來表示，如上面句中的「妹は」「田中君は」，接受者須用「に」來表示，如上面句子裡的「私に」「僕に」。家庭成員之間因為不需要使用敬語，所以在表達家庭成員中的彼此授受關係時也可以用「くれる」。

接在動詞後的補助動詞「くれる」，其使用場合與動詞「くれる」一樣，但是補助動詞「くれる」往往表示幼者為長者或平輩朋友為平輩朋友做某件事。也就是說，在有補助動詞「くれる」的句子裡，在施與者和接受者之間直接移動的是某種行為，移動的"東西"是第二個層次裡的意思。

「もらう」用在尊者從卑者那兒索取或領受某種東西時，平輩朋友之間亦可使用「もらう」。

　　　　私は妹にネクタイをもらいました。

　　（我從妹妹那裡得了（一條）領帶。）
　　　　僕は田中君に手袋をもらった。

　　（我從田中那兒弄了（一副）手套。）

在有「もらう」的句子裡，索取者須用「は」（或「が」）來表示，施與者須用「に」（或「から」）來表示。

接在動詞後的補助動詞「もらう」的使用場合同動詞「もらう」一樣。但是在有補助動詞「もらう」的句子裡，在索取者和施與者之間直接移動的也是某種

行為，移動的"東西"也是屬於另一個層次裡的意思。

實際上，「もらう」和「くれる」是同一事物的兩種不同表達方式。

僕は田中君に手袋をもらった。

這句話如果把"主動者"換成「田中君」的話，它就變成了：

田中君は僕に手袋をくれた。

這種關係如果用圖示的話，便是：

僕は田中君に　手袋をもらった。

田中君は僕に　手袋をくれた。

「もらう」句變「くれる」句時，把「もらう」句中的主語變成「くれる」句的補語，補語變成主語即可。所以「もらう」和「くれる」在譯成中文時，都可譯成"A給B⋯⋯"或"B給A⋯⋯"。

㈠「くださる」與「いただく」的關係

「くださる」是「くれる」的敬語詞，一般用在尊者給卑者東西時。

先生は私にネクタイを下さいました。

（老師送給我領帶了。）

「くださる」句中的助詞用法和「くれる」一樣，施與者用「は」（或「が」）來表示，接受者用「に」來表示。做補助動詞使用的「くださる」，其使用場合與動詞「くださる」一樣，所表示的基本意義與補助動詞「くれる」相同。

「いただく」是「もらう」的敬語詞，通常用在卑者從尊者那兒索取某種東西時。

私は先生にネクタイをいただきました。

（我跟老師要了（一條）領帶。）

同「もらう」一樣，「いただく」句中的索取者要用「は」（或「が」）來表示，施與者要用「に」（或「から」）來表示。做補助動詞使用的「いただく」的使用場合與動詞「いただく」相同，其基本意義與補助動詞「もらう」一樣。

「いただく」和「くださる」的關係同「もらう」和「くれる」的關係一樣，也是同一事物的兩種不同表達方式。

私は先生に　ネクタイをいただいた。

先生は私に　ネクタイをくださった。

「いただく」句變成「くださる」句時，須把「いただく」句中的補語變成「く
ださる」句的主語；把主語變成補語。從助詞的角度來說，要把「に」換成
「は」，把「は」換成「に」。

第二十七單元

本單元目的

在上一單元裡我們重點介紹了表示授受關係的「くれる」「くださる」和「もらう」「いただく」的用法。表示直接授受關係的，除上面所說的這幾個動詞以外，還有「やる」「上^あげる」「さし上^あげる」。此外，有些動詞如「借^かりる」「貸^かす」「教^{おし}える」「教^{おそ}わる」等也是表示授受關係的。在這一單元裡，將主要介紹「やる」「上^あげる」「さし上^あげる」和「借^かりる」「貸^かす」「教^{おし}える」「教^{おそ}わる」的用法，促使讀者對日語的授受關係有一個基本認識。

第126課

本課要點

學習自己（或自己一方）**給與**別人某種東西時的說法。

課文

> Ａ：犬^{いぬ}にえさをやりましたか。
>
> Ｂ：はい，もうやりました。
>
> Ａ：いとこの結婚^{けっこん}のお祝^{いわ}いにいくらぐらい上^あげればいいでしょうか。
>
> Ｂ：五万円^{ごまんえん}ぐらい上^あげればいいでしょう。
>
> Ａ：先生^{せんせい}の誕生日^{たんじょうび}に何^{なに}を差^さし上^あげたらいいですか。
>
> Ｂ：スイス製^{せい}の腕時計^{うでどけい}を差^さし上^あげましょう。

單字

餌^{えさ}⓪⓪	（名）餌料，（動物）食
いとこ②①	（名）表兄，表弟，表姐，表妹，堂兄，堂弟，堂姐，堂妹
祝^{いわ}い②	（名）賀禮

幾等①	（副）多少，多少錢，多麼
上げる⓪	（他下一）舉，提高，給與
五万円	（名）五萬日元
差し上げる⓪	（他下一）高舉，奉送（「あげる」的尊敬體）
スイス①	（名）瑞士
製	（後綴）製，產，造

譯文

Ａ：給狗餵食了嗎？

Ｂ：是的，已經餵了。

Ａ：表弟結婚的賀禮給多少錢好呢？

Ｂ：給五萬元左右就行了。

Ａ：老師的生日送什麼好呢？

Ｂ：送瑞士產的手錶吧。

語法解釋

1.「犬にえさをやりましたか。」

「やる」表示"給與"的意思，通常用在尊者對卑者或關係密切的同輩之間。上句話中的接受者是狗，無需進行尊敬，所以應用「やる」來表示。

　　　私は弟に本をやった。

　　　（我給弟弟書了。）

在有「やる」的句子裡，施與者用「は」（或「が」）、接受者用「に」來表示。

　2.「いくらぐらい上げればいいでしょうか。」

「上げる」也是表示給與的意思，但「上げる」的感情色彩比「やる」要謙恭得多。「上げる」多用在卑者對尊者或平輩與平輩之間，有時說話者為了表示自己有教養，對晚輩也用「上げる」。「上げる」句中的施與者用「は」（或「が」）表示；接受者用「に」表示。

　3.「スイス製の腕時計を差し上げましょう。」

這句話中的「差し上げる」比「上げる」還要謙恭，是「上げる」的敬語詞。「差し上げる」一般只用在晚輩（卑者）送東西給長輩（尊者）時，其在句中的用法與「やる」「上げる」完全相同。

注意

1.要注意區別「やる」「上(あ)げる」「差(さ)し上(あ)げる」與「くれる」「くださる」的不同點。（請參照本單元小結部分）。

2.「いとこ」的當用漢字可寫做「從兄」「従弟」「従姉」「従妹」「従兄弟」「従姉弟」等。

練習

在＿＿＿處填上適當的詞。

① 私(わたし)は 弟(おとうと)に本(ほん)を＿＿＿＿＿。

② 弟(おとうと)は 私(わたし)に本(ほん)を＿＿＿＿＿。

③ 私(わたし)は先生(せんせい)に本(ほん)を＿＿＿＿＿。

④ 先生(せんせい)は 私(わたし)に本(ほん)を＿＿＿＿＿。

第127課

本課要點

學習補助動詞「やる」「上(あ)げる」「差(さ)し上(あ)げる」的用法。

課文

A：今(いまなに)何をしているか。

B：妹(いもうと)に中国語(ちゅうごくご)を教(おし)えてやっている。

A：先生(せんせい)に記念品(きねんひん)を贈(おく)ってさし上(あ)げましょうか。

B：そうしましょう。

A：まだバスがありますか。

B：もうありません。車(くるま)で送(おく)って上(あ)げましょう。

單字

記念品(きねんひん)⓪ 　　　　　　　　　（名）紀念品

贈(おく)る⓪ 　　　　　　　　　　　　（他五）贈送

殴る② <ruby>殴<rt>なぐ</rt></ruby>る②	（他五）打，揍，毆打
殺す⓪ <ruby>殺<rt>ころ</rt></ruby>す⓪	（他五）殺，宰殺

譯文

Ａ：（你）現在做什麼？

Ｂ：（我）正在教妹妹中文。

Ａ：送老師紀念品吧。

Ｂ：就這麼辦吧。

Ａ：還有公車嗎？

Ｂ：已經沒有了，用（我的）車送您吧。

語法解釋

1.「<ruby>妹<rt>いもうと</rt></ruby> に <ruby>中国語<rt>ちゅうごくご</rt></ruby>を<ruby>教<rt>おし</rt></ruby>えてやっている。」

做補助動詞使用的「やる」表示尊者爲卑者做某一件事。

<ruby>弟<rt>おとうと</rt></ruby> に <ruby>新聞<rt>しんぶん</rt></ruby>を<ruby>読<rt>よ</rt></ruby>んでやった。

（讀報紙給弟弟（聽）。）

在有補助動詞「やる」的句子中，施與者用「は」（或「が」）表示，接受者用「に」表示。

補助動詞「やる」除了可以表示尊者施給卑者利益性行爲以外，還可表示"加害與人的動作行爲"。

<ruby>殴<rt>なぐ</rt></ruby>って<u>やろう</u>。

（揍他一頓！）

<ruby>殺<rt>ころ</rt></ruby>して<u>やる</u>。

（宰了你！）

2.「<ruby>先生<rt>せんせい</rt></ruby>に<ruby>記念品<rt>きねんひん</rt></ruby>を<ruby>贈<rt>おく</rt></ruby>ってさし<ruby>上<rt>あ</rt></ruby>げましょうか。」

做補助動詞使用的「差し上げる」表示卑者爲尊者做某一件事。在這種句子中動作行爲的施與者用「は」（或「が」）來表示，動作行爲的接受者用「に」來表示。

3.「<ruby>車<rt>くるま</rt></ruby>で<ruby>送<rt>おく</rt></ruby>って<ruby>上<rt>あ</rt></ruby>げましょう。」

這句話中的「上げる」與助詞「て」一道接在動詞的音便形後，屬於補助動詞。補助動詞「上げる」的使用場合與動詞「上げる」一樣，句中的助詞用法與補助動詞「やる」「差上げる」相同。

「車で」中的「で」表示使用的"工具"。

注意

「贈る」和「送る」二詞音同意不同。

練習

將下列句子譯成日語。

①我每天教科長英語。

②科長教我英語。

③科長用車送我。

④我用車送科長。

第128課

本課要點

學習「借りる」和「貸す」的用法。

課文

A：このカメラは誰に借りたのですか。

B：宮沢さんに借りたのです。

A：宮沢さんはすぐ貸してくれたのですか。

B：はい，早く返してね。と言ってすぐ貸してくれました。

A：珍らしいですね。宮沢さんはあまり人に物を貸さないほう
　　ですよ。

單字

カメラ①	（名）照相機
宮沢	（名）（日本人名）宮澤
貸す⓪	（他五）貸，借給，出租
返す①	（他五）還，返送

| 珍^{めず}らしい④ | （形）稀罕，少有，新奇 |
| 方^{ほう}① | （名）方面，方向 |

譯文

Ａ：這個照相機是跟誰借的？

Ｂ：是跟宮澤借的。

Ａ：宮澤很乾脆地就借給你了嗎？

Ｂ：是的，（宮澤）說了句"早點還啊"，然後馬上就借給我了。

Ａ：眞難得！宮澤一向是不借東西給別人的。

語法解釋

1.「宮沢^{みやざわ}さんに借^かりたのです。」

「借^かりる」這個詞在第69課裡已出現過。「借^かりる」這個詞可譯作中文的"借"，但是現代中文的"借"字既有"借入"的意思，也有"借出"的意思；日語的「借^かりる」相當於中文的"借入"，上句中的「借^かりる」應譯成"跟……借……"。「借^かりる」句中向別人借東西的人應該用「は」（或「が」）來表示；借東西給別人的人要用「に」（或「から」）來表示，如上句中的「宮沢^{みやざわ}さんに」。

2.「宮沢^{みやざわ}さんはあまり人^{ひと}に物^{もの}を貸^かさないほうですよ。」

①「貸^かす」是「借^かりる」的反義詞。「借^かりる」表示的是"借入"，「貸^かす」表示的是"借出"。在普通句子裡「貸^かす」一般可以譯作"……借給……"。借給別人東西的人要用「は」（或「が」）來表示；得到別人借出的東西（從另一個層次來講的話是跟別人借東西）的人要用「に」來表示。

②「～ほうです」中的「ほう」表示某人或某一事物屬於某一"方面"。句子中的「ほう」往往可以不譯。

注意

「借^かりる」句的補語格上可以用「に」或「から」，但是「貸^かす」句的補語格上不能用「から」只能用「に」。

練習

在下面句中的＿＿＿處填上適當的詞。

① 私は山田さんから本を＿＿＿＿＿。

②山田さんは私に本を＿＿＿＿＿てくれた。

第129課

本課要點

學習「教える」和「教わる」的用法。

課文

A：少林寺拳法は誰から教わっていますか。

B：中国人の劉先生から教わっています。

A：劉さんに柔道を教えているでしょう。

B：はい、劉先生に柔道を教えていて、また劉先生から
少林寺拳法を教わっています。

單字

少林寺	（名）少林寺
拳法①	（名）武術，拳術
教わる⓪	（他五）請教，跟……學習
劉	（名）（中國人姓）劉
柔道①	（名）柔道

譯文

A：（你）跟誰學少林拳？

B：跟中國的劉先生學。

A：（你不是）教劉先生柔道嗎？

B：是的，（我）教劉先生柔道，還從劉先生那兒學少林拳。

語法解釋

1.「劉先生 に 柔道 を 教えていて、また 劉先生から 少林寺拳法を 教わって
います。」

①「教えていて」中的「いて」是由補助動詞「いる」的連用形加助詞
「て」構成的，在此表示中頓。「教えていて」表示動作正在進行，如果是「教
えて」的話，則沒有正在進行的意思。

「教える」一詞在第73課裡已經出現過，在有「教える」的句子中，"教"
者要用「は」或「が」表示；"被教"者（學習者）要用「に」表示。

あいつは子供に悪い事を教える。

（那傢伙教唆孩子。）

②「教わる」是「教える」的反義詞。「教える」表示"教"；「教わる」
表示"學"。句中的「教わる」通常可譯作"……跟……學……"。

私は山田先生から日本語を教わった。

（我跟山口老師學日語了。）

在有「教わる」的句子裡，學習的人要用「は」或「が」表示（如上句中的「私
は」）；教的人要用「から」或「に」表示（如上句中的「山田先生から」）。

注意

「劉さんに柔道を教えているでしょう」句中的「でしょう」的聲調應該往
上揚。

練習

在〇中填上適當的助詞。
① 私〇田中先生〇英語を教わる。
②田中先生〇山田君〇中国語を教える。
③ 弟〇西村さん〇〇日本語を教わっている。

第 130 課

本課要點

學習一些反義詞的用法。

課文

A：君，その入場券を僕に売らないか。

B：だめだよ，せっかく平井さんから買ったのだから。

A：日本は貿易の国だね。

B：そうだ。日本は外国から原料を輸入して物を造って，それを外国へ輸出している国なんだ。

單字

入場券③	（名）入場券，門票
売る⓪	（他五）賣，出賣
駄目②	（形動）不行，不頂事，無用
折角⓪	（副）特意，好不容易
平井	（名）（日本人名）平井
日本②	（名）日本
貿易⓪	（名・サ）貿易
外国⓪	（名）外國
原料③	（名）原料
輸入⓪	（名・他サ）輸入，進口
輸出⓪	（名・他サ）輸出，出口

譯文

A：喂，那張票不能賣給我嗎？

B：那可不行，（我）好不容易從平井那兒買來的。

A：日本是貿易國啊。

B：是的，日本是從外國進口原料，（將其）製成物品，然後將其出口到國外的國家。

語法解釋

1.「その入場券を僕に売らないか。」

「売る」表示"**賣**"的意思。在有「売る」的句子中，"賣"的人用「は」或「が」表示，東西賣給誰（另一個層次的買主）要用「に」表示，如上句中的「僕に」中的「僕」就是買主。

2.「せっかく平井さんから買ったのだから。」

「買う」表示"買"的意思，是「売る」的反義詞。要買東西就必須要有賣東西的人，在有「買う」的句子中，賣東西的賣主用「から」表示。

3.「日本は外国から原料を輸入して物を造って，それを外国へ輸出している国なんだ。」

「輸入する」和「輸出する」是一組反義詞。「輸入する」表示"進口"，「輸出する」表示"出口"。有進口就一定有出口，「外国から輸入する」中的「から」表示進口的"出處"，「外国へ輸出する」中的「へ」（也可用「に」）表示出口的方向或地點。

注意

「輸出している国なんだ」中的「なん」是「なの」的口語化。

練習

在下面____處填上適當的詞。

①日本はアメリカへ物を_____している。

②アメリカは日本から物を_____している。

本單元小結

到本單元為止，表示授受關係的用法基本上解釋完了。「くれる」「くださる」「もらう」「いただく」「やる」「上げる」「差し上げる」在日語中自成一體，表示比較複雜的授受關係。由於中文中表示這種授受關係的動詞相對較少，所以對中國人來說，日語中的授受關係不太容易掌握。

㈠「やる」「上げる」「差し上げる」與「くれる」「くださる」的差別

對中國人來說「くれる」「くださる」和「もらう」「いただく」之間的差別還比較容易區別，但是「くれる」「くださる」和「やる」「上げる」「差し上げる」就不太好區分了，因為這些詞翻譯過來都是一個"給"字。

「くれる」「くださる」和「やる」「上げる」「差し上げる」的差別主要在於賓格的事物向那個方向移動。

　　　先生は弟に万年筆をくださいました。

　　（老師給我弟弟鋼筆了。）

　　　弟は私に本をくれた。

　　（弟弟送給我書。）

這兩個句子中的賓格事物（「万年筆」「本」）都是由對方向自己（或自己的範圍）移動的，所以當自己或屬於自己範圍的人處在「に」格上時，句末的動詞應該是「くれる」或「くださる」。補助動詞「くれる」「くださる」的用法與動詞「くれる」「くださる」的用法相同。

當句子中的賓格事物是由自己或自己的範圍內向對方移動時，應該使用「やる」「上げる」「差し上げる」。這時處在句中「に」格上的應是對方或屬於對方範圍的人。

　　　私は弟に本をやりました。

　　（我給弟弟書了。）

　　　弟は山田さんに万年筆を上げました。

　　（弟弟給山田鋼筆了。）

　　　私は先生にネクタイを差し上げました。

　　（我給老師領帶了。）

補助動詞「やる」「上げる」「差し上げる」的用法同動詞「やる」「上げる」「差し上げる」的用法相同。

從以上例句中可以看出，賓格上的事物如果是由自己或自己的範圍內向對方或對方的範圍移動的話，應該使用「やる」「上げる」「差し上げる」，賓格上的事物如果是由對方或對方的範圍內向自己或自己的範圍內移動的話，應該使用「くれる」「くださる」。

㈡「貸す」與「借りる」的關係

　　「貸す」「借りる」「買う」「売る」「教える」「教わる」「輸出する」

「輸入する」等都是意義相關的反義詞。每組詞的詞義通常都是相輔相成的。如：有"貸"的就一定有"借"的；有"買"的就一定會有"賣"的；有"教"的就必須有"學"的；有"出口"的就必須有"進口"的。這些詞在句子中只要有一方存在，在另一個層次（深層）裡就一定有另一方的存在。如果說在，在另一個層次（深層）裡就一定有另一方的存在。如果說

　　　　私は山田先生に日本語を教わる。

的話，在其深層裡就一定有

　　　　山田先生は私に日本語を教える。

的意思。其它每組詞的情形也與「教える」「教わる」一樣。如果將這種反義詞的關係加以圖示的話，應是：

　　　私は山田先生に　日本語を教わる。

　　　山田先生は私に日本語を教える。

這種關係與「もらう」和「くれる」的關係相同。

第二十八單元

本單元目的

「れる」「られる」是一對助動詞，它們接在動詞的未然形後，除了表示"**被動**"的意義以外，還表示"**可能**""**自發**""**尊敬**"等意義。在這一單元裡，除了要介紹「れる」「られる」的接續方法以外，還將介紹「れる」「られる」的被動、可能、自發的用法。另外還要介紹五段動詞的可能態的用法。通過對本單元的學習，讀者對「れる」「られる」能有一個初步的概念。

第 131 課

本課要點

學習表示被動意義的助動詞「**れる**」的用法。

課文

> A：明日彼女に自分の気持ちを打ち明けます。
>
> B：だめですよ。そんなことをしたら，笑われますよ。
>
> A：そんなことは気にしません。
>
> B：お父さんに知られたら，叱られるでしょう。
>
> A：父のことは大丈夫です。

單字

自分⓪	（名）自己，我（自己）
気持ち⓪	（名）心情，心意，心思
打ち明ける⓪	（他下一）吐露，挑明
笑う⓪	（自五）笑，（他五）嘲笑
気にする	（連語）擔心，往心裡去
叱る⓪	（他五）叱責，批評，呵叱

譯文

Ａ：明天（我）把自己的心情向她表白一下。

Ｂ：不行，那樣做會被（別人）笑話的。

Ａ：這些我不在乎。

Ｂ：要是被你父親知道了，你會挨罵的。

Ａ：我父親那兒沒關係。

語法解釋

　1.「そんなことをしたら，笑われますよ。」

「笑われる」是由五段活用動詞「笑う」的未然形「笑わ」加助動詞「れる」構成的，這裡的「れる」表示被動的意思，所以可以譯成"被⋯⋯笑話"。

　　　私は父に叱られた。

　　　（我被父親叱責了。）

在表示被動意義的句子裡，"受動"的人或事物用「は」或「が」（如上句中的「私は」）表示；"施動"者用「に」表示（如上句中的「父に」）。"被父親叱責了"，父親是叱責這一行為的主體，是"施動者"。課文中的「お父さんに知られたら，叱られるでしょう」句中有二處被動態，一個是「知られる」，一個是「叱られる」。它們的施動者都是「お父さん」，所以「お父さん」後應加上格助詞「に」。

　2.「そんなことは気にしません。」

「気にする」表示把什麼事放在心上，可譯成"把⋯⋯當回事"、"擔心"等。

　　　彼は母の病気をたいへん気にしています。

　　　（他非常擔心母親的病。）

「気にしない」可譯成"不在乎"等。

注意

「れる」通常只接在五段活用動詞的未然形和サ變動詞的未然形「さ」的後面。

練習

將「れる」接在下列動詞的未然形後。

① 書く   ② 帰る   ③ 聞く

④ 輸入する   ⑤ 殴る   ⑥ 飲む

⑦ 使う

第132課

本課要點

學習表示被動意義的「られる」的用法。

課文

A：妹さんはどうしておこっているのですか。

B：弟は母にほめられて，彼女はほめられなかったからです。

A：猫をたくさん飼っていますね。

B：母が飼っているのです。たいへんですよ。台所の魚はよく食べられます。

單字

怒る②	（自五）發怒，生氣，發脾氣
誉める②	（他下一）表揚，誇獎，稱讚
飼う①	（他五）飼養
台所⓪	（名）廚房
魚⓪	（名）魚

譯文

A：（你）妹妹怎麼生氣了？

B：因為弟弟被媽媽表揚了，而她卻沒有被表揚。

A：（你家）養了不少貓啊。

B：是（我）媽養的。糟透了，廚房裡的魚經常被（貓偷）吃。

語法解釋

1.「弟は母にほめられて，彼女はほめられなかったからです。」

「誉められる」是由下一段活用動詞「誉める」的未然形「誉め」後接助動詞「られる」構成的。「誉められる」句中的「られる」與「笑われる」「叱られる」句中「れる」一樣，也是表示被動意義的，所以可以譯作**"被……誇獎"**等。

　　　　　彼女は男に捨てられたことがある。

　　　　（她曾被別人拋棄過。）

在有「られる」的句子中，被動者用「は」或「が」（如上面句子中的「彼女は」）表示；施動者用「に」（如上面句子中的「男に」）來表示。「彼女は男に捨てられた」還可以從另一個角度將其說成「男は彼女を捨てた」，所以「男に」中的「男」實際上是施動者，「彼女は」中的「彼女」是被動者。「誉める」有時也可寫作「褒める」。

注意

1.「台所の魚はよく食べられます。」這句話如果說得再具體一些，就是「台所の魚はよく猫に食べられます」，在這句話中實際上是省略了表示施動者的「猫に」這一成分。

2.「れる」和「られる」都是表示被動意義的。「れる」通常接在五段動詞的未然形和サ變動詞的未然形「さ」後；「られる」通常接在上一段動詞、下一段動詞、カ變動詞的未然形和サ變動詞的未然形「せ」的後面，有時也接使役助動詞（請見第二十九單元）「せる」「させる」的未然形。

練習

將「られる」接在下列動詞的未然形後。

①見る　　　　　　②打ち明ける
③起きる　　　　　④教える
⑤落ちる　　　　　⑥着る
⑦調べる　　　　　⑧育てる

第 133 課

本課要點

學習 "受害被動句" 的用法。

課文

A：どうして泣いているの？

B：日記をお母さんに見られたよ。

A：お母さんはひどいね。

B：お姉さんはどうして泣いているの？

A：電車に乗っている時，財布をすりに盗まれた。

單字

泣く⓪	（自五）哭，啼哭
日記⓪	（名）日記，日記本
乗る⓪	（自五）搭，乘
時②	（名）時，時間
掏摸①	（名）掏包的，扒手
盗む②	（他五）偷，盜，偷盜
びしょびしょ①	（副）濕淋淋，濕透

譯文

A：怎麼哭了？

B：日記被（我）媽看了。

A：媽媽可真夠過分！

B：姐姐怎麼哭了？

A：坐電車時錢包被小偷偷去了。

語法解釋

1.「日記をお母さんに見られたよ。」

這句話和「弟は母にほめられる」句一樣，也是表示被動意義的句子。所不同的是，「弟は母にほめられる」句表示的是單純被動，「日記をお母さんに見られる」句表示的是"受害被動"。所謂受害被動，就是指受動者因施動者的動作行為而受到損失或損害的句子。「日記をお母さんに見られた」「財布をすりに盗まれた」二個句子都是表示因施動者（「お母さん」和「すり」）的動作行為而受到損害的意義的。「れる」「られる」接在他動詞後表示受害被動的話，往往帶有賓格，如上面二個句子的「日記を」「財布を」。「れる」「られる」如果接在自動詞後的話，大多都是表示受害被動的。

雨に降られてびしょびしょになった。

（被雨淋得渾身濕透了。）

表示受害被動的句子和普通被動句一樣，受動者用「は」或「が」表示，所謂的施動者用「に」表示。

注意

課文中的"姐姐"是在電車上被小偷把錢包掏走的，所以表示時間的狀語時態應該是「乗っている」。「乗っている」表示"乘車"的動作正在進行，在這裡不能用「乗る」或「乗った」。

練習

將下列句子譯成中文
①子供に泣かれてゆうべは寝なかった。
②せっかく買った時計を盗まれてしまった。
③弟は浩君に殴られた。
④三年ほど飼っていた犬を殺されてしまった。

第134課

本課要點

在這一課裡主要學習表示**"可能"**和**"自發"**的「れる」「られる」的用法。

課文

> Ａ：これは小学校時代の写真です。これを見るたびに，子供の
>   ころのことが思い出されます。
> Ｂ：忘れられない思い出がたくさんあるでしょう。
> Ａ：たくさんあります。いたずらをして先生に叱られたことは
>   忘れられません。

單字

小学校③	（名）小學
時代⓪	（名）時代
度②	（名）次，回，趟，遍
思い出す⓪	（他五）想起，想出
忘れる⓪	（自他下一）忘，忘記
思い出⓪	（名）回憶
悪戯⓪	（名）調皮，淘氣

譯文

Ａ：這是（我）小學時的照片，每次看到它，我都不由地想起孩提時代。

Ｂ：有很多難忘的回憶吧？

Ａ：多得很。（小時候）淘氣挨老師罵的事總忘不了。

語法解釋

1.「これを見るたびに，子供のころのことが思い出されます。」

「思い出される」中的「れる」表示的是「自発」。這裡所說的"自發"，是指動作或作用不是依照人的意志發生或完成的，而是脫離人的意志，自然地產生的。所以表示自發的「れる」「られる」可以譯作"不由地……"等。

表示自發的「れる」「られる」一般只限於用在表示人的心情時，所以「れる」「られる」大都接在表示人的心境的動詞後面。在表示自發的句子中，"不由地"想起的事物應該用助詞「が」表示。

2.「いたずらをして先生に叱られたことは忘れられません。」

這句話中的「叱られる」表示的是被動；「忘れられる」表示的是「可能」。

　　　　六時にはとても起きられない。

　　　　（六點可起不來。）

表示可能的「れる」「られる」大多都能換成「～ことができる」，上面句子也可以說成「六時には起きることができない」，「忘れられない」也可說成「忘れることができない」。

注意

接在動詞後的「度に」一般都應譯作 **"每次……"**。

練習

將下列句子譯成日語

①我早晨不能起早。
②路途近，十多分鐘就到了。
③從這能逃得了。
④煙戒不掉。

第135課

本課要點

學習 "可能動詞" 的用法。

課文

> Ａ：どれぐらい泳げますか。
> Ｂ：一キロぐらい泳げます。
> Ａ：よく眠れましたか。
> Ｂ：いいえ，隣の部屋がうるさくて，なかなか眠れませんでした。
> Ａ：六組は組めますか。
> Ｂ：二人ずつ組めば，六組になります。

單字

泳ぐ② <ruby>泳<rt>およ</rt></ruby>ぐ	（自五）游泳，浮水
キロ①	（名）公里，公斤
眠る⓪ <ruby>眠<rt>ねむ</rt></ruby>る	（自五）睡，睡覺
組② <ruby>組<rt>くみ</rt></ruby>	（名）組，班，套，副，對兒
組む① <ruby>組<rt>く</rt></ruby>む	（自五・他五）一同，組成，編排
宛 <ruby>宛<rt>ずつ</rt></ruby>	（副助）每，一個個地……

譯文

A：（你）能游多遠？

B：能游一公里左右。

A：睡得好嗎？

B：不好，隔壁的房間吵得要命，怎麼也睡不著。

A：能組成六個組嗎？

B：每二個人組成（一組）的話，能組成六組。

語法解釋

1.「一キロぐらい泳げます。」

這句話中的「泳げる」語法上叫**"可能動詞"**。所謂可能動詞，顧名思義就是其本身表示可能意義的動詞。

日本語の新聞が読める。

（能讀日文報紙。）

一人で行ける。

（一個人能去。）

可能動詞的前身都是五段活用動詞，變成可能動詞後只活用在〔e〕段上，屬於下一段活用動詞。五段動詞變成可能動詞的變化規律是，將五段活用動詞的活用詞尾〔u〕變成〔eru〕，如「行く」〔iku〕→「行ける」〔ik・eru〕。「できる」「れる」「られる」等雖然也表示可能的意義，但不叫可能動詞。可能動詞可譯作中文的**"能……" "能夠……"**等。

注意

1.五段動詞後接助動詞「れる」可以表示可能的意思，但最近這種用法已逐

漸減少，取而代之的是將五段動詞變成可能動詞。

2. 原則上講，可能動詞只出在五段動詞上，但是最近在上一段動詞、下一段動詞和「カ」變動詞中也出現了和五段動詞相同的用法「起きる」→「起きれる」，「食べる」→「食べれる」，「来る」→「来られる」。

練習

將下列動詞變成可能動詞。
①買う　　　②書く　　　③話す　　　④持つ
⑤遊ぶ　　　⑥読む　　　⑦作る

本單元小結

㈠動詞的被動態

動詞的被動態主要是由動詞的未然形後接助動詞「れる」「られる」構成的。通常「れる」接在五段動詞的未然形和サ變動詞的未然形「さ」後；「られる」接在上一段動詞、下一段動詞、カ變動詞的未然形和サ變動詞的未然形「せ」後，也可接在助動詞「せる」「させる」的未然形後。

日語被動態的意思大體上可以分為三種。

1.表示直接利害關係的被動態。這種被動態主要是指某一動作行為直接涉及到某一有情物時，這個有情物（人或動物）在句子中做主語。

　　　僕は太郎に殴られた。

　　（我被太郎打了。）

在這句話中人（「僕」）是動作行為（「殴る」）直接涉及的對象。動作行為所涉及的對象有時可以是自己，有時也可以是自己的親屬或所有物。

　　　すりに財布を盗まれた。

　　（錢包被扒手偷去了。）

　　　彼は橋本に子供を殺された。

　　（他孩子被橋本殺了。）

2.表示間接利害關係的被動態。這種被動態是指某一動作行為雖未直接涉及到某一有情物，但是這種動作行為使某有情物間接地受到了損害。

　　　子供に泣かれてぜんぜん眠れなかった。

　　（被孩子哭得一點覺也沒睡。）

"孩子哭"和自己沒有直接的關係，但是因孩子哭"一點覺也沒睡"確實使自己受到了間接的損害。

3.無情物做主語的被動態。上面所說的二種被動態都是有情物做主語的被動態，但有時無情物也可以做被動態的主語。這種用法不是日語中原有的，主要是因受歐洲翻譯文章的影響而產生的。

この本は広く学生たちに読まれている。

（這本書得到學生們廣泛的閱讀。）

(二)動詞的可能態

動詞表示可能意義的形態叫可能態。動詞的可能態大體上可以分為四大類。

1.上一段活用動詞、下一段活用動詞カ行變格活用動詞的未然形及サ行變格活用動詞的未然形「せ」後接助動詞「られる」構成的可能態。如：「起き・られる」「受け・られる」「来・られる」「運動せ・られる」等。

2.五段活用動詞的未然形、サ行變格活用動詞的未然形「さ」後接助動詞「れる」構成的可能態。如：「行か・れる」「運動さ・れる」等。

3.可能動詞構成的可能態。如「読める」「買える」「書ける」「話せる」等。

4.「できる」接サ行變格活用動詞的語幹或名詞構成的可能態。如「運動できる」「英語ができる」等。

另外動詞「見える」「わかる」「見付かる」等也都具有可能的意義。

他動詞變成可能態後，其前面的助詞「を」一般應換成「が」。

おいしいものを食べる。

（吃好東西。）

おいしいものが食べられる。

（能吃到好東西。）

(三)「れる」「られる」的活用及活用表

「れる」「られる」都屬於下一段活用。和普通的下一段活用動詞一樣；它們也都有六個活用形。

	未然形	連用形	終止形	連體形	假定形	命令形
れる	れ	れ	れる	れる	れれ	れよ れろ

られる	未然形	連用形	終止形	連體形	假定形	命令形
	られ	られ	られる	られる	られれ	られよ られろ

表示可能和自發意義的「れる」「られる」沒有命令形。

第二十九單元

本單元目的

在上一單元裡我們介紹了被動句的用法。在這一單元裡將主要介紹日語中使動句的用法。所謂使動，通俗地講就是支使別人去做某事，在中文語法裡有人把這種使動式稱作兼語式。在日語中通常所說的使動意義是由助動詞「せる」「させる」「しめる」和部分表示使動意義的動詞來完成的。本單元將著重介紹「せる」「させる」「しめる」和表示使動意義的動詞的用法。

第136課

本課要點

學習表示使動意義的助動詞「せる」的用法。

課文

> Ａ：お嬢さんに何を習わせていますか。
> Ｂ：ピアノとバイオリンを習わせています。
> Ａ：きっとかわいいでしょうね。
> Ｂ：かわいいですよ。時時お世辞を言っておばあさんを喜ばせます。

單字

お嬢さん②	（名）小姐，令嬡
習う②	（他五）學，學習
ピアノ⓪①	（名）鋼琴
バイオリン⓪	（名）小提琴
御世辞⓪	（名）恭維話，奉承話
御祖母さん②	（名）奶奶，姥姥，姑奶奶，姨奶奶，姑姥

姥，姨姥姥

喜ぶ③ <small>よろこ</small>	（自五）高興，喜歡，歡喜
料理① <small>りょうり</small>	（他サ）烹飪，烹調，處理；料理，菜餚

譯文

A：（您）現在正讓令嬡學什麼？

B：正在讓（她）學鋼琴。

A：（她）一定可愛吧。

B：很可愛。經常說奉承話逗奶奶高興。

語法解釋

1.「お嬢さんに何を習わせていますか。」

「習わせる」屬於使動態，「せる」是表示使動態意義的助動詞。上面句中的「せる」表示役使對方去做某件事，可譯成中文的"讓……""叫……"等。在這種句子中被役使的人要用「に」表示。

　　私は子供に料理を作らせる。

　　（我讓孩子炒菜。）
　　先生は学生に本を読ませる。

　　（老師讓學生讀書。）

「せる」通常接在五段活用動詞的未然形、サ行變格活用動詞的未然形「さ」的後面。「せる」既可接在他動詞，也可接在自動詞後。

2.「時時お世辞を言っておばあさんを喜ばせます。」

「喜ぶ」是自動詞。自動詞後接「せる」的話，其"自動"意義便轉為"他動"意義，所以要說「おばあさんを喜ばせる」，在這種句子中，被役使的人必須用「を」而不能用「に」來表示。

　　私は弟を日本へ行かせます。

　　（我讓弟弟去日本。）

注意

使動句多用在尊者讓卑者去做某一事情時。如果是卑者讓尊者做某一事情的話，應該用補助動詞「～てもらう」「～ていただく」。

練習

將「せる」接在下列動詞的後面。

① 買う　②書く　③話す　④持つ
⑤ 遊ぶ　⑥休む　⑦配る　⑧使う
⑨ 飲む　⑩働く

第137課

本課要點

學習表示使動意義的助動詞「させる」的用法。

課文

> A：もう決めましたか。
>
> B：少し考えさせて下さい。
>
> A：今買ったら，店員に届けさせます。
>
> B：高いものですから，私一人では決められません。今晩主人と相談します。
>
> A：明日お宅へ電話をかけさせていただけますか。
>
> B：そうして下さい。

單字

決める⓪	（他下一）定，決定，規定
考える④	（他下一）考慮，想，思考
店員⓪	（名）店員
届ける③	（他下一）送
今晩①	（名）今晩，今天晚上
主人①	（名）主人，丈夫，東家
相談⓪	（名・他サ）商量，磋商
御宅⓪	（名）府上，您家

譯文

A：（你）已經決定了嗎？

B：請讓我再考慮一下。

A：（你）現在買的話，（我）讓店員（給你）送去。

B：這麼貴的東西我一個人決定不了。今晚和我丈夫商量一下。

A：明天能允許（我）給府上打電話嗎？

B：就這麼辦吧。

語法解釋

1.「少し考えさせて下さい。」

①「考えさせる」是由「考える」的未然形後接助動詞「させる」構成的使動態，「させる」通常接在上一段活用動詞、下一段活用動詞、カ行變格活用動詞的未然形後。

　　　このりんごをあの人に食べさせよう。

　　　（這蘋果讓那個人吃了吧。）

「させる」表示的意義和「せる」一樣，所以句中的「させる」也應譯為"讓……""叫……"。在「させる」句中，被役使的人要用「に」表示，如「店員に届けさせます」等。

　　②「〜させて下さい」表示"請允許我……"的意思。「お宅へ電話をかけさせていただけますか」中的「させていただけますか」也屬於這種用法，可譯成中文的"能允許……嗎？"。「せる」也具有這種用法。

　　　私を行かせて下さい。

　　　（請允許我去吧。）

注意

「話させる」「散歩させる」分別是由「話す」的未然形「話さ」「散歩する」的未然形「散歩さ」後接助動詞「せる」構成的，不能把其中的「させる」當成一個成分來看。

練習

將「させる」接在下列動詞的後面。

① 食べる ② 受ける ③ 起きる ④ 来る
⑤ 降りる ⑥ 落ちる ⑦ 捨てる ⑧ 連れる
⑨ 勤める

第138課

本課要點

學習助動詞「しめる」的用法。

課文

> Ａ：こんどのお見合いは大成功でしたね。
> Ｂ：はい，成功させたのは仲人の努力でした。
> Ａ：それはそうかも知れませんが，私に言わしめれば，やはり縁があるのでしょう。

單字

今度①	（名）	這次，此次，下次
見合い⓪	（名）	相親
大成功③	（名）	大功告成，非常成功
成功⓪	（名・自サ）	成功
仲人②	（名）	媒人
努力①	（名・自サ）	努力
やはり②	（副）	仍然，還是，果然，也
縁①	（名）	緣分，因緣，關係

譯文

Ａ：這次相親非常成功！

Ｂ：是的，促使（這次）成功的（主要）是介紹人的努力。

Ａ：也許是（像你所說）的那樣。不過要讓我說的話，還是（兩人）有緣分吧。

語法解釋

1.「私に言わしめれば，やはり縁があるのでしょう。」

這句話中的「しめれば」是由助動詞「しめる」的假定形「しめれ」後接助詞「ば」構成的。「しめる」和「せる」「させる」一樣，也是表示使動意義的，也可以譯成"讓……""叫……"等。助動詞「しめる」通常接在動詞的未然形後，如「成功せ・しめる」「言わ・しめる」。「しめる」基本上都可以換成「せる」「させる」，如課文中的「言わ・しめる」還可以說成「言わ・せる」。

「しめる」屬於下一段活用，和普通的下一段活用動詞一樣，它也有六個活用形。

	未然形	連用形	終止形	連體形	假定形	命令形
しめる	しめ	しめ	しめる	しめる	しめれ	しめよ しめろ

在有「しめる」的句子中，被役使的人要用「に」或「をして」來表示。課文中的「私に言わしめれば」也可以說成「私をして言わしめれば」。

注意

「しめる」在日常口語中一般很少使用。

練習

在下列動詞的未然形後接上「しめる」。

①受ける　　②起きる　　③落ちる　　④考える

⑤返す　　　⑥決める　　⑦準備する　⑧働く

⑨出張する　⑩拾う　　　⑪休む　　　⑫帰る

第139課

本課要點

學習表示"被迫"意義的「せられる」的用法。

課文

> A：慶子さんとデートしましたか。
>
> B：いいえ，おとといは母の手伝いをさせられて，行けませんでした。昨日は行きましたが，三十分ほど待たせられて，彼女は来てくれませんでした。
>
> A：残念でしたね。じゃ，散歩がてらもう一度行ってみましょう。

單字

慶子	（名）（日本人名）慶子
デート①	（名・自サ）（情人）約會
手伝い③	（他五）幫忙，幫手
三十分③	（名）30分，30分鐘
待つ①	（他五）等，等候，等待
がてら	（後綴）……順便……
もう⓪	（副）再
一度③	（名）一次，一遍
頭③	（名）頭，腦袋，頭腦

譯文

A：和慶子約會了嗎？

B：沒有，前天幫媽媽（幹活），沒去成。昨天去了，可是被弄得白等了30多分鐘，她也沒來。

A：真遺憾。那麼，（我們）散散步，順便再去看看。

語法解釋

1.「おとといは母の手伝いをさせられて，行けませんでした。」

「せる」「させる」後接助動詞「られる」往往表示"**被迫**"或"**並非出自本意**"的意思。

> ウィスキーをたくさん飲ませられて，頭が痛くなった。
>
> （被灌了一肚子威士忌，頭都疼了。）

這句話中的「飲ま・せ・られる」是說"喝"這一動作並非出自動作主的本意，"喝"是被強迫的，所以應譯為"被灌"。「母の手伝いをさせられる」「三十分ほど待たせられる」中的"幫忙""等候"等行為都是被迫的，「せられる」「させられる」有時可以譯作"被……"，有時難以直接譯出來。

2.「散歩がてらもう一度行ってみましょう。」

「がてら」也可以說成「がてらに」，通常接在名詞或動詞的連用形後表示在做某一件事時順便再做另一件事，可以譯作"順便……"等。

注意

「せられる」「させられる」有時也可以表示可能的意思。

これはいいものですから，子供に食べさせられます。

（這是好東西，可以給孩子吃。）

練習

將下列動詞與「せられる」「させられる」結合到一起。

①行く　　②心配する　　③立つ

④見る　　⑤払う　　　　⑥来る

⑦起きる　⑧考える

第140課

本課要點

學習表示使動意義的動詞的用法。

課文

A：驚いた。これらの写真は。
B：驚かしてやろうと思って持って来たんだ。
A：フィルムが残っているね。
B：残っているのじゃないんだよ，残しているのだよ。

單字

驚く③ （おどろ）	（自五）吃驚，驚訝，驚異
等（ら）	（後綴）（表示複數）……們，……
驚かす④ （おどろ）	（他五）嚇，驚嚇
フィルム①	（名）膠卷，膠片
残る② （のこ）	（自五）留，遺留，餘下，剩餘，剩下，剩
残す② （のこ）	（他五）餘，留下，遺留，剩下，餘下

譯文

Ａ：太讓人吃驚了，這些照片。

Ｂ：（我）就是想讓你吃驚才帶來的。

Ａ：膠卷還剩了！

Ｂ：不是剩下的，是（我）留下的。

語法解釋

1.「驚かしてやろうと思って持って来たんだ。」

「驚かす」是相對於「驚く」的他動詞。「驚かす」所表示的意義大體上相當於「驚く」的使動態「驚か・せる」，所以也可以譯成"讓……""叫……"等。類似於「驚く」「驚かす」這種類型的動詞，都是一個表示自動意義一個表示他動意義的；表示他動意義的他動詞往往在意義上與自動詞的使動態相同。

帰る——帰す

働く——働かす

聞く——聞かす

「帰す」的意義相當於「帰る」的使動態「帰ら・せる」；「働かす」的意義相當於「働く」的使動態「働か・せる」；「聞かす」的意義相當於「聞く」的使動態「聞か・せる」。

「驚かしてやろう」中的「やる」（請參照第127課）表示"加害與人"的意思。（「うと思う」請參照第144課）

2.「残っているのじゃないんだよ，残しているのだよ。」

「残る」「残す」也是一組自他動詞，與「驚く」「驚かす」不同的是，「残す」本身不表示使動意義。

後綴「等」接在人稱代名詞後可以表示複數，可以說「僕ら」（我們）「私ら」（我們）「彼ら」（他們）「子供ら」（孩子們）等，但一般不說「あなたら」，這是因爲「等」沒有任何尊敬的意義，不能與有尊敬意義的「あなた」結合到一起。

練習

說出下列動詞的使動態和與之相對應的他動詞。
① 働く ② 聞く ③ 帰る ④ 驚く

本單元小結

(一)動詞的使動態

日語動詞的使動態是由動詞的未然形接助動詞「せる」「させる」或「しめる」構成的。「せる」通常接在五段活用動詞的未然形和サ行變格活用動詞的未然形「さ」後；「させる」接在上一段活用動詞，下一段活用動詞，カ行變格活用動詞的未然形後；「しめる」也接在動詞的未然形後，在現代口語中「しめる」一般很少使用。

「せる」「させる」和「しめる」都是表示使動意義的，都可以譯成"讓……""叫……"等。

先生が学生にノートを出させる。

（老師讓學生拿出筆記本。）

子供にりんごを食べさせる。

（讓孩子吃蘋果。）

「せる」「させる」的意義大體上可以細分爲四種：

1.表示使動意義。在中文裡有人把表示使動意義的句式稱作兼語式。"老師讓學生拿出筆記本"，"學生"既是"老師讓"的賓語也是"拿出筆記本"的主語。「先生が学生にノートを出させる」中的"学生"既是「先生」所役使的對象，也是「ノートを出す」的行爲主體。將中文和日語的這種句式對照一下，可以發現它們的相似之處甚多。

2.自動詞後面接上「せる」「させる」可做他動詞使用。

おばあさんが喜ぶ。

（奶奶高興。）
　　　おばあさんを 喜 ばせる。

　　　（讓奶奶高興。）

3.表示動作的放任和許可。
　　　あと三十分ほど寝させておこう。

　　　（再讓（他）睡個三十來分鐘。）

4.後接「れる」「られる」表示"被迫"或"並非出自本意"
　　　三十分ほど待たせられた。

　　　（被弄得等了三十多分鐘。）

　㈠「せる」「させる」與「〜てもらう」「〜ていただく」的關係
　　　私 は 妹 に電燈をつけさせる。

　　　（我叫妹妹把燈打開。）
　　　私 は山田さんに電燈をつけてもらう。

　　　（我求山田把燈打開。）
　　　私 は先生に電燈をつけていただく。

　　　（我請求老師把燈打開。）

從上面這三句話中可以看出，「つけさせる」「つけてもらう」「つけていただく」都具有使動的意義。所不同的是，「〜させる」顯得粗俗一些；「〜てもらう」「〜ていただく」則顯得文雅些。「〜させる」大多用在尊者役使卑者時，「〜ていただく」往往用在卑者求助於尊者時。「〜てもらう」比「〜させる」文雅得多，但有時也可以用在尊者役使卑者時。

　㈡「せる」「させる」的活用及活用表
　　「せる」「させる」的活用方式和下一段活用動詞相同，同時它們和下一段活用動詞及「れる」「られる」一樣，也有六個活用形。

せる	未然形	連用形	終止形	連體形	假定形	命令形
	せ	せ	せる	せる	せれ	せよ せろ

させる	未然形	連用形	終止形	連體形	假定形	命令形
	させ	させ	させる	させる	させれ	させよ させろ

第三十單元

本單元目的

日語中表示願望的有「たい」和「たがる」。「たい」和「たがる」雖然都是表示願望的助動詞，但在用法上又有所區別。本單元裡將介紹「たい」「たがる」的用法和它們彼此間的差別。

另外，在這一單元裡還將介紹「〜う（よう）とする」「〜う（よう）と思う」及「つもりだ」的用法。

第141課

本課要點

學習表示願望的助動詞「たい」和它的否定形式的用法。

課文

A：お酒とビールとコーラがある。何が飲みたいか。
B：コーラが飲みたい。
A：アイスクリームは食べたくないか。
B：冷たいから，食べたくない。ケーキが食べたい。
A：じゃ，ケーキとコーラを頼もう。

單字

酒⓪	（名）	酒，白酒
コーラ①	（名）	可樂（飲料）
アイスクリーム⑤	（名）	冰淇淋，冰糕
冷たい⓪	（形）	涼，冷冰冰，冷淡，冷漠
頼む②	（他五）	求，請求，委託，囑託，靠，指靠

譯文

Ａ：有白酒，啤酒和可樂，（你）想喝什麼？

Ｂ：想喝可樂。

Ａ：（你）不想吃點冰淇淋嗎？

Ｂ：太涼了，不想吃，想吃點蛋糕。

Ａ：那麼就來點蛋糕和可樂吧。

語法解釋

1.「コーラが飲みたい。」

「**たい**」是表示願望的助動詞，通常接在動詞及助動詞「れる」「られる」「せる」「させる」的連用形後。

つめたいビールを飲みたいなあ。

（眞想吃喝點冰鎮啤酒。）

今日は早く家へ帰りたい。

（今天想早點回家。）

用在句末謂語部分的「たい」一般只能表示發話者自身的願望，所以上面這二個句子都可譯成"**我想……**"。

君もいっしょに行きたいか。

（你也想一起去嗎？）

「たい」雖然不能直接用來表示別人的願望，但在疑問句中可以用來詢問對方是否有某種願望。

2.「冷たいから，食べたくない。」

「食べたくない」是「食べたい」的否定形式。「たい」的活用方式和ク活用的形容詞相同，所以「たい」的否定形式應該是在連用形「たく」後面加上「ない」或「ありません」。

何も食べたくありません。

（什麼也不想吃。）

注意

「たい」一般只能用來表示發話人自身的願望。不能說「山田さんはコーラが飲みたい」，但可以說「山田さんはコーラが飲みたいか」。

練習

將「たい」與下列動詞結合到一起。

① 散歩する   ② 見る   ③ 遊ぶ
④ 話す   ⑤ 働く   ⑥ 来る
⑦ 作る   ⑧ 受ける   ⑨ 売る
⑩ 買う   ⑪ 送る   ⑫ 借りる

第 142 課

本課要點

學習助動詞「たがる」的用法。

課文

A：景色のいいところですね。
B：そうでしょう。私の友達も皆ここに住みたがっています。
A：いつ引っ越しますか。
B：今度の日曜日です。
A：本田さんもここに住みたがっていますか。
B：いいえ，彼は交通の便利なところに住みたがっています。

單字

景色①	（名）景色，風景，景緻
住む①	（自五）住，居住，栖居
引っ越す③	（他五）遷居，搬家
本田①	（名）（日本人姓）本田
交通⓪	（名・自サ）交通

譯文

A：真是個風景優美的地方啊。

B：沒錯吧，我的朋友們也都想住到這兒。

Ａ：什麼時候搬家。

Ｂ：下個星期天。

Ａ：本田也想住到這兒嗎？

Ｂ：不，他想住在交通方便的地方。

語法解釋

1. 「そうでしょう。私の友達も皆ここに住みたがっています。」

「そうでしょう」中的「でしょう」句尾應該上揚。

「たがる」是助動詞，接在動詞及助動詞「れる」「られる」「せる」「させる」的連用形後，表示發話者以外的人的願望。

田中さんは船で行きたがっています。

（田中想乘船去。）

母がバイオリンを習わせたがった。

（媽媽曾想讓我學習小提琴。）

由於「たがる」大多只用來表示別人的願望，所以「たがる」句中的主語一般不能用第一人稱，不能說「私は船で行きたがっている」。

「たがる」是由「たい」的語幹「た」接後綴「がる」構成的。

「たがる」是否定式是「たがらない」或「たがりません」。

子供は薬を飲みたがらない。

（孩子不願意吃藥。）

子供は勉強をしたがりません。

（孩子不願學習。）

注意

原則上「たがる」只能用來表示別人的願望，「たい」只能用來表示自己的願望。

練習

將下面句子中的「たい」變成「たがる」。

①本を買いたい。

②つめたいものを食べたい。

③映画を見たい。

④小説を読みたい。
⑤飛行機で行きたい。

第143課

本課要點

學習形容詞「ほしい」和後綴「がる」的用法。

課文

A：明日シャンハイへ行く。
B：僕を連れて行ってほしい。
A：だめ，ほしいものがあったら買ってくるけれど。
B：僕はほしいものがない。お母さんは扇風機をほしがっている。
A：扇風機はシャンハイから買ってくるものじゃないんだよ。

單字

シャンハイ③	（名）上海
欲しい②	（形）要，想得到，希望
扇風機③	（名）電風扇

譯文

A：（我）明天去上海。

B：希望（你）能帶我去。

A：不行，要是有想要的東西（我）可以（給你）買回來。

B：我沒有想要的東西。媽媽想要（一台）電風扇。

A：電風扇可用不著從上海買回來呀。

語法解釋

1.「僕を連れて行ってほしい。」

這篇課文可以設定為父子間的對話。「──てほしい」接在動詞的連用形（五

段動詞的音便形）後，表示希望對方去做某件事。

　　　　早く返してほしい。

　　　（希望（你）早點還給（我）。）
　　　この問題は皆で考えてほしい。

　　　（希望大家一起來考慮這個問題。）

　　2.「僕はほしいものがない。」

　　這句話中的「ほしい」沒有接在動詞的後面，是一個獨立的形容詞，表示
"要……" "想得到……"。

　　　　私はビールがほしい。

　　　（我想喝啤酒。）
　　　　私は何もほしくないです。

　　　（我什麼也不想要。）

在有「ほしい」的句子中，想要得到的東西須用「が」來表示。

　　3.「お母さんは扇風機をほしがっている。」

　　「ほしがる」是由「ほしい」的語幹接後綴「がる」構成的，表示別人的企
求。

　　　　子供たちがジュースをほしがっている。

　　　（孩子們想喝飲料。）

在「ほしがる」句中，希望得到的東西要用「を」表示。

　　注意

　　「ほしい」和「ほしがる」的關係與「たい」和「たがる」的關係一樣。

　　練習

　　將下列句子譯成中文。
　　① 私はカメラがほしい。
　　②山田君は車をほしがっている。
　　③早く春が来てほしい。

第144課

本課要點

學習「～う（よう）とする」「～う（よう）と思う」句式的用法。

課文

> A：どうして遅くなったのか。
>
> B：出かけようとしているところに野口さんが来た。
>
> A：あきらめて帰ろうと思っていたよ。
>
> B：ごめんなさい。今行きましょう。どこへ行くの。
>
> A：橋を渡ってみようと思っている。

單字

出掛ける⓪	（自下一）出去，出門
諦める④	（他下一）死心，絕望
ごめんなさい	（連語）對不起，借光，勞駕
橋②	（名）橋，橋樑
渡る⓪	（自五）渡，過，轉交

譯文

A：為什麼遲到了？

B：剛要出門時野口來了。

A：我都灰心想回去了。

B：對不起，現在就走吧。到哪兒去？

A：我想到橋上去看看。

語法解釋

1.「出かけようとしているところに野口さんが来た。」

①「～よう（う）とする」是表示某種事物或狀態將要實現的句型，可以譯

成"快要""剛要""眼看""剛想"。

夜が明けようとするところ，東京についた。

（天快亮時到了東京。）

汽車がつこうとする時，頭がいたくなってきた。

（火車快要到站時頭痛起來了。）

②這句話中的「ところ」表示的不是場所，而是時間。可譯成中文的"正在……時候"。

ご飯を食べているところです。

（正在吃飯。）

本を読んでいるところです。

（正在讀書。）

2.「帰ろうと思っていたよ。」

「～う（よう）と思う」是表示發話人的意志的句型。可譯成"想要……""想……"。

きょうは早く寝ようと思う。

（今天想早點睡。）

母に手紙を書こうと思う。

（想給媽媽寫信。）

「～う（よう）と思う」有時也可以說成「～う（よう）と考える」。

早く国へ帰ろうと考えている。

（想早點回國。）

注意

一段動詞、カ變動詞、サ變動詞用「～ようとする（思う）」；五段動詞用「～うとする（思う）」。

練習

將下列句子譯成中文。

①あしたも来ようと思う。

②英語を勉強しようと思う。

③出かけようとしているところに電話がかかってきた。

④ペキンに住もうと思っている。

第145課

本課要點

學習表示意志的「**つもりだ**」的用法。

課文

A：将来何になるつもりですか。
B：新聞記者になるつもりです。
A：教育者になるつもりはないですか。
B：ありますけれども，そんな能力はないと思います。
A：お正月にはなにをするつもりですか。
B：アルバイトをするつもりです。

單字

将来①	（名・他サ）將來，未來
つもり⓪	（名）打算，自以為，權當作
記者②	（名）記者
教育者③④	（名）教育工作者，教育家
能力①	（名）能力
正月④	（名）正月，新年

譯文

A：（你）將來打算當什麼？

B：打算當報社記者。

A：不打算當個教育家嗎？

B：有這個打算，但我覺得沒那能力。

A：新年裡（你）打算做什麼？

B：打算賺點外快。

語法解釋

1.「新聞記者になるつもりです。」

「つもり」在日語語法中有人將其稱爲形式名詞，也有人將其稱爲名詞。「つもり」的意義細分起來有很多種，本課課文中的「つもり」都是表示意志、預定或計劃的。

　　　　私は医者になるつもりです。

　　　（我打算當醫生。）

　　　どこに勤めるつもりですか。

　　　（打算到哪兒工作。）

表示意志、預定的「つもり」通常接在動詞或助動詞「れる」「られる」「せる」「させる」的連用形後，可譯成**"打算""預計"**等。

2.「教育者になるつもりはないですか。」

「つもり」的肯定形式是「つもりだ」「つもりです」，其否定形式是「つもりはない」或「つもりはありません」。

　　　大学に入るつもりはありません。

　　　（不打算上大學。）

　　　動物園で働くつもりはありません。

　　　（不打算在動物園工作。）

有時也說「〜ないつもりです」，但是這種形式不是「つもり」的否定式，應該譯作**"打算不……"**。

注意

「つもり」的肯定式是「つもりだ」「つもりです」，但是它的否定形式不是「つもりではない」「つもりではありません」，應是「つもりはない」「つもりはありません」。

練習

將下列句子譯成日語。

①打算下個月回國。

②我打算將來當個作家。

③我打算學習中文。

本單元小結

在這一單元主要介紹了表示願望的「たい」「たがる」「ほしい」「ほしがる」及表示意志的「——う（よう）と思う」等。「たい」「たがる」雖然意義相近，但它們的活用卻完全不同。他動詞後接「たい」時，其前面的賓格助詞既可以用「を」也可以用「が」。

(-)「たい」「たがる」的活用及活用形

「たい」「たがる」雖然都是表示願望的助動詞，但是它們的使用場合和活用卻完全不同。「たい」往往只用來表示發話人自身的願望；「たがる」往往只用來表示別人的願望。「たい」的活用方式屬於形容詞類的「ク」活用；「たがる」的活用方式屬於動詞類的五段活用。

「たい」的活用方式雖然與形容詞相同，但其沒有未然形。

たい	未然形	連用形	終止形	連體形	假定形	命令形
	○	たく たかっ	たい	たい	たけれ	○

連用形「たく」可接「ない」表示否定；「たかっ」可接助動詞「た」表示過去；假定形「たけれ」可接助動詞「ば」表示假定或假設。

「たがる」的活用方式雖然與五段動詞相同，但它沒有命令形。

たがる	未然形	連用形	終止形	連體形	假定形	命令形
	たがら	たがり たがっ	たがる	たがる	たがれ	○

未然形「たがら」可接「ない」表示否定；連用形「たがり」可接助動詞「ます」表示鄭重；「たがっ」可接助動詞「た」表示過去；「たがれ」可接助詞「ば」表示假定。

(二)「——を食べたい」和「——が食べたい」

與「たがる」結合的他動詞一般都用「——を——たがる」，與「たい」結合的他動詞既可以用「——を——たい」，也可以用「——が——たい」。

「たい」的活用方式與形容詞相同。他動詞與「たい」結合以後（如「食べたい」），在新的結合體裡既有他動詞的屬性，也有形容詞的屬性。以「食べたい」為例，如果側重於「食べ」的話，可用「——を食べたい」；如果側重於「た

い」的話，可以用「……が食べたい」「—を食べたい」「—が食べたい」表示的意義相同。

㈡關於助動詞「う」和「よう」

「う」和「よう」所表示的意義完全相同。從理論上說，「う」「よう」除可以表示意志以外，還可以表示推量。

　　　　あの町には大きいデパートがあろう。

　　　　（那條街有百貨公司吧。）

但在實際語言生活中，一般很少使用這種說法，大多用「あるだろう」這一說法。

　　　　あの町には大きいデパートがあるだろう。

「う」接在五段動詞、形容詞、形容動詞的未然形後，「よう」接在一段動詞、サ變動詞、カ變動詞的未然形後。

「よ」和「よう」只有二個活用形。

	未然形	連用形	終止形	連體形	假定形	命令形
う	○	○	う	（う）	○	○

	未然形	連用形	終止形	連體形	假定形	命令形
よう	○	○	よう	(よう)	○	○

「う」「よう」的連體形一般很少使用。

第三十一單元

本單元目的

和日語相比中文是主觀性較強的語言。在中文中可以說"張三頭痛""李四想去"，但在日語中卻不能直接說「山田さんは頭が痛い」「田中さんは行きたい」。「たがる」在上一單元裡已做過介紹，在這一單元裡將介紹表示樣態的「そうだ」。同時還將介紹與其形態相同的表示傳聞的助動詞「そうだ」及「～とのことです」「～ということです」的用法。在第149課裡將介紹表示推量的助動詞「らしい」的用法，在第150課裡將介紹表示比擬的助動詞「ようだ」的用法。

第146課

本課要點

學習表示樣態的助動詞「**そうだ**」的用法。

課文

> A：鈴子さんはどうして元気なさそうな顔をしているのですか。
> B：ショックを受けたんです。二年ほど付き合っている恋人と
> 　　別れそうになったのです。
> A：村上さんはどうして嬉しそうな顔をしていますか。
> B：彼も鈴子さんに気がありそうです。いいチャンスだと思っ
> 　　ているでしょう。

單字

鈴子	（名）（日本人名）鈴子
顔⓪	（名）臉，面子，神情，神色
ショック①	（名）衝擊，打擊，休克

二年②	（名）二年
別れる③	（自下一）分別，分手
村上	（名）（日本人名）村上
気がある	（連語）有心，有情
チャンス①	（名）機會，機遇

譯文

Ａ：鈴子怎麼無精打采的？

Ｂ：受打擊了。相處兩年多的對象要吹了。

Ａ：村上似乎挺高興的樣子。

Ｂ：他對鈴子也有那個意思。大概覺得（現在）是個好機會吧。

語法解釋

1.「鈴子さんはどうして元気なさそうな顔をしているのですか。」

這句話中的「そうな」是樣態助動詞「そうだ」的連體形。表示樣態的「そうだ」通常接在動詞、助動詞「れる」「られる」「せる」「させる」的連用形後及形容詞、形容動詞的詞幹後。助動詞「たい」「ない」與「そうだ」相接時，可說「たそうだ」「なそうだ」，另外形容詞「ない」「きたない」、助動詞「ない」與「そうだ」相接時，要在兩者間加上詞綴「さ」，說「なさそうだ」「きたなさそうだ」。表示樣態的「そうだ」可以譯成"看樣子""似乎……""好像……"等。

2.「二年ほど付き合っている恋人と別れそうになったのです。」

這句話中的「**そうに**」是樣態助動詞「そうだ」的連用形。「そうになる」表示某種行為狀態馬上就要實現，可譯作"**眼看就**……""**馬上就要**……"等。

注意

*1.*樣態助動詞「そうだ」的鄭重體是「そうです」。

*2.*樣態助動詞「そうだ」的否定式一般用「**そうもない**」或「**そうに （も）ない**」

練習

將樣態助動詞「そうだ」與下列詞結合到一起。

①苦しい——そうだ

②高い——そうだ

③雨が降る——そうだ

④帰る——そうだ

⑤できる——そうだ

第147課

本課要點

學習表示傳聞的助動詞「**そうだ**」的用法。

課文

A：こんばんは。天気予報によると，あした台風が来るそうですね。

B：私も今朝の放送で聞きました。

A：どこに上陸するのでしょうか。

B：四国に上陸するのだそうです。

A：関口さんはまだ来ませんね。

B：用事があるそうで，今晩欠席するでしょう。

單字

こんばんは⓪	（感）晚上好
予報⓪	（名・他サ）預報
因る⓪	（自五）靠，據，根據，由於
台風③	（名）颱風
上陸⓪	（名・自サ）登陸
四国②	（名）（地名）四國
関口	（名）（日本人名）關口
用事⓪	（名）事，事情
欠席⓪	（名・自サ）缺席，缺課

譯文

Ａ：晚上好，據天氣預報（說）明天颱風要來了。

Ｂ：我也從今天早上的廣播裡聽說了。

Ａ：在什麼地方登陸？

Ｂ：聽說在四國登陸。

Ａ：關口還沒來啊。

Ｂ：聽說（他）有事，大概今晚不能來了。

語法解釋

1.「天気予報によると，あした台風が来るそうですね。」

①這句話中的「そうです」表示的不是樣態而是傳聞，表示傳聞的「そうだ」可以譯成中文的**"聽說……"** **"據說……"** 等。傳聞助動詞「そうだ」通常接在動詞、形容詞、形容動詞、助動詞「れる」「られる」「せる」「させる」「たい」「ない」「だ」「た」的終止形後。

②「〜によると〜」往往和傳聞助動詞「そうだ」前後呼應使用。「〜による」表示所聽到的事情的出處，也就是從哪兒聽說的。可以譯作**"據……"** **"根據……"** 等。

2.「用事があるそうで，今晩欠席するでしょう。」

「**そうで**」是傳聞助動詞「そうだ」的連用形，在此表示中頓的意思。

注意

表示樣態的助動詞「そうだ」接在動詞的連用形和形容詞、形容動詞的詞幹後；表示傳聞的助動詞「そうだ」接在活用詞的終止形後。

練習

將下列句子譯成中文。

①天気がよくなるそうです。

②天気がよくなりそうです。

③山田さんは洋子さんと結婚するそうだ。

④山田さんは洋子さんと結婚しそうだ。

⑤田中さんは苦しそうです。

⑥田中さんは苦しいそうです。

第148課

本課要點

學習表示傳聞的「とのことです」「ということです」的用法。

課文

> A：むこうはどんな意見ですか。
>
> B：そんな話は納得しかねるということです。
>
> A：中島社長は何を言いましたか。
>
> B：大事なことですから，私一人では決めかねるとのことでした。

單字

向う⓪	（名）	對方，對面，以後
意見①	（名）	意見
話③	（名）	道理，事情，話
納得⓪	（名・他サ）	接受，理解
〜兼ねる	（後綴）	難以，無法
中島	（名）	（日本人名）中島
大事③⓪	（形動）	重要，重大，要緊

譯文

A：對方是什麼意見？

B：（他們）說那種事情難以接受。

A：中島經理怎麼說的？

B：（他）說事關重大，我一個人難以決定。

語法解釋

1.「そんな話は納得しかねるということです。」

①這句話中的「かねる」是後綴詞，接在動詞的連用形後，表示做某件事有

困難，可譯成中文的"**難以……**""**無法……**""**不能……**"等。由此可見，「かねる」在意義上有時與「できない」和「れない」「られない」相同。「決めかねる」實際上也可以說成「決められない」「決めることができない」。

②上句話中的「ということです」表示傳聞的意思。

　　　　山田さんはフランスへ行くということです。

　　　　（聽說山田要去法國。）

「フランスへ行くということです」也可以說成「フランスへ行くそうです」，所以「ということです」可以譯成"**聽說……**""**據說……**"等。

2.「私一人では決めかねるとのことでした。」

　　「とのことです」也是表示傳聞的，在用法上和「ということです」基本上相同。「決めかねるとのことでした」也可以說成「決めかねるということでした」。

注意

　　「決めかねる」只能用在第一人稱做主語時，不能說「彼は決めかねる」，可以說「彼は決めかねている」。

練習

將下列句子譯成中文。

①朝六時にはちょっと起きかねます。

②山田さんは早く結婚したいとのことです。

③田中さんはアメリカへ行きたくないということです。

第149課

本課要點

學習助動詞「らしい」和「みたいだ」的用法。

課文

> A：まだ雨が降っているか。
>
> B：みんな傘をさしていないところを見ると，もうやんだらしい。
>
> A：さあ，そろそろ行きましょう。
>
> B：むこうに着いて早く給料がもらえたら，高いレストランへ行きたい。
>
> A：そんな子供みたいなことを言ったら，笑われるぞ。

單字

傘①	（名）傘，雨傘
差す①	（他五）打（傘），插，加
止む⓪	（自五）停，住，止
そろそろ①	（副）馬上，該
給料①③	（名）工資，薪水
レストラン①	（名）西餐廳，西餐館
川②	（名）河，江

譯文

A：還下雨嗎？

B：看大家都不打傘的樣子，好像已經停了。

A：那麼該走了。

B：到那邊要是能早點領到工資的話，我想去高級餐廳吃一頓。

A：說這種孩子話會被別人笑話的！

語法解釋

1.「みんな傘をさしていないところを見ると，もうやんだらしい。」

這句話中的「らしい」是助動詞。助動詞「らしい」接在動詞、形容詞及助動詞「れる」「られる」「せる」「させる」「たい」「ない」「た」「である」的終止形後；接名詞、形容動詞時，接在語幹的後面。助動詞「らしい」表示發話者根據某種確切的客觀事實所進行的推測，所以可以譯成中文的**"好像……"** **"似乎……"**等。如上面這句話，發話者是根據"大家都不打傘"這一客觀事實來推斷"雨好像已經停了"的。

2.「そんな子供みたいなことを言ったら，笑われるぞ。」

這句話中的「みたいな」是助動詞「みたいだ」的連體形。「みたいだ」通常接在體詞及活用詞的終止形後，表示比擬的意思。

　　　　大きい川で海みたいだ。

　　　　（一條大河，簡直像海似的。）

注意

「らしい」有二種，一種是助動詞，一種是後綴。後綴「らしい」的接續方法與助動詞「らしい」一樣，但兩者的意思不同，後綴「らしい」表示某一事物具有與同類事物相稱的屬性或狀態，翻譯時可以根據句義靈活考慮。

　　　　あそこの人は女らしい。（助動詞）

　　　　（那兒的那個人好像是女的。）

　　　　洋子さんはたいへん女らしい（後綴）

　　　　（洋子真有女人味兒。）

練習

將下列句子譯成中文。

① 隣の部屋にいるのは外国人らしい。
② 渡辺さんは男らしい男だ。

第150課

本課要點

學習表示比擬的助動詞「**ようだ**」的用法。

課文

> A：ここは寒いですね。まるで冬のようです。
> B：上のほうへ上がったらもっと寒いですよ。
> A：ここで休憩しましょう。何か食べるものがありますか。
> B：パンがありますけれども，石のように堅いです。

單字

まるで⓪	（副）簡直，眞像，完全
上がる⓪	（自五）登，上，舉，抬，升，漲，提高
休憩⓪	（自サ）休息，休憩，歇息
堅い⓪	（形）硬，堅硬，頑固

譯文

Ａ：這兒眞冷，簡直像冬天似的。

Ｂ：往上走會更冷的。

Ａ：在這兒休息一下吧，有什麼吃的沒有？

Ｂ：有麵包，但是硬得像石頭。

語法解釋

1.「まるで冬のようです。」

「ようだ」是表示比擬意義的助動詞，可將其稱作比擬助動詞。比擬助動詞「ようだ」接在動詞、形容詞、形容動詞及助動詞「れる」「られる」「せる」「させる」「ない」「たい」「らしい」「ます」的連體形後，也可以接體言及部分副詞，但必須加「の」。此外，「ようだ」還可以直接與連體詞「この」「その」「あの」「どの」「こんな」「そんな」「あんな」「どんな」等連結。

表示比擬的「ようだ」經常與副詞「まるで」前後呼應使用。

まるで子供のようだ。

（簡直像個孩子。）

「ようだ」的意思很多，翻譯時要具體情況具體分析。

2.「石のように堅いです。」

「ように」是「ようだ」的連用形（關於「ようだ」的活用請參照本單元小結），可以用來修飾用言。這句話中的「ように」表示通過類似的事物來說明某事某物的性質、狀態或程度，具體地說，就是通過"石頭"來說明"硬"的程度。這句話也可以用副詞「まるで」來進一步修飾。

まるで石のように堅い。

（簡直硬得像石頭。）

あの人は日本人らしい。

（那人像是日本人。）

あの人は日本人ようだ。

（他像個日本人。）

第一個句子是說那個人八九不離十是個日本人；第二個句子是說那個人的作風像日本人，但不是眞正的日本人。

練習

將下列句子譯成中文。

① 隣の部屋に誰かいるようだ。

② 小林さんのように元気な人も珍しい。

本單元小結

㈠樣態助動詞「そうだ」的活用及活用形

樣態助動詞「そうだ」的活用方式和形容動詞相同，它的活用形有五個。「そうだ」的尊敬體是「そうです」。「そうです」的活用形有三個。

そうだ	未然形	連用形	終止形	連體形	假定形	命令形
	そうだろ	そうだっ そうで そうに	そうだ	そうな	そうなら	○

そうです	未然形	連用形	終止形	連體形	假定形	命令形
	そうで しょ	そうでし	そうです	○	○	○

「そうだろ」「そうでしょ」後接助動詞「う」表示推測；「そうだっ」「そうでし」後接助動詞「た」表示過去；「そうで」表示中頓；「そうに」接「なる」表示變化；「そうな」可接名詞；「そうなら」後接助詞「ば」表示假定。

㈡傳聞助動詞「そうだ」的活用及活用形

傳聞助動詞「そうだ」的活用方式和形容動詞相同，但是它的活用形只有二個。它的尊敬體是「そうです」，「そうです」的活用形也只有二個。

そうだ	未然形	連用形	終止形	連體形	假定形	命令形
	○	そうで	そうだ	○	○	○

そうです	未然形	連用形	終止形	連體形	假定形	命令形
	○	そうでし	そうです	○	○	○

「そうで」表示中頓；「そうでし」可以後接助詞「て」表示中頓。

㈢助動詞「らしい」和後綴「らしい」

　助動詞「らしい」表示根據某種確切的客觀事實所進行的推測；後綴「らしい」表示某一事物具有與同類事物相稱的屬性或狀態，兩者的意義不同。由於它們的形態完全一樣，所以應該根據意義來判別它們到底是助動詞「らしい」還是後綴「らしい」。

　助動詞「らしい」的活用方式和「シク」活用的形容詞相同，但它的活用形只有三個。

らしい	未然形	連用形	終止形	連體形	假定形	命令形
	○	らしく らしかっ	らしい	らしい	（らし けれ）	○

連用形「らしく」可用來表示中頓，也可以與助詞「て」「ても」結合使用；「らしかっ」後接助動詞「た」表示過去；「らしい」用來表示過去的事情時，既可以說「日本へ行ったらしい」，也可以說「日本へ行くらしかった」；假定形「らしけれ」從理論上說可以成立，但實際上「らしい」的假定大多用「らしいなら」「らしかったら」表示。

㈣「ようだ」的活用與活用形

　比擬助動詞「ようだ」的活用方式和形容動詞相同，它有五個活用形。「ようだ」的敬體是「ようです」，「ようです」有三個活用形。

ようだ	未然形	連用形	終止形	連體形	假定形	命令形
	ようだろ	ようだっ ようで ように	ようだ	ような	ようなら	○

ようです	未然形	連用形	終止形	連體形	假定形	命令形
	ようでしょ	ようでし	ようです	○	○	○

未然形「ようだろ」「ようでしょ」可用來接助動詞「う」表示推測；連用形「ようだっ」「ようでし」可與助動詞「た」結合表示過去；「ようで」表示中頓；「ように」可用來做狀語修飾用言；連體形「ような」可用來修飾體言；假定形「ようなら」可以與助詞「ば」結合表示假定。

㈤「らしい」與「ようだ」的區別

　　女らしい人

　　女のような人

這二個句子表示的意思完全不同。「女らしい人」中的「らしい」是後綴，在這個句子中「らしい」表示"女人"有個"女人樣"，人肯定是女的。「女のような人」中的「ような」是助動詞「ようだ」的連體形，這個句子說的是從表面上看"人"是個女的，但實際這裡的"人"只能是男的，男人的作風像女的。另外後綴「らしい」還可以用在「男らしい男」（男子漢）句子中，但是不能說「男のような男」。

　　助動詞「らしい」和「ようだ」的差別也是如此：

　　あの人は日本人らしい。

說的是那個人差不多是個日本人；

　　あの人は日本人のようだ

說的是那個人的作風像個日本人，但不是真正的日本人。

第三十二單元

本單元目的

　　迄今我們所介紹的句子大都是單句，在這一單元裡將要介紹日語中的複句。日語中的複句除了可以用詞的活用形連接外，還可以在活用形後接助詞或單獨用接續詞來連接。日語中可用來連接複句的助詞很多，本單元主要介紹表示條件複句的「～し～し～」「～てはいけない」「～ても」「～ても～」的用法。通過對本單元的學習，讀者能夠對日語中的條件複句有一個初步的概念。

第 151 課

本課要點

學習表示遞進關係的「～し～し～」句型的用法。

課文

> A：タクシーで行こうか。
> B：いや，地下鉄の方が運賃も安いし，時間も早いし，ずっと得だよ。
> A：さっき言った松尾という人はどんな人なんでしょう。
> B：体も丈夫だし，気だてもいいし，申し分のない青年だよ。

單字

タクシー①	（名）	計程車
地下鉄⓪	（名）	地鐵
運賃①	（名）	運費，票錢
得⓪	（名・形動）	實惠，合算
松尾	（名）	（日本人名）松尾
体⓪	（名）	身體，體格

丈夫⓪ （じょうぶ）	（形動）結實，健康
気立て⓪ （きだ）	（名）性格，脾氣，心眼兒
申し分③ （もうぶん）	（名）意見
青年⓪ （せいねん）	（名）青年

譯文

Ａ：坐計程車去吧。

Ｂ：不，地鐵既便宜又快，（比計程車）划得來。

Ａ：剛才（你）說的松尾到底是什麼樣的人？

Ｂ：（那人）身體健康，脾氣又好，是個沒話說的青年。

語法解釋

1.「地下鉄の方が運賃も安いし，時間も早いし，ずっと得だよ。」

「運賃も安いし，時間も早いし」中的「し」是接續助詞，可接在動詞、形容詞、形容動詞、助動詞的終止形後，表示對事物的列舉，這種列舉往往是遞進式的。

　　　　雨は降るし，風も吹く。

　　　（風雨交加。）

「し」有時還可以與「から」「ので」結合使用，表示對理由或根據的列舉。

　　　頭が痛いし，雨も降っていたので，昨日はどこへも行かなかった。

　　　（昨天頭痛，又碰上下雨，所以哪兒也沒去。）

但是有時「し」不與「から」「ので」結合也可以表示對理由或根據的列舉。

　　　あそこは冬は暖かいし，夏は涼しいし，申し分のない所です。

　　　（那兒冬暖夏涼，是個沒話說的（好）地方。）

注意

「どんな人なんでしょう」中的「なん」是「なの」的音便現象，接在名詞後可增加語氣的強度，這句話中的「なん」可譯作"**到底是**……"。

練習

將下列句子譯成中文。

①庭には池もあるし，木もある。

②時間もないし，金もないし，行くのをやめた。

第152課

本課要點
學習表示禁止的「〜てはいけない」「〜てはだめだ」的用法。

課文

> A：だめ，だめ，脱税してはいけない。
> B：もっと金がほしいんだよ。
> A：金がたくさんあるのは必ずしも幸福とは限らないよ。
> B：こうしなければ借金するしかない。
> A：借金してはだめだよ。

單字

脱税⓪	（名・自サ）逃税，漏税
必ずしも④	（副）未必，不見得
幸福⓪	（形動）幸福
限る②	（他五）限，限於
借金③	（名・自サ）借錢，負債
歩く②	（自五）走，步行

譯文

A：不行，不行，可不許逃漏税 。

B：（我）需要更多的錢啊。

A：有錢不見得就幸福。

B：不這樣的話就得借錢了。

A：不許借錢！

語法解釋

1.「脱税してはいけない。」

「〜てはいけない」接在五段動詞的音便形後和一段動詞、サ變動詞、カ變動詞的連用形後，表示禁止對方做某種事。

水を飲んではいけません。

（不許喝生水。）

まだ運動をしてはいけません。

（還不能運動。）

2.「金がたくさんあるのは必ずしも幸福とは限らないよ。」

「必ずしも」是副詞，往往與「〜とは限らない」或動詞的否定式前後呼應使用，「必ずしも〜とは限らない」表示"不一定……""不見得……"，

今度は必ずしも成功するとは限りません。

（這次不見得就能成功。）

3.「こうしなければ借金するしかない。」

「しかない」接在動詞的終止形後，表示"除此之外別無他法"，可以譯成"只好""只能""只得"，

バスはもうなくなりましたから，歩いて行くしかありません。

（公車沒了，只好走著去。）

4.「借金してはだめだよ。」

「〜てはだめだ」和「〜てはいけない」一樣，接在五段動詞的音便形後和一段動詞、サ變動詞、カ變動詞的連用形後，表示禁止的意思。

注意

「〜てはいけない」「〜てはだめだ」一般不能對長輩使用，對長輩要用「〜ないでください」（請見第173課）等。

練習

將下列句子譯成中文。

①危ないから，見てはだめだ。

②子供は酒を飲んではいけない。

③お金がないから，あきらめるしかない。

第153課

本課要點
學習表示許可的「～ てもかまわない」「～ てもいい」句型的用法。

課文

A：未成年の人でもかまいませんか。
B：いいえ，十八歳未満の人ではだめです。
A：途中でやめてもかまわないですか。
B：はい，途中でやめてもかまいません。
A：もう帰ってもよろしいですか。
B：はい，帰ってもいいです。

單字

未成年②	（名）未成年
構う②	（自他五）管，顧，張羅，招待，逗弄
十八歳	（名）18歳
途中⓪	（名）途中，半道，中途
宜しい⓪	（形）可以，好，行

譯文

A：未成年的人也行嗎？
B：不，未滿18歲的人不行。
A：中途不做了也可以吧？
B：是的，中途不做了也不要緊。
A：（我）可以走了嗎？
B：好，可以走了。

語法解釋

1.「未成年の人でもかまいませんか。」

「～でもかまわない」中的「も」是係動詞，這種句式表示的是許可或讓步，可以譯成“即使……也可以”“即使……也行”等。「～でもかまわない」雖然是否定形態，但其意義是肯定的，它的否定說法是「～ではだめだ」或「～ではいけない」。

2.「途中でやめてもかまいませんですか。」

「途中でやめてもかまわない」也可以說成「途中でやめてかまわない」。「～てもかまわない」表示的也是許可或讓步，其中的「も」是係動詞，把它放在接續助詞「て」和補助動詞「かまわない」中間，可以使語氣變得更加柔和。「～てもかまわない」接ガ行五段動詞、ナ行五段動詞、バ行五段動詞、マ行五段動詞的音便形時，「て」要變成「で」：「読でもかまわない」「死んでもかまわない」「遊んでもかまわない」「急いでもかまわない」。

3.「もう帰ってもよろしいですか。」

「はい，帰ってもいいです。」

「～てもよろしい」「～てもいい」是由接助詞「て」接係動詞「も」接形容詞構成的。「～てもよろしい」「～てもいい」都是表示許可意義的。

注意

「～てもかまわない」表示的是肯定意義，不能說「～てはかまう」。「～てもかまわない」的否定說法是「～てはだめだ」「～てはいけない」。

練習

在句子中的動詞後加上「てもかまわない」「てもよろしい」。
①写真を見る。
②車で来る。
③あした欠席する。
④英語で話す。

第154課

本課要點

學習「たとえ〜ても」這一句型的用法。

課文

> A：無理ですか。
>
> B：たとえ困難があっても，やってみます。
>
> A：給料がなくてもやりますか。
>
> B：たとえ給料がなくとも，やり抜く覚悟です。

單字

たとえ⓪②	（副）即使，哪，無論，縱使，不管
困難①	（形動）困難
やり抜く⓪	（他五）做到底，堅持到底
覚悟①	（他サ）精神準備，決心，主意

譯文

A：有困難嗎？

B：即使有困難，（我）也決心試試看。

A：沒有工資也幹嗎？

B：即使沒有工資，（我）也決心幹到底。

語法解釋

1.「たとえ困難があっても，やってみます。」

「たとえ」是一個副詞，一般不能單獨使用，在句子中只能以「たとえ〜ても」「たとえ〜でも」「たとえ〜とも」「たとえ〜う（よう）と」「たとえ〜ようが」的形態出現。

たとえ困難があってもやってみる。

たとえ困難でもやってみる。

　　　たとえ給料がなくともやってみる。

　　　たとえ困難があろうとやってみる。

　　　たとえ困難があろうがやってみる。

在以上的五個句式中，「たとえ～ても」的使用率最高。「たとえ～ても」中的「ても」通常接動詞連用形（或音便形）、形容詞的連用形。「たとえ～とも」中的「とも」接形容詞的連用形。「たとえ～でも」中的「でも」接名詞，接形容動詞時，在連用形「で」後加上「も」，如「たとえきれいでも」等。「たとえ～う（よう）と」中的「う」或「よう」接動詞的未然形，接五段動詞時接「う」，接五段動詞以外的動詞時接「よう」。

注意

　　「たとえ」只能接表示逆接假定條件「ても」「でも」「とも」等，不能接表示順接假定條件的「なら」「たら」・「ば」「と」等。

練習

仿照例句變換下列句子。

a.　雨が降る。行きます。

b.　たとえ雨が降っても行きます。

① 高いものを買う。かまわない。

② 文句を言われる。気にしない。

③ 台風が来る。船を出します。

④ 問題がある。大丈夫です。

第155課

本課要點

學習副助詞「でも」的用法。

課文

> A：難しい問題だね。
>
> B：そんなことないよ。子供でも解ける問題じゃないか。
>
> A：しかし，いくらやっても，なかなか解けないよ。
>
> B：じゃ，いっぷくして，お茶でも飲みましょう。

單字

解く①	（他五）解，解開，解除
併し②	（接）但是，可是
一服④	（自サ）小憩，歇一歇
御茶⓪	（名）茶，茶水，茶葉

譯文

A：眞是個難題。

B：沒有回事兒，這個問題連小孩都能解開。

A：可是（我）怎麼做也解不開。

B：那麼，先歇息一下，喝點茶什麼的吧。

語法解釋

1.「子供でも解ける問題じゃないか。」

上句中的「でも」是一個副助詞，副助詞「でも」大多接在名詞、代名詞、數量詞後。「でも」的意思很多，上句中的「でも」表示舉出非常極端或非常特殊的例子，以此暗示"其它的就不必說了"。

> そんなことは子供でも知っている。
>
> （那種事連孩子都懂。）
>
> 忙しくて，日曜日でも休むことができない。
>
> （忙得連星期天都無法休息。）

第一句話以孩子爲極端的例子，暗示"大人就不必說了"；第二句話以星期天爲極端的例子，暗示"其它的日子就更不能休息了"。句子中的這種「でも」可以譯成"就連……""甚至連……都……"等。

2.「お茶でも飲みましょう。」

這句話中的「でも」也是一個副助詞。與「子供でも知っている。」句中「で

も」不同的是，這句話中的「でも」表示的是例舉某一事項，但並不拘泥於此，給對方進行選擇的餘地。

　　　天気がいいから，散歩にでも行こう。

　　　（天氣好，去散散步吧。）
　　　日曜日にでも来て下さい。

　　　（星期天什麼時候的來吧。）

加上「でも」進行勸誘，在對方聽來語調十分柔和。

　　注意

　　接名詞後的「でも」和「本を読んでも」「遊んでも」中的「でも」不是一個詞。

　　練習

　　在＿＿＿處填上適當的詞。

①いくら読ん＿＿＿，わからない。
②小説＿＿＿読んで，待ちましょう。
③雪が降っ＿＿＿，行きます。
④子供の足＿＿＿二十分で行ける。

　　本單元小結

　　這一單元主要介紹了幾種複句的用法。有表示遞進關係的「〜し〜し〜」；有表示逆接假定條件的「〜ても（でも）〜」；還有構成逆接假定條件的副詞「たとえ」「いくら」等。

　　（）接續助詞「し」的用法

　　「し」的用法大體上有二種，一種是表示遞進關係，一種是表示因果關係。

　　　先生も来なかったし，学生も来なかった。

　　　（老師沒來，學生也沒有來。）
　　　地下鉄が運賃も安いし，時間も速いし，得ですよ。

第一個句子表示的是遞進關係，第二個句子表示的是因果關係。「し」在句子中的出現次數可以是一次，也可以是數次。「し」有一大特點，就是凡是被列舉的

事物，在說話的人看來都是彼此相關、互爲共存的。

　　「し」的接續範圍很廣，可以接在動詞、形容詞、形容動詞的終止形後，也可以接在除表示意志的「う」「よう」「まい」以外的助動詞的終止形後。

㈡表示逆接假定條件的接續助詞「ても（でも）」

　　接續助詞「ても」通常接在動詞、形容詞及與動詞形容詞的活用方式相同的助動詞的連用形後。接五段動詞時要接在音便形後；接「が」行五段動詞、「ナ」行五段動詞、「バ」行五段動詞、「マ」行五段動詞時，「ても」要變成「でも」：

　　　　　　急ぐ——急いでも
　　　　　　死ぬ——死んでも
　　　　　　遊ぶ——遊んでも
　　　　　　読む——読んでも

接續助詞「ても」的意義基本上可以細分爲三種。第一，假定某一未成立的事項業已成立，後續分句的句義與條件分句的句義相反或相矛盾：

　　　　　　今度の旅行は天気が悪くてもやります。

　　　　（這次旅行天氣不好也去。）

第二，以某一業已成立的事項爲條件，後續分句的句義和條件分句的句義相反或相矛盾：

　　　　　　いくら説明しても分ってくれない。

　　　　（怎麼解釋（他）也不懂。）

第三，表示一種假定性的對比關係：

　　　　　　酒は飲んでも，たばこは飲まない。

　　　　（就是沾酒也不沾煙。）

　　此外「ても」還可以和「たとえ」「いくら」「どんなに」等前後呼應使用，構成逆接假定條件句或逆接確定條件句。

　　　　　　たとえ雨が降っても行きます。

　　　　（下雨也去。）

　　　　　　いくら練習しても上手にならない。

　　　　（怎麼練也不行。）

　　　　　　どんなに高くても買います。

　　　　（不管多貴買定了。）

㈡副助詞「でも」的用法

「でも」的用法可以細分爲四種。第一，舉出極端的例子，以暗示“其它自不必說”。

電車でも三時間だから，歩いて行ってはたいへんだよ。

（坐電車都得三個小時，走著去可夠受的。）

第二，表示例舉某一事項，但並不拘泥於此。這種說法給人一種語氣十分柔和的感覺。

先生にでも相談してみたらどうですか。

（和老師（或者別人）商量一下怎麼樣？）

第三，表示前後二項事物處在對立、矛盾的關係中：

家の子は病気でも学校を休むことはない。

（我們家的孩子有病也不休息。）

第四，接在「なに」「どこ」「いつ」「だれ」等疑問代名詞後，表示毫無例外，全部等意思。

こんなことは誰でも知っている。

（這種事誰都明白。）

いつでも来て下さい。

（什麼時候來都可以。）

第三十三單元

本單元目的

日語中表示勸誘的除了「う」「よう」「ましょう」以外，還有「〜**た方が よい**」「〜**たらどうだ**」等。表示義務的有「〜**なければならない**」。表示必要的有「〜**なければいけない**」等。表示動作行為目的時可以用動詞連用形（サ變動詞詞幹）接格助詞「に」的形式。本單元重點介紹表示勸誘、義務、目的的用法。

第 156 課

本課要點

學習表示勸誘的「〜**た方がよい**」等句式的用法。

課文

> Ａ：早く病院へ行ったら，どうですか。
> Ｂ：そうですね。早く医者に行った方がいいですよ。
> Ｃ：そうしましょう。大島君の車で行きましょう。
> Ａ：大島君の車で行かない方がいいです。急救車を呼んだ方
> がいいです。

單字

病院⓪	（名）醫院
大島	（名）（日本人名）大島
呼ぶ⓪	（他五）叫，招呼，喊，邀請，招攬，稱呼

譯文

Ａ：還是快點去醫院吧。

Ｂ：對，還是快點讓醫生看看吧。

Ｃ：好吧。（我）坐大島的車去。

Ａ：最好別坐大島的車去，叫輛救護車吧。

語法解釋

1.「早く病院へ行ったら，どうですか。」

「——たらどうですか」可以看作是一個慣用句式，接在動詞的連用形（五段活用動詞的音便形）後，表示勸對方去做某件事，可以譯成"… **怎麼樣？**" "……**吧。**"等。

　　君の気持ちを彼女に打ち明けたらどうだろう。

　　（把你的心思跟她說說怎麼樣？）

　　晩ご飯は日本料理にしたらどうですか。

　　（晚上吃日本菜怎麼樣？）

2.「早く医者に行った方がいいですよ。」

「——方がいい」是一個慣用句式，接在動詞的連用形（五段活用動詞的音便形）後，表示勸誘，可以譯成"**還是……為好**" "**最好還是……**"等。

　　もう遅いから早く帰った方がいい。

　　（已經不早了，還是早點回去吧。）

　　暗いから電燈をつけた方がいいです。

　　（太暗了，還是點上燈吧。）

「医者に」可以當作一個場所來看待，也就是"醫生那兒"。

3.「大島君の車で行かない方がいいです。」

「——ない方がいい」是「——た方がいい」的否定式。接在動詞的未然形後，表示勸誘對方不要做某事。可譯成"**還是別……**" "**最好別……**"等。

　　風が強いから船を出さない方がいい。

　　（風大，還是別開船為好。）

注意

表示勸誘的「——方がいい」很少接動詞的終止形。

練習

在下列句子後接上「方がいい」。

①ちょっと休む。
②たばこを吸わない。
③少しお酒を飲む。

第157課

本課要點

學習「なければならない」這一句式的用法。

課文

> Ａ：ゆっくり歩いていただけますか。
>
> Ｂ：いや，来客があるから，急がなければならない。
>
> Ａ：お客さんは十二時に来るでしょう。
>
> Ｂ：そうだけど，昼ご飯のしたくをしなければならないよ。

單字

ゆっくり③	（副）慢慢地，緩緩地，充分地
来客⓪	（名）來客
お客さん⓪	（名）客人，來賓
十二時③	（名）12點，12時
昼ご飯③	（名）午飯
仕度⓪	（名・他サ）預備，準備

譯文

Ａ：能不能請您走慢點？

Ｂ：不，因爲客人要來，得快點走。

Ａ：客人不是十二點到嗎？

Ｂ：對，可是得準備午飯啊。

語法解釋

1.「ゆっくり歩いていただけますか。」

「いただける」是「いただく」的可能態。「〜〜ていただけますか」接在動詞的連用形（五段動詞的音便形）後，表示祈使的意思，可以譯作"**能不能請您……**""**您能否……**"等。

2.「来客があるから，急がなければならない。」

「なければならない」接在動詞的未然形後，表示某種義務或責任。可以譯成"**必須……**"，"**應該……**""**得……**"等。

学生は勉強しなければならない。

（學生必須學習。）

バスがないから，歩いて行かなければなりません。

（沒有公車，只得走著去。）

「なければならない」還可以接形容詞、形容動詞的連用形。

教室は明るくなければならない。

（教室必須要明亮。）

作業服は丈夫でなければならない。

（工作服一定要結實。）

3.「そうだけど。」

「そうだけど」是由「そうだ」和「けど」組成的。「けど」也可說成「けれど」「けれども」，但語氣稍硬些。

注意

「お客さんは十二時に来るでしょう」中的「でしょう」的語調應往上升。

練習

將「なければならない」接到下面句子裡。
①毎日新聞を読む。
②父に手紙を書く。
③家に電話をする。
④明日も来る。

— 401 —

第158課

本課要點

學習「なければいけない」的用法。

課文

> A：間に合うように早く行きましょう。
>
> B：レポートを書いてしまわなければいけないから，ちょっと
> 待っていただけますか。
>
> A：はい，日本の映画を見てわかりますか。
>
> B：ほとんどわかりません。
>
> A：わかるようにならなければいけませんね。

單字

レポート②	（名）研究報告
殆ど②	（副）基本上，差不多，幾乎
磨く⓪	（他五）擦，刷，磨

譯文

A：早點走，別遲到。

B：我必須得把研究報告寫完，您能稍等一下嗎？

A：可以。你能看懂日本的電影嗎？

B：十之八九看不懂。

A：你必須要看得懂。

語法解釋

1.「間に合うように早く行きましょう。」

「ように」是助動詞「ようだ」的連用形，接在動詞的連體形後，表示目
的。

おくれないように早く起きた。

（爲了不遲到，起了個大早。）

「ように」有時還可以表示命令。

レポートは土曜日までに出すように。

（研究報告要在星期六以前交出。）

2.「わかるようにならなければいけませんね。」

「なければいけない」接在動詞的未然形後，表示有必要去做某事或有必要去實現某一狀態。可譯成“一定要……"“不……不行……"“必須"等。

寝る前には歯をみがかなければいけません。

（睡前一定要刷牙。）

借りたものは返さなければいけない。

（借人的東西一定要還。）

注意

「なければならない」側重於表示和說話者有關的事物，「なければいけない」側重於表示和聽話者有關的事物，兩者有時也可以通用。

練習

將「なければいけない」接到下面句子裡。
①病気だから，薬を飲む。
②借金を返す。
③試験を受ける。
④たばこをやめる。

第159課

本課要點

學習「―よかった」「なによりだ」的用法。

課文

> A：かさを持って来ればよかったね。
> B：出発の時は晴れだったよ。
> A：天気予報は当らないね。
> B：タクシーで行こうか。
> A：それは何よりだ。

單字

出発⓪　　　　　　　　（名・自サ）出發

当る⓪　　　　　　　　（自五）碰，撞，言中，猜對，相當於

何より①　　　　　　　（副）最……，再好不過

譯文

A：要是帶雨傘來就好了。

B：出來的時候還是晴天！

A：天氣預報不準啊。

B：（我們）坐計程車去吧。

A：那太好了。

語法解釋

1.「かさを持って来ればよかったね。」

上句中的「よかった」是「よい」的過去式，但是這裡的「よかった」不是真正表示事物好壞的。「～ばよかった」表示一種遺憾、婉惜的心情，可以譯成**"要是……就好了" "當初真該……"**等。

　　　　家内を連れて行けばよかった。

　　（當初真該帶我太太同去。）

「よかった」還能以「～てよかった」的形式表示滿足或放心。

　　　　入場券が買えてよかった。

　　（買到票了，太好了。）

　　　　たいしたことがなくてよかった。

　　（好在沒什麼大問題。）

表示滿足、放心的「よかった」接形容動詞時，接在連用形「で」後，

皆が無事でよかった。

（好在大家平安。）

2.「それは何よりだ。」

「なにより」既可以做名詞用也可以做副詞用。做名詞用時可譯爲"……再好不過"；做副詞用時可譯爲"……最……"等。

お元気でなによりです。

（您很健康，那再好不過了。）

くだものと野菜はなによりのご馳走です。

（水果和蔬菜是最好的美味。）

注意

「出発の時は晴れだったよ」中的「だった」表示過去。因爲在説話時"出發"這一動作已經完成，所以必須要用「だった」，不能用「だ」。

練習

將「よかった」接在下列詞的後面。

①間に合う。　　　　　　　　　　　　　　　　（て）
②たいへん安い。　　　　　　　　　　　　　　（て）
③部屋がきれいだ。　　　　　　　　　　　　　（で）
④金を持って来る。　　　　　　　　　　　　　（ば）
⑤早くたばこをやめる。　　　　　　　　　　　（ば）
⑥先生に相談する。　　　　　　　　　　　　　（ば）

第160課

本課要點

學習表示目的「に」的用法。

課文

> A：飲みに行こうか。
> B：お酒はやめたよ。それより散歩に行こうか。
> A：酒をやめた？うそでしょう。
> B：ほんとうだよ。健康のためにやめたんだよ。

單字

嘘① （うそ） 　　　　　　　　　（名）謊話，謊言，假話，撒謊，說謊

健康⓪ （けんこう） 　　　　　　　（名・形動）健康

列車⓪ （れっしゃ） 　　　　　　　（名）列車

譯文

Ａ：去喝點怎麼樣？

Ｂ：我已戒酒了，倒不如去散散步吧。

Ａ：戒酒了？盡說謊。

Ｂ：眞的，爲了健康我戒酒了。

語法解釋

1.「飲みに行こうか。」

這句話中的「に」表示動作行爲的目的。表示目的的「に」接在五段動詞、一段動詞的連用形後，接サ行變格活用動詞時接在動詞的詞幹後。

　　　音楽を聞きに行きます。

　　　（去聽音樂。）

　　　映画を見に行きます。

　　　（去看電影。）

　　　ご飯を食べに帰ります。

　　　（回去吃飯。）

　　　日本へ数学の勉強に来ました。

　　　（來日本學習數學。）

「に」的後續動詞大多是「行く」「来る」「帰る」之類的表示移動的動詞。

　　2.「それより散歩に行こうか。」

「それより」往往用在否定前項樹立後項時，可以譯爲“……**倒不如**……”“……**還是**……”等。

　　　Ａ：まず説明を聞きましょうか。

　　　（先聽聽說明吧。）

　　　Ｂ：それよりまず資料をよく見ましょう。

　　　（還是先好好看看資料吧。）

　　3.「健康のためにやめたんだよ。」

「ために」中的「に」也是表示目的的，與接在動詞連用形或サ變動詞詞幹後的「に」不同的是，「ために」中的「に」的後續動詞不一定非是移動動詞不可。

　　　　一番列車に乗るために早起きた。

　　　（爲了趕頭班車起了個大早）

注意
　　「ご飯を食べに帰る」是"回去吃飯"的意思；「ご飯を食べて帰る」是"吃完飯再回去"的意思。

練習
將下列每組動詞組成一個句子。
①借りる，行く。
②買い物する，来た。
③旅行する，出かける。

本單元小結

　　在這一單元裡主要介紹了表示勸誘、義務、目的的用法。日語中表示勸誘的說法很多，除了「──た方がよい」「──たらどうだ」以外，還有「ましょう」和助動詞「う」「よう」等。「──なければならない」和「──なければいけない」一個表示義務，一個表示必要，但兩者的意義有時可以互通。表示目的的除了助動詞「ように」以外，還有在動詞連用形（サ變動詞詞幹）後加「に」及在形式名詞後加「に」的用法。

　　(一)表示勸誘的諸種說法
　　日語中表示勸誘的說法很多，歸納起來大體上有四種。一種是用動詞的否定形式以疑問的方式勸導對方去做某件事：

　　　　山田さん，映画を見に行きませんか。
　　　　山田君，映画を見に行かないか。

　　　（山田，你不去看電影嗎？）

第二種是「ましょう」或在動詞的未然形後接助動詞「う」或「よう」：

　　　　山田さん，映画を見に行きましょう。

－ 407 －

やまだくん えいが み い
山田君，映画を見に行こう。

（山田，（我們）看電影去吧。）

第三種是在動詞的連用形（五段動詞的音便形）後接「たほうがよい」：
やまだ えいが み い
山田さん，映画を見に行ったほうがいいですよ。

（山田，還是去看電影吧。）

第四種是在動詞的連用形（五段動詞的音便形）後面接上「たらどうですか」：
やまだ えいが み い
山田さん，映画を見に行ったらどうですか。

（山田，去看場電影怎麼樣？）

「方がよい」的前置動詞大多是以過去式出現的。「見に行った方がいい」一般
不說「見に行く方がいい」。

(一)「──なければならない」和「──なければいけない」

簡單地說來，「なければならない」表示某種義務，「なければいけない」
表示某種必要。
あした はちじ がっこう こ
明日八時に学校へ来なければならない。
あした はちじ がっこう こ
明日八時に学校へ来なければいけない。

「なければならない」通常表示一種客觀上的事實，「なければいけない」往往
表示的是主觀上的意志。另外「なければいけない」有時還可以表示勸告或命
令，而「なければならない」卻沒有表示勸告或命令的功能。
わたし どうぶつ し
私たちも動物ですから，死ななければなりません。

（我們也是動物，所以也會死的。）

這句話說的是一種客觀事實，所以只能用「なければならない」。
きみ し
君たちは死ななければいけない。

（你們必須得死。）

這句話說的不是一種客觀事實，而是發話人的主觀上的意志，帶有一種命令的語
氣，所以必須用「なければいけない」。

但是，除了表示命令或勸告以外，「なければならない」和「なければいけ
ない」有時可以表示同樣的意義、
うち れいぞうこ か
家には冷蔵庫がないから，買わなけれ

ば｛ならない
　　いけない

（我家沒冰箱，得買一台。）

㈠「に」的諸種功能

「に」的功能很多，迄今為止，本書共介紹了「に」的九種功能。

第一，表示存在場所：
　　　机の上に本がある。
　　　机の下に猫がいる。

第二，表示時間：
　　　仕事は八時に始まります。

第三，表示比較的基準：
　　　家は駅に近い。

第四，表示終點或落腳點：
　　　東京に行く。
　　　バスに乗って行こう。

第五，表示變化的結果：
　　　二人はいい友達になりました。

第六，表示動作行為涉及的另一方：
　　　先生に相談する。
　　　このことを先生に話しましょう。

第七，表示被動句中的動作主：
　　　先生に叱られた。
　　　先生にほめられた。

第八，表示目的：
　　　映画を見に行く。
　　　録音機は音楽を聞くのに使う。

第九，表示並列關係：
　　　学校で数学に化学に物理を勉強している。

第一～第八句中的「に」是格助詞，第九句中的「に」是並列助詞。

第三十四單元

本單元目的

繼續學習條件復句。在第32單元裡我們介紹了表示逆接假定條件的「～ても」和「～でも」的用法，在第93課和第155課裡我們介紹了表示逆接確定條件的「けれども」「しかし」的用法。在這一單元裡將繼續介紹表示逆接確定條件的「のに」「ところが」「にもかかわらず」「にしても」的用法。

第161課

本課要點

學習表示逆接確定條件的「のに」的用法。

課文

> A：まだ早いのに，もう出かけるのか。
> B：時間が変更したよ。八時じゃなくて七時半だよ。
> A：川本君も変更のことを知っている？
> B：知っていると思う。
> A：あいつは知っているくせに，教えてくれないんだな。

單字

変更	（名・自他サ）變更，更改
川本	（名）（日本人名）川本
弱虫	（名）孬種，膽小鬼

譯文

A：現在就走嗎？還早著呢。

B：改時間了，不是八點是七點半。

Ａ：川本也知道改時間了吧？

Ｂ：我想（他）知道。

Ａ：這小子明明知道卻不告訴我。

語法解釋

1.「まだ早いのに，もう出かけるのか。」

「のに」是接續助詞，接在動詞、形容詞、形容動詞、部分助動詞的連體形後，表示逆接確定條件，可譯成“雖然……但是……”“……卻……”等，有時也可以不譯。

知っているのに，何も話してくれない。

（他明明知道，卻不告訴我。）

這句話中的「のに」表示的是不滿；

来いと言っているのに，どうして来ないのか。

（叫你來，你怎麼不來。）

這句話中的「のに」表示的是責難；

2.「あいつは知っているくせに，教えてくれないんだな。」

「くせに」也是一個接續助詞，接在動詞、形容詞、形容動詞及部分助動詞的連體形後，表示逆接確定條件，可以譯成“雖然……可是……”等。

ほしいくせに，いらないと言う。

（明明想要，卻說不需要。）

「のに」和「くせに」的意義接近，有時二者可以互換。

知っているのに教しえてくれない。

知っているくせに教えてくれない。

注意

「のに」接名詞時，應在名詞後加上「な」：

日本人なのに日本語が下手だ。

（是日本人卻說不好日語。）

「くせに」接名詞時，應在名詞後加上「の」：

日本人のくせに日本語が下手だ。

（是日本人卻說不好日語。）

練習

將下列句子譯成中文。

① 男のくせに弱虫だ。

②上手なのに出来ないと言う。

③金がないのに，高いものを買った。

第162課

本課要點

學習「ところが」的用法。

課文

> A：作文の募集に応じましたか。
>
> B：応募したところが，締め切りでした。
>
> A：事務室に頼んでみませんでしたか。
>
> B：頼んでみました。ところが，引き受けてくれませんでした。

單字

作文⓪	（名・他サ）作文
募集⓪	（名・他サ）募集，招募
応じる③	（自上一）應，應允，應徵
応募⓪	（名・自サ）應募，應徵
締め切り⓪	（名）截止，截止日期
頼む②	（他五）求，請求，委託，囑託，指靠
引き受ける④	（他下一）接受，承擔

譯文

A：徵集作文，你應徵了嗎？

B：應徵了，可是已過了截止日期。

A：沒請求辦公室嗎？

B：求了，可是人家沒接受。

語法解釋

1.「作文の募集に応じましたか。」

「応じる」的前置助詞要求是「に」：

時に応じて変る。

（隨機應變。）

2.「応募したところが，締め切りでした。」

這句話中的「ところが」是一個接續助詞，一般只接在助動詞「た」的終止形後。上句中的「ところが」表示結果與願望正好相反，可以譯成"可是""沒想到……""哪想到……"等。

叱られると思ったところが，ほめられた。

（原以爲會挨批評，沒想到卻受到了表揚。）

3.「頼んでみました。ところが，引き受けてくれませんでした。」

這句話中的「ところが」不是接續助詞而是一個接續詞，接續詞可以在句中不依賴其它成分而獨立使用。做接續詞使用的「ところが」表示結果與預料的相反，有種意外的心情，可以譯作"沒料到……""沒想到……"等。

昨日デパートへ行った。ところが，デパートは休みだった。

（昨天到百貨公司去了，沒想到百貨公司關門休息。）

注意

接在助動詞「た」後的「ところが」是接接續助詞；單獨使用的「ところが」是接續詞。

練習

區別下列句中的「ところが」。

①行ってみたところが，誰もいなかった。

②試験を受けた，ところが不合格だった。

第163課

本課要點

學習「にもかかわらず」的用法。

課文

A：安田君は逮捕されたね。

B：うん，何度も注意した。にもかかわらずそれを聞き入れな
かった。

A：このこと，近所の人たちも知っているね。

B：ええ，知っているよ。大人はもちろん，子供も知っている
よ。

單字

逮捕①	（名・他サ）逮捕，拘捕
何度①	（名）幾次，幾回
注意①	（名・自他サ）注意，提醒，小心，警告
にもかかわらず①	（連語）儘管如此
聞き入れる④	（他下一）聽從，採納
近所①	（名）鄰居，街坊，附近
大人⓪	（名）大人

譯文

A：安田被逮捕了啊！

B：嗯，警告過他多少次，可是他聽不進去。

A：這件事鄰居們也知道吧？

B：嗯，知道。別說大人連小孩都知道。

語法解釋

1.「何度も注意した。にもかかわらずそれを聞き入れなかった。」

①這句話中的「も」接在疑問代名詞後表示量多，「何度も」是 **"數次"** 的意思。

②「注意する」不涉及其他人時表示 **"留神"**；涉及到其他人時表示 **"提醒" "警告"** 等。

③「にもかかわらず」是一個詞組，往往在句子中表示逆接確定條件，可以譯成 **"儘管如此" "可是"** 等。「にもかかわらず」有時還可以直接接在其它詞後做接續助詞使用。

　　台風が来るにもかかわらず，船が出ました。

　　（A：儘管要來颱風，可是船還是開了。）

2.「大人はもちろん，子供も知っているよ。」

「もちろん」原意是 "當然" 的意思，

　　A：行きますか。

　　B：もちろん行きますよ。

　　（A：你去嗎？）

　　（B：當然去。）

「もちろん」用在複句中通常表示 **"別說……連……"** 的意思。

　　英語はもちろん，フランス語もできる。

　　（別說英語，連法語都會。）

注意

用在復句中的「もちろん」，後置分句中要用「も」或「さえ」等。

練習

將下列句子譯成日語。

①山田別說哥哥，連父母都不認識。

②別說清酒，連啤酒都不喝。

③儘管風大，可還是開船了。

第164課

本課要點
學習「たって」「について」的用法。

課文

A：三木先生は九時半から平和について演説します。
B：そうですか。じゃ，急いで行きましょう。
A：いくら急いで行ったって，間に合いませんよ。
B：どうして？
A：今日はドライバーのストライキですから。

單字

三木	（名）（日本人姓）	三木
平和⓪	（名・形動）	和平，祥和
演説⓪	（名・他サ）	演說，演講
ドライバー②	（名）	司機，螺絲起子

譯文

A：三木老師九點半開始發表關於和平的演說。
B：是嗎，那得快點去。
A：你怎麼快也趕不上了。
B：為什麼？
A：因為今天司機們罷工。

語法解釋

1.「三木先生は九時半から平和について演説します。」

「について」接在名詞、代名詞、數量詞及動詞的連體形後，表示內容、問題的範圍。

一冊について 十円安くなります。

（毎冊便宜十日元。）

スポーツについて本を書く。

（寫部關於體育的書。）

「について」有時也可說成「につき」。

2.「いくら急いで行ったって，間に合いませんよ。」

「たって」是一個接續助詞，通常接在動詞的連用形（五段動詞的音便形）、形容詞的連用形及部分助動詞的連用形後。「たって」也可以接在名詞、形容動詞及部分活用詞的終止形後，這時「たって」要變成「ったって」的形態。「たって」與「ても」一樣，在句子中表示逆接假定條件。

飛行機で行ったって二時間はかかる。

（就是坐飛機去也得二個小時。）

旅行ったって，近いところですよ。

（就是旅行也是近地方。）

注意

「たって」接か行五段動詞、ナ行五段動詞、バ行五段動詞、マ行五段動詞的音便形時要變成「だって」。

練習

用「たって」將下列各組分句變成複合句。

①安い　　買わない。

②読む　　わからない。

③難しいことをやらせる　　うまくやる。

④今家へ帰る　　誰もいないだろう。

第165課

本課要點

學習「ものの」的用法。

課文

A：物価がどんどん上がっているね。

B：そうね，買い物に来たものの，高いものばかりなので，買う気がなくなった。

A：電気製品だけはやすいけれど，毎日買うことがないでしょう。

B：ほんとうにこまったことね。

單字

物価⓪	（名）物價
どんどん①	（副）不斷地，一個勁地
買い物⓪	（名）購物，買東西
電気製品④	（名）電器產品，家用電器

譯文

A：物價漲得真猛啊。

B：真的，我本來是來買東西的，可是東西都貴得要命，沒心思買了。

A：只有家用電器便宜，可（那玩藝）不是天天要買的東西啊。

B：真沒辦法。

語法解釋

1.「物価がどんどん上がっているね。」

「どんどん」大多用來修飾動詞，表示事物發展變化的速度或狀態。

いらない物をどんどん捨てる。

（把不要的東西統統扔掉。）

2.「買い物に来たものの，高いものばかりなので，買う気がなくなった。」

①「ものの」是一個接續助詞，接在動詞、形容詞、形容動詞、部分助動詞的連體形後，表示逆接確定條件，可譯為"雖說是……""雖然是……"等。

練習したものの，上手にならない。

（雖然練了，可沒進步。）

②「ばかり」是一個副助詞，可以接在名詞、代名詞、**數量詞**及**準體助詞**「の」後，表示限定的意思，可以譯爲"只……""**盡是……**""**僅僅……**"等。

　　　　毎日本ばかり読んでいる。

　　　（每天只是看書。）

　「ばかり」也可以接在動詞、形容詞、部分助動詞的連體形後，也可以接在部分格助詞或接續助詞「て」後。（請詳見本單元小結部分）

　　3.「電気製品だけはやすいけれど。」

　「だけ」是副助詞，其接續方法與「ばかり」相似。但不能接在接續助詞「て」後。「だけ」也是表示限定的，可以譯爲"只……""**儘儘……**"等。

　　注意
　「毎日買うことがないでしょう」中的「でしょう」語調要往上揚。

　　練習
　將下列句子譯成中文。
　①弟は遊んでばかりいて，勉強はしない。
　②このことは君にだけ話す。
　③行かなくてもいいと言うものの，やはり行かなければならないだろう。

　　本單元小結

　在這一單元裡我們介紹了表示逆接條件「のに」「くせに」「ところが」「にもかかわらず」「たって」「ものの」的用法。其中的「たって」表示的是逆接假定條件，其它表示的是逆接確定條件。

　（）逆接確定條件

　日語中表示逆接確定條件的主要有「のに」「くせに」「ところが」「にもかかわらず」「ものの」等。其中的「のに」使用率較高，「にもかかわらず」聽起來比較生硬，「ものの」在一般口語中很少使用。

　「のに」除了可以用在句中做接續助詞使用以外，還可以用在句尾做終助詞使用，終助詞「のに」在意義上可以分爲三種，第一種是表示意外：

先生にほめられた。あまり勉強しなかったのに。

（沒想到會受到老師的表揚，我並不用功啊。）

第二種表示不滿、婉惜：

入院したのか。あんなに元気だったのに。

（住院了？那麼健康的一個人……）

第三種表示責難：

どうしてあんなところへ行ったのか。あれほど注意したのに。

（為什麼去那種地方？我還再三地提醒過你。）

(二)接續詞和接續助詞

「けれども」和「ところが」等詞的詞性往往因接續不同而不同。緊接在動詞、形容詞、形容動詞及助動詞終止形後的時候，它們是接續助詞：

僕は家へ帰るけれども、君はどうする。

（我回家，你做什麼？）

行ってみたところが、誰もいませんでした。

（去看了，不料一個人也沒有。）

在句中不依賴於其它成分單獨使用的「けれども」「ところが」是接續詞。

漢字は読めます。けれども、書けません。

（漢字會讀，可是不會寫。）

昨日はデパートへ行った。ところが、デパートは休みだった。

（昨天去了趟百貨公司，沒想到人家關門了。）

接續助詞「けれども」「ところが」的意思與接續詞「けれども」「ところが」的意思基本相同。

(三)「ても」與「たって」

「ても」和「たって」都是接續助詞。「ても」接在動詞的連用形（五段動詞的音便形）、形容詞及部分助動詞的連用形後；「たって」可以接在動詞的連用形（五段動詞的音便形）形容詞、助動詞「れる」「られる」「せる」「させる」「ない」「らしい」的連用形後。另外，「たって」還可以接在體言及活用詞的終止形後，這時「たって」一般以「ったって」的形式出現。

從意義的角度上講，「たって」比「ても」更口語化一些。但是「たって」不能接在形容動詞的連用形後，接形容動詞時一般是取「いくらきれいだって」

「穏やかだって」的形態。

　　㈣「ばかり」的用法
　　　「ばかり」的用法有很多，在此只介紹其中的三種。第一種是表示"總是……"意思的：
　　　　　遊んでばかりいないで，少し勉強しなさい。

　　　（別老玩，多少用功一點。）
「ばかり」要接在「遊んで」和「いる」之間。第二種是以「……たばかり」的形態，表示某一動作剛剛完成，可以譯成"剛剛……""方才……"等。
　　　　　教えたばかりなのに，忘れたのか。

　　　（剛教過你就忘了？）
第三種接在數量詞後表示程度，可以譯成"左右""前後"等。
　　　　　一日たばこを三十本ばかり吸ったことがあります。

　　　（曾經一天抽過三十來支香煙。）
「ばかり」在口語中往往被說成「ばっかり」。

第三十五單元

本單元目的

日語中的關聯詞數量多、用法雜。在這一單元裡將重點介紹「たぶん～でしょう」「おそらく～でしょう」「もし～たら」「ぜんぜん～ない」「ちっとも～ない」「まったく～ない」「さっぱり～ない」「けっして～ない」等句式的用法。

第166課

本課要點

學習表示推測意義的關聯詞。

課文

> A：西島さんは明日の会議に出られますか。
>
> B：風邪を引いているから，たぶん出られないでしょう。
>
> A：この会議はまだ続きそうですか。
>
> B：おそらく長くは続かないでしょう。明後日あたりに終るでしょう。

單字

西島	（名）（日本人名）西島
風邪⓪	（名）感冒
引く⓪	（他五・自五）拉，搜，拖，引退，抽，減，扣
多分①	（副）或許，恐怕，大概
続く⓪	（自五）繼續，延續
恐らく②	（副）恐怕，大概

譯文

Ａ：西島能參加明天的會議嗎？

Ｂ：（他）感冒了，恐怕參加不了。

Ａ：這個會議還得持續一段時間嗎？

Ｂ：恐怕不會持續很久，大概明後天就能結束。

語法解釋

1.「風邪を引いているから，たぶん出られないでしょう。」

①「風邪を引く」是一個慣用說法，就是感冒的意思。

②「たぶん」是一個副詞。在句子中一般與「だろう」「でしょう」等構成關聯詞組，表示八九不離十的意思。「たぶん〜でしょう」可以譯成“**大概……吧**”“**恐怕……吧**”等。「たぶん〜でしょう」有時還可以表示委婉的意思。

2.「この会議はまだ続きそうですか。」

「続きそうですか」中的「続き」是「続く」的連用形，「そうです」是樣態助動詞。

3.「恐らく長くは続かないでしょう。明後日あたりに終るでしょう。」

①「恐らく」是一個副詞，在句子中經常與「だろう」「でしょう」等構成關聯詞組，表示“**恐怕……**”“**大概……**”的意思。

②「長くは」中的「は」在這裡表示對比關係。有一種言外之意，即不會持續太長，但要持續一段時間。

③「あたり」是後綴，一般接在表示時間、地點、人物的詞後，表示程度，可以譯成“**……前後**”“**……左右**”“**……之類**”等。

注意

「たぶん」「恐らく」往往與「だろう」「でしょう」「……と思う」等結合使用，一般在句尾不能單獨用表示斷定的「だ」「です」等。

練習

將下列句子譯成中文。

①たぶん山田先生も出席するでしょう。

②田中君は恐らく来ないと思います。

③明日はたぶんいいお天気でしょう。

④誰も食べないから，恐らくおいしくないと思います。

第167課

本課要點
學習表示假定意義的關聯詞組「もし～たら～」的用法。

課文

> Ａ：もし留守でしたら，どうしますか。
> Ｂ：約束しているから，いないことはないでしょう。
> Ａ：こんどまた火事があったら，どうしましょう。
> Ｂ：今は皆火に気をつけているので，もう起りますまい。

單字

若し①	（副）如果……，若是……
留守①	（名）不在（家），沒人
約束⓪	（名・他サ）約，約會，約定
火事①	（名）火災，失火，火警
気をつける	（連語）注意，小心，提防
起る②	（自五）發生，產生

譯文

Ａ：要是不在家怎麼辦？

Ｂ：約好了的，不會不在吧。

Ａ：要是這次再發生火災怎麼辦？

Ｂ：大家都在防（火），不會再發生（火災）了。

語法解釋

1.「もし留守でしたら，どうしますか。」

「もし」是一個副詞，在句子中通常與「たら」「ば」「なら」等結合使

用，構成關聯詞組，表示順接假定條件。「もし〜たら」「もし〜ば」「もし〜なら」等可以譯成"如果……的話""若是……的話"等。

　　　　もしそうでないとすればたいへんだ。

　　　（要不是那樣的話可就難看了。）

　　　　もし気があるなら言って下さい。

　　　（你要是有意的話，就說一聲。）

　　　　もし海が穏やかなら，船を出しましょう。

　　　（要是沒有浪的話就開船吧。）

　　　　もしお天気だったら山へ行こう。

　　　（要是好天氣的話，我們到山裡去。）

　　2.「起りますまい。」

　　「まい」是一個助動詞，通常接在動詞、助動詞「ます」「たがる」的終止形後，接上一段動詞、下一段動詞、サ變動詞、助動詞「れる」「られる」「せる」「させる」「しめる」時，還可以接在連用形（也有人認爲是未然形）後。上句中的「まい」表示的是否定性意志，可以譯成"決不……""不打算……""不想……"等。

　　「まい」還可以表示否定性推測：

　　　　明日は雨は降るまい。

　　　（明天不會下雨吧。）

　　注意

　　「来る」接「まい」時，有時可以說「来まい」，「する」接「まい」時，有時可以說「しまい」。

　　練習

　　將下列句子譯成中文。

　①この雪では電車は走るまい。

　②もし傘を持って来なかったらどうなるでしょう。

第168課

本課要點

學習表示否定意義的關聯詞組。

課文

A：どうして食わないか。
B：食欲がぜんぜんない。
A：おなかが空いているだろう。
B：いや，ちっとも。
A：少し食べてよ。
B：少しも食べたくない。

單字

食う①	（他五）吃
食欲⓪②	（名）食欲
全然⓪	（副）全然，絲毫不……
空く⓪	（自五）空，癟
ちっとも⓪	（副）一點也不……
少しも②⓪	（副）一點也不……

譯文

A：（你）怎麼不吃？

B：（我）沒食欲。

A：（你）肚子餓了吧。

B：不，一點也不（餓）。

A：多少吃點。

B：一點也不想吃。

語法解釋

1.「食欲がぜんぜんない。」

這句話還可以說成是「ぜんぜん食欲がない」。「ぜんぜん」是一個副詞，在句子中一般與表示否定意義的「ない」等前後呼應，構成關聯詞組，表示一種很強的否定意義。

　　　私はぜんぜん中国語がわからない。

　　　（我一點也不懂中文。）

　　　僕はスポーツはぜんぜんだめだ。

　　　（體育運動我一竅不通。）

「だめ」表示的是否定意義，所以可以和「ぜんぜん」前後呼應使用。

2.「いや，ちっとも。」

這句話實際上是省略了後續成分「空いていない」。「ちっとも」和「ぜんぜん」一樣，在句子中必須要與表示否定意義的詞前後呼應使用，

　　　遊んでばかりいて，ちっとも勉強しません。

　　　（光玩，一點也不用功學習。）

「ちっとも」可以單獨用來回答對方的問題，

　　　Ａ：おもしろいと思いますか。

　　　Ｂ：いえ，ちっとも。

3.「少しも食べたくない。」

「少しも〜ない」也是一個關聯詞組。「少しも」的用法與「ちっとも」大體相同。

注意

「ぜんぜん」「ちっとも」「少しも」只能與表示否定意義的成分前後呼應使用。但是最近也有在「ぜんぜん」後面接肯定意義的。

練習

先後用「ぜんぜん」「ちっとも」「少しも」將下列句子變成否定式

①運動をします。
②上手になります。
③英語がよくわかります。
④この小説はたいへんおもしろい。

第169課

本課要點

繼續學習表示否定意義的關聯詞組。

課文

A：こちらは捜査がいっこう進まないが，そちらはどうですか。

B：今のところ指紋を手がかりにして捜査を進めています。

A：証人はどうなっていますか。

B：まだ意識がもどっていないから，言っていることはさっぱりわかりません。

單字

捜査①	（名・他サ）捜査，調査
一向⓪	（副）全然，總不……
進む⓪	（自五）進行，發展，進展
指紋⓪	（名）指紋
手掛り②	（名）線索
進める⓪	（他下一）推進，促進，推動
証人⓪	（名）證人
意識①	（名・他サ）知覺，意識
戻る②	（自五）回，返回，恢復
さっぱり③	（副）根本不……

譯文

A：我們這裡調查沒有進展，你們那裡怎麼樣？

B：目前正以指紋爲線索進行調查。

A：證人現在怎麼樣了？

Ｂ：還沒恢復知覺，說的話一點也弄不懂。

語法解釋

1.「こちらは捜査がいっこう進まないが。」

「いっこう」是一個副詞，通常和表示否定意義的成分呼應使用，構成表示否定意義的關聯詞組。

　　　　病気はいっこうよくならない。

　　　（病總不見好。）

2.「指紋を手掛りにして捜査を進めています。」

「〜を〜にする」表示"把……做為……""以……為……"的意思。「指紋を手掛りにして」就是"以指紋為線索"。

　　　　桜の花を薬にして食べる。

　　　（把櫻花當藥服用。）

3.「言っていることはさっぱりわかりません。」

「さっぱり」和「いっこう」一樣，通常也是和表示否定意義的「ない」等構成關聯詞組，表示否定意義。

　　　　私は英語はさっぱりだめです。

　　　（我英語一竅不通。）

注意

　　「いっこう」「さっぱり」一般要和表示否定意義的「ない」等前後呼應使用。

練習

分別用「いっこう（に）」「さっぱり」將下列句子變成否定句式。

①よく見えます。
②会話が上手になった。
③よく英語が話せる。

第170課

本課要點

學習「けっして～ない」這一句式的用法。

課文

A：夕べの地震はこわかったですね。

B：そうですね。地震はいつ起るかけっしてゆだんはできませんね。

A：大体何百年ごとに起るのではないですか。

B：それは知りません。専門家に聞いてみたら。

單字

地震⓪	（名）	地震
怖い②	（形）	怕，可怕
けっして⓪	（副）	決不……
油断⓪	（名・自サ）	大意，麻痺
何百年	（名）	幾百年
毎	（後綴）	每隔……，每，連……一起
専門家⓪	（名）	專家

譯文

A：昨晚的地震真嚇人。

B：是啊，地震說來就來，可不能大意。

A：（地震）基本上是每隔幾百年發生一次吧。

B：這（我）不清楚，（你去）問問專家吧。

語法解釋

1.「けっしてゆだんはできませんね。」

「けっして」後面必須要有表示否定意義的詞或詞組。「けっして～な

い」表示強烈的否定，可以譯成“**決不……**”等。

　　私はけっしてうそは言いません。

　　（我決不說謊。）

　　百円ならけっして高くない。

　　（一百日元絕不算貴。）

2.「大体何百年ごとに起るのではないですか。」

「ごと」通常接在名詞或動詞的連體形後，表示“**每……**”的意思。

　　私は日曜日ごとに買い物に出かける。

　　（我每個星期天都出去買東西。）

「ごと」還可以表示“**連同……**”的意思。

　　僕はいつもりんごを皮ごと食べる。

　　（我吃蘋果總是連皮一起吃。）

3.「専門家に聞いてみたら。」

這句話實際上表示的是勸誘，後面省略了後續成分「どうですか」。（請參照第156課）。

注意

「けっして」只能與表示否定意義的詞或詞組前後呼應使用。

練習

在＿＿＿處填上適當的詞。
① 会う人＿＿＿＿＿におはようと言う。
② 日曜日＿＿＿＿＿山へ行きます。
③ 今日のことは＿＿＿＿＿忘れません。
④ 漢字は＿＿＿難しいことはない。
⑤ バスは十分＿＿＿＿＿に出ます。

本單元小結

㈠常見的關聯詞組

迄今我們所接觸到的關聯詞組大體上有「たとえ～ても（とも）」「どんなに～ても」「いくら～でも」「たぶん～だろう」「おそらく～だろう」

「もし〜たら（ば）（なら）」「ぜんぜん〜ない」「ちっとも〜ない」「いっこう〜ない」「さっぱり〜ない」「けっして〜ない」等。

　　「たとえ〜ても（とも）」（詳見第154課）表示逆接假定條件，「どんなに〜ても」（請參照第三十二單元小結部分）表示的也是逆接假定條件；「いくら〜ても」（請參照第三十二單元小結部分）表示的是逆接確定條件。

　　「たぶん〜だろう」「おそらく〜だろう」表示的是推量或推測。

　　「もし〜たら」「もし〜ば」「もし〜なら」表示的是順接假定條件。

　　「ぜんぜん〜ない」「ちっとも〜ない」「いっこう〜ない」「さっぱり〜ない」表示的是全盤否定。

　　「けっして〜ない」表示的是強烈的否定。

　　㈡關於助動詞「まい」

　　「まい」的接續法很雜很亂。接五段動詞、一段動詞、カ行變格動詞、サ行變格活用動詞、助動詞「ます」「たがる」時，可以接在終止形後，但是接上一段動詞、下一段動詞、サ行變格動詞、助動詞「れる」「られる」「せる」「させる」「しめる」時也可以接在連用形後，但也有人認爲這時「まい」接的是未然形。此外，「来る」「する」接「まい」時既可以說「来るまい」「しまい」，也可以說「こまい」「するまい」。

　　「まい」的意思大體上可以分爲三種，第一種是表示否定的推測：
　　　　この雪では電車が出るまい。

　　　　（這麼大的雪，電車不會開的。）

第二種是表示否定的意志：
　　　　あんな所へはまた行くまい。

　　　　（那種地方我再也不去了。）

第三種是後接終助詞「か」表示勸誘，
　　　　明日いっしょに来てくれまいか。

　　　　（明天和我一起來吧。）

第三十六單元

本單元目的

　　介紹幾種特殊命令句的用法，此外還將介紹幾個副詞的用法。在第95課裡我們介紹了表示命令的「〜て下さい」。在這一單元裡將介紹「〜ないで下さい」，它所表示的意義與「〜て下さい」正好相反，除此之外，表示命令的還有「なさい」「〜こと」「〜て」「〜のですよ」「〜のだ」等。

第171課

本課要點

學習「なさい」「〜たつもり」的用法。

課文

> A：せっかくのチャンスだから，発表 してみなさい。
>
> B：でも，ちょっと 恥しいです。
>
> A：大丈夫だよ。先生になったつもりで言ってみなさい。
>
> B：はい，そうします。

單字

折角⓪	（副）特意，好不容易，難得
発表 ⓪	（名・他サ）發表，公佈
恥しい④	（形）羞，害羞，不好意思

譯文

A：難得的機會，你就發表一下試試看。

B：不過，有點不好意思。

A：沒關係，你就以老師的口吻講講看。

Ｂ：好吧，那就試試看。

語法解釋

1.「せっかくのチャンスだから，発表してみなさい。」

①「せっかく」是一個副詞，有時可以用來修飾動詞，有時可以單獨使用。

　　せっかく買い物に行ったのに，デパートは休みだった。

　　（特意跑去買東西，沒想到百貨公司休息。）

　　せっかくの日曜日ですから，ゆっくり休みましょう。

　　（難得的星期天，好好休息一下吧。）

　　せっかくですから，いただきなさい。

　　（難得人家一番好意，你就拿著吧。）

②「なさい」是「なさる」（請參照第89課）的命令形，一般接在動詞的連用形後表示命令。「なさい」的語氣比「しろ」「せよ」柔和一些，但不如「〜て下さい」。

　　早く起きなさい。

　　（快起來吧。）

　　もう遅いから早く帰りなさい。

　　（不早了，快回去吧。）

2.「先生になったつもりで言ってみなさい。」

本句中的「つもり」和第145課中的「つもり」不同。第145課中的「つもり」表示的是意志；本課中的「つもり」表示的是假設。（詳見本單元小結）。

　　外交官になったつもりで演説した。

　　（以外交官的語調進行演說。）

　　山田さんはいつも自分が正しいつもりでいる。

　　（山田總是自以為是。）

注意

表示意志的「つもり」大多接在動詞的連體形後；表示假設的「つもり」大多接過去助動詞「た」或形容詞的連體形。

練習

用「なさい」將下列句子變成命令句。

①早く食べる。
②先生と相談する。
③電車で行く。
④あしたも来る。

第172課

本課要點

學習表示命令的「て」的用法。

課文

A：もう歩けないわ。ちょっと休ませて。

B：残念ながら，時間がぎりぎりだから休んではいけないよ。

A：ね，足が痛いよ。あなた一人でいらっしゃい。

B：もうすぐだから，頑張ってよ。

單字

ぎりぎり⓪	（副）緊巴巴地
足②	（名）腳，足
いらっしゃる④	（自五）來，去，在
涙①	（名）眼淚，淚水

譯文

A：（我）再也走不動了，讓我歇一會吧。

B：很遺憾，時間不多了，不能休息。

A：我說啊，（我的）腳疼死了，你一個人去吧。

B：馬上就到了，忍耐一下吧。

語法解釋

1.「ちょっと休ませて。」

這句話中的「て」是個終助詞，通常接在動詞的連用形（五段動詞的音便形）後，表示祈使，命令的意思。

　　　　ちょっと待って。

　　　　（稍等一下。）

「て」接ガ行五段動詞、ナ行五段動詞、バ行五段動詞、マ行五段動詞時要變成「で」。另外，「て」的後面還可以接終助詞「ね」「よ」等。

　　　　またいらっしゃってね。

　　　　（再來啊。）

　　　　静かにしてよ。

　　　　（靜一靜。）

　2.「残念ながら，時間がぎりぎりだから休んではいけないよ。」

　　這句中的「ながら」表示一種逆接關係，可以譯成"但是""可是"等。

　　　　知っていながら教えてくれない。

　　　　（明明知道卻不告訴我。）

「ながら」還可以用來表示二種同時進行的動作。

　　　　ご飯を食べながらテレビを見る。

　　　　（邊吃飯邊看電視。）

　　　　彼女は涙ながら言った。

　　　　（她哭著說了。）

　3.「あなた一人でいらっしゃい。」

「いらっしゃい」是「いらっしゃる」的命令形，「いらっしゃる」是「行く」「来る」「いる」的敬語詞。

注意

「ぎりぎり」表示時間空間不太寬裕，翻譯時可以靈活些。

練習

用「て」將下列句子變成命令句。

①ビールを買って来る。

②是非フランス語を勉勉する。

③もう遅いから，早く寝る。

第173課

本課要點

學習「～ないで下(くだ)さい」的用法。

課文

> A：バレーボールがすきですか。
>
> B：いいえ，きらいです。私(わたし)は本(ほん)を読(よ)むことがすきです。
>
> A：人間(にんげん)は運動(うんどう)しないと，病気(びょうき)になりがちですよ。本(ほん)ばかり読(よ)
> まないで下(くだ)さい。
>
> B：私(わたし)は元気(げんき)な方(ほう)ですから，心配(しんぱい)しないで下(くだ)さい。

單字

バレーボール①	（名）	排球
好(す)き②	（形動）	喜歡，喜好
嫌(きら)い⓪	（形動）	不愛，不喜歡，討厭
人間(にんげん)⓪	（名）	人
勝(が)ち	（後綴）	常……，容易……

譯文

A：（你）喜歡排球嗎？

B：不，不喜歡。我喜歡讀書。

A：人要是不運動就容易生病，（你）別光讀書。

B：我身體很好，你別擔心。

語法解釋

1.「バレーボールがすきですか。」

「すき」是形容動詞，用來表示喜好某一事物。可以譯成 **"喜歡" "愛好"**
等。「すき」的前置動詞一般要用「が」。

— 437 —

私は秋がすきです。

（我喜歡秋天。）

2.「いいえ，きらいです。」

「きらい」是「すき」的反義詞，表示厭惡某一事物，可以譯成 **"討厭"** **"不喜歡"** 等。「きらい」的前置動詞一般也要用「が」。

私は冬がきらいです。

（我討厭冬天。）

3.「病気になりがちですよ。」

「がち」通常接在動詞的連用形後，表示 **"容易……"** 的意思。

「がち」個別時候還可以接在名詞後面，

西村さんは病気がちです。

（西村容易生病。）

4.「本ばかり読まないで下さい。」

「〜ないで下さい」是「〜て下さい」的否定形式，通常接在動詞的未然形後，可以譯成 **"不要……"** **"別……"** 等。

食事の前にお風呂に入らないで下さい。

（飯前不要洗澡。）

注意

「すき」「きらい」的前置助詞一般很少用「を」。

練習

將下列句子變成否定形式。
① 食堂でご飯を食べて下さい。
②ビールを飲んで下さい。
③外で遊んで下さい。
④テレビを買って下さい。

第174課

本課要點

學習表示命令的「〜すること」的用法。

課文

A：この 薬 は 食 後 に 飲むのですか，食 前 に 飲むのですか。

B：ちょっと 待ってね，ここに 食 後 に 服用することと 書いてあ

ります。

A：論文はいつ 出せばいいですか。

B：掲示板に 月末に 提 出 するようにと 書いてあります。

單字

食 後⓪　　　　　　　　（名）飯後

食 前⓪　　　　　　　　（名）飯前

服用⓪　　　　　　　　（名・他サ）服用

論文⓪　　　　　　　　（名）論文

掲示板⓪　　　　　　　（名）布告欄

月末⓪　　　　　　　　（名）月末

提 出⓪　　　　　　　（名・他サ）提出，提交

譯文

A：這種藥是飯後吃還是飯前吃？

B：等一下，（讓我看看），這兒寫著飯後服用。

A：論文什麼時候交？

B：告示牌上寫著月底交。

語法解釋

1.「ちょっと 待ってね。」

這句話實際上省略了後續句子，也就是省略了“讓我看看說明”這一成分。

2.「ここに 食 後 に 服用することと 書いてあります。」

這句話中的「こと」的功能接近於終助詞，接在動詞的連體形後，表示命令的意思。

　　　授 業 中 にはたばこを 吸わないこと。

　　　（課堂上禁止吸煙。）

　　　八時に 運動 場 に 集まること。

　　　（8點到運動場上集合。）

表示命令意義的「こと」在日常會話中使用較少，大多用在表示事項及老師要求

學生做某事時。

3.「掲示板に月末に提出するようにと書いてあります。」

這句話中的「ように」是助動詞「ようだ」的連用形。接在動詞連體形後的「ように」的功能很多，上句話中的「ように」表示的是輕微的命令或期望。

　　　明日早く起きるように。

　　　（明天早點起來吧。）

　　　早くお元気になりますように。

　　　（祝您早日康復。）

「ように」在日常口語中使用較少。

注意

表示命令的「こと」和「ように」在口語中使用較少。

練習

分別用「こと」「ように」完成下列句子。
①廊下を走らない＿＿＿＿。
②速達で送る＿＿＿＿。
③未成年の人はたばこを吸わない＿＿＿＿。

第175課

本課要點

學習表示命令的「のだ」的用法。

課文

> A：あの人は金持だ。
> B：金持といってもせいぜい不動産を少し持っているにすぎないよ。
> A：金持じゃないから，そんなことを言うのでしょう。
> B：何をぐずぐずしているのか，早く出発するのだ。
> A：もう出来たよ。

單字

精精①	（副）頂多，只不過，充其量
不動産②	（名）不動産
過ぎる②	（自上一）過，過於，過分
ぐずぐず①	（副）磨蹭，磨菇

譯文

A：那人有錢。

B：有什麼錢，不過就是有點不動産罷了。

A：（你）沒錢才這麼說！

B：磨蹭什麼！快出發吧！

A：準備好了。

語法解釋

1.「金持といってもせいぜい不動産を少し持っているにすぎないよ。」

①「せいぜい」是一個副詞，一般很少使用當用漢字。「せいぜい」通常用來限制數量，可以譯成 **"至多" "充其量"** 等。

　　ここから駅まではせいぜい二キロぐらいしかない。

　　（從這兒到車站頂多也不過二公里。）

②「━にすぎない」可以直接接在名詞或動詞後，表示 **"不過" "……而已"** 等。

　　日本語ができるといっても，やさしい会話ぐらいができるにすぎない。

　　（說會日語，其實只不過是會點簡單的會話而已。）
　　あの人は小さな会社の係長にすぎないよ。

　　（他只不過是個小公司的股長而已。）

「━にすぎない」和「せいぜい」呼應使用表示的語氣更為強烈。

2.「早く出発するのだ。」

　　「のだ」是由助詞「の」和助動詞「だ」構成的。上句中的「のだ」接在動詞的連體形後表示語氣很強的命令。在口語中「のだ」有時還可說成「んだ」。

　　静かに立つんだ。

　　（不許動！）
　　早く出て来るんだ。

（快出來！）

注意

表示命令的「のだ」只能接在動詞的連體形後，不能接形容詞，形容動詞。

練習

將下列句子譯成中文。

①くれたものは安い鉛筆にすぎない。

②もっと勉強するんだ。

③いらないものはここに捨てるのですよ。

④給料はせいぜい十万円にすぎない。

本單元小結

日語中表示命令的說法很多，在日常生活中使用率較高的有「〜て下さい」「〜なさい」等。本單元著重介紹了幾種特殊的命令形，如「て」「すること」「ように」「のだ」等，此外還介紹一些副詞的用法。

（一）關於祈使句

日語中的祈使句種類很多，大體上可以分為七種。第一種是在動詞的連用形（五段動詞音便形）後接「〜て下さい」：

　　本を読んでください。

　　（請看書。）

　　ミカンを食べてください。

　　（請吃橘子吧。）

第二種是在動詞的連用形後接「なさい」：

　　本を読みなさい。

　　ミカンを食べなさい。

第三種是在動詞的連用形（五段動詞的音便形）後接助詞「て」：

　　本を読んで。

　　ミカンを食べて。

第四種是在動詞的連體形後接「ように」：

$$\overset{\text{ほん}}{本}を\overset{\text{よ}}{読}むように。$$

$$ミカンを\overset{\text{た}}{食}べるように。$$

第五種是在動詞的連體形後接「こと」：

$$\overset{\text{ほん}}{本}を\overset{\text{よ}}{読}むこと。$$

$$ミカンを\overset{\text{た}}{食}べること。$$

第六種是在動詞的連體形後接「のだ」：

$$\overset{\text{ほん}}{本}を\overset{\text{よ}}{読}むのだ。$$

$$ミカンを\overset{\text{た}}{食}べるのだ。$$

第七種是動詞的命令形：

$$\overset{\text{ほん}}{本}を\overset{\text{よ}}{読}め！。$$

$$ミカンを\overset{\text{た}}{食}べろ（\overset{\text{た}}{食}べよ）。$$

除了這七種以外還有一些特殊用法。以上所列舉的句子雖然都是表示命令的，但感情色彩各不相同。「～てください」可以用在對平輩以上的人說話時；「なさい」一般用在長輩對晚輩時，如老師對學生，家長對子女；表示命令的「て」雖然尊敬的程度不高，但聽起來比較親切；「ように」及「～こと」在口語中很少使用，一般用在書寫通知或注意事項時；「のだ」聽起來顯得十分生硬，但「～のですよ」可以用在母親教育子女時；動詞的命令形由於語氣十分生硬，所以在日常會話中一般很少使用，往往只限於在文章裡使用。

㈠關於「つもり」

「つもり」的意義大體上可以分為三種。第一種是接動詞的連體形後，表示"打算""準備"。

$$\overset{\text{わたし}}{私}は\overset{\text{しょうらいせんせい}}{将来先生}になるつもりです。$$

（我打算將來當老師。）

第二種是接在助動詞「た」或補助動詞「ている」的連體形後，表示一種超現實的假定，可以譯成**"權當作……" "就算是……"**等。

$$\overset{\text{せんせい}}{先生}になったつもりで\overset{\text{みんな}}{皆}に\overset{\text{せつめい}}{説明}してごらんなさい。$$

（你就權當自己是老師跟大家說明一下。）

這句話還可以譯作"以老師的口吻跟大家說明一下"。第三種是接在助動詞「た」或補助動詞「ている」的連體形（極個別情況下也可以接在動詞連體形）後，表示一種主觀上的判斷。

$$\overset{\text{じぶん}}{自分}ではよくやったつもりだ。$$

（我認為自己做得不錯。）

這句話中的「つもり」表示的是"別人怎麼認為我不管，我自己認為……"的意思。表示主觀判斷的「つもり」有時也可以接在形容詞的連體形後。

　　彼はいつも自分が一番正しいつもりでいる。

　　（他總是自以為是。）

㈡「ながら」的接續與意義

　　接續助詞「ながら」接動詞及動詞型活用的助動詞的連用形時可以表示二種意義：一是表示兩種動作、狀態同時並存；一是表示二種動作、狀態相互矛盾。

　　歩きながら話しましょう。

　　（邊走邊談吧。）

　　殴ってはいけないと知りながら，殴ってしまいました。

　　（明知不能動手，可卻動手打了。）

「ながら」接在形容詞及助動詞「ない」的終止形後時，表示二種相互矛盾的狀態或感覺。

　　彼は背は低いながら，なかなかの男ですよ。

　　（他雖然個頭不高，可卻是一個真正的男子漢。）

「ながら」接在名詞、形容動詞詞幹後可以表示二種意義：一種是表示兩種事物的並存；一種是表示兩種事物相互矛盾。

　　彼女は涙ながら言った。

　　（她邊哭邊說。）

　　残念ながら今日は出席できません。

　　（非常遺憾，今天不能參加。）

表示逆接的「ながら」句有時可以把「ながら」換成「けれども」，如上面句子中的「残念ながら」也可以說成「残念だけれども」。

第三十七單元

本單元目的

　　日語中的敬語形式繁多，用法複雜，同一件事情往往可以用多種形式來加以表達。敬語中還可以分為尊敬接受者、尊敬行為者、尊敬聽話者、自謙等。學好敬語可以增強語言表達能力，能夠更好地把自己的思想感情傳達給對方。表示尊敬聽話者的有「です」「ます」等；表示尊敬接受者的有「上(あ)げる」「差(さ)し上(あ)げる」「〜て上(あ)げる」「〜て差(さ)し上(あ)げる」等。本單元將主要介紹表示尊敬行為者、自謙意義的敬語形式，如「お〜する」「お〜くださる」「ご〜する」「ご〜くださる」及表示敬語意義的助動詞「れる」「られる」等。

第 176 課

本課要點

學習表示自我謙遜意義的「お……する」的用法。

課文

> Ａ：忘年会(ぼうねんかい)に出(で)ますか。
> Ｂ：出(で)たいのですが，宿直(しゅくちょく)がまわってくるんで，出(で)られないんです。
> Ａ：残念(ざんねん)ですね。中山(なかやま)さんの歌(うた)をお聞(き)きしたいのに。
> Ｂ：私(わたし)も残念(ざんねん)に思(おも)っています。皆(みな)さんとゆっくりとお話(はな)ししたいのですから。

單字

忘年会(ぼうねんかい)③	（名）忘年會，新年晚會
宿直(しゅくちょく)⓪	（名・自サ）值夜班
回(まわ)る⓪	（自五）轉，轉動，輪，繞

中山 なかやま	（名）（日本人姓）中山
歌② うた	（名）歌，歌曲
申し上げる⓪ もう あ	（他下一）說

譯文

Ａ：（你）參加新年晚會嗎？

Ｂ：想參加，可是輪我值班，參加不了。

Ａ：真遺憾。（我）還想聽聽中山（您）的歌呢。

Ｂ：我也覺得遺憾。（我還）想和大家好好地聊一聊呢。

語法解釋

1.「宿値がまわってくるんで，出られないんです。」

這句話中的「んで」和「んです」是「ので」「のです」的口語體。在口語中，「だ」「で」音前的「の」有時可以變成「ん」。

2.「中山さんの歌をお聞きしたいのに。」

①「お聞きする」是「聞く」的謙遜語。「聞く」本身沒有什麼感情色彩，在其詞頭前加上前綴「お」，在其連用形後加上「する」或「致す」「申し上げる」等以後，表示自我謙遜，以此來抬高聽話人的地位。

　　日本語の本をお送りします。
　　日本語の本をお送り致します。
　　日本語の本をお送り申し上げます。

　（給您寄日語書。）

「お～申し上げる」的謙遜程度比「お～致す」高；「お～致す」的謙遜程度又比「お～する」高。

②「お聞きしたいのに」中的「のに」帶有一種遺憾的意味。

3.「皆さんとゆっくりお話ししたいのですから。」

這句話中的「ゆっくり」表示的是**"充分地" "好好地"**的意思。「から」表示說明解釋的意思。

注意

「お～する」形式表示的是自我謙遜，所以不能用來陳述自己範圍以外的人的事物。

練習

將下列動詞與「お……する」的形式結合到一起。

①合う　　　②借りる

③知らせる　　④届ける

第177課

本課要點

學習表示尊敬行為者意義的「お～下さる」「お～なさる」「お～になる」的用法。

課文

A：どうぞ，ここでお待ち下さい。証明書をお持ちになってい

　　ますか。

B：はい，持っています。どうぞ。

A：お待たせ致しました。ここにお名前をお書き下さい。

　　万年筆かボールペンでお願いします。

B：はい，わかりました。

單字

証明書⓪　　　　　　　　　（名）證件，證明書

譯文

A：請您在這等一下。您帶證件了嗎？

B：帶了，給您。

A：讓您久等了。請您在這兒寫上您的名字。請用鋼筆或原子筆寫。

B：好的，我知道了。

語法解釋

1.「ここでお待ち下さい。」

這句話中的「で」表示的是動作進行場所。

「お待ち下さい」是「お待ち下さる」的命令形。「お待ち下さる」是「待つ」的尊敬語體。「待つ」本身沒有什麼感情色彩，在詞頭前加上前綴「お」，在其連用形後加上「下さる」，表示尊敬行爲者，也就是尊敬"等"的人。「お～下さい」的尊敬程度比「～て下さい」（見第95課）「～なさい」（見第171課）要強得多。

2.「証明書をお持ちになっていますか。」

「お～になる」在尊敬行爲者的諸種形式中屬於意義層次最高的。和「お～下さる」形式一樣，「お～になる」形式只能與動詞的連用形結合：

先生は手紙をお書きになる。

（老師寫信。）

如果是祈使句的話，可以說「お書きになって下さい」。

3.「ここにお名前をお書き下さい。」

「お書き下さい」根據場合不同還可以說成「お書きなさい」。「お書きなさい」是「お書きなさる」的命令形。「お～なさる」也是表示尊敬行爲者的敬語形式。其結合規則和「お～下さる」「お～になる」一樣，只能與動詞的連用形結合。但敬語程度不如「お～下さる」「お～になる」高。

4.「万年筆かボールペンでお願いします。」

「万年筆かボールペン」中的「か」是並列助詞，用在二個表示同種事物的詞中間表示二者擇一的意思。

上句話中雖然沒有「書く」，但由於「で」表示使用工具，「お願いします」表示請求，所以可以譯成"請用鋼筆或原子筆寫"。

注意

「お～下さる」「お～なさる」「お～になる」句的行爲主語不能是第一人稱。

練習

將下列動詞與敬語形式結合到一起。

①贈る　お～下さる

②歩く　お〜なさる
③作る　お〜になる
④使う　お〜になる

第178課

本課要點

學習表示自我謙遜意義的「ご〜する」的用法。

課文

A：警察側は行方不明者の捜索を続けていますね。

B：はい，私たちも捜索にご協力します。

A：どんなことをして協力しますか。

B：必要なものをご用意します。

單字

警察⓪	（名）警察
側⓪	（名）方面
行方⓪	（名）行蹤，下落，去向
不明⓪	（名・形動）不明，不詳
捜索⓪	（名・他サ）搜索，搜尋
続ける⓪	（他下一）繼續
協力①⓪	（名・自サ）協力，協助
必要⓪	（形動）必要，必需，需要
案内③	（名・他サ）嚮導，領路

譯文

A：警方正在**繼續**搜尋下落不明的人。

B：是的，我們也協助搜索。

A：（你們）怎麼協助搜索呢？

B：（幫忙）準備一些必要的東西。

語法解釋

1.「警察側は行方不明者の捜索を続けていますね。」

　　「側」接在「の」後時續作「かわ」，直接接在名詞後面時讀作「がわ」。如「わたしたちの側」「こちら側」。「側」也可接在動詞的連體形後，這時要讀作「かわ」，「教える側」「教えられる側」。

2.「私たちも捜索にご協力します。」

　　和「お～する」形式一樣，「ご～する」形式表示的也是自我謙遜。所不同的是「お～する」（請參照第176課）通常與日語中的和語系動詞結合，「ご～する」通常與日語中的漢語系動詞結合。

　　　　私が皆さんにご連絡します。

　　　　（由我和大家聯繫。）

和漢語系動詞結合表示自我謙遜的還有「ご～致す」「ご～申し上げる」。

　　　　弟が皆さんにご紹介申し上げます。

　　　　（由我弟弟向大家做介紹。）

3.「どんなことをして協力しますか。」

　　這句話的原意是"做什麼事進行協助呢？"，翻譯時可以譯成"如何協助？"。

注意

　　「ご～する」「ご～致す」「ご～申し上げる」形式不能用來陳述自己範圍以外的人的事物。

練習

一、將下列句子變成自我謙遜句。

① 私は西村さんを会議室へ案内します。

② 私は山田さんを田中さんに紹介します。

二、將下列漢語系動詞與「ご～する」「ご～致す」「ご～申し上げる」的形式結合到一起。

①相談　　②準備　　③連絡　　④協力

第179課

本課要點

學習表示尊敬行為者意義的「ご～下さる」「ご～なさる」「ご～になる」的用法。

課文

> A：ほんとうにつまらないものですが，どうぞご笑納下さい。
> B：ありがとうございます。遠慮なくいただきます。
> A：ご使用なさる前に説明書をご覧になって下さい。
> B：はい，わかりました。

單字

つまらない③	（形）	無聊，沒意思，沒價值
笑納⓪	（名・他サ）	笑納
遠慮⓪	（名・他サ）	客氣
使用⓪	（名・他サ）	使用
説明書⓪⑤	（名）	說明書
御覧⓪	（名）	看，瞧

譯文

A：不是什麼值錢的東西，請您笑納。

B：謝謝您，我就不客氣了。

A：使用前請您讀一下說明書。

B：好的，我知道了。

語法解釋

1.「ほんとうにつまらないものですが，どうぞご笑納下さい。」

①日本人給別人贈送東西時，一般不說自己的東西好，習慣上都要說「つま

- 451 -

らないものですが」。

②「ご～上さる」形式和「お～下さる」形式一樣，也是表示尊敬行為者的，所不同的是，「ご～下さる」通常與日語中的漢語系動詞結合，「お～下さる」通常與日語中的和語系動詞結合。「ご笑納下さい」是「ご笑納下さる」的命令形。

2.「遠慮なくいただきます。」

這句話的原意是"我不客氣地接受"，翻譯時譯成"我不客氣了"即可。

3.「ご使用なさる前に説明書をご覧になって下さい。」

①「ご～なさる」也是表示尊敬行為者的敬語形式，其結合規則和「ご～下さる」完全相同。

いつご出発なさいますか。

（您什麼時候出發？）

②「ご覧になる」是「見る」的尊敬體。「ご～になる」一般也只與日語中的漢語系動詞結合。

注意

「ご～下さる」「ご～なさる」「ご～になる」不能用來表示自己的或屬於自己範圍內的人的事物。

練習

將下列動詞與敬語形式結合到一起。
①使用する　ご～になる
②説明する　ご～下さる
③心配する　ご～なさる
④注意する　ご～下さい

第180課

本課要點

學習表示尊敬行為者意義的「れる」、「られる」的用法。

課文

> A：先生，午後の会議に出られますか。
>
> B：出るよ。
>
> A：細川さんの提案についてどう考えられていますか。
>
> B：もっとゆっくり検討したいと思う。
>
> A：会議の後に病院へ行かれたらどうですか。
>
> B：大丈夫，もう痛くないから。

單字

細川	（名）（日本人姓）細川
提案⓪	（名・他サ）建議，提案
検討⓪	（名・他サ）研究

譯文

A：老師，您參加下午的會議嗎？

B：參加。

A：對細川的建議您是怎麼想的？

B：我想再仔細研究一下。

A：散會後您去醫院（看看病）吧。

B：不要緊，已經不疼了。

語法解釋

1.「先生，午後の会議に出られますか。」

本課課文可以設定為老師和學生的對話，所以學生(A)對老師(B)應該使用敬體，老師對學生可以使用非敬體。

上句中的「出られます」表示的是敬語意義。助動詞「られる」接在一段動詞、カ變動詞、サ變動詞的連用形後，除了可以表示被動（見第132課）自發及可能（見第134課）意義外，還可以表示尊敬行為者的意義。上句中的行為者是老師，老師的地位比學生高，所以學生應該用敬語對老師表示敬意。敬語的翻譯一般沒有固定的格式，可以具體情況具體分析、具體對待。

2.「細川さんの提案についてどう考えられていますか。」

這句話中的「られる」表示的是敬語意義。「──について」請詳見第164課。

3.「会議の後に病院へ行かれたらどうですか。」

這句話中的「行かれる」表示的是敬語意義，助動詞「れる」接在五段動詞後，除了可以表示被動、自發、可能（請參照第131課和第134課）外，也可以表示尊敬行爲者的意義。

「──たらどうですか」（請參照第156課）表示的是勸誘。

注意

「検討」和現代中文中的“檢討”意義不同，應譯成“研究”。

練習

試用「れる」「られる」將下列句子譯成日語。

①這本書是山田老師寫的。

②田中老師教數學。

③令尊做什麼工作？

④老師您每天幾點睡覺？

本單元小結

本單元主要介紹了二大類型的敬語形式：一類是「お（ご）──する」「お（ご）──致す」「お（ご）──申し上げる」；一類是「お（ご）──下さる」「お（ご）──なさる」「お（ご）──になる」和「れる」「られる」。

(一)表示自我謙遜意義的敬語形式

表示自我謙遜意義的敬語形式主要有二組：一組是「お──する」「お──致す」「お──申し上げる」；一組是「ご──する」「ご──致す」「ご──申し上げる」。前一組主要與日語中的和語動詞結合，如「お送りします」「お送り致します」「お送り申し上げます」；後一組主要與日語中的漢語系動詞結合，如「ご協力します」「ご協力致します」「ご協力申し上げます」。

所謂自我謙遜，就是發話人通過將自己的行爲降格這一手段來尊重聽話人。

私は今日の出席をご遠慮します。

わたし きょう しゅっせき えんりょいた
私 は今日の 出 席をご遠慮致します。
わたし きょう しゅっせき えんりょもう あ
私 は今日の 出 席をご遠慮申し上げます。

（今天我謝絕參加。）
あに はな
兄からお話しします。
あに はな いた
兄からお話し致します。
あに はな もう あ
兄からお話し申し上げます。

（由家兄來講。）

在「お（ご）～～する」「お（ご）～～致す」「お（ご）～～申し上げる」
形式做謂語的句子中如果存有表示接受者的補格的話，發話人將自己行爲降格的
目的往往是爲了尊重句中的接受者。

わたし せんせい やまだ しょうかい
私 が先生に山田さんをご 紹 介します。
わたし せんせい やまだ しょうかいいた
私 が先生に山田さんをご 紹 介致します。
わたし せんせい やまだ しょうかいもう あ
私 が先生に山田さんをご 紹 介申し上げます。

（我把山田介紹給老師。）
わたし せんせい ほん おく
私 は先生に本をお送りします。
わたし せんせい ほん おく いた
私 は先生に本をお送り致します。
わたし せんせい ほん おく もう あ
私 は先生に本をお送り申し上げます。

（我給老師寄書。）

以上兩組句子中的「先生に」表示動作行爲的接受者，所以發話者把自己的行爲降
せんせい
格的目的不是爲了尊重聽話者，而是爲了尊重接受者－－「先生」。在這種句子結
せんせい
構中，聽話者和接受者有時不一定是一個人，如上面二組句子中的「先生」也可
能既是接受者又是聽話者，也可能只是接受者而不是聽話者。

㈡表示尊敬行爲者的敬語形式

和表示自我謙遜意義的敬語形式一樣，表示尊敬行爲者意義的敬語形式也有
くだ
二組，一組是「お～～下さる」「お～～なさる」「お～～になる」，一組是「ご
くだ
～～下さる」「ご～～なさる」「ご～～になる」。前一組主要同日語中的和語系
動詞結合：

せんせい わたし かね か くだ
先生は 私 にお金をお貸し下さった。

（老師借錢給我了。）
なまえ か
ここにお名前をお書きなさい。

（請在這兒寫上您的名字。）

ここにおかけになって下さい。

（請這兒坐。）

後一組主要同日語中的漢語系動詞結合：

タバコはご遠慮下さい。

（請不要吸煙。）

先生，なん時にご出発なさいますか。

（老師您幾點出發？）

便利ですから，ご使用になって見て下さい。

（很方便，您用用看吧。）

　　所謂尊敬行為者就是發話人將行為者的行為升格，以此來直接抬高行為者，間接地降低自己的行為，所以這種句子中的動作主體往往是地位較高的人，如單位的上司，學校的老師等。「お（ご）～下さる」「お（ご）～なさる」「お（ご）……になる」形式不能用來表示自己的或屬於自己範圍內的人的事物。

第三十八單元

本單元目的

上一單元主要介紹了日語中的敬語形式。在這一單元裡將重點介紹幾種敬語詞的用法。日語中的敬語詞相對數量較少，主要有表示自我謙遜的「まいる」「申す」「いただく」，表示尊敬行為者的「見える」「いらっしゃる」「おっしゃる」「召し上がる」「なさる」「くださる」等。本單元重點介紹「まいる」「申す」「見える」「おっしゃる」「召し上がる」的用法。

第181課

本課要點

學習表示自我謙遜意義的「まいる」「申す」的用法。

課文

A：村田と申します。よろしくお願い申し上げます。

B：こちらこそ。村田さんもこの問題に興味を持っていますか。

A：はい，松田教授をはじめ，私たち皆この問題に興味を持っています。

B：会議は九時からでしたね。

A：はい，もう九時五分前です。そろそろまいりましょうか。

B：はい，まいりましょう。

單字

村田	（名）	（日本人姓）村田
申す①	（他五）	說，叫
興味①③	（名）	興趣，興味，興致

教授①⓪　　　　　　　　　（名・他サ）教授
参る①　　　　　　　　　　（自五）來，去

譯文

A：我叫村田，請多關照。

B：彼此彼此，村田（您）也對這個問題感興趣嗎？

A：是的，以松田教授為主，我們大家都對這個問題感興趣。

B：會是九點開吧？

A：對，現在差五分九點。該走了吧。

B：好的，走吧。

語法解釋

1.「村田と申します。よろしくお願い申し上げます。」

「村田と申します」也可以說成「村田と言います」，「申す」是「言う」的自謙詞。

在向對方介紹自己名字時，習慣上往往要跟上一句「よろしくお願いします」（請參照第112課）。

2.「こちらこそ。」

這句話是由「こちら」和副助詞「こそ」一起構成的。意思相當於中文的"彼此彼此""哪兒的話""不必客氣"等。

3.「松田教授をはじめ，私たち皆この問題に興味を持っています。」

「━━をはじめ」是一個特定的用法。表示重點例舉某一事物，可以譯成"以……為主"，有時也可不必譯出。

4.「会議は九時からでしたね。」

這句話中的「た」表示突然想起某一事物：

明日日曜日でしたね。

（明天是星期天了吧。）

5.「そろそろまいりましょうか。」

「参る」是「行く」「来る」的自謙詞，所以這句話中的「参る」換成「行く」完全可以，但感情色彩不同。

注意

「申す」「参る」不能用在第二人稱或自己範圍以外的人的身上。

練習

用「参る」「いらっしゃる」完成下列句子。

① 先生は毎日大学へ＿＿＿＿＿＿。

② 私は明日東京へ＿＿＿＿＿＿。

③ 先生は映画を見に＿＿＿＿＿＿。

④ 弟が買い物にデパートへ＿＿＿＿＿＿。

第182課

本課要點

學習表示尊敬行為者意義的「見える」「おっしゃる」「召しあがる」的用法。

課文

> A：お口に合うか知りませんが，どうぞ召し上がって下さい。
>
> B：ご迷惑をかけて，すみませんね。
>
> A：何をおっしゃっているのですか。迷惑をかけたのはこっちですよ。ところで，奥さんは何時に見えますか。
>
> B：すぐ来ると思います。

單字

口⓪	（名）口，嘴
召し上がる⓪	（他五）吃，喝
迷惑①	（名・自サ・形動）麻煩
おっしゃる③	（他五）說，講
こっち③	（代）這，這邊
ところで③	（接）表示轉換話題

譯文

Ａ：不知合不合您的口味，請用吧。

Ｂ：給您添麻煩眞不好意思。

Ａ：您說哪兒去了，添麻煩的是我。欸，您夫人幾點到啊？

Ｂ：我想（她）馬上就會來的。

語法解釋

1.「お口に合うか知りませんが，どうぞ召し上がって下さい。」

①「口に合う」是合口味；「口に合わない」是不合口味。

②「召し上がって下さい」也可以說成「食べて下さい」「飲んで下さい」，它是「食べる」「飲む」的敬語詞。

2.「ご迷惑をかけて，すみませんね。」

「迷惑をかける」是給別人添麻煩的意思，一般用在比較鄭重的場合。「ご」是前綴，在此表示謙遜的意思。

3.「何をおっしゃっているのですか。」

「おっしゃる」是「言う」的敬語詞，和「申す」相反，「おっしゃる」多用在表示第二人稱或第三人稱的言行時。

4.「ところで，奥さんは何時に見えますか。」

①「ところで」是個接續助詞，往往用在轉換話題時，「ところで」的譯法可以根據上下文的意思來譯，有時也可以不譯。

②「見える」是「来る」的敬語詞。只能用在尊敬第二人稱或第三人稱的動作行爲時。

注意

「食べる」「飲む」的自謙詞是「いただく」，敬語詞是「召し上がる」；「言う」的自謙詞是「申す」，敬語詞是「おっしゃる」；「来る」的自謙詞是「参る」，敬語詞是「見える」「いらっしゃる」；「行く」的自謙詞是「参る」，敬語詞是「いらっしゃる」。

練習

將敬語詞換進下列句子中。

①課長は東京へ行きますか。

②先生は出席すると言いました。

③先生は薬を飲みました。

④お父さんも一緒に来ますね。

本單元小結

本單元主要介紹了日語中敬語詞的用法。和敬語形式一樣，敬語詞的規律性也很強，大體上可以劃為二類：一類表示自我謙遜，一類表示尊敬行為者。

(一)表示自我謙遜意義的動詞

表示自謙的動詞主要有「申す」「参る」「いただく」「致す」「おる」「拝見する」等。

申す――言う

参る――行く・来る

いただく――食べる・飲む

致す――する

おる――いる

拝見する――見る

「言う」「行く」「来る」「食べる」「する」「いる」「見る」等由於有專門表示自謙意義的自謙詞，所以一般不和表示自謙意義的「お……する」「お……致す」「お……申し上げる」結合。

表示自謙意義的動詞只能用來表示發話人或與發話人有關的事物。

私は山田と申します。

（我叫山田。）

私は学校へまいります。

（我去學校。）

昼ご飯は先生のお宅でいただきました。

（午飯在老師家吃了。）

私はコーヒーにいたします。

（我要咖啡。）

父は今家にはおりません。

（家父不在家。）

お手紙を拝見いたしました。

（拜讀貴函。）

「まいる」「おる」等除了可以做動詞使用外，還可以做補助動詞使用。

行ってまいります。

（我走了。）

食事はもう出来ております。

（飯已經做好了。）

㈡表示尊敬行為者意義的動詞

表示尊敬行為者意義的動詞主要有「召し上がる」「おっしゃる」「いらっしゃる」「なさる」「ご覧になる」「見える」等。

召し上がる——食べる・飲む

おっしゃる——言う

いらっしゃる——行く・来る・いる

なさる——する

ご覧になる——見る

見える——来る

由於有這些專門表示尊敬意義的動詞，所以「言う」「行く」「来る」「いる」「する」「見る」等不能和表示尊敬意義的「お～下さる」「お～なさる」「お～になる」形式結合。不過有的人有時說「お食べ下さい」。

表示尊敬行為者意義的動詞一般只能用來表示別人或屬於別人範圍內的事物。

先生何を召し上がりますか。

（老師您用點什麼？）

お名前はなんとおっしゃいますか。

（請教您的尊姓大名。）

家へ遊びにいらっしゃいませんか。

（到我家來玩好嗎？）

先生は病院へいらっしゃいました。

（老師去醫院了。）

山田先生は教室にいらっしゃいます。

（山田老師在教室。）

どんな仕事をなさっていますか。

（您做什麼工作？）

あの映画をもうご覧になりましたか。

（那部電影您看過了嗎？）

お医者さんが見えましたか。

（醫師來了嗎？）

「いらっしゃる」有時還可以做補助動詞使用。

先生は本を読んでいらっしゃいます。

（老師正在讀書。）

練習參考答案

第1課

將下列單詞填入＿＿＿內。
①これは<u>ペン</u>です。
②これは<u>鉛筆</u>です。
③これは<u>ボールペン</u>です。
④これは<u>新聞</u>です。

第2課

將下列單詞填入＿＿＿內。
①それは<u>ベッド</u>です。
②それは<u>小説</u>です。
③それは<u>家</u>です。
④それは<u>かばん</u>です。

第3課

將下列單詞填入＿＿＿內。
①あれは<u>魔法瓶</u>です。
②あれは<u>私鉄</u>です。
③あれは<u>航空便</u>です。
④あれは<u>靴下</u>です。

第4課

在下列＿＿＿中填入適當的詞。
A：それは<u>録音機</u>ですか。
B：はい，<u>これ</u>は録音機です。
A：<u>それ</u>はテープレコーダーですか。
B：はい，<u>これ</u>はテープレコーダーです。

第5課

完成下列問句。

Ａ：<u>消しゴムはどれ</u>ですか。

Ｂ：消しゴムはこれです。

Ａ：<u>猫はどれ</u>ですか。

Ｂ：猫はあれです。

第6課

完成下列問句。

Ａ：<u>これ</u>は<u>なん</u>ですか。

Ｂ：それはりんごです。

Ａ：<u>あれ</u>は<u>なん</u>ですか。

Ｂ：あれは梨です。

第7課

完成下列句子。

Ａ：<u>あれは虎</u>ですか。<u>それとも</u>ライオンですか。

Ｂ：あれはライオンです。

Ａ：それは猿ですか。<u>それとも兎</u>ですか。

Ｂ：<u>これは猿</u>です。

第8課

完成下列問句。

Ａ：これは腕時計ですか。

Ｂ：いいえ，<u>それは腕時計</u>ではありません。

Ａ：それは懐中時計ですか。

Ｂ：いいえ，<u>これは懐中時計ではありません。</u>

第9課

完成下列句子。

Ａ：これもワインですか。

Ｂ：いいえ，それはワインではありません。

Ａ：それもシャンペンですか。

Ｂ：はい，これもシャンペンです。

第10課

完成下列句子。

Ａ：これは太刀魚ですか。

Ｂ：いいえ，それは比目魚です。太刀魚ではありません。

Ａ：これは太刀魚ですね。

Ｂ：いいえ，それも太刀魚ではありません。

第11課

翻譯下列句子。

①わたし（ぼく）は中学生です。

②わたし（ぼく）は小学生です。

第12課

將下列詞填入適當的位置。

①あなたは先生ですか。それとも公務員ですか。

②あなたは農民ですか。それともサラリーマンですか。

第13課

一、在＿＿＿＿處填上第三人稱代名詞。

Ａ：彼は部長ですか。

Ｂ：いいえ，彼は社員です。

Ａ：彼女は看護婦ですか。

Ｂ：はい，彼女は看護婦です。

二、把下列句子譯成日語。

①彼女は高校生です。

②彼は小学生です。

第 14 課

將下列句子譯成日語。
　Ａ：母は看護婦です。お母さんも看護婦ですか。
　Ｂ：いいえ，母は看護婦ではありません。医者です。
　Ａ：お父さんは先生ですか。
　Ｂ：いいえ，父は農民です。

第 15 課

一、將下列句子譯成中文。

①我和哥哥是學生。

②我爸和媽我姐都是老師。

二、將下列句子譯成日語。
①お父さんとお母さんは医者ですか。
②山田さんも田中さんも課長ではありません。課長は佐藤さんです。

第 16 課

將下列句子譯成日語。
　Ａ：これはわたしのナイフですか。
　Ｂ：いいえ，違います。これは田中さんのナイフです。
　Ａ：これは田中さんのフォークですか。
　Ｂ：はい，そうです。それは田中さんのフォークです。

第 17 課

將下列句子譯成日語。
　Ａ：あれは誰のかさですか。
　Ｂ：あれは佐藤さんのかさです。
　Ａ：これはどなたの定期券ですか。
　Ｂ：于先生の定期券です。

第 18 課

將下列句子譯成日語。

①これは図書館です。あれは食堂です。

②この建物は英語学部です。日本語学部ではありません。

第19課

仿照例子做出下列答句的問句。

a：ナポレオンはどの国の人ですか。

b：ナポレオンはフランス人です。

a：孔子はどの国の人ですか。

b：孔子は中国人です。

a：ニューヨークはどの国の地名ですか。

b：ニューヨークはアメリカの地名です。

第20課

說出下列答句的問句。

a：レモンティーはどなたのですか。

b：レモンティーは佐藤先生のです。

a：オレンジジュースは田中課長のですか。

b：いいえ，オレンジジュースは田中課長のではありません。

第21課

說出下列答句的問句。

a：どこが出口ですか。

b：そこが出口です。

a：出口はどこですか。

b：出口はそこです。

a：どこが図書館ですか。

b：あそこが図書館です。

第22課

一、將下列句子譯成日語。

a：こちらは南です。あちらは北ですか。

b：いいえ，あちらは北ではありません。東です。

ａ：西はあちらですか。

ｂ：いいえ，西はあちらではありません。こちらです。

二、將下列句子譯成中文。

ａ：哪邊是西？

ｂ：那邊是西。

ａ：北是這邊嗎？

ｂ：不，北不是這邊，是那邊。

第23課

將下列句子譯成日語。

ａ：わたしは山田です。はじめまして，どうぞよろしく。

ｂ：はじめまして，わたしは田中です。どうぞよろしく。

第24課

一、將下列句子譯成中文。

①西村今年二十八歲。

②佐藤今年三十歲。

二、回答下列問題。

ａ：お兄さんは今年二十三歳ですか。

ｂ：いいえ，そうではありません。

ａ：おいくつですか。

ｂ：二十歳です。

第25課

一、在____内填入適當的詞。

①これは本で，それは小説です。

②ここは食堂で，あそこは図書館です。

③東はこちらで，西はそちらです。

④山田さんはこの方で，田中さんはあの方です。

二、將下列句子譯成日語。

ａ：シューマイはどなたのですか。

ｂ：シューマイは西村さんので，ギョーザはわたしのです。

第26課

在下面____處填上適當的詞。
① 中国は広いです。アメリカも広いです。
② 刺身は高いです。お寿司も高いです。
③ ボールペンは安いです。テレビは高いです。

第27課

將下列日語譯成中文。

Ａ：爲什麼高興？

Ｂ：因爲今天是星期天。

Ａ：爲什麼難受？

Ｂ：因爲牙痛。

第28課

完成下列句子。
Ａ：山田さんは高いです。
Ｂ：西村さんはもっと高いです。
Ａ：中国は広いです。
Ｂ：ソ連はもっと広いです。
Ａ：ボールペンはたいへん安いです。
Ｂ：鉛筆もたいへん安いです。
Ａ：テレビは非常に高いです。
Ｂ：バイクも非常に高いです。

第29課

將下面的中文譯成日語。
Ａ：銀座はここからとても近いです。
Ｂ：ここから新宿までとても遠いです。
Ａ：食堂は遠いですか。
Ｂ：いいえ，とても近いです。

第30課

完成下列句子。
① 中国は広いですが，日本は広くありません。
② 空港は遠いですが，駅は遠くありません。
③ 秋は涼しいですが，夏は涼しくありません。
④ この部屋は明るいですが，あの部屋は明るくありません。

第31課

在下面＿＿＿＿＿處填上適當的形容動詞。
① バスが少ないから不便です。
② バスが多くありませんから不便です。
③ バスが多いから便利です。
④ バスが少なくありませんから便利です。

第32課

一、在下面＿＿＿＿＿處填上適當的詞。
a：秋山さんはフランス語が上手ですが，日本語は下手です。
b：西村さんは英語は下手ですが。ドイツ語が上手です。
二、將下列句子譯成日語。
① 家は駅からとても遠いから，たいへん不便です。
② 井上さんは外交官ですから，英語がとても上手です。

第33課

在＿＿＿＿＿處填上適當的東西。
① 家は駅から近いから便利ですが，山田さんの家は駅から遠いから，便利ではありません。
② ここは駅から近いから，静かではありません。

第34課

一、將下列句子譯成中文。
① 在這所大學裡圖書館最高。

②蘇聯在世界上最大。

二、將下列句子譯成日語。

a：世界ではどの山が一番高いですか。

b：ヒマラヤ山が一番高いです。

第35課

完成下列句子。

a：りんごはおいしいですか。

b：いいえ，あまりおいしくありません。

a：日本は寒いでしょうね。

b：いいえ，あまり寒くありません。

a：ここは静かですか。

b：いいえ，あまり静かではありません。

a：食堂はきれいですか。

b：いいえ，あまりきれいではありません。

第36課

將下列句子譯成中文。

a：這個蘋果好吃嗎？

b：嗯，很好吃。

a：富士山高嗎？

b：嗯，很高。

第37課

將下列句子譯成中文。

a：哎喲，山田！

b：哎呀，森！

a：（你）忙嗎？

b：是的，相當忙啦。

第38課

將下列句子譯成中文。

ａ：那些人是學生嗎？

ｂ：對，是的。

ａ：那些人是美國人嗎？

ｂ：不，不是美國人。

第39課

將下列句子譯成中文。

ａ：明天是星期五嗎？

ｂ：是的，正是。

ａ：後天是星期六嗎？

ｂ：對，是的。

ａ：今天星期幾？

ｂ：今天星期四。

第40課

將下列句子譯成日語。

ａ：あなたの誕生日はいつなの？

ｂ：ぼくの誕生日は十月十七日だよ。

ａ：十月十七日はなん曜日かしら？

ｂ：十月十七日は土曜日だよ。

第41課

在下面的____處填上適當的詞。

Ａ：大学に図書館がありますか。

Ｂ：はい，あります。

Ａ：英子さんの部屋に何がありますか。

Ｂ：机といすがあります。

第42課

一、將下列句子變成否定句。

① 机の上にはテープがありません。

②かばんの中にはノートがありません。

二、將下列句子譯成日語。

①部屋の中にかさはありません。

②図書館に日中辞典はありません。

第43課

用「ない」回答下面問句。

Ａ：英子さんの部屋にはベッドがあるの？

Ｂ：いいえ，英子さんの部屋にはベッドがない。

Ａ：佳代子さんの家には自転車があるの？

Ｂ：いいえ，佳代子さんの家には自転車がない。

第44課

一、在下面的□處填上適當的助詞。

①佳代子さんの部屋に冷蔵庫があります。また，洗濯機もあります。

②このかばんの中に本とノートがあります。また辞書もあります。

二、把下列句子譯成日語。

Ａ：お家には自転車がありますか。

Ｂ：あります。また，バイクもあります。

Ａ：図書館には日中辞典がありますか。

Ｂ：あります。まだ，国語辞典もあります。

第45課

完成下列句子。

Ａ：机の上に時計がありますか。

Ｂ：いいえ，机の上には時計が一つもありません。

Ａ：机の上にりんごがありますか。

Ｂ：はい，机の上にりんごが一つあります。

Ａ：机の中に何がありますか。

Ｂ：机の中には何もありません。

第46課

在____處填上適當的動詞。

①教室の中には学生が二人います。
②庭に猫がいます。
③部屋の中にはいすが三つあります。
④かばんの中にりんごが九つあります。
⑤木の下に子供が三人います。

第47課

一、用否定式回答下列問句。

A：フロントにはボーイさんがいますか。

B：いいえ，いません。

A：ロビーにはボーイさんがいますか。

B：いいえ，いません。

A：会議室の中には人がいますか。

B：いいえ，いません。

二、將下面的中文譯成日語。

A：図書館には人がいますか。

B：図書館には人はいません。

A：バスの中に人がいますか。

B：いいえ，いません。

第48課

一、完成下列句子。

A：図書館には先生がいますか。

B：いいえ，学生しかいません。

A：隣の教室には机といすがありますか。

B：いいえ，いすしかありません。

二、在下面□裡填入適當的助詞。

①家の庭には池があります。

　　池の中にはなにもありません。

②図書館はここから近いです。

　　図書館には先生がいません。学生しかいません。

第49課

在下面□中填入適當的助詞。

A：部屋にはお父さんもいますか。

B：いいえ，部屋には父はいません。

A：教室にはテレビもありますか。

B：いいえ，教室にはテレビはありません。

A：りんごもおいしいですか。

B：いいえ，りんごはおいしくありません。

第50課

完成下列句子。

①図書館には誰もいません。

②食堂には何もありません。

③教室にはいすが一つもありません。

④デパートには外国人は一人もいません。

第51課

在□處填上適當的助詞。

A：引き出しの中に何がありますか。

B：引き出しの中に本や雑誌やノートなどがあります。

A：隣の部屋には何がありますか。

B：テレビや冷蔵庫や録音機などがあります。

A：庭には何がいますか。

B：犬や猫や鳥などがいます。

第52課

將下列句子譯成日語。

①わたしの部屋にはベッドとか本棚とかいすなどがあります。

②つくえの上には目覚し時計とか辞書とか万年筆などがあります。

③京都にはお寺とか神社とかがたくさんあります。

④動物園には虎とかライオンとかがいます。

第53課

回答下列問句。

A：部屋の中に何がありますか。

B：<u>はい，あります</u>。

A：廊下には誰がいますか。

B：<u>はい，います</u>。

A：会議室には誰がいますか。

B：<u>先生がいます</u>。

第54課

將①②③④的單詞替換到____處詞的位置上。

(1)わたしは兄弟があります。

①わたしは恋人があります。

②わたしは友だちがあります。

③わたしは妹があります。

④わたしは弟があります。

(2)わたしは日中辞典があります。

①わたしはテレビがあります。

②わたしは車があります。

③わたしは地図があります。

④わたしは自転車があります。

第55課

一、用「でしょう」回答下列句子。

A：図書館には学生が大勢いますか。

B：大勢いるでしょう。

A：バスの中には人が大勢いますか。

B：大勢いるでしょう。

A：部屋の中にはいすがたくさんありますか。

B：たくさんあるでしょう。

二、將下列句子譯成中文。

①到處都沒有停車場。

②哪兒也沒有百貨公司。

③哪兒也沒有老師（的影子）。

第56課

一、在下面○處填上適當的助詞。
①今日は午後から雨が降ります。
②明日の午前は風が吹きます。

二、在下面 □ 處填上適當的詞。
①今日は晴れです。明日はどうですか。
②明日は晴れのち曇りです。

三、將下列中文譯成日語。
①明日は雨が降りますか。
②はい，明日は午前から雨が降ります。

第57課

一、回答下列問題。
Ａ：お父さんは毎朝何時に起きますか。
Ｂ：父は毎朝六時に起きます。
Ａ：お母さんは毎朝何時に起きますか。
Ｂ：母は毎朝五時に起きます。

二、說出下面答句中的其餘部分。
Ａ：毎朝七時半に起きますか。
Ｂ：はい，毎朝七時半に起きます。
Ａ：毎朝八時に起きますか。
Ｂ：いいえ，毎朝八時に起きません。七時半に起きます。

第58課

說出下列句子的問句。

①
問：何か食べますか。
答：はい，食べます。

問：<ruby>何<rt>なに</rt></ruby>を<ruby>食<rt>た</rt></ruby>べますか。

答：りんごを<ruby>食<rt>た</rt></ruby>べます。

②

問：<ruby>何<rt>なに</rt></ruby>か<ruby>飲<rt>の</rt></ruby>みますか。

答：はい，<ruby>飲<rt>の</rt></ruby>みます。

問：<ruby>何<rt>なに</rt></ruby>を<ruby>飲<rt>の</rt></ruby>みますか。

答：コーヒーを<ruby>飲<rt>の</rt></ruby>みます。

第59課

説出下列動詞的連用形。
①<ruby>雨<rt>あめ</rt></ruby>が<ruby>降<rt>ふ</rt></ruby>ります。
②<ruby>風<rt>かぜ</rt></ruby>が<ruby>吹<rt>ふ</rt></ruby>きます。
③<ruby>六時<rt>ろくじ</rt></ruby>に<ruby>起<rt>お</rt></ruby>きます。
④りんごを<ruby>食<rt>た</rt></ruby>べます。
⑤コーヒーを<ruby>飲<rt>の</rt></ruby>みます。
⑥<ruby>学校<rt>がっこう</rt></ruby>へ<ruby>来<rt>き</rt></ruby>ます。

第60課

回答下列問句。
Ａ：<ruby>毎日散歩<rt>まいにちさんぽ</rt></ruby>をしますか。
Ｂ：はい，<ruby>毎日散歩<rt>まいにちさんぽ</rt></ruby>をします。
Ａ：<ruby>毎朝会話<rt>まいあさかいわ</rt></ruby>の<ruby>練習<rt>れんしゅう</rt></ruby>をしますか。
Ｂ：はい，<ruby>毎朝会話<rt>まいあさかいわ</rt></ruby>の<ruby>練習<rt>れんしゅう</rt></ruby>をします。

第61課

説出下列答句的問句。
Ａ：<ruby>新聞<rt>しんぶん</rt></ruby>を<ruby>読<rt>よ</rt></ruby>もうか。
Ｂ：うん，<ruby>新聞<rt>しんぶん</rt></ruby>を<ruby>読<rt>よ</rt></ruby>もう。
Ａ：かばんを<ruby>買<rt>か</rt></ruby>おうか。
Ｂ：うん，かばんを<ruby>買<rt>か</rt></ruby>おう。

第62課

一、將下列動詞變成鄭重體。

①降ります。

②吹きます。

③買います。

④読みます。

⑤行きます。

⑥帰ります。

⑦書きます。

⑧遊びます。

二、回答下列問題。

Ａ：きょう雨が降りますか。

Ｂ：いいえ，きょうは<u>雨が降りません</u>。

Ａ：きょう風が吹きますか。

Ｂ：いいえ，<u>きょうは風が吹きません</u>。

第63課

說出下面劃線處動詞的終止形。

①手紙を<u>出</u>さない。　　　（出す）

②雨が<u>降</u>らない。　　　　（降る）

③風が<u>吹</u>かない。　　　　（吹く）

④小説を<u>読</u>もう。　　　　（読む）

⑤手紙を<u>書</u>こう。　　　　（書く）

⑥テレビを<u>買</u>おう。　　　（買う）

第64課

說出劃線處動詞的活用形。

①雨が<u>降る</u>時。　　　　　（連體形）

②手紙を<u>書く</u>。　　　　　（終止形）

③コーヒーを<u>飲む</u>時間。　（連體形）

④タイプライターを<u>使う</u>。（終止形）

第65課

說出劃線處動詞的活用形。
①雨が<u>降れ</u>ば。　　　　（假定）
②手紙を<u>書け</u>。　　　　（命令）
③本を<u>読め</u>。　　　　　（命令）
④風が<u>吹け</u>ば。　　　　（假定）
⑤家へ<u>帰れ</u>。　　　　　（命令）
⑥テレビを<u>買え</u>ば。　　（假定）
⑦子供と<u>遊べ</u>ば。　　　（假定）
⑧放送を<u>聞け</u>。　　　　（命令）

第66課

回答下列問題。
Ａ：きょうは映画を見ようよ。
Ｂ：いえ，<u>きょうは映画を見ない</u>。
Ａ：あした七時に起きようか。
Ｂ：いえ，<u>あした七時には起きない</u>。

第67課

回答下列問題。
Ａ：毎日何時に起きますか。
Ｂ：<u>毎日八時に起きます</u>。
Ａ：毎日テレビを見ますか。
Ｂ：<u>はい，毎日テレビを見ます</u>。

第68課

將下列句子譯成日語。
①デパートでかばんを買います。
②デパートにはかばんがあります。
③山田さんは毎日教室で本を読みます。
④本はつくえの上にあります。

第 69 課

說出劃線處動詞的活用形。

①金を借りる。 （終止形）

②花が落ちる季節。 （連體形）

③朝六時に起きる。 （終止形）

④電車を降りる時間。 （連體形）

⑤映画を見る方。 （連體形）

⑥コートを着る。 （終止形）

第 70 課

說出下列劃線處動詞的活用形。

①電車を降りよう。 （未然形）

②六時に起きる。 （終止形）

③電車を降ります。 （連用形）

④金を借りる人。 （連體形）

⑤木の葉が落ちれば，秋だ。 （假定形）

⑥ここで降りろ。 （命令形）

第 71 課

回答下列問題。

Ａ：ミカンを食べようか。

Ｂ：うん，ミカンを食べよう。

Ａ：たくさんを食べようか。

Ｂ：いえ，たくさんは食べない。

Ａ：りんごを食べない？

Ｂ：いえ，食べない。（はい，食べる）

第 72 課

回答下列問題。

Ａ：毎日何時に晩ご飯を食べますか。

Ｂ：七時に晩ご飯を食べます。

A：今は何時に夜が明けますか。

B：今は六時に夜が明けます。

A：ご飯を食べて，それから新聞を読みますか。

B：はい，読みます。

第73課

說出下面答句的問句。

A：毎晩なん時に寝るか。

B：毎晩九時に寝る。

A：誰に電話をかけるか。

B：山田さんに電話をかける。

第74課

說出劃線處動詞的活用形。

① バナナを食べる。　　　（終止形）

② 分けて食べること。　　（連體形）

③ 夜が明ける。　　　　　（終止形）

④ 試験を受ける人。　　　（連體形）

⑤ 子供を育てる。　　　　（終止形）

⑥ 電話をかける方。　　　（連體形）

第75課

說出劃線處動詞的活用形。

① パンを食べよう。　　　（未然形）

② 子供を育てます。　　　（連用形）

③ 日本語を教える。　　　（終止形）

④ 電話をかける人。　　　（連體形）

⑤ 食べれば，わかる。　　（假定形）

⑥ 危ない，捨てろ！　　　（命令形）

第76課

回答下列問題。

Ａ：あしたまた学校へ来ようか。

Ｂ：うん，また来よう。

Ａ：午後学校へ来ないか。

Ｂ：いや，来ない。　　　（はい，来ない）

第77課

回答下列問題。

Ａ：あした学校へ来ますか。

Ｂ：はい，来ます。

Ａ：あした，学校へ来て，本を読みますか。

Ｂ：はい，あした学校へ来て，本を読みます。

第78課

說出下面答句的問句。

Ａ：山田さんはなん時に来るか。

Ｂ：山田さんは六時に来る。

Ａ：新聞配達はなん時ごろ来るか。

Ｂ：新聞配達は六時ごろ来る。

Ａ：牛乳配達はだいたいなん時に来るか。

Ｂ：牛乳配達はだいたい六時に来る。

第79課

說出劃線處動詞的活用形。

①家へ来るお客さん。　　　　　（連體形）

②学生たちが家へ来る。　　　　（終止形）

③あした八時に学校へ来る。　　（終止形）

④学校へ来る先生。　　　　　　（連體形）

第80課

說出劃線處動詞的活用形。

①あした来よう。　　　　（未然形）

②家へ来ます。　　　　　（連用形）

③家へ<ruby>来<rt>く</rt></ruby>る。　　　　　　　（終止形）

④家へ<ruby>来<rt>く</rt></ruby>る<ruby>人<rt>ひと</rt></ruby>。　　　　　　（連體形）

⑤<ruby>学校<rt>がっこう</rt></ruby>へ<ruby>来<rt>く</rt></ruby>れば，わかる。　（假定形）

⑥<ruby>学校<rt>がっこう</rt></ruby>へ<ruby>来<rt>こ</rt></ruby>い。　　　　　　（命令形）

第81課

回答下列問題。

A：<ruby>私<rt>わたし</rt></ruby>と<ruby>一緒<rt>いっしょ</rt></ruby>に<ruby>勉強<rt>べんきょう</rt></ruby>をしようか。

B：はい，<u><ruby>一緒<rt>いっしょ</rt></ruby>に<ruby>勉強<rt>べんきょう</rt></ruby>をしよう</u>。

A：<ruby>一緒<rt>いっしょ</rt></ruby>に<ruby>散歩<rt>さんぽ</rt></ruby>をしないか。

B：いえ，<u><ruby>散歩<rt>さんぽ</rt></ruby>をしない</u>。

第82課

回答下列問題。

A：<ruby>毎日<rt>まいにち</rt></ruby><ruby>散歩<rt>さんぽ</rt></ruby>をしますか。

B：はい，<u><ruby>散歩<rt>さんぽ</rt></ruby>をします</u>。

A：あした<ruby>何<rt>なに</rt></ruby>をしますか。

B：<u>あした<ruby>仕事<rt>しごと</rt></ruby>をします</u>。

A：あしたも<ruby>日本語<rt>にほんご</rt></ruby>を<ruby>勉強<rt>べんきょう</rt></ruby>しますか。

B：はい，<u>あしたも<ruby>日本語<rt>にほんご</rt></ruby>を<ruby>勉強<rt>べんきょう</rt></ruby>します</u>。

A：<ruby>毎朝<rt>まいあさ</rt></ruby><ruby>何時<rt>なんじ</rt></ruby>に<ruby>食事<rt>しょくじ</rt></ruby>をしますか。

B：<u><ruby>毎朝<rt>まいあさ</rt></ruby><ruby>七時<rt>しちじ</rt></ruby>に<ruby>食事<rt>しょくじ</rt></ruby>をします</u>。

第83課

說出下面答句的問句。

A：<u><ruby>君<rt>きみ</rt></ruby>はなんの<ruby>勉強<rt>べんきょう</rt></ruby>をするか</u>。

B：<ruby>僕<rt>ぼく</rt></ruby>は<ruby>医学<rt>いがく</rt></ruby>の勉強をする。

A：<u>なにを<ruby>勉強<rt>べんきょう</rt></ruby>するか</u>。

B：<ruby>物理<rt>ぶつり</rt></ruby>を<ruby>勉強<rt>べんきょう</rt></ruby>する。

第84課

說出劃線處動詞的活用形。

①散歩をする時。　　　　　　　　　（連體形）

②教室を掃除する　　　　　　　　　（終止形）

③ドイツ語を勉強する人。　　　　　（連體形）

④ズボンをはいて，登山する。　　　（終止形）

第85課

說出劃線處動詞的活用形。

①日本語を勉強しよう。　　　　　　（未然形）

②ドイツ語を勉強しない。　　　　　（未然形）

③中国語を勉強します。　　　　　　（連用形）

④数学を勉強する。　　　　　　　　（終止形）

⑤物理を勉強する人がいます。　　　（連體形）

⑥あなたが勉強すれば，わたしも勉強する。（假定形）

⑦医学を勉強しろ（せよ）。　　　　（命令形）

第86課

說出下列動詞的音便形。

①咲く——咲い（て）

②吹く——吹い（て）

③剝く——剝い（て）

④急ぐ——急い（で）

⑤聞く——聞い（て）

⑥書く——書い（て）

第87課

說出下列動詞的音便形。

①急ぐ——急い（で）

②被る——被っ（て）

③掛る——掛っ（て）

④書く——書い（で）

⑤立つ——立っ（て）

⑥行く——行っ（て）

⑦使う——使っ（て）

⑧降る——降っ（て）

第88課

將下列動詞與「た」「たり」「て」結合到一起。
① 吹く　　——吹いた
　　　　　——吹いたり
　　　　　——吹いて
② 止る　　——止った
　　　　　——止ったり
　　　　　——止って
③ 持つ　　——持った
　　　　　——持ったり
　　　　　——持って
④ 読む　　——読んだ
　　　　　——読んだり
　　　　　——読んで
⑤ 急ぐ　　——急いだ
　　　　　——急いだり
　　　　　——急いで
⑥ 買う　　——買った
　　　　　——買ったり
　　　　　——買って
⑦ 遊ぶ　　——遊んだ
　　　　　——遊んだり
　　　　　——遊んで

第89課

用「なさる」將下列句子譯成日語。
①先生は毎日散歩をなさいます。
②お父さんはときどき登山をなさいますか。

第 90 課

將下列句子譯成中文。

A：山田，西村說什麼了嗎？

B：是的，說了。

A：說什麼了。

B：說："明天還來"。

第 91 課

說出下列形容詞的未然形。
①高かろ
②長かろ
③短かろ
④暑かろ
⑤暖かかろ
⑥明るかろ

第 92 課

說出下列形容詞的連用形和音便形。

① 暖かく	②明るく
暖かかっ	明るかっ
③おもしろく	④おいしく
おもしろかっ	おいしかっ
⑤高く	⑥短く
高かっ	短かっ

第 93 課

將下列句子譯成日語。
先生：揚子江は長いか。
學生：はい，揚子江は長いです。
先生：北京ダックはおいしいか。
學生：はい，たいへんおいしいです。

先生：あの（その）教室は明るいですか。

學生：いいえ，あの（その）教室はたいへん暗いです。

第94課

將下列句子譯成日語。
①汽車は車より速い。
②汽車は飛行機ほど速くない。

第95課

說出下列形容詞的假定形
①長けれ　　②美しけれ　　③高けれ
④騒しけれ　⑤暖かけれ　　⑥短けれ

第96課

說出下列形容動詞的未然形。
①便利だろ　　　　　　②きれいだろ
③上手だろ　　　　　　④下手だろ

第97課

說出下列動詞的三個連用形。
①上手で，上手だっ，上手に
②静かで，静かだっ，静かに
③便利で，便利だっ，便利に

④いや，いやだっ，いやに

第98課

將下列句子譯成日語。
學生：先生，お久しぶりでしたね。お元気ですか。
先生：うん，君も元気かい。
學生：はい，ありがとうございます。

第99課

說出下列形容動詞的連體形。

①上手な　　　　　　②きれいな
③不便な　　　　　　④静かな

第100課

說出下列形容動詞的假定形。
①下手なら　　　　　②本当なら
③静かなら　　　　　④いやなら
⑤元気なら　　　　　⑥不便なら

第101課

一、將下列中文句子譯成日語。
①子供は外で遊んでいます。
②父は手紙を書いています。

二、將下列日語譯成中文。
①田中穿著髒工作服。
②櫻花正開著。

第102課

將下列句子譯成中文。
①蘋果買好了。
②院子裡種著櫻花樹。

第103課

將下列句子譯成中文。
①昨天六點到六點半散步來著。
②昨天上午一直讀書來著。

第104課

一、用下列形容詞連接動詞。
①よく洗う　　　　　②おいしく食べる
③美しく咲く　　　　④うるさく言う

二、將下列日語譯成中文。

①吃得快。

②睡得晚。

③好好學習。

第105課

將下列句子譯成中文。

①房間上著鎖，沒關係。

②牆上掛著畫。

③房間門鎖著的。

④窗戶開著。

第106課

將下列「みる」變成補助動詞與動詞結合到一起。

①遊んでみる   ②入れてみる

③書いてみる   ④帰ってみる

⑤聞いてみる   ⑥読んでみる

第107課

一、將下列句子譯成中文。

①把孩子帶來了。

②帶地圖去。

③大家一起玩吧。

二、將下列句子譯成日語。

①風が吹いてきた。

②何時に帰ってきますか。

③一人で散歩します。

第108課

將下列句子譯成中文。

①飯吃完了。

②把錶弄壞了。

③書看完了。

④東西買貴了。

第109課

將下列句子譯成中文。
①點上電燈。
②先打個電話。
③先查一查。
④先把飯做好。

第110課

將下列句子譯成中文。
①仔細看。
②下起雨來了。
③櫻花開始開了。
④大家開始往回走了。
⑤讀起小說來了。

第111課

將下列句子譯成日語。
①山田さんは行くと言っていました。
②この小説はおもしろくないと思います。
③田中さんは高いと言っています。

第112課

將下列句子譯成日語。
①山田という人。
②私は課長の山田です。

第113課

將「にくい」「やすい」與下列動詞結合到一起。
①読みにくい　読みやすい
②洗いにくい　洗いやすい

③言いにくい　言いやすい

④書きにくい　書きやすい

⑤聞きにくい　聞きやすい

⑥来にくい　来やすい

⑦配りにくい　配りやすい

⑧壊しにくい　壊しやすい

第114課

將下列句子譯成中文。

Ａ：收音機用來做什麼？

Ｂ：用來聽廣播。

Ａ：我是以醫生的身份到日本來的。

Ｂ：我是以外交官的身份到日本來的。

第115課

用（　）中的詞完成下列句子。

①刺身やらお寿司やらをご馳走になった。

②行くなり帰るなり自由にして下さい。

第116課

將下列句子譯成日語。

①彼は来るかも知れない。

②彼は家に着いたかも知れない。

③来ない可能性がある。

④出張の可能性がある。

第117課

完成下列句子。

①あの人は山田さんに違いない。

②雨が降るに違いない。

③私はお寿司を作ることができる。

④この子供は手紙を書くことができる。

第118課

一、將下列句子譯成日語。
①彼が来るはずだと思います。
②山田さんはあそこにいるはずだ。

二、將下列句子譯成中文。
①火車八點會開的。
②天氣不好，飛機十點不會飛的。

第119課

將下列句子譯成日語。
①日本へ行ったことがありますか。
②この映画は見たことがあります。
③私は刺身を食べたことがあります。
④この本は読んだことがあります。

第120課

將下列句子譯成中文。
①我決定學醫。
②我決心從今天起戒煙。
③得辭職。
④預定明年回國。

第121課

將下列句子譯成日語。
①この本は先生が下さったのです。
②妹は帽子をくれました。
③この辞書は弟がくれたのです。
④部長が妹に時計を下さいました。

第122課

將下列句子譯成日語。

①先生は本を買って下さいました。
②弟はネクタイを買ってくれました。
③妹は部屋を掃除してくれました。
④このズボンは子供が作ってくれたのです。

第123課

一、在＿＿處填上「もらう」或「いただく」。
① 私は先生に本をいただいた。
②僕は山口君からたばこをもらった。
二、在＿＿處填上「いただく」或「くださる」。
①先生は私に手紙をくださった。
② 私は先生に手紙をいただいた。

第124課

在＿＿處填上「もらう」或「いただく」。
①先生に調べていただきます。
②田中君に行ってもらいます。
③ 妹に新聞を読んでもらいます。
④谷口さんに日本語を教えていただきます。

第125課

將下列句子譯成中文。
①明天能不能請您六點起床？
②你能不能下午也來（一趟）？
③能不能早點去？
④請您把燈打開好嗎？

第126課

在＿＿處填上適當的詞。
① 私は弟に本をやる（もらう）。
② 弟は私に本をくれる。
③ 私は先生に本を差し上げる（いただく）。

④先生は私に本を<u>くださる</u>。

第127課

將下列句子譯成日語。
① 私は毎日課長に英語を教えてやっている。
②課長は私に英語を教えてくださる。
③課長は車で私を送ってくださった。
④ 私は車で課長を送って<u>上げた（差し上げた）</u>

第128課

在下面句子的____處填上適當的詞。
① 私は山田さんから本を<u>借りた</u>。
②山田さんは私に本を<u>貸</u>してくれた。

第129課

在○中填上適當的助詞。
① 私⑭田中先生⑥英語を教わる。
②田中先生⑭山田君⑥中国語を教える。
③ 弟⑭西村さん⑩⑥日本語を教わっている。

第130課

在下面____處填上適當的詞。
①日本はアメリカへ物を<u>輸出</u>している。
②アメリカは日本から物を<u>輸入</u>している。

第131課

將「れる」接在下列動詞的未然形後。
①<u>書</u>かれる　　　②<u>帰</u>られる
③<u>聞</u>かれる　　　④<u>輸入</u>される
⑤<u>殴</u>られる　　　⑥<u>飲</u>まれる
⑦<u>使</u>われる

第132課

將「られる」接在下列動詞的未然形後。
①見られる   ②打ち明けられる
③起きられる   ④教られる
⑤落ちられる   ⑥着られる
⑦調べられる   ⑧育てられる

第133課

將下列句子譯成中文。
①被孩子哭得一夜沒睡。
②好不容易買的錶被偷了。
③弟弟被浩打了。
④養了三年的狗被殺了。

第134課

將下列句子譯成日語。
①私は朝早く起きられない。
②近いから，十分ぐらいで着く。
③ここから逃げられる。
④タバコはやめられない。

第135課

將下列動詞變成可能動詞。
①買える   ②書ける
③話せる   ④持てる
⑤遊べる   ⑥読める
⑦作れる

第136課

將「せる」接在下列動詞的後面。
①買わせる   ②書かせる

③話させる　　　④持たせる
⑤遊ばせる　　　⑥休ませる
⑦配らせる　　　⑧使わせる
⑨飲ませる　　　⑩働かせる

第137課

將「させる」接在下列動詞的後面。
①食べさせる　　②受けさせる
③起きさせる　　④来させる
⑤降りさせる　　⑥落ちさせる
⑦捨てさせる　　⑧連れさせる
⑨勤めさせる

第138課

在下列動詞的未然形後接上「しめる」。
①受けしめる　　②起きしめる
③落ちしめる　　④考えしめる
⑤返さしめる　　⑥決めしめる
⑦準備せしめる　⑧働かしめる
⑨出張せしめる　⑩拾わしめる
⑪休ましめる　　⑫帰らしめる

第139課

將下列動詞與「せられる」「させられる」結合到一起。
①行かせられる　　②心配させられる
③立たせられる　　④見させられる
⑤払わせられる　　⑥来させられる
⑦起きさせられる　⑧考えさせられる

第140課

說出下列動詞的使動態和與之相對應的他動詞。
①働かせる，働かす

②聞かせる，聞かす
③帰らせる，帰す
④驚かせる，驚かす

第141課

將「たい」與下列動詞結合到一起。
①散歩したい　　　②見たい
③遊びたい　　　　④話したい
⑤働きたい　　　　⑥来たい
⑦作りたい　　　　⑧受けたい
⑨売りたい　　　　⑩買いたい
⑪送りたい　　　　⑫借りたい

第142課

將下面句子中的「たい」變成「たがる」。
①本を買いたがる。
②つめたいものを食べたがる。
③映画を見たがる。
④小説を読みたがる。
⑤飛行機で行きたがる。

第143課

將下列句子譯成中文。
①我想弄個照相機。
②山田想買輛車。
③眞希望春天早點來。

第144課

將下列句子譯成中文。
①我想明天也來。
②我想學英語。
③剛要出門電話就來了。

④想住在北京。

第 145 課

將下列句子譯成日語。
①来月に帰国するつもりです。
②私は将来作家になるつもりです。
③私は中國語を勉強するつもりです。

第 146 課

將樣態助動詞「そうだ」與下列詞結合到一起。
①苦しそうだ　　　　　②高そうだ
③雨が降りそうだ　　　④帰りそうだ
⑤できそうだ

第 147 課

將下列句子譯成中文。
①聽說天氣要變好。
②看樣子天氣要變好。
③聽說山田要和洋子結婚。
④看樣子山田要和洋子結婚。
⑤田中一副痛苦的樣子。
⑥聽說田中很痛苦。

第 148 課

將下列句子譯成中文。
①早上六點怕起不來。
②山田說他想早點結婚。
③田中說他不想到美國去。

第 149 課

將下列句子譯成中文。
①隔壁屋子裡的好像是個外國人。

②渡邊是個男子漢。

第150課

將下列句子譯成中文。
①隔壁屋子裡好像有人。
②像小林那麼健康的人不多。

第151課

將下列句子譯成中文。
①院子裡有池子，還有樹。
②既沒時間也沒錢，所以不去了。

第152課

將下列句子譯成中文。
①危險，不能看。
②小孩不能喝酒。
③沒錢，只得作罷。

第153課

在句子中的動詞後加上「てもかまわない」「てもよろしい」。
①写真を見てもかまわない。
　写真を見てもよろしい。
②車で来てもかまわない。
　車で来てもよろしい。
③あした欠席してもかまわない。
　あした欠席してもよろしい。
④英語で話してもかまわない。
　英語で話してもよろしい。

第154課

仿照例句變換下列句子。
①たとえ高いものを買ってもかまわない。

②たとえ文句を言われても気にしない。
③たとえ台風が来ても船を出します。
④たとえ問題があっても大丈夫です。

第155課

在＿＿處填上適當的詞。
①いくら読んでも，わからない。
②小説でも読んで，待ちましょう。
③雪が降っても，行きます。
④子供の足でも二十分で行ける。

第156課

在下列句子後接上「方がいい」。
①ちょっと休んだ方がいい。
②たばこを吸わない方がいい。
③少しお酒を飲んだ方がいい。

第157課

將「なければならない」接到下面句子裡。
①毎日新聞を読まなければならない。
②父に手紙を書かなければならない。
③家に電話をしなければならない。
④明日も来なければならない。

第158課

將「なければいけない」接到下面句子裡。
①病気だから，薬を飲まなければいけない。
②借金を返さなければいけない。
③試験を受けなければいけない。
④たばこをやめなければいけない。

第159課

將「よかった」接在下列詞的後面。
①間に合ってよかった。
②たいへん安くてよかった。
③部屋がきれいでよかった。
④金を持って来ればよかった。
⑤早くたばこをやめればよかった。
⑥先生に相談すればよかった。

第160課

將下列每組動詞組成一個句子。
①借りに行く。
②買い物に来た。
③旅行に出かける。

第161課

將下列句子譯成中文。
①男的怎麼還那麼膽小。
②技術高超的卻說不會。
③沒錢還買貴東西。

第162課

區別下列句子中的「ところが」。
①接續助詞
②接續詞

第163課

將下列句子譯成日語。
①山田さんはお兄さんはもちろん，親も知らない。
②酒はもちろん，ビールも飲まない。
③風が強いにもかかわらず，船を出した。

第 164 課

用「たって」將下列各組分句變成複合句。
①安くたって買わない。
②読んだってわからない。
③難しいことをやらせたってうまくやる。
④今家へ帰ったって誰もいないだろう。

第 165 課

將下列句子譯成中文。
①弟弟光玩不讀書。
②這件事只跟你說。
③雖然人家說不去也行，可還是得去。

第 166 課

將下列句子譯成中文。
①可能山田老師也參加。
②我想田中恐怕不會來了。
③明天可能是好天氣。
④我想誰都不吃恐怕不好吃。

第 167 課

將下列句子譯成中文。
①這麼大的雪，電車不會開的。
②要是不帶傘來結果真不敢想像。

第 168 課

先後用「ぜんぜん」「ちっとも」「少しも」將下列句子變成否定式。
①ぜんぜん運動をしません。
　ちっとも運動をしません。
　少しも運動をしません。
②ぜんぜん上手になりません。

ちっとも上手になりません。
少しも上手になりません。
③ぜんぜん英語がわかりません。
ちっとも英語がわかりません。
少しも英語がわかりません。
④この小説はぜんぜんおもしろくない。
この小説はちっともおもしろくない。
この小説は少しもおもしろくない。

第169課

分別用「いっこう（に）」「さっぱり」將下列句子變成否定式。
①いっこうに見えない。
さっぱり見えない。
②いっこう会話が上手にならなかった。
さっぱり会話が上手にならなかった。
③いっこう英語が話せない。
さっぱり英語が話せない。

第170課

在＿＿＿處填上適當的詞。
①会う人ごとにおはようと言う。
②日曜日ごとに山へ行きます。
③今日のことはけっして忘れません。
④漢字はけっして難しいことはない。
⑤バスは十分ごとに出ます。

第171課

用「なさい」將下列句子變成命令句。
①早く食べなさい。
②先生と相談しなさい。
③電車で行きなさい。
④あしたも来なさい。

第172課

用「て」將下列句子變成命令句。
①ビールを買って来て。
②是非フランス語を勉強して。
③もう遅いから早く寝て。

第173課

將下列句子變成否定形式。
① 食堂でご飯を食べないで下さい。
②ビールを飲まないで下さい。
③外で遊ばないで下さい。
④テレビを買わないで下さい。

第174課

分別用「こと」「ように」完成下列句子。
①廊下を走らないこと（ように）。
②速達で送ること（ように）。
③未成年の人はたばこを吸わないこと（ように）。

第175課

將下列句子譯成中文。
①給我的東西不過是些便宜的鉛筆。
②努力讀書！
③不要的東西往這兒扔！
④工資最多不過十萬日元。

第176課

將下列動詞與「お……する」的形式結合到一起。
①お会いする　　　　②お借りする
③お知らせする　　　④お届けする

第 177 課

將下列動詞與敬語形式結合到一起。
①お贈り下さる
②お歩きなさる
③お作りになる
④お使いになる

第 178 課

一、將下列句子變成自我謙遜句。
① 私 は西村さんを会議室へご案内します。
② 私 は山田さんを田中さんにご 紹 介します。
二、將下列 系動詞與「ご……する」「ご……致す」「ご…… 申し上げる」
的形式結合在一起。
①ご相談する　ご相談致す
　ご相談申し上げる
②ご準備する　ご準備致す
　ご準備申し上げる
③ご連絡する　ご連絡致す
　ご連絡申し上げる
④ご 協 力する　ご 協 力致す
　ご 協 力申し上げる

第 179 課

將下列動詞與敬語形式結合到一起。
①ご使用になる
②ご説明下さる
③ご心配なさる
④ご注意下さい

第 180 課

試用「れる」「られる」將下列句子譯成日語。

①この本は山田先生が書かれたのです。
②田中先生は数学を教えられています。
③お父さんはどんな仕事をされていますか。
④先生毎日何時に寝られますか。

第181課

用「**参る**」「**いらっしゃる**」完成下列句子。
①先生は毎日大学へいらっしゃる。
② 私は明日東京へまいります。
③先生は映画を見にいらっしゃる。
④ 弟が買い物にデパートへまいります。

第182課

將敬語詞換進下列句子中。
①課長は東京へいらっしゃいますか。
②先生は出席するとおっしゃいました。
③先生は薬を召し上がりました。
④お父さんも一緒に見えますね（いらっしゃいますね）。

單詞索引

あ　ア

い　イ

く　ク

け ケ

こ　コ

し　シ

す ス

せ　セ

て　テ

と　ト

に　ニ

ぬ　ヌ

ね　ネ

の　ノ

は　ハ

ふ フ

ま　マ

ら　ラ

り　リ

を　ヲ

國家圖書館出版品預行編目資料

兩天一課：日語速成課本 ／ 戰慶勝編著.
－－ 初版. －－臺北市：鴻儒堂, 民 88
面 ； 公分
含索引
ISBN 957-8357-12-5(平裝)

1 日本語言－讀本

803.18   88002814

兩天一課
日語自學速成課本

定價：250元

中華民國八十九年七月初版
本出版社經行政院新聞局核准登記
登記證字號：局版臺業字 1292 號

編 著 者：戰　慶　勝
發 行 所：鴻儒堂出版社
發 行 人：黃　成　業
地　　　址：台北市中正區 100 開封街一段 19 號 2 樓
電　　　話：二三一一三八一〇・二三一一三八二三
電話傳真機：二三六一二三三四
郵 政 劃 撥：〇一五五三〇〇一
E － mail：hjt903@ms25.hinet.net
